天空の城

竹田城最後の城主　赤松広英

奈波はるか

集英社文庫

目次

広英と関係があった近畿の城

天空の城

(二) 竹田城最後の城主　赤松広英

赤松広英は、廣貞、廣英、廣秀、廣通、斎村政廣と多数の名を持つ。
竹田城主時代は、但馬においては廣秀、伏見においては廣通と使い分けた。
本書では終焉の地の位牌に書かれていた廣英で通し、また廣は広と表記する。

序章

秋の空は青く高い。薄く刷毛《はけ》で掃いたような雲が浮かんでいる。

播磨《はりま》と但馬《たじま》の国境《くにざかい》になっている生野《いくの》峠を越え、一行は但馬へ入った。

赤い陣羽織姿の武将は赤松広英《あかまつひろひで》、二十四歳。このたび但馬・竹田《たけだ》城の新しい城主として、西播磨から赴任してきたところだ。

行列の先頭は黒い陣笠《じんがさ》をかぶった槍《やり》隊がゆき、その後を旗印や長柄を持った雑兵が続く。総勢五十名ほどの隊列である。ほかの者たちは、先発隊としてすでに竹田に入っていた。

「兄上、竹田城が見えます」

となりをゆく祐高《すけたか》の声だ。

赤松祐高、広英より二歳年下の同母弟である。

祐高は白地に銀糸で鱗紋《うろこもん》が刺繍《ししゅう》された陣羽織を着ている。このたび新調したものだ。白が目にあざやかで、身体《からだ》の大きな祐高の若武者ぶりがまぶしい。

祐高は馬上で背筋を伸ばして空を仰いでいる。視線の先を見ると、正面の山の頂に城が見えた。広英たちがいるあたりは日が陰っているのに、山上の城には夕陽《ゆうひ》があたっている。

城山は紅葉にはいま少し早いが、屋根も壁も黄金色に輝いている。

「兄上！　竹田城に赤松の旗印が上がっております」

祐高の声が弾んでいる。自分が赴任してきたかのように喜んでいる。

広英は幼いころを思いだした。祐高はどこへいくにも子犬のようについてきた。あのころと少しも変わっていない。

初秋の青い空を背景に、城のあちこちに旗印が上がっている。白地に黒く染めた「二つ引きに左三《ひだりみ》つ巴《どもえ》」。「左三つ巴」は赤松氏の紋、「二つ引き」は足利《あしかが》将軍尊氏《たかうじ》から賜った紋である。

父の城に翻っていたあの旗印を、こうしてまた見ることができるとは。以前、竹田城を訪れたときは、羽柴秀吉《はしばひでよし》の「五七の桐《きり》」紋の旗が上がっていた。

ここは龍野《たつの》赤松氏の本拠地であった龍野城ではないが、但馬の名城と呼ばれる竹田城に赤松氏の旗印が翻っているのだ。

この竹田城を作ったのは赤松氏の因縁の宿敵、山名《やまな》氏。その城の城主に、広英はなろうとしている。まさか自分が、この因縁深い城の城主になる日がこようとは。広英は目頭が熱くなった。

ときは天正《てんしょう》十三年閏《うるう》八月二十日（一五八五年十月十三日）。

龍野城を追われてから八年に及ぼうとしているが、城を去った日のことは今でも忘れることはない。

第一章　西播磨・龍野城

広英が竹田城に入城した日より遡ること七年余、天正五年（一五七七年）十二月。織《お》田信長《だのぶなが》が本能寺《ほんのうじ》の変で倒れる四年半ほど前のことである。

信長は秀吉に中国攻めを命じ、播磨以西の諸城は秀吉に攻め落とされたり寝返ったりしていた。

赤松広英は毛利《もうり》氏側についていたが、秀吉軍が目前まで迫っていた。

十二月四日、播州《ばんしゅう》・龍野、鶏籠山《けいろうさん》にある龍野城を、羽柴筑前守《ちくぜんのかみ》秀吉の使者、亀井新《かめいしん》十郎《じゅうろう》が訪れた。後の因幡国鹿野《いなばのくにしかの》城主・亀井茲矩《これのり》である。

龍野城本丸。城主の赤松広英は家老たちとともに、緊張した面持ちで亀井と向き合っている。広英はかぞえ年十六歳。身体《からだ》つきにも顔つきにも少年らしさがまだ残っているが、一城の主《あるじ》としての落ちつきや風格をすでに備えている。

一方、亀井は背は高く胸板は厚く、がっしりとした立派な身体をしていた。広英より五歳年長である。

「このままでは、福原城、上月《こうづき》城と同じことになりますぞ」

亀井新十郎が切羽詰まった声で、先ほどから投降することを勧めている。

「上月城の城主、赤松政範《まさのり》様は御自害され、おんみずからの首と引きかえに兵や子女の助命を嘆願されましたが聞き入れられず、城兵はその場にて斬り殺されました。一族の子女もひとり残らず処刑され、女は磔刑《たっけい》、子供は串刺しにされ、あたりには血の川が流れたと聞いております」

亀井がいったとおり、上月城では五百六十人が秀吉軍に殺された。それも昨日のことである。広英も知らせを受けて聞いていた。

さらにその二日前の十二月一日には、上月城の支城である福原城が落城していた。上月城と同じように城主は自害、残った兵や子女は惨殺されている。その数、数百人と聞く。上月城も福原城も、広英と同じ赤松一族の城である。龍野城から上月城まで北西へ九里（約三十五キロ）足らず。それほど離れていないところにある一族の城がふたつ、ここ数日のあいだに秀吉に攻められて壊滅してしまったのだ。

秀吉はむやみに人を殺さない武将だと聞いていたが、ここのところ刃向かった者に対しては容赦せず、婦女子も含めて数百人単位での殺戮《さつりく》を立て続けに行っている。秀吉の、というより、秀吉の主君である織田信長のやり方なのかもしれない。広英が秀吉に従わなければ、龍野城でも同様の殺戮がなされるであろう。

秀吉からの使者、亀井新十郎は熱弁をふるう。

「福原城も上月城も、初めから羽柴殿に従っておけば、こういう悲惨なことにはならなかったでありましょう」

亀井は、上月城へも秀吉の使者として入っている。城主の赤松政範に対して降伏するように説得を試みたが、政範は聞き入れなかった。政範の拒否は秀吉の逆鱗《げきりん》に触れ、その結果が一族の虐殺だった。

「この龍野の御城下を戦火から守るためにも、家臣の命を守るためにも、そして御みずからのお命を守るためにも、戦わずして城を差しだすのが最善の策かと存じまする」

亀井のいうことは広英にもよくわかる。

この時代、播州以西の諸城は広英の龍野城も含めて毛利氏側に属していた。

そんなとき、美濃《みの》を平定した織田信長は、次のねらいを中国地方に定めた。中国地方の最大勢力である毛利氏と対立することになるのは必定、信長は毛利氏を討つべく中国攻めを開始する。中国攻めの織田軍の総司令官は羽柴筑前守秀吉。毛利氏との戦いを有利に展開するために、信長は秀吉に命じて、中国諸城を毛利方から織田方へ寝返らせようとした。秀吉は、まず黒田官兵衛《くろだかんべえ》の姫路城を、続いて官兵衛の主人筋にあたる小寺政職《こでらまさもと》の御着《ごちやく》城を落とし、その他の播磨の諸大名も調略して毛利方から織田方へ寝返らせた。

そんな中で、最後まで寝返らなかったのが上月城、福原城などの赤松一族の城だった。

赤松氏は、室町幕府の四職《しき》をつとめた名家である。「四職」とは山名、一色《いつしき》、京極《きようごく》、赤松の四守護大名をさし、これらの四家は、室町幕府の警察権力の長である「侍所《さむらいどころ》」の長官を交替で務めた。広英の龍野赤松氏は、守護大名の赤松宗家の流れをくむ分家筋にあたる。

やがて室町幕府の衰退とともに守護大名も力を失い、信長の時代になると、各地の国人領主が力をもつようになった。今、赤松一族にはかつてほどの力はない。

赤松一族の上月城、福原城が落ちた今、秀吉の次の狙いは広英の龍野城である。龍野城が秀吉に刃向かう気配を見せれば、即座に兵を差し向けるであろう。

亀井が訪れる前から、龍野城内では、秀吉に対してどう対峙《たいじ》すべきか激論が交わされていた。周囲の赤松一族の城が落とされてゆくのを見て、広英も家老たちも、答えはひとつしかないことを承知していた。

亀井がいう。

「羽柴筑前守は、龍野城を明け渡せば、赤松彌三郎《やさぶろう》殿の一族、家臣、および龍野の民に危害を加えることはないと約束する、と仰せです」

「彌三郎」は広英の通称である。赤松彌三郎広英。

首席家老の丸山《まるやま》太郎《たろう》右衛《え》門利延《もんとしのぶ》が、すかさず切りこむようにたずねる。

「では、われらが殿の処分は、いかがなものに？」

「ご安心めされ。彌三郎殿の御姉上は織田信長公の御養女、さこの方であらせられる。さこの方は信長公の覚えもめでたく、その弟君と戦うことは信長公の本意ではありませぬ。そこで、彌三郎殿がすみやかに龍野城を羽柴殿にあけ渡せば、それ以上のお咎《とが》めはなしにする、と仰せでござります」

亀井の言葉どおり、広英の姉さこは、織田信長の養女になっている。そう、秀吉の主君、織田信長と龍野赤松家は、さこを通して浅からぬ因縁があったのだ。

広英の父、赤松政秀《まさひで》は、播磨の諸城が毛利につく中で、一貫して毛利ではなく織田信長に味方していた。信長は政秀のために援軍を差し向けたこともある。

政秀の政略の一環で、広英の姉のさこは十八歳のときに足利将軍・義昭《よしあき》の侍女になるべく都へ送りだされた。まもなくさこは義昭の側室になる。

その後、信長と義昭の関係が悪化すると、さこは義昭と別れさせられて、今度は、信長の養女として二条《にじよう》家の嫡男、二条昭実《あきざね》と結婚させられる。天正三年三月のことだ。さこ二十五歳、昭実二十歳だった。三年ほど前のことだ。

二条家は五摂家《ごせつけ》のひとつ、名門公卿《くぎよう》である。「五摂家」とは、摂政関白をだすことができる家で、藤原《ふじわら》氏の中でも家格の頂点にたつ近衛《このえ》、九条《くじよう》、鷹司《たかつかさ》、一条《いちじよう》、二条の五家をさす。今、さこは二条家の嫁として、都で暮らしている。

龍野城は、城主が広英になってからも、父の代と同じように織田方だった。それが毛利方にかわったのは、つい数ヶ月前のことだ。毛利側の武将、備前《びぜん》岡山の宇喜多直家《うきたなおいえ》に攻められて投降したのだった。

播磨諸城は「西の毛利」と「東の織田」に挟まれて、どちらについたら生き延びられるか、様子を見ながら毎日を過ごしていた。

今、秀吉指揮のもと織田軍は、巧みな調略により戦わずして開城させたり、あるいは猛攻の末に落城させたりと、全播磨を手中にしようとしていた。

そんな状況の中で、広英にはお咎めはなし、という亀井の言葉に、首席家老・丸山の顔はわずかに明るくなる。しかし、丸山には不満もある。

これまでの秀吉のやり方は、戦わず開城した領主には本領安堵《あんど》していた。「本領安堵」とは、領地を没収することなく、城も領主の身分も領地もそのまま、という意味である。それが、広英は城外追放、領地没収である。城主の身分は剝奪される。「本領安堵」ではないではないか。しかし、力の強い者には頭《こうべ》を垂れねばならないのだ。

「われらの殿にそれ以上のお咎めなしとは、まことでござるか？」

丸山はいま一度確認するようにたずねる。

「まことでござる。して、彌三郎殿のお気持ちはいかがか？」

亀井は広英の決断を促す。

この亀井新十郎という男は、これまでにも秀吉の使者として敵の城にでかけ、城を明け渡すように説得し、戦をすることなく開城させるという成果をあげている。弁舌は巧みで、それでいて決して押しつけがましくはなく、聞く者になるほどと思わせるところがある。それが、亀井の技巧なのか、それとも真心からくるものなのか、そこまでは広英にはわからないが、調略の使者として秀吉に重宝がられていることはたしかだ。

「彌三郎殿、ご決断を」

亀井の強い口調は、これが最後だ、という響きを含んでいる。

広英は亀井がやってくる前から、「羽柴軍との戦いは避ける」と決めていた。

破竹の勢いで中国諸城を落としている羽柴軍と戦っても勝てる見こみはない。たとえ龍野城を追われることになろうとも、負けるとわかっている戦はしない。

広英は、前に座っている甲冑《かっちゅう》姿の亀井新十郎をまっすぐに見据えて口を開いた。

「亀井殿のご助言、ありがたく拝聴いたしました。この龍野城は、祖父から始まり、今日までわが赤松家が守ってまいりましたが、羽柴筑前守殿に明け渡すことにいたしまする。筑前殿の中国攻めの一拠点として、お役に立つものなら喜び至極、お使いくだされ、とお伝え願いたい」

「よくぞ決断なされた」

しびれを切らしかかっていた亀井が力強くいう。

「これで戦は避けられましたな。毛利につくより賢明なご決断。これからは、織田信長公の時代になりまする。明日、さっそく羽柴殿が龍野城に入城なされます。そのまえに、彌三郎殿には城をでてもらうことになりますが、よろしいか？」

「は、承知つかまつってござる」

家老の丸山がうやうやしく答える。

「明朝、夜明けとともに龍野城から平位《ひらい》郷の乙城《おとじろ》へ移るつもりでおりまする」

丸山の言葉に、亀井は満足げな様子でうなずいた。

広英が移る乙城は、龍野城から南西へ一里（約四キロ）と少しいったところにある龍野赤松氏の城である。播磨国守護・赤松円心《えんしん》が建武《けんむ》年間（一三三四年〜一三三八年）に作らせた城で、二百年ほど前になる。その後、赤松氏の手から離れた時期もあったが、十数年前に広英の父、赤松政秀が奪い返して赤松氏の城になっていた。広英はそこへ移ることにしている。

龍野城を投降させることに成功した亀井は、上機嫌で城を去った。

亀井新十郎。この男が、二十数年後の関ヶ原《せきがはら》の戦いで、広英の生死を左右する重大な存在になろうとは、このときの広英や重臣たちにわかるはずがない。

家臣たちは、戦を避けられたこと、城は失ったが城主・広英の命は奪われなかったことを喜び、すぐに引っ越し作業に取りかかった。

秀吉に投降するつもりでいた広英は、必要と思われる荷物は、すでに乙城へ運ばせてあった。父から授けられた龍野赤松家先祖伝来の刀剣「獅子王《ししおう》」、そして、祖父と父が所蔵していた数千冊の書物。これらは、なにより先に運びだしてあった。

「獅子王」は平安時代末期の刀工になる太刀で、刃渡り二尺五寸五分（約七十七センチ）ほど。黒漆塗りの鞘《さや》には左三つ巴《ひだりみどもえ》の赤松の紋が入っている。刀身は無銘だが、「獅子王」という号がある。

この太刀にはいわれがある。平安時代末期、平氏《へいし》が権力を握っていた時代、近衛《このえ》天皇の御代《みよ》に御所の清涼殿に鵺《ぬえ》が現れた。「鵺」とは、平安時代末期に現れた妖怪の一種である。そこで朝廷は弓の名手、源《みなもとの》頼政《よりまさ》に頼んで鵺を退治してもらった。このとき、褒美として頼政が近衛天皇から賜ったのが、この太刀だといい伝えられている。どういういわれで、この太刀が龍野赤松家に伝わったのか、広英は聞いていない。

乙城に運びこんだ大量の書物は、おおかたが祖父と父のものだが、祖父より前から伝えられている古い文書も含まれている。赤松一族は、代々、武力だけでなく書物や和歌、管弦にも親しみ、文武両道を重んじてきた。広英の祖父村秀《むらひで》も、父政秀も、ともに武士であるとともに熱心な読書家でもあった。ふたりが残していった書物の山の大部分は、広英はいまだひもといたことはないが、これから読む、という楽しみがある。広英も、祖父や父同様に読書を好んだ。

明日から始まる乙城での蟄居《ちっきょ》生活については、家臣たちは嘆いているが、実は、広英はひそかに心待ちにしている。祖父と父が残していった書物を読む時間がたっぷりありそうではないか。

慌ただしく動いている家臣たちの間から、弟の祐高が、まるで消えるように見えなくなった。祐高の暗い表情が気になる。広英はすぐに後を追った。

祐高は本丸から廊下伝いに奥へ向かっていく。

廊下の途中で歩みを止めると、窓辺に寄って外を見ている。しばらくそのまま動こうとしない。

広英は祐高に歩み寄った。となりに並んで同じように外を見る。ふたりとも黙ったままだ。

眼下には揖保川《いぼがわ》が流れている。龍野を流れやがて播磨灘《なだ》へ流れこむ大きな川である。広い川幅の片側は砂洲《さす》になり、川面《かわも》は太陽の光を受けて銀の粉を蒔《ま》いたように光っている。川筋が、輝く龍《りゅう》の背のようにも見える。

遠方に目を転じると、はるか北方に宍粟《しそう》の山並みが見える。

「この景色も、今日で見納め……ですね」

祐高が小さい声でつぶやくようにいう。心なしか泣いているようにも聞こえる。

ふたつ違いの弟は十四歳。背も広英の肩のあたりまでしかない。色白でいまだに幼さが残る面立ちは、母に似て少女のように優しげである。野に咲く花のように愛らしい弟が泣いている。

広英も祐高も、この龍野城で育った。この城から立ち去ることは寂しいが、乱世では、これも定めと思わなければ先へ進めない。

「龍野城はお祖父《じい》さまと父上の城です」

祐高が悔しそうにいう。

悔しい気持ちは広英も同じだった。祐高の肩に手を置く。

「龍野の町並みと水田が見える。美しいと思わないか？」

師走の空は青く澄み渡り、本丸の窓から見える龍野の町は、朝日を受けて穏やかで美しかった。穏やかに見えるが、実際は、城下はもぬけの殻であろう。羽柴軍が攻めてくることは、城下でも噂《うわさ》になっていたに違いない。城下が戦場になる前に、町民たちはめぼしい家財道具を持って逃げたはずである。戦にならないことがわかれば、みな、城下へ戻ってくるであろう。

祐高が小さい声で返事をする。

「美しいと思います」

「羽柴軍と戦えば、龍野は戦火に包まれる。家は焼かれ、田畑は踏み荒らされる。多くの人が死ぬ。実際のところ、羽柴軍と戦ってもわれらは負けるであろう。負けたら上月城のようになる」

「城を明け渡せば上月城のようにならない？　本当ですか？　嘘《うそ》かもしれません」

祐高は食いつくようにいう。

「織田信長という男、助けるといって開城させておいて、降参したとたん、すぐさま城主の首を斬り、籠城した者を皆殺しにしてきたではありませぬか。あの男は嘘つきです。信用できませぬ」

「だとしても、ほかに選ぶ道はないではないか」

「それに、あの亀井という男、私は目つきが気に入りませぬ。口は達者ですが、信用できる人間には思えませぬ」

祐高は以前から正義感が強い。

「亀井殿は、羽柴殿の使者だ。亀井殿の言葉は羽柴殿の言葉でもあるし、羽柴殿の上に立つ織田殿の言葉でもあるのだ。目つきが気に入らなくとも、すべての播磨を従えた力の前には膝を屈するしかないであろう」

広英は穏やかにいったつもりだったが、祐高は納得できないのか、黙っている。

祐高は、少女のように見える容姿や外観に反して、考え方や行動は存外男性的で、書物が好きな自分よりも領主に向いているのではないか、と思うことがよくある。

祐高も、周囲の諸城が全滅していったことを聞いて知っている。ここで羽柴軍と徹底抗戦すべきだとは思っていないだろう。それでも、自分が生まれ育った城から追放される、ということがまだ受け入れがたいのだ。

「羽柴殿は、姫路城、御着城、三木《みき》城など、戦わず開城した領主には、本領安堵してきました。それが、龍野城は領地没収、城主の城外追放です。どうしてそうなるのですか」

龍野城が本領安堵にならなかったことが、祐高には納得できないらしい。

「それは……おそらく……羽柴殿は、姫路の黒田官兵衛を重用している。あの男が指図したのであろう。祐高も、黒田官兵衛は知っておるであろう」

「存じておりまする」

黒田と赤松は、父の代からの仇敵《きゆうてき》で、何度も戦火を交えてきている。もともと官兵衛の祖父は広英の父、赤松政秀に仕えていたが、その後、御着城主・小寺政職に主人を替えた。政秀は官兵衛の妹の婚礼を急襲して、官兵衛の妹と、新郎の浦上清宗《うらがみきよむね》と、新郎の父親、浦上政宗《まさむね》を殺している。永禄《えいろく》七年（一五六四年）、広英が三歳のときである。浦上氏はもとは赤松氏の家臣だったが、主人をしのぐ力をつけた一族である。龍野赤松氏と敵対する黒田氏と手を結ぼうとしていたのだ。

妹を殺された黒田官兵衛は、数年後に政秀に報復の戦いを仕掛ける。永禄十二年に興った「青山《あおやま》・土器山《かわらけやま》の戦い」である。今度は政秀が負けて投降。その翌年、政秀は浦上氏の手の者に毒殺された。婚礼の席を襲った報復だったのであろう。

「黒田は、もともとは父上の家臣でした」

「それは昔のことだ。人の気持ちはときとともに変わる。婚礼の祝宴で嫁にいく妹を殺された恨みは大きい。同じことをわれらが黒田からされたら、同じ気持ちになるだろう」

祐高がゆっくりうなずいた。

「兄上のおっしゃることはわかります」

わかります、と口ではいいながらも、祐高が納得していないことは声でわかる。

祐高は考え深げな表情で、兄にたずねた。

「羽柴筑前を動かしている織田信長という男。どのような男なのですか。叡山《えいざん》を焼き討ちしたときは、僧兵はもちろんのこと、上人や女や童の首までもはねたというではありませぬか。その数、僧俗合わせて数千人にのぼると聞いております。伊勢長島《いせながしま》では、一揆《いっき》勢を数万人、生きたまま焼き殺しています。そんな男が天下をとったら、どのような世の中になるのでしょうか。想像だにできませぬ。兄上は織田信長にお会いになっていますね」

京都で二度、拝謁したことがある。播磨の城主たちが集まって、上洛《じょうらく》中の信長に挨拶に行ったことがあった。広英もその中のひとりだった。

「信長はどんな男でしたか」

「初めて会ったときは、小袖を着て現れた」

「謁見の席で小袖ですか？」

元来、「小袖」は下着の部類に入っていた。上着は平安貴族が着ていたような袖の大きな「大袖」である。公式の席で武士が小袖を着るようになったきっかけは、織田信長だったともいわれている。信長は、当時の流行の先端をいく存在だったようである。

「茜《あかね》と藍の片身替わりの小袖だった」

「片身替わり」というのは、中心から左右が別な色や柄で仕立てられた着物である。

「なんと。変わっていますね」

「あのように奇抜な着物は初めて見たが、目にあざやかで、実によく似合っていた」

あんな小袖で現れたら、初めて会う者はみな度肝を抜かれる。それも、あの男は計算ずみなのかもしれない、と今振り返ってみると思える。

祐高は眉根を寄せて首をかしげている。

「片身替わりが似合う男ですか。想像だにできませぬ。兄上がご覧になって、信長は天下をとるほどの器量を備えた男だと思われましたか？」

信長に最初に会ったのは二年前、天正三年の十月、広英が十四歳のときである。二回目はその翌年の十一月。このときは、上洛する前に、広英は信長に太刀と馬を贈っている。信長からは広英に宛てた返礼の手紙が届いた。会ったのはこの二回だけであるが、あれ以降、信長の力はますます強大になっている。

「あの男なら……天下をとるかもしれぬ」

信長のまわりを取り巻く部下たちが、みな有能だった。明日、この龍野城に入る羽柴筑前守秀吉をはじめとして、かれらは信長の天下取りの手足となってめざましい活躍を見せている。そういう有能な部下が、信長には何人もいるのだ。あれだけの男たちが従っていこうという気持ちになる信長という男なら、天下をとることもできるのではないか。

広英は、初めて信長に会ったときのことを思い出した。

「なにゆえか信長殿は機嫌がよかった。声は大きく、豪快に笑った。眼光鋭く、口ひげが似合う鼻の高い男だった。身体は筋肉質で、座っているだけで周囲を威圧するような風格を備えていた。残忍で粗暴な男だと聞いていたが、比叡山を焼き討ちしたり、一揆勢を大量に処刑したりするような男には見えなかった」

しかし実際にやったことを思うと、あの帝王然とした風貌の下に、鬼のように残忍な心が隠されているのだろう。

「あのような男に初めて会った」

「あのような、とは、どのような？」

どういったらいいのだろう。広英は信長と会ったときのことを思いだして、言葉にしようと試みた。

「否応《いやおう》なしに人を服従させる力を持った男、といったらいいのか」

広英が信長に拝謁したとき、広英自身が今より幼かったこともあるが、信長ににらまれると身体が動かなかった。舌も痺《しび》れて言葉がでなかった。ひたすらひれ伏していただけである。あんなに恐ろしいと思ったことはない。周囲に侍《はべ》る信長の側近たちも、みな、極度に緊張した面持ちだった。側近たちにとっても、信長は恐ろしい存在なのだ。

十四歳の広英は、いったいなにをいわれるのか、と身体を硬くして待っていた。

信長は大きな声で広英に向かっていった。

「彌三郎は、さこの弟か。よう似ておるのう」

信長は、自分が養女にした広英の姉のことを話題にしたのだった。

「さこは、なかなかのおなごじゃ」

姉の、なにが「なかなか」なのか広英にはわからなかったが、信長が姉を気に入っているらしいことはわかった。それだけでもホッとする。信長はほかにもなにか話したが、緊張のあまり、覚えていない。今でも記憶に残っているのは信長が姉のことを話題にしたということだけである。

「信長殿は、姉上をほめておいでになった。お気に召されたらしい。それに、姉上も、信長殿はよくしてくださっている、といっておられた」

「いいえ。姉上は織田信長に利用されているのです。最初は将軍の側室にされ、次は関白家の嫁にされ、次はどうなるのかと、毎日、心細い気持ちでいらっしゃるにちがいありません。信長には、姉上が赤松の姫であることが大事なのです」

そうかもしれない。かつての赤松氏は室町幕府の四職をつとめる四家のひとつだったのだ。

広英は上洛したときに、姉の嫁ぎ先、押小路《おしこうじ》室町にある二条家の邸宅を訪ねている。

二条家は関白を輩出する家柄。舅《しゅうと》は藤氏長者《とうしのちょうじゃ》の関白二条晴良《はるよし》。「二条殿」と呼ばれる屋敷は大邸宅で、泉水の庭園は名園として知られている。二条殿は洛中洛外図屏風《びょうぶ》では必ず描かれる名邸だった。

「姉上はしあわせに暮らしていらっしゃった。二条殿の屋敷も庭園も見事だった」

「でも、昨年、信長はその邸宅と庭園がほしくなり、二条家を追いだしたではありませぬか」

たしかに、祐高のいうとおりである。

二条殿の東どなりに妙覚寺《みょうかくじ》という寺がある。信長は上洛すると、この妙覚寺を宿舎にしていた。妙覚寺に泊まっていたときに、隣家の庭が気に入った信長は、二条殿を買い求めた。つまり、住人を追いだして自分のものにした、ということだ。昨年のことである。

二条家の当主、晴良は、信長によって報恩寺《ほうおんじ》の跡地に造営された新邸を与えられている。報恩寺は、信長の命で別なところへ移された。姉は、舅の晴良、夫の昭実とともに、今は新邸で暮らしている。

祐高は言葉を続ける。

「父上にとって、長男は自分の跡継ぎ、弟はその補佐、娘は政《まつりごと》の道具なのです。そのために、姉上をどんな危険なところに嫁にだしてもいいように、文武両道にわたり磨き上げたのです」

祐高にいわれるまでもなく、広英にもわかっていた。姉自身も、自分が父の「政争の道具」であることを承知していたと思う。

「だからこそ、姉上が都にいることを、われらは忘れてはならない。姉上は信長殿の娘として二条殿に嫁いでいる。われらが信長殿に反目したら、姉上が苦しい立場に立たされる。実は、今回、龍野城を引き渡す際にも、家臣たちは助命されても、城主の私には切腹の沙汰がくだるであろうと覚悟していた。が、実際には城外追放ですんだ。寛大な沙汰がくだされたのも、姉上のお口添えがあったのではないだろうか」

しばらくして、祐高がぼそっという。

「そうですね……それは、気づきませんでした」

広英は都にいる姉のことを最近はよく思う。

別れたとき、姉は十八歳。広英は七歳、祐高は五歳だった。広英は当時は「広貞《ひろさだ》」と名乗っていた。

広英より十一歳年長だった姉は、病気がちだった母親にかわって、幼い弟たちをなにかとかわいがってくれた。広英と祐高にとって、母親に甘えられないかわりに、姉に甘えてきた気がする。

広英が知っている姉は、少々の困難は自分で乗り越えてしまう強い女性だった。足利義昭のもとに送られるときも、自分の役割を心得ていた。

姉は花鳥模様の小袖がよく似合い、そばにいくと、よい香りがした。

箏《こと》を弾き、和歌を詠み、舞も舞った。『源氏物語』などの古典や、『論語』などの漢書にも通じていた。それだけではない、馬にも乗ったし、長刀《なぎなた》や弓術も稽古していた。

父の政秀が、当時の西播磨で一流といわれる師匠をつけて稽古させたのだ。容姿だけでなく、文武両道、内面から磨かねば一流の女性とはいえない、というのが父の考えだった。

姉が上洛する前の二年間は、姉がやる諸々《もろもろ》の稽古に広英も加わって、一緒に習った。広英の漢書、和歌、書道、茶道、弓、剣術などの素養は、姉とともに稽古して身についたものだ。

上洛する日の朝、姉が乗る輿《こし》が、屋形の門前に待っていた。

二月の寒い朝で、あたりには夜の間に降った雪が積もっていたが、空は晴れていた。

広英は姉の部屋に呼ばれた。

姉は小袖の上に赤い打ち掛けを羽織り、凜《りん》とした佇《たたず》まいで座っていた。打ち掛けには、見たこともない優雅な鳥が金銀の糸で刺繡《ししゅう》されていた。あとで聞いたところでは、あの鳥は孔雀《くじゃく》だという。「孔雀」という名前は聞いたことはあった。美しい刺繡だった。本物の孔雀は、広英はいまだ見たことがない。

いつも一緒に馬に乗ったり箏を弾いたりしていた姉が、その日は別人のように輝いて見えた。まるで嫁にいくようだ、と広英は思った。少し緊張して、姉の前に進みでたことを覚えている。

「姉上、このたびは、上洛、おめでとうございまする」

「なにがめでたいのじゃ」

豪華な衣裳《いしょう》に身を包んでいるのに、姉はうれしそうではない。周囲が浮かれているので、本人も喜んでいるのかと思っていたら、違うらしい。

「公方《くぼう》さまにお仕えすることが、です」

「めでたいのは、父上であろう」

まるで、姉はめでたくない、といっているように聞こえた。

「公方さま」とは、室町幕府の第十五代将軍・足利義昭である。室町幕府の初代は足利尊氏。室町幕府は尊氏から二百年ほど続き、義昭は最後の将軍となる。

「父上がめでたいなら、わらわもめでたい、ということでしょう。でも、わらわは浮かれているわけにはいかないのです。都へは『お勤め』にまいるのですから。父上のために、そなたたちのために」

「お勤め」という語に、姉は力をこめる。

「ご自分のためではないのですか」

「もちろん、自分のためでもありますよ。これが、自分の勤めなのだと思っていますから。たやすい勤めではないと聞いています。都へ無事に着くことができるかどうかさえ、さだかではありませぬゆえ」

無事に都へ着くことができないかもしれないと、平然と語る姉に、広英は驚くとともにあきれた。

「それほど危険な勤めなのですか」

「父上のやり方を快く思っていない輩《やから》が、播磨には数多くおりまする。わらわが公方さまのお側《そば》にお仕えすることを、なんとしても止めようとする者もいると聞いておりまする」

「そんな……」

「それだけではありませぬ。公方さまは、都に入ってからは本圀寺《ほんこくじ》を仮御所としておられる。先月の五日、三好衆《みよし》が、公方さまの仮御所を攻めたのです」

三好衆とは、信長と対立していた三好氏で、信長が登場する前、室町幕府を動かすほどの権力を持っていた。

「なんと。それで公方さまは!?」

「側近の者たちや信長さまの家臣たちが敵を防ぎ、ことなきをえたようです」

三好衆が本圀寺の義昭を攻撃した事件は、「本圀寺の変」として知られている。義昭を守ったのは明智光秀《あけちみつひで》、細川藤孝《ほそかわふじたか》などの信長の家臣であり足利家の幕臣でもある者たちだった。

「急を聞いて、信長さまも安土《あづち》から駆けつけてくださったそうです」

当日、安土にいた信長は、義昭の仮御所が三好衆に取り巻かれたと知るや、即座に上洛を決意。おりしも大雪が降る中を、通常なら三日かかるところを二日で走破した。信長の従者の中には凍死者もでるほどの、非常な寒さだったといわれている。

「信長さまが本圀寺に現れたときには、従者は十騎ほどになっていたということですよ」

「なんと、信長さまが十騎で？　公方さまがそのようなことになっておいでとは。姉上がそんなところへいらっしゃることを父上はご存じなのですか」

「もちろんです」

「大丈夫なのですか、姉上のお命は」

「腕の立つ護衛の者がつきます。いざとなったら、わらわも戦います。日ごろの武術の稽古が役に立つやもしれませせぬ」

広英はため息をついた。姉の上洛を祝うつもりでやってきたというのに、まるで戦に出陣するようではないか。それを姉は少しも恐れていない。

「心配には及びませせぬ。わらわがこの勤めを果たすために、父上は、今まで、数多くのことを学ばせてくださいました。多くのことを学び、知り、技術を磨くことは楽しいことでした。父上には感謝しています」

だから、これまでの恩返しのためにも、姉は父上のために「勤め」を果たすのだ、と広英は納得した。

姉が愛用の箏を広英の前に置く。

梅の花をかたどった螺鈿《らでん》の細工が施されている紫檀《したん》の箏だ。

「そなたは箏が好きでしょう」

「はい。好きです」

「これからは、これをひとりで使うといいでしょう」

広英は今までずっと、姉の箏を使わせてもらっていた。その箏を、姉は自分にくれるという。

「姉上、これは都へ持っていかれたほうがよろしいのでは」

「私は公方さまのお側係《そば》としてまいるのです。箏など弾いている暇はないでしょう」

「でも、姉上が公方さまのために箏を弾いてさしあげたら、お喜びになるのではないでしょうか」

「所望されれば弾くこともありましょう。そのときは、公方さまの箏をお借りすればよいのです。心配には及びません」

なるほど、公方さまほどのお方なら、さぞ立派な箏をお持ちだろう、と広英は納得した。

「姉上ご愛用の箏、大切に使わせていただきます」

姉が残していく箏を、広英はもらい受けた。以後、引っ越しするときには、蔵書類とともに、この箏も持ち歩くことになる。

「彌三郎殿に頼みたきことがあります」

姉が改まった口調でいう。

「なんでしょう」

「母上のことです。母上はお身体の具合がすぐれませぬが、父上はお忙しく、母上の側にいてさしあげることもおできにならないでしょう。そなたと祐高で、母上をお守りくだされ」

「もちろんでございます。母上には元気になっていただかなくては。姉上がいらっしゃる都へ母上と一緒にいけるように」

姉がうなずく。

「その日を心待ちにしておりますよ」

姉が立ち上がった。部屋からでていこうとしている。

「姉上、お元気で」

広英の言葉に、姉が振り向いて、うなずく。

「そなたも、元気で。父上が成し遂げようとなさっていた良き国を造ってくだされ」

「はい、心して務めまする」

「わらわは、赤松政秀の娘に生まれてしあわせでした」

そういうと、姉は廊下にでた。待っていた侍女に従われて玄関に向かって歩いてゆく。

その後ろ姿は、背筋が伸びて美しかった。自分の進む道になんの迷いもなく、自分のやるべきことを心得ている、といっているような後ろ姿だった。

この先、都でなにが待っているかわからないだろうに、赤松政秀の娘に生まれてしあわせだったという姉。自分も同じ父のもとに生まれ、同じように育った。今まで考えたこともなかったが、姉の言葉に改めて今、思う。自分も、赤松政秀の息子として生まれ、しあわせだったと。

「兄上」

祐高が走ってやってくる。

「姉上をお見送りしないのですか」

「もちろん、するよ」

「まいりましょう。輿が出発します」

祐高に手を引っ張られて、広英も館の門まで走った。

姉は輿に乗るところで、周囲に集まった人たちに頭を下げていた。にこやかな笑顔で、みなの祝福を受けている。めでたいのは父上であろう、といっていた姉とは別人のように穏やかな笑顔を見せていた。

広英は父と弟と並んで、姉の輿が出ていくのを見送った。母は体調がすぐれず床に臥せっていたために、玄関先にはいなかった。

姉の門出を見送る父も弟も自分も、姉と赤松家の輝かしい未来を、ほんの一瞬だけでも夢見ることができた気がする。

姉が都へ向かって出発する日の朝を、それからも、広英は何度も思い返した。


皆に祝福されて出発した姉だったが、実際、姉の上洛は簡単ではなかった。

姉がいっていたように、出発してから「事件」が起こる。政秀の足利将軍への接近を阻止しようとする赤松宗家の命で、御着城の小寺と姫路城の黒田が、上洛途上の姉を拉致したのだ。

どんなことがあったのか広英は聞いていないが、姉には、拉致されることも想定内のできごとだったのだろう。姉は知恵を絞り、脱走した。おそらく、夜陰に乗じて。暗闇の中、姉が逃げだす姿が広英の目に浮かぶ。姉は上洛を果たした。

姉が都へ上がって二年にならないうちに、広英の父、赤松政秀は亡くなった。浦上氏に捕まり、幽閉され、毒殺されたのだ。四十二歳だった。広英、九歳のときである。幼い広英には、助けにいくこともできなかった。

龍野赤松氏の家督は広英が継ぎ、広英は龍野城の三代目の城主になった。

城主になっても、九歳の広英に政務が執れるわけがなく、実際の政務は家老たちが行った。

家老たちに対して自分の考えを述べ、みずから政務を行うようになったのは、元服してからである。元服を期に、「広貞」と名乗っていた名前を「広英」と替え、花押も替えた。

広英と改名したことで、これからは龍野城の城主として、みずからの考えで国造りをしていこう、という意志を示したのだった。

第二章　平位郷佐江・乙城

翌日、天正五年（一五七七年）十二月五日、早朝。

羽柴筑前守秀吉が龍野城へ入城する前に、広英は祐高や家臣たちとともに乙城へ移った。

ここからは、龍野城がある鶏籠山はほとんど見えない。

龍野城に比べると乙城がある山は低い。山上の城域も狭い。城自体も狭小である。しばらく使われていなかったために、柱や床など傷んでいるところが多く、修理が必要である。

乙城に移った日に、家老をはじめ家臣たちを前にして広英は胸の内を語った。

「龍野城を引き渡すことは断腸の思いであったが、戦いを避けるため、ほかに道はなかった。龍野の町とみなの命を守ることはできたと思っている。亡き父上も、やむを得ぬこと、といってくださるのではないか」

家臣たちはみな、頭《こうべ》を垂れて黙って聞いている。反論する者はいない。

「ここで、ひとつ、考えねばならぬことがある。領地をすべて召し上げられたゆえ、そのほうたちに扶持《ふち》する米がないのだ」

領地はすべて秀吉に差しだしたために、広英には領地はない。

筆頭家老の丸山利延が即座に答える。

「扶持米につきましては、心配ご無用。われら、みずからで作りまする」

この時代の武士は、戦がないときは農作業に従事していた。信長や秀吉のころから、専従の兵士が現れてくる。家老たちはみな自分の領地を持っていて、それでまかなっていた。

「ならば、私も、自分の食べるものは自分で耕すことにしよう」

「それはなりませぬ。田畑を耕すのはわれらに任せて、殿は日々、武芸の鍛錬と学問にいそしんでくだされ。いつなんどき、お家再興の好機が到来するやもしれませぬゆえ」

「ならば、武芸の鍛錬も、学問もやる。田畑の作業もやる。それならよいであろう」

「うむ……それならば」

広英は穏やかな人柄だが、思うところがあると筋を曲げないで通す、という頑固な一面もある。家老たちは広英の性格を承知しているために、反対しなかった。しても無駄だと知っていたからだ。

広英の乙城での生活が始まった。

最初の二日間は、城の建物の傷んでいるところの修理に費やした。広英も家臣に交じって手を貸した。なんとか冬を越せそうな形になる。

三日目から、広英の一日は日課表に従って進められていくことになった。日課表は、家老のひとり、恵藤越中守光範《えとうえつちゆうのかみみつのり》と広英とで作った。

恵藤は父親の代からの家臣で、広英が生まれたときから守《も》り役としてついてくれている男である。少し頑固なところもあるが、誠実で温厚な人柄で、幼くして父親を失った広英の親がわりを務めてきた。

朝餉《あさげ》の前、馬を走らせ乙城がある佐江の村を見てまわる。これは馬術の鍛錬も兼ねる。

朝餉の後、武道の鍛錬。槍《やり》、弓、刀を使った稽古をして汗を流す。

昼餉の後、学問をするために文机《ふづくえ》に向かう。

学問の後、暗くなるまで畑仕事。

すべてが弟の祐高と一緒だった。

城と領地・領民を失った今、武道を鍛錬しても、「自分の領土と領民を守るために戦う」ことはない。それより、祖父と父が残していった書物を読むことに時間を使いたい、というのが広英の本音である。

守り役の恵藤は、そんな広英の気持ちは見通している。

「殿、武士たる者、武力、腕力ともに鍛えねば、戦場で生き抜くことはできませぬぞ。そもそも、赤松家は、村上《むらかみ》天皇の皇子《みこ》の流れをくむ源師季《もろすえ》卿を家祖とする村上源氏の出身。歴史的にも由緒ある家柄でありますぞ」

じいの小言がまた始まった、と広英は思うが、反論はしない。黙って聞いている。

「いつの日か、殿が大名として龍野城へ戻ることが、われら家臣一同の願いであります る」

家臣一同の気持ちは、広英にもわかっている。しかし、戦うこともせずに城から逃げてきた弱小元領主が、どうやって城を取り戻すことができるというのだ。

「ならば、いかようにすればよいのだ。城を明け渡す前に、戦っておくべきだったというのか」

「めっそうもない。羽柴軍の力は予想以上に強大でございました。ここで戦っても負けるのは火を見るよりも明らか。それゆえ、われらは投降したのです。今は従順な姿勢を示して乙城に引っこみましたが、これで終わりではありませぬぞ。これから、殿が戦功をあげますれば、龍野城へ戻れるやもしれませぬ」

やはりそういうことであったか、と広英は内心、苦笑する。領主に返り咲くには、戦功をあげるしかないのだ。家臣たちが自分になにを期待しているのか、広英にもわかっている。

「戦功をあげる」ということは、「戦で敵の大将の首を取る」か、「有益な情報を集めて味方の大将に知らせる」か、「戦場で勇猛果敢な戦いをする」か、である。つまり、家臣たちは、まず広英が戦にでることを期待しているのだ。

広英はいまだ実戦にでたことはない。

父の死後、家督を継いだとき、龍野城は織田信長についていた。今年の三月、毛利方の宇喜多直家に攻めこまれたが、そのときも今回と同じように、戦わずして宇喜多氏に投降した。戦いを避けるためであったが、それまで織田方であった龍野城は、このとき毛利方に寝返ることになったのだった。

広英自身、戦は好きではない。人を殺《あや》めて領土を取り返したいとは思っていない。こんな考えでは、一国の主《あるじ》として家臣一同を率いていくことはできないだろう、と思う。

広英にとって、領主としての手本は、父である。父はいつも戦闘の中に身を置いていた。しかし、父も決して戦が好きだったわけではない。領民たちのために、よき領主でありたいと常に願っていたのに、そんな余裕などなかった。西に毛利、東に織田、という強国に挟まれて、播磨では、どの国も生き残りをかけて必死で戦い、生きぬいていかなければならなかったのだ。

広英は縁側に立って、空を仰いだ。青い空は、龍野城で見た空と同じだった。

父は、みずからの手ではかなわなかった国造りを、自分に託したのだろうか。だとしても、領地と領民を失った今、自分は国造りなどとは無縁なところにいる。こんな自分に、父はなんというだろう。今はもう会うことはかなわないとわかってはいるが、無性に父に会いたい。父の言葉を聞きたい。こんな気持ちになったことは今まで一度もない。

そういえば、昨年は、常に備前の宇喜多に攻めこまれる恐れがあったために、父の七回忌をやることができなかった。今は龍野城からでているが、やれるものなら早くやりたい。

広英はだれにも告げずに、ひとり厩《うまや》から馬をだすと、東に向かった。揖保川を渡ってからは馬首を南に向ける。

乙城をでるときには晴れていたのに、空が曇っている。雪がちらつくかもしれない。東南に向かって走ること一里（約四キロ）ほどで、鵤《いかるが》の集落へ入った。鵤は揖保川と夢前川《ゆめさきがわ》に挟まれた平らかな地だ。

広英の目的地は、鵤にある斑鳩寺《いかるがでら》だった。創建は推古《すいこ》天皇の御代《みよ》という由緒ある寺である。

広英の時代から遡ること千年の昔、推古天皇十四年（六〇六年）に、聖徳太子《しょうとくたいし》三十三歳のとき、推古天皇のために勝鬘経《しょうまんぎょう》や法華経《ほけきょう》を講じたことがあった。天皇は大変感動し、褒美に播磨の水田百町を太子に与えた。それがこの地だった。斑鳩寺は法隆寺《ほうりゅうじ》の別院として建てられた。

かつては七堂伽藍《しちどうがらん》や多数の坊院を備えた大寺院だったが、戦乱の世に入り、播磨は混乱し、鵤の地も戦場と化し、伽藍は焼け落ち失われてしまった。西播磨の守護代であった広英の父、赤松政秀は、鵤荘の管理を任されていた。政秀は地域住民の信仰のよりどころたる斑鳩寺が失われたことを嘆き、再建に向けて動きだす。仁王門、三重塔、講堂、太子御堂などが政秀らの寄進により再建された。再建法要は永禄八年（一五六五年）に行われている。広英が四歳のときである。広英から見たら、斑鳩寺は「父の寺」なのだ。仁王門の前で馬からおりて、門をくぐった。正面に講堂が見える。そして右手に重厚な構えの三重塔が見える。

伽藍が再建されたときの落慶法要を、広英は断片的ではあるが覚えている。伽藍の軒下には赤や青の幔幕《まんまく》が下がり、境内は着飾った参拝者や正装した僧侶たちであふれていた。広英のとなりには母と姉がいた。母の腕の中には祐高がいた。

広英は三重塔の九輪を見あげた。今日は灰色の空を背景に九輪が伸びている。

あの九輪の下にある露盤には、父の願文が刻まれているのだ。「露盤」とは、塔の上部、九輪と屋根の間にある方形の盤である。

「龍野城主赤松下野守《しもつけのかみ》政秀が天下泰平を祈願して発願」と刻んであるという。

見たことはないが、父から聞いている。

父は戦乱の世を終わらせたいと願って、この寺を再建したのだ。

この三重塔が広英は好きだ。ほかにもいくつも塔を見ているが、これほど心惹《ひ》かれる塔はない。さほど高くはないが、三重の屋根の大きさや勾配が、なんとも心地よい。見ていると心落ちつく。父亡きあと、この塔そのものが父のような気がしてならない。ここにくると、広英はいつも、父はまだどこかに生きていると感じる。

父と一緒に、この寺には何回も参拝しているが、最後に訪れたのは、父が浦上氏の手で幽閉される一日前だった。あのときの父は元気で、幽閉先で暗殺されるとは夢にも思わなかった。父はなにか感じていたのかもしれない。それで、あのとき自分をここへ誘ったのではないだろうか。

父と交わした最後の会話は、今でも忘れることはない。

この三重塔を仰いでいたときだ。父はなにげない口調でいった。

「そちは早く戦場にでて戦いたいと思うか？」

不意の問いに、広英はドキッとした。

広英は、父の政秀が戦にでるところは見ていた。父の家臣たちが命を落とすところも見てきた。父は武力だけでなく、知謀にたけた武将としてその名を知られ、家臣たちからの信望も厚かった。

甲冑《かっちゅう》姿の父は勇ましく、その姿に憧れはしたが、自分が父のように果敢に戦えると思ったことはなかった。できることなら戦は避けたい。がしかし、そんなことは、龍野城城主の嫡男として生まれた以上、口が裂けてもいってはならないことだということも心得ていた。

広英が返事をしないので、父は身体《からだ》をかがめて、九歳の広英の顔をのぞきこむようにしていった。

「どうした。戦にはいきたくないか？」

「は、いえ、あの、い、今、戦にいっても、すぐ負ける気がしておりまする」

父は声をだして笑った。

「そうじゃな。今のおまえでは、すぐに負ける。ならば、負けないためには、どうしたらよいであろう」

父の問いに広英は緊張して答える。

「身体を鍛えて力をつけまする。馬、槍、剣、弓なども、いろいろ稽古せねばなりませぬ。兵法の書物も読みたいと思っておりまする」

「やることがたくさんあるのぅ」

「はい。たくさんありまする」

「戦は負けるためにやるのではないぞ。勝つためにやるのじゃからな。それはわかっておるか？」

「はい、わかっております」

「戦に勝つための、最もよい策は、なんだと思う」

なんだろう。広英は即答できない。

広英の返事がないので、政秀がいう。

「覚えておくがよい。最上の策は、戦わぬ、ことじゃ。争いがあっても、話し合いで決するることができるものなら、戦にはしない。戦になれば、人が死ぬ。田畑が荒れる。村が焼かれる。悲しむ者がでる」

たしかにそうだが、それで終わらないところが今の世の中ではないか。

広英は父にいう。

「話し合いで互いに分けあっても、そのうちにまた同じ諍《いさか》いが生じるやもしれませぬ」

「そうじゃ。分けあうのはよろしくない。『戦わずして降伏させる』、これが一番じゃ」

父は「降伏させる」というところを語気を強めていった。

「ところがじゃ、世の中には根っから戦いが好きな武将もおる。兵が何人死のうと気にしない。自分の力を見せつけるために戦をやる。ゆえに思い切り派手な戦を好む。敵が降伏するといっても許さないで皆殺しにする」

広英には驚くような話だった。

「降伏するといっても皆殺しとは……そのような武将がいるのですか」

「おるのじゃ。世の中にはいろいろな武将がおる。よいか。おまえは、そんな武将にはなるなよ」

「もちろん、なりませぬ」

広英は力強くうなずく。

「戦をする前に、知恵を絞ることが肝要じゃ。家臣の声にも耳を貸せ。おのれが気づかぬことを教えてくれることもある。振り返って見れば、わし自身、戦わずして敵を降伏させることが最上の策であったはずなのに、最上ではない策も用いてきた。裏切り、奇襲、毒殺など、人の倫《みち》から外れるような策であっても、勝利につながるとわかれば迷わず使った。そんなわしを、死んだら必ずや地獄に堕《お》ちる、という者も多い」

「そんなことはありませぬ。今の播磨は、人の倫から外れることをやって、やっと生き残れる、という浅ましい国になっています。父上はご立派です。実の息子に追いだされたお祖父《じい》さまをお匿《かくま》いになって、最後までお支え申し上げました」

政秀は、妻の父親、赤松宗家の十一代目、赤松晴政《はるまさ》を龍野城に迎えて死ぬまで匿った。晴政は家臣と結託した嫡男に城から追放され、放浪の身となっていたのだ。晴政は広英が四歳のときに亡くなっている。広英には祖父の記憶はほとんど残っていない。

「晴政殿は、わしの義理の父上じゃ。義息子《むすこ》としてあたりまえのことをしたまでよ」

「でも、息子が親を追いだす、家臣が主を殺める。人倫の道に反することが平気で行われているのが今の世の中です。どうして、そんなことができるのでしょう。みな、なんのために殺しあいをするのでしょうか」

広英は常から疑問に思っていることを父にたずねた。

「みなが願っていることは、もともとはひとつなのじゃ。『天下泰平』、これしかない。戦のない世の中にしたい、とみな思っておるのだ。ところが、悲しいかな、中にはそれを忘れて私利私欲に走る者がおる。民のためより、おのれのために、土地を奪い、金品を集める。それが諍いの元となる」

「父上も、天下泰平を願って戦をしていらっしゃるのですか」

「そうじゃよ。ほかに、なにがあろう」

そうか、そうだったのか、と広英は、このとき初めて父の気持ちが理解できたような気がした。父が望んでいるのは、領地拡大でも権力拡大でもない。天下泰平をなにより願って戦っている、とわかったのだ。

「私は父上のような武将になりとうございます」

広英が敬虔《けいけん》な気持ちでいうと政秀はうなずいた。広英の頭に手を置く。当時、広英の頭は父の胸にも届いていなかった気がする。頭のてっぺんで感じた父の手のひらの温《ぬく》もりを今でも覚えている。

あの日以降、三重塔を見あげるたびに、九輪の下の露盤に刻まれた「天下泰平」という父の願いを広英はかみしめる。父とこの境内で語ったのは、ちょうどこんな曇りの日であったな、と広英は灰色の空を仰いだ。

「兄上」

後ろから声がかかる。自分を「兄上」と呼ぶ者は、ひとりしかいない。

振り向くと、弟の祐高がこちらへ歩いてくる。

「どこへいかれるのかと思ったら。斑鳩寺になにか用事がおありでしたか」

「参拝にまいっただけだ」

祐高は、広英が乙城からでるところを見て後を追ってきたという。

「ここへくると、父上がお近くにいらっしゃるような気がするのでな……」

祐高がうなずく。

「父上も、ここへよくおいでになっておりました」

広英は三重塔へ祐高を連れていくと九輪を仰ぐ。

九輪の下の露盤に父の願文が刻まれていることは、祐高も知っている。

「父上は、天下泰平を願って斑鳩寺を再建なさったのです」

祐高の言葉に広英はうなずく。

「天下泰平。みなが望んでいることなのに、なかなか手に入れることができぬ」

広英は祐高と伽藍をまわり、聖徳殿の聖徳太子孝養像を参拝した。像の前にふたりでぬかずく。太子十六歳のときのお姿だという。

父の用明《ようめい》天皇が病気になり、太子は七日間食事を絶ち、柄香炉を捧《ささ》げて病気平癒を願った。そのときの姿だと聞く。「聖徳太子孝養像」は全国各地にあるが、この像は聖徳太子ご自身が造ったといわれ、みずらに結った髪の毛は実際の太子の毛髪を切って、太子みずからの手で植えたものだと、ふたりとも父から聞いている。木造であるが御衣を着ており、「植髪《うえかみ》の太子」と呼ばれている。

見あげていると、本当に太子が前に立っていらっしゃるような気持ちになる。父は兄弟を連れて斑鳩寺には幾度となくきているが、この像への拝礼は、毎回、欠かさなかった。

「太子十六歳のお姿でしたね。今の兄上と同じ年です」

広英はうなずく。

太子は二十歳のころに推古天皇の摂政になっている。十六歳のころは、皇位をめぐって太子の周囲にはさぞ多数の思惑が行き交っていたであろう。

「太子は、気が抜けない日々を送っていらしたに違いない」

「兄上も、ですね」

「太子に比べたら、私のような小さな元大名は……」

「大小ではありませぬ。民を思う気持ちは同じでございましょう」

祐高が兄にいい返す。祐高も自分の考えを口にだすようになったか、と広英は弟の成長がうれしい。

昨年、やるはずであった父政秀の七回忌をやっていないことを話すと、祐高もうなずいた。

「そうでした。やらねばなりませぬ」

参拝を終えて、乙城に向かって二頭の馬を走らせていると、途中で恵藤と出会った。

「おふたりの姿が見えなくなって、みな心配しておりまするぞ」

いつも穏やかな恵藤の声が鋭い。

恵藤は、ふたりが斑鳩寺へいったのではないかと思い、ここまできたという。

「すまぬ。すぐ戻るつもりでいた」

広英は素直に謝る。

「これからは、でかけるときには行き先をお知らせくだされ」

「わかった。しかと心得ておく」

広英は家臣がいったことに対して、自分に非があればすぐに認めて謝る。恵藤も、そんな広英の性格を承知しているから、それ以上の小言はいわなかった。

三人で馬を走らせ乙城へ戻った。

赤松政秀の七回忌は、年が明ける前に、ということで、十二月十二日に行われることになった。命日は十一月十二日で過ぎてしまっていたので、月命日の十二日にやることにしたのだ。広英が龍野城主ではなくなった今、近くの寺、景雲寺《けいうんじ》で小さな法要を執り行うということで重臣たちの意見がまとまった。景雲寺は乙城からは半里と少し（約二・五キロ）北にいったところにある禅寺である。京都・相国寺《しょうこくじ》の末寺のひとつで、相国寺に学んだ僧もおり、禅儒の研究に励んでいた。

父の法要の日取りも決まり、乙城での広英の生活は、日課に従って進められている。武術の稽古は、正直にいうとあまり熱が入らない。「戦は人のやることではない」と広英は思っているからである。その反動で、学問の時間は、ときが過ぎるのも忘れて没頭した。

ひとつ、不満がある。

武術の稽古は、家臣の中の腕の立つ者が師匠となって稽古をつけてくれるが、書物を読んでわからないことを聞いても、乙城では答えられる者がひとりもいないのだ。父が生きていたときには、武術も学問も、両方とも父が教えてくれた。父は文武両道、知勇に優れた武将だった。父が亡くなってからは、広英の学問を指南する教育係がいたが、龍野城を秀吉にあけ渡すと同時に、多くの家臣が離れていった。帰農する者も多かった。

教育係も立ち去った。

父もいない。教育係もいない。ひとりである。学問の師匠がほしい。わからないところをわかるように教えてくれる者がいたら、どれほどうれしいだろう、と広英は毎日思う。

歌の稽古のために歌を詠んでも周囲の者はほめるだけだ。

「よきお歌にござります」

それ以外の言葉はないのか、といいたくなるほど、みな、一様にほめるだけである。

「これでは、いっこうに上達しない。そう思わぬか？　どこかに、よき師匠はいないものか」

広英はじいの恵藤に愚痴をこぼした。

「われらでは、殿の師匠は務まりませぬゆえ、捜してみましょう。龍野は亡き殿のころから、好学の地として知られておりました。識者、学僧などが、他の城下よりいるに違いありませぬ。今度、亡き殿の法要がありまする。坊様に聞いてみましょう。しばし、おまちくだされ」

当時、僧は知識人の代表だった。寺院は現代の大学のような役割を果たしていたといっていい。僧の中には、仏教や禅などの研究はもちろん、古典や漢籍にも通じる者がいた。ことに、京の都の僧は、学識が高いと考えられていた。

十二月十二日。龍野の景雲寺にて、亡き父、赤松政秀の法要が営まれた。

当日は思っていた以上の人が集まった。龍野城からでて、帰農したり、他家への仕官を捜している者たちもやってきた。すでに身の振り方が決まっている者も、いまだ職探し中の者もいた。別れてまだ十日もたっていないのに、みな、再会を懐かしんでいる。法要は、知り合いが一同に顔をそろえる場でもあった。

景雲寺の僧たちの中に、広英が見知った顔もいくつかあった。かつて子供のころ、広英はこの景雲寺に書の稽古をするために姉と一緒に通ったことがある。五年ほどは通ったであろうか。父が亡くなると間もなくやめてしまったが、あのとき、一緒に机を並べて書の稽古をした景雲寺の小僧がひとりいたが、一人前の僧になっていたので驚いた。背も伸びて大人の男の身体になっている。名は粛《すすむ》、出家してからは宗舜《そうしゆん》と名乗る若い僧だ。広英より一歳年長である。久しぶりの再会だった。

法要中は私語はできなかったから話しかけることはしなかったが、宗舜もときどき広英を見ていることに気づいていた。

法要が終わり、払いの食事もすんで、一同解散になった。広英は、集まってくれた人々にひとりずつ礼を述べて、祐高と一緒に寺の門の前で見送った。

みなが帰ってしまうと、恵藤が笑顔でやってきた。

「殿の学問の師匠でありまするが、景雲寺の坊様がよき方を紹介してくださりましたぞ。歌の道と、仏書、儒書、和書、漢籍の指導ができるそうです」

「ひとりでそのようにたくさん？　まことか？　して、その師匠とは」

「ここ景雲寺の坊様でござります。ただいまお連れしましょう」

恵藤は寺の奥へ入っていって、若い僧をひとり連れて戻ってきた。

「殿もよくご存じかと思いまするが、宗舜様でございます。殿とは歳《とし》も近いゆえに、友人としても話がはずむのではないかと、和尚様がお薦めくださりました」

宗舜が師匠とは、こんなにうれしいことはない。昔も宗舜とは気があった。ひとつ違いなのに、いつも宗舜は広英の数歩先をいっていた。

「お久しゅうござります」

宗舜が懐かしそうな顔で会釈する。

「何年ぶりであろう。お互いに大きゅうなったな」

広英がいうと、宗舜はクスリと笑う。

久しぶりに見る友は、今日の法要のために剃髪《ていはつ》したばかりであろうか、きれいに剃《そ》り上がった頭に、新しい黒い僧衣を着ている。背丈は広英と同じくらいだが、広英に比べて肉付きがいい。顔も身体つきも丸い。その分、落ちついて見える。一歳どころか、五歳くらい年長のように思える。丸みをおびた頬や形のいい眉。これは幼いころと同じだ。

相変わらず、なにか観察しているような考え深げな目をしている。前より生意気そうに見える。それでも傲慢に見えないのは育ちの良さによるものか。

「殿様の学問の手伝いをやらせていただけるものなら、喜んでお手伝いいたします」

「こちらこそよろしく頼む」

宗舜は本堂脇の小部屋の障子をあけた。冬の陽《ひ》が部屋の中に入ってくる。陽だまりを見つけて、ふたり並んで腰をおろした。

方丈の庭が見える。枯山水の石組みの庭だった。冬枯れの庭はくすんでいる。一番きれいなのは、空の青である。ここは瀬戸内海式気候で、冬も穏やかで雪はあまり降らない。

「宗舜殿、すっかり立派な僧になったな。見違えるほどだ」

「殿様こそ。ご立派になられました」

「もう殿ではないぞ。龍野の城を追いだされたことは知っておろう。領地も召し上げられて、今や無禄《むろく》。殿ではなく、前と同じ彌三郎と呼んでくれぬか」

「では、彌三郎殿。龍野城をでられて、これから、どうなさるおつもりですか」

「当分の間、晴耕雨読にいそしむつもりだ。これこそ人の基本であろう。で、書物の中で読んでもわからぬことを、宗舜殿に教えてもらいたいと思っているのだが」

「わかることなら、なんでもお答えします」

広英は、寺の庭のすみに植えてある南天が赤い実をつけているのに気づいた。冬枯れの灰色がかった庭で、赤い色は目にあざやかである。

「宗舜殿は、あれからずっと景雲寺におられたのか?」

あれから、というのは、昔、一緒に書の稽古をしたとき以来、という意味である。

「はい。ずっと、ここにおりました」

「龍野の生まれであったか」

「いいえ。細川《ほそかわ》荘の生まれにござります」

細川荘は、現在、兵庫県三木《みき》市細川町として名前が残る。

宗舜は自分の家の歴史など、手短に語って聞かせた。

宗舜は、『明月記《めいげつき》』を書いた藤原定家《ふじわらのていか》卿の流れをくむ名家、冷泉《れいぜい》家の出身だった。冷泉家は、上冷泉家と下冷泉家に別れ、宗舜の家は下冷泉家である。京都御所の近く、同志社大学の横にあるのは上冷泉家で、両冷泉家はともに公卿《くぎょう》であったが、下冷泉家は播磨にある荘園、細川荘を管理するために都からやってきて、そのまま居着いてしまった。

「父は冷泉為純《ためずみ》と申します。わが実家は公家《くげ》ではありますが、細川荘では武士として館を構え、館は土塁や空堀も備えております。細川館は城といってもいいでしょう。武装もしておりますし」

広英は宗舜の出自を聞いて驚く。以前、聞いたかもしれないが、十年ほど前のことだ。

子供の頭では意味がわからなかったのだろう。記憶に残っていない。

「そのような由緒ある家柄の出とは。和歌の家が武家になったのは、なにゆえ」

「周囲が物騒なゆえに、武装せざるをえなかったのでございます。私は三男でしたので、武士にはならずにこのように出家し、学問を修める身となっております」

細川荘の館は、父と兄が守っているという。

「景雲寺にきたのは七歳のときですが、細川荘から龍野へやってきたのは、殿のお父上、赤松政秀公ゆえでございます」

「わが父？　なにゆえ」

宗舜の口から父の名前がでたので、広英は少なからず驚いた。

「赤松公は武術のみならず、学問も奨励している、と聞いておりました。龍野城下は学問の気風が満ちているとのことでしたから、学ぶなら、ぜひ龍野で、と思ったのです」

宗舜が景雲寺に入ったのは七歳のときである。そのころ、学問の気風云々《うんぬん》を考えていたとは、広英には驚くしかない。

宗舜は広英のことをいろいろ知っていた。つい先日、秀吉によって龍野城から追いだされ、父と祖父の蔵書をすべて持ってでて、今は乙城に住んでいることなども。

「彌三郎殿は、やはり赤松家の人でございますね。向学心がお強い」

「いやいや、ただ書物を読むのが好きなだけだ」

「なんのために読むのでございますか」

「はて、なんのためであろう」

そのようなことは考えたこともなかった。読書が好きだからだが、それでは答えにならないような気がして黙っていると、しばらくして宗舜がいう。

「難しい問いでしたか。それでは、彌三郎殿は、なんのために今日という日を過ごし、明日を迎えるのでしょうか」

それも考えたことはない。考えなくとも明日はくるではないか。

「自分が、『なんのために』乙城で暮らしているのか、わからぬ……」

広英は隠すこともせず、白状する。

「それでは、ご自分がやりたいことがなにか、わからず過ごしているということでございましょうか」

「そういうことになる。わかっていたら、そちらに向かって走っていきたくなるやもしれぬ。今の私は乙城に引っこんで、おとなしくしていなければならないのだ。余計なことは考えないほうがいい」

このときの広英は、景雲寺や斑鳩寺へいくくらいの自由はあるが、蟄居《ちっきょ》させられている状態だった。

「今の私は、やりたくても、なにもできぬのじゃ。それが口惜しい」

「では、やりたいことはあるのではありませぬか」

宗舜がかすかに笑う。

「願っていることなら、ひとつある」

「では、それをかなえたらいかがでしょう」

「それは無理だ」

広英の即答に、宗舜が目を丸くする。

「そのように難儀なものなのですか」

「私ひとりではとてもかなえられるものではない」

「いったい、なにを願っておいでになるのですか」

宗舜の問いに、広英は今まで恵藤にも話したことのないことを口にした。

「私が願っているのは『天下泰平』だ。戦のない世の中にしたい」

広英には、「天下泰平」を思うとき、必ず父の顔が目に浮かぶ。

「すばらしいことでございます。たしかに、今すぐかなえることは難しいことでしょう。それでも、だれかがやらなければ、世の中はずっと乱れたまま。今すぐは無理でも、志をもって、天下泰平をめざされたらよろしいのでは」

「ひとりではできぬ」

「たしかに。ひとりでやるのは難しいでしょう。お手伝いいたしまする」

宗舜が手伝ってくれる？　意外な言葉に広英は驚いた。

「私も天下泰平を願っておりまする」

宗舜が一緒なら、こんなに心強いことはない。

「しかし、この戦乱の世の中で、どうやって……」

「それは、これから、見つけるのです」

簡単に見つけられるものではないだろう。見つけられるものなら、だれかがとっくに見つけだして、この戦乱の世を終わらせていたに違いないからだ。それでも宗舜が手伝ってくれるなら、挑戦してみようと思った。この乱世を終わらせるために。

「ひとつ聞いてもいいかな。宗舜殿は、なんのためにこの景雲寺にいるのか。景雲寺でやりたいことがあるのか」

今度は広英がたずねる。

「仏道の、ことに禅の教えを学ぶためです」

景雲寺は臨済宗《りんざいしゅう》相国寺の一門である。

「ずっとこの景雲寺にいるおつもりか？」

「師匠の許しがあれば、都へでて本山で研鑽《けんさん》を積みたいと思っております」

都で学問を積めば、宗舜なら名をなす学僧になるだろう。

「自分の進む道がはっきり見えている宗舜殿を羨ましく思うぞ」

「道は探せば、自《おの》ずと見えてくるものです。彌三郎殿の道は、天下泰平へ向かう道でありましょう。その道が彌三郎殿にまだ見えないのだとしたら、本気で探していないからではありませぬか」

そういわれてしまうと、そうかもしれないと広英は思う。家臣たちは、広英が戦功をあげてお家再興することを期待している。その期待に、自分は応える自信がない。そんな毎日だから、いつも喉に魚の骨が引っかかっているようで、青い空を見ても気持ちが晴れないのだ。

「道は自ずと見えてくるものであろうか？」

「はい」

宗舜は自信ありげにうなずく。広英は、迷いのない宗舜が実に羨ましい。宗舜がいうように、自分に「天下泰平」への道が見えてくるのかどうか、自信が持てない。

「いつか見えるだろうか」

「はい。必ずや」

宗舜の力強い肯定に、広英は、いつになるかわからないが、その「いつか」を待ってみようと思った。

「殿、そろそろ城へ戻らねばなりませぬ」

恵藤の声で、広英は気づいた。あたりが暗くなっている。方丈の庭もよく見えないほどになっているではないか。

「それでは、宗舜殿。これから学問の指導、よろしく頼みまする」

広英は一歳だけ年長の若い「師匠」に頭を下げた。

幼いころの知り合いである宗舜を師に迎えて、広英の生活はこれまでより張りのあるものになった。広英が景雲寺へ出向くこともあれば、宗舜が寺の作務の合間に乙城を訪ねることもある。

書物を読んでも、わからないことは質問できたし、苦手な歌詠みも、宗舜に聞いてもらえると思うと詠むのが楽しい。宗舜は冷泉家の人である。歌の専門家である宗舜の目から見たら、広英の歌は幼稚に見えることはわかっているけれど、恥ずかしいとは思わない。直されたり注意されるのがうれしいくらいなのだ。歌は武将のたしなみのひとつ、と宗舜は考えていたから、指導は厳しかった。

学問に夢中になりすぎると恵藤が小言をいうので、午前中の武術や馬術の稽古も、自分でもあきれるほど真面目にやった。

ところで、最近、広英は村の名前「佐江」をとって、「斎村政広《さいむらまさひろ》」と称している。以降も、「広秀」「広通」と名前を替えていくが、本作中では混乱を避けて「広英」で通す。

人は意味なく名前を替えることはしない。それぞれの名前は、そのときの広英の気持ちがこめられているに違いない。「斎村政広」と斎村姓にしたのは、赤松の人間ではない、という気持ちの表れであろうか。それとも、名家赤松家の出であることにとらわれることなく、新しい生き方をしたいと願ったのか、いずれにせよ、赤松の姓を名乗っていない。「政」は父の「政秀」からとったものであろう。どの名前にも「広」は共通しているところを見ると、「広」が自分の「核」で、もう一文字は、そのときの環境の中で、自分が一番ありたいと願った姿を示したのではないだろうか。

冬がすぎて、春になった。平位郷佐江村では、菜の花の黄色が目につくようになり、やがて野山はツツジの赤い色に変わった。

広英が乙城に移ってから四ヶ月が過ぎた。

播磨の諸城は不穏な動きを見せている。信長の中国侵攻によって毛利方から織田方へと寝返った播磨諸城が、ここにきて反旗を翻したのだ。まず、三木城の別所長治《べつしよながはる》が毛利方へ寝返った。長治は二十一歳と若いが、東播磨で最も力のある大名として信長が頼りにしていた。その長治が離反したのだから、信長の驚きは大きかった。

長治が寝返ったことで、穏やかな湖面にさざ波が立つように、それまで信長に従順な姿勢を見せていた播磨の諸城が、あれよあれよという間に織田から毛利に寝返ってしまった。御着城、志方城、高砂城など。寝返らなかったのは、広英が追いだされた龍野城、黒田官兵衛の姫路城くらいである。宗舜の父親、冷泉為純も織田方のままである。

反旗を翻した別所長治を討つために、信長軍の中国地方攻撃の総司令官である羽柴秀吉は、長治の居城である三木城攻めを開始した。三月二十九日のことである。秀吉は姫路城の北西にある書寫山圓教寺《しよしやざんえんぎようじ》に本陣を構えた。


その三日後。四月二日。

東播磨では秀吉と別所長治が対峙《たいじ》し、情勢は不安であったが、西播磨の景雲寺の庭は平和だった。

藤棚の藤がちょうど満開で、藤の房からはいい香りが漂ってくる。その花の下で、広英は歌の稽古をしていた。広英が詠んだ歌を、宗舜が添削してくれる。

「ちょうど藤が満開でございます。今度はこの藤を詠んでごらんになったらいかがでしょう」

宗舜が藤を詠むように促す。

広英は藤を見あげて考える。

藤はきれいだ、いい香りがする、と詠んでも、宗舜は突き返してよこすことはわかっている。〈それは、あたりまえのこと、だれでも感じることでございましょう。彌三郎殿はどう感じるか、を詠まなければ意味がありませぬ〉というに決まっているのだ。

肝心なのは、この藤を見て「自分はどう思うか」である。

広英が思案に暮れていると、寺の門のあたりがなにやら騒々しい。だれかきたらしいが、来客にしてはおかしい。

宗舜が立ち上がった。やはり、おかしいと思ったらしい。

「見てまいります」

宗舜がいなくなってからも、広英は藤棚を見あげて上の句を考えるが、なにも浮かばない。

しばらく考えていたが、宗舜が戻ってこないことが気になり始めた。

やはり来客だったのだろうか、と思って寺の玄関あたりに目を移すと、庫裡《くり》から小僧が飛びだしてきた。丸くなってこちらへ駆けてくる。寺の雑用を手伝っている十歳ほどの少年だ。剃髪はしていない。広英とは顔見知りで、小僧を交えて三人で茶を飲むこともある。

広英の前にくると、小僧は膝を折って頭を下げた。顔が蒼白《そうはく》である。

「どうしたのだ」

小僧は震える口でやっといった。

「大変でございます。宗舜さまの父上と兄上が、今日、御自害されたとの知らせがまいりました」

一瞬、広英は小僧の言葉が理解できなかった。どうして自害しなければならないのだ。

「宗舜殿の父上と兄上が？　冷泉家になにがあったのだ」

「昨夜、三木城の別所長治殿の手の者による夜襲を受けたとのことです」

「なんと！」

広英は思わず立ち上がった。怒りで両の握り拳に力が入る。

「別所殿がそんな卑劣なことを……」

広英には信じられない。別所長治は、若いけれど人格者として家臣からも城下の民からも慕われていると聞いている。広英が京都で初めて信長に会ったとき、長治も一緒に謁見した。その若大名ぶりが凜々《りり》しく非常な男前だったので、長治は「美貌の青年城主」として都で評判になった。広英を含め他の城主たちは、なんの形容もされなかった。それほど注目を浴びた長治が、信長方から毛利方へ転じ、宗舜の父親と兄を自害に追いやるとは。

広英も、別所長治が反織田に寝返ったことは知っていた。

しかし、まさか宗舜の実家が襲われるとは。しかも夜襲である。三木城から宗舜の実家、細川館まで二里ほど（約六・一キロ）。目と鼻の先ではある。毛利につかない冷泉家に、別所長治がしびれを切らしたのであろう。別所氏も広英と同じ赤松の一族である。

広英は宗舜のことが心配になった。

「宗舜殿はいずこに？」

「玄関においでになります」

広英はすぐに庭を横切って玄関へ向かった。

玄関の上がり口に宗舜は腰掛けて、両手で頭を抱えていた。顔は見えないが、泣いているのだろうか。どういう言葉をかけていいのか思いつかない。

広英は宗舜のとなりに座ると、話しかけるでもなく、あけ放された玄関の向こうに見える庭に目をやっていた。

宗舜と再会したときは、寺の庭は冬枯れで寒々としていたのに、今は目にもあざやかな新緑があふれている。浮き立つような春の空の下、どこかで鳥が鳴いている。目にも耳にも穏やかで美しい景色が、今日は悲しかった。

広英も九歳のとき父親を失っている。父の死の知らせを受けたときのことを、広英は思いだした。広英の父親は毒殺だった。戦うこともなく狡猾《こうかつ》な敵にやられてしまったのだ。西播磨で守護代として精一杯戦ってきた父としては、無念の死だったにちがいない。

今になって、父の悔しさが前よりわかる。

宗舜がゆっくりと顔を上げた。玄関前の庭に目をやっている。

広英は黙っている。宗舜が話したい気持ちになるまで、自分から言葉を発するのはやめようと思った。

どれくらいのときが過ぎただろうか。

宗舜がかすれた声で呟《つぶや》くようにいった。

「父と兄が夜襲を受けた。別所長治が、細川館を襲わせたのだ」

「小僧さんから聞いた」

「武家である以上は、いつなんどき命を落とすことになるかもしれぬ。覚悟はしていたつもりだったが……気が動転してしまって、力がでない」

父と兄の最期については、知らせに駆けつけてくれた者から聞いたという。

「寝ているところを襲われて、果敢に戦うも、ろくな応戦はできなかったそうだ」

近くにある小沢城の城主で、冷泉家の執事であった衣藤太郎左衛門《いとうたろうざえもん》が急を聞いて駆けつけてくれたという。為純は、息子の為勝《ためかつ》を連れて逃げるように衣藤に頼んだ。

為勝と衣藤は逃げるが、途中、嬉野《うれしの》台地の東部、衣藤野で敵に追いつかれ、ふたりは山中で自害した。

「衣藤太郎左衛門の小沢城のすぐ近くまできていたという。城を目前にして、無念の切腹だったに違いない」

宗舜は唇を強く噛《か》んでいう。

冷泉為純・為勝父子は、秀吉からの援軍がこなかったために自害に追いこまれた、ともいわれている。ちなみに、衣藤氏は、さかのぼれば赤松家の家臣だった。

「宗舜殿の母上は？　兄弟たちは？」

広英はたたみかけるようにたずねる。宗舜には弟がふたりいる。

「母と弟たちは逃げのびて、大雄寺《だいゆうじ》に匿われていると聞いている」

大雄寺は細川館から三町ほど（約三百メートル）南にある冷泉家の菩提寺《ぼだいじ》である。

宗舜は庭に目をやったまま、思い詰めたような顔でいった。

「父と兄の仇《かたき》を討たねばならぬ」

宗舜が憎らしからぬ強い口調でいったので、広英は驚いた。

「宗舜殿が？　みずから？」

「それしかないであろう」

「宗舜殿は僧ぞ。僧籍《めいせき》を捨てるというのか？」

その豊かな知識と明断な頭脳を思うと、宗舜は武士より学僧になるために生まれついていると思う。

「父上と兄上の仇は、武家に任せておいたらどうだ」

「だれに任せられる。そのような者はおらぬわ」

一瞬、広英は返答にとまどったが、自分でも驚く答えを口にしていた。

「私がやる」

宗舜が首を回して広英を見る。

細川館の悲劇を一瞬忘れたかのような顔だ。〈この友人は、ときとして、思いもよらぬことを口にすることがある〉と思っている顔だった。

「彌三郎殿に任せるなど、そのようなことはできぬ。それに、失礼ながら、別所長治殿の首を取れるほどの力量が、彌三郎殿にあるとも思えぬ」

そのとおりである。広英自身、実戦経験のない広英は、戦場ではひよっこ、流れ弾に当たってすぐに死ぬだろう。それくらいのことは百も承知である。

「たしかに今の私に兵はない。戦をやることもできぬ。今すぐは無理でも、いつか……」

いつかでは、遅い、と広英は自分でも思うが、悔しいが今の自分は非力である。

思いついたことがある。

「そうだ、宗舜殿。今、別所殿の三木城を羽柴筑前守殿が攻めているではないか。羽柴殿に、なんとしても別所殿の首を取ってもらうのだ」

広英は勢いよく立ち上がった。

「今から頼みにいく」

「どこへいくのだ」

宗舜が驚いた顔でたずねる。

「書寫山圓教寺。筑前殿の本陣がある」

「ならば私もまいる」

広英は自分が乙城から乗ってきた馬で、宗舜は細川荘から使いの者が走らせてきた馬で、書寫山へ向かった。景雲寺から書寫山まで四里（約十六キロ）ほど。途中で休みもとらず走った。


書寫山圓教寺。

圓教寺は広大な敷地を持つ寺で、書寫山にある。創建は平安時代末期、「西の比叡山」と呼ばれる天台宗《てんだいしゅう》の大寺院である。武蔵坊弁慶《むさしぼうべんけい》がこの山で修行したという言い伝えがある。秀吉が圓教寺に入ったときには、比叡山を焼き討ちした織田信長の家臣がやってくる、というので僧たちはすでに逃げだしていた。

秀吉の本陣は、圓教寺の伽藍群を通り抜けてさらに山を上がったところにあった。あたりは天にも刺さらんばかりに大木が繁《しげ》り、深山の空気は冷たく張り詰めている。鶯《うぐいす》の鳴き声を聞きながら、林の切れ目からのぞいて見ると、眺望がいい。ここに本陣を持ってくる意味がわかる。眼下でなにか起これば、山の上からすぐに察知できる。

秀吉はここから戦に出陣し、終わるとここへ戻ってくる。

広英と宗舜が訪ねていくと、秀吉は休憩中のようで、帷子《かたびら》姿であぐらをかいて、にぎりめしを頬張っていた。広英と同じくらいの年齢の少年がお茶を運んでくると、すぐに引っこんだ。目もと涼やかな利発そうな少年だった。

広英は京二条の妙覚寺を訪ねて信長に謁見したとき、羽柴筑前守とも顔を合わせている。

信長の有力家臣にまで上りつめた秀吉は、現在の地位と掌握している権力には不似合いな痩せた小男で、貧相な顔には不釣り合いなほど大きな目玉が小動物のようによく動く。顔も姿形も、滑稽ではあるが愛嬌《あいきょう》がある。織田信長に拝謁したときに感じた王者の風格はないが、どこか憎めない男である。

広英と宗舜は、秀吉の前にかしこまって座った。

ふたりの若者が突然現れたので、秀吉は首をかしげている。

「はて、なにか用でござるかの。龍野の赤松彌三郎殿じゃな」

秀吉は広英の顔を覚えていた。

「はい。これは、細川荘、冷泉為純が子、宗舜にござります」

今は景雲寺で修行する禅僧であることを説明する。

「為純殿のご子息か……」

秀吉の顔が曇る。宗舜の出自を聞いて、ふたりの青年がどうしてここへやってきたのか、聞かずともわかったようである。

「こたびは、父上、兄上、ともに惜しいことをいたした。さぞ悔しい思いをしているに違いない」

秀吉が宗舜に向かっていう。

「悔しゅうござります。筑前様は、今、別所長治殿と戦っておられます。私は、ぜひとも、ぜひとも、父と兄の仇を報じたく存じまする」

宗舜が熱い言葉で訴える。

秀吉は大きくうなずく。

「そちの気持ちはようわかる。しかし、今すぐは難しい。しばし時運を待たれよ。ここはひとつ、宗舜殿の気持ちをわしに預けてもらえぬか。必ずや、父上と兄上の仇はわしが討つ」

秀吉はいい切った。

宗舜はどう思ったか、両手をついて下を向いたまま黙っている。

秀吉は広英に向かっていった。

「別所は赤松殿の一族でござったな」

「さようでござります」

播磨の多くの城主たちは、赤松一族から分かれた者たちだ。

「こたびは、播磨衆のほとんどが、別所に呼応して毛利方に寝返ってしもうたわ。まったく、なんてこった」

　なんてこった、といいながらも、秀吉の声には悲愴感《ひそうかん》はない。むしろ楽しんでいるような口調だ。秀吉は、宗舜の母やほかの兄弟が無事であることを聞いて喜んだ。

「それはよき知らせじゃ。で、母者をどうするつもりじゃ。細川館は焼け野原になってしまったと聞く」

「京の相国寺に叔父がおりますゆえ、母と弟たちを叔父のもとへ連れていこうと思っておりまする」

　宗舜の父親の弟は、京の相国寺普廣院第八世住職だった。名を清叔寿泉《せいしゆくじゆせん》という。普廣院は、かつて冷泉家から屋敷の跡地を寄進されたことで寺域が拡大したこともあって、冷泉家とのつながりが深い。定家卿の墓もここにある。

「それがよい。すぐに連れていったほうがよいぞ」

　秀吉は、今度は広英に向かっていう。

「彌三郎殿も一緒に京にいったらどうじゃ。宗舜殿がひとりで女子供を連れていくのは物騒ではないかの」

　そのとおりだ。自分は乙城で蟄居の身だが、秀吉がいったらどうかといっているのだから、上洛《じようらく》も可能ということだ。

「は、そういたします」

「宗舜殿一行を送り届けたら、彌三郎殿はここへ戻ってまいれ。ちと、考えていることがあるでの」

「は、承知つかまつりました」

広英と宗舜は、すぐに佐江村へ戻った。

乙城に戻ると、みんな細川館の悲劇は知っていた。知らせが入ったのだ。

「殿が書寫山へいかれたとは、信じられませぬな。羽柴筑前守にめどおりされたとは」

恵藤は、広英が自分に無断ででかけたことが気に入らない様子だが、どこかうれしそうだ。

「宗舜殿の家族を京まで送り届けるように、と筑前殿からいわれた」

「まことでございますか？」

家臣たちは驚く。

宗舜の上洛に際して、広英についていく者が選ばれた。祐高と、家臣の若手の中からふたりが供として広英についていくことになった。

宗舜と広英は、それぞれ旅仕度をまとめてから合流し、大雄寺へ宗舜の母と弟たちを迎えにいった。その日は大雄寺に泊まり、翌朝、京へ向かって出発した。二頭の馬に母親と子供たちを乗せて、他の者は歩いた。

広英にとって上洛など、めったにあることではない。今まで乙城に閉じこめられていたこともあって、外の空気は心地よかったが楽しい旅であるはずがない。道中、だれもなにもいわない。旅というより、弔いの葬列のようだった。

二日かかって相国寺普廣院へ到着した。

相国寺は臨済宗相国寺派の総本山で、開基は室町幕府第三代将軍・足利義満《よしみつ》。義満の「花の御所」に隣接する地に伽藍を建立したのが相国寺の始まりである。「花の御所」は室町通りに正門があったため「室町殿」とも呼ばれ、そこから足利幕府は「室町幕府」と呼ばれるようになった。義満は、相国寺に七重の大塔も建立したが、火災で焼失。応《おう》仁《にん》元年（一四六七年）に勃発した「応仁の乱」では、細川勝元《かつもと》の東軍の陣は、相国寺などに置かれている。ちなみに、金閣《きんかく》がある鹿苑寺《ろくおんじ》、銀閣《ぎんかく》がある慈照寺《じしようじ》も、相国寺の塔《たっ》頭《ちゆう》のひとつである。

相国寺普廣院へ宗舜一行を送り届けると、広英は祐高とともに、姉、さこの屋敷を訪ねた。

広英は、以前、織田信長に拝謁したときに姉のところに立ち寄っている。あれは天正四年の十一月だったから、一年と数ヶ月が過ぎている。祐高は今回が初上洛であるから、龍野城で姉を見送って以来、初めての再会になる。

さこは、公卿の二条昭実の正室になっている。昭実の父、晴良はこのとき関白だったが、広英と祐高が訪問した二日後に辞任する。

　二条家は一条高倉にある報恩寺の敷地跡に屋敷をかまえている。広英が以前訪ねたときの屋敷とは場所も建物も違う。信長によって建てられた新しい邸宅へ引っ越していたのだ。こちらの新しい建物も、以前の屋敷にも負けず広大で建材も立派である。

　広英の目には、公家の屋敷は建物も調度品も珍しく、優雅に思えた。姉が身につけているものも、龍野城で姉が着ていたような小袖ではない。大袖の公家の衣裳《いしょう》である。こちらの衣裳も、姉にはよく似合っている。

「お久しゅうございます」

　広英と祐高は、声をそろえて姉に挨拶した。

「ふたりとも、ようきてくれました。祐高も、りっぱになりましたね。龍野からわらわが上洛したときには、まだ幼かったのに。年月が過ぎるのは早いものです」

「は、こうして姉上に再度お目にかかることができるとは、夢のようです」

　祐高は、うっとりした目で姉を見ている。そんな祐高が、姉には余計かわいらしく見えるのであろう。祐高にはにこやかな笑顔を見せる。

　今日は、友人である景雲寺の僧、宗舜とその家族を相国寺まで送り届けたことなど、広英は細川館の悲劇を含めて姉に話した。

「播磨は、今、大変なことになっているようですね」

姉も、別所長治の毛利方への寝返りは知っていた。

「まさに、ほとんどの播磨衆が、再び毛利方に寝返ってしまいました。もう、なにがなにやらわからなくなっております」

「そなたは、どうするつもりですか」

姉が広英にたずねる。

「私は織田方です。父上は、最初から最後まで織田方でした。姉上も織田殿とは、浅からぬ縁《えにし》がありまするゆえ」

「わらわのことを案じてくれるのですか」

「当然でございましょう。われらは、ともに父、政秀の子でございます。手を取り合ってこそ、父上もお喜びになるかと存じます」

姉はうなずく。

「姉上は公家の家に嫁がれて、大変なこともあるのではないかと存じますが、いかがでしょうか」

「最初は戸惑うこともありましたが、もう慣れました」

「都でお心細い毎日をお過ごしなのではないかと、気になっております」

「その点は、心配には及びませぬ。心細かったことは、都にまいってから一瞬たりともありませぬ」

「まことですか？」

広英はそんな返事を予想していなかった。

「ええ。まことですよ。驚きましたか？　信長さまからも、公方さまからも大事にしていただきましたし、二条さまもお心にかけてくだって、なに不自由なく暮らしております」

姉は昔を振り返るような目をしていう。

「上洛したとき、信長さまは公方さまのために、御所をお建てになっておいででした。信長さまが工事の現場にみずからお立ちになり、陣頭指揮を執っておられましたよ。四町（約四百四十メートル）四方の敷地は二重の堀で囲まれ、三重の天守がありました。戦になったら籠城できる城として建てられたようです。瓦には金箔《きんぱく》が施されていました。それはそれは豪華な城でした」

できあがったときには、姉もその豪華な城に入ったという。

信長が義昭のために建てた城は当時は「武家御所」と呼ばれ、その後、義昭は反信長に転じこの城に立てこもる。この武家御所の建物は、信長が安土城を築城するときに壊され資材が転用された。

義昭のところで姉はしあわせに暮らしていたようなのに、義昭と離れて二条殿のところへ嫁いだのはどうしてだろう。広英は疑問に思った。

「姉上が公方さまと別れたのは、なにゆえですか。おふたりが仲違《なかたが》いなさったのでしょうか」

広英がたずねる。

「仲違いなどしてはおりませぬ。公方さまは武将としてご立派なお方でした。強い意志と、決めたことは必ず実行する力をお持ちでした。公方さまの悲願は幕府の再興、それに向かってひたすら突き進んでおいででした。今でも、公方さまのことは気になっております」

「それならば、なにゆえ、姉上は公方さまと別れたのですか」

今度は、祐高が同じことをいま一度たずねる。

「それは、わらわには与《あずか》り知らぬところで決まったこと。今、都のことは、すべて信長さまのお気持ちひとつで決まるのですよ」

それ以上は語らなかったが、広英にも想像はできた。

最初、義昭は自分の将軍としての地位を確固たるものにしようとして、信長の武力に頼った。義昭は自分の兵を持っていなかったために、有力武将に頼るしかなかったのである。

一方、信長は、将軍の権威を利用して、自分の力を世の中に知らしめようとした。

互いに相手を利用することで、両者の思惑が合致していたときは良好な関係だった。

それが、互いの思惑に齟齬《そご》がでてくると、ふたりの関係は悪化した。義昭は各地の有力大名に檄《げき》を飛ばし、「信長包囲網」を形成し、信長を討つことを企てたのである。

その後、信長と義昭の間には種々の争いが起こるが、最後は、義昭は信長によって京都から追放され、毛利氏を頼って西国へ逃れる。

このとき、さこは信長によって義昭と別れさせられ、義昭との間に生まれた一歳の義《ぎ》尋《じん》とともに、信長のもとへ送られた。義昭は生涯、正室を持たなかったために、さこが産んだ息子は、義昭の嫡男となった。つまり、次の足利将軍になる男子として育てられた。さこに正室の地位が与えられなかったのは、このころ、足利将軍の正室は近衛家の出身であること、との慣例があったからである。

「信長殿のもとでは、姉上とお子は人質だったのですか？」

祐高が単刀直入にたずねる。

「息子は人質だったでしょう。わらわは……信長さまは、御自分の側室にと所望されました」

そんな話があったとは、広英は初めて聞く。

「なんと、室町将軍の側室の次は、今度は信長殿の側室ですか」

祐高が不愉快そうにいう。姉が政争の道具になるのが納得できない、という声だ。

「わらわには乳飲み子がいましたゆえ、お断りしました。息子は若公方と呼ばれ、信長さまはよくしてくださいましたが、その子は二歳になる前に出家することになり、わらわの手元から離れました」

出家させられたさこの息子、足利義尋は、後に奈良興福寺《こうふくじ》大乗院の門跡になる。

「一歳のお子を手放されたのですか」

姉はうなずく。

「公方さまのお子ですから、自分の子であっても、思うように育てることはできないのです。時の流れは、公方さまではなく信長さまに味方していましたから。これは、人の力では、どうにもしがたいもの。時運を味方につけるには、人智《じんち》を越えた神仏の加護も必要になりましょうが、それも思うようにはいかぬもの」

息子が出家してから、姉は信長の側室になったのだろうか。しかし、今、姉は二条昭実殿の正室になっている。そこにはどういう事情があったのだろう。

「お子を出家させて、信長殿は姉上を側室に？」

祐高が続けてたずねる。

「そうなるであろうと、わらわも覚悟していました。そうしたら、関白・二条晴良さまの御嫡男、昭実さまが、わらわを正室にと、信長さまにご所望されたのです」

「え？　昭実さまがみずから、ですか？」

広英も祐高も、ことのなりゆきに驚く。

二条家は足利義昭とも織田信長とも関係が深い。足利義昭は、まだ上洛前に越前《えちぜん》・朝《あさ》倉義景《くらよしかげ》の屋敷に滞在していたことがある。そのとき、前関白の二条晴良を招きみずからの元服式を行った。また信長は二条家を買い取り、自分の京屋敷にしている。

「昭実さまは、どこかで、わらわをお見かけなされたようでした」

なるほど、と広英と祐高はうなずく。

「しかし、信長殿が、よくぞ姉上を手放されましたね」

「昭実さまが、それはそれは、ご熱心だったようです」

姉は頰を少し染めていう。

このとき、さこは二十五歳、二条昭実は二十歳。昭実は初婚である。

「そこで、わらわは信長さまの養女として、関白家へ輿入《こしい》れすることになったのです」

二条晴良は永禄十一年（一五六八年）から再度関白職に就いていた。

「昭実さまも、晴良さまも、たいへんおやさしくしてくださります。公方さまのところでは、いつ夜襲にあうやもしれず、ひとときも心が安まるときはありませんでしたが、ここへきてからは夜、眠れるようになりました。出家した息子のことを思わない日はありませぬが……」

姉は深いため息とともに言葉を切った。大袖からでた自分の指先に視線を落とす。

しばらくして、顔をあげると広英にたずねた。

「そなたは、ふたたび、龍野の城へ戻りたいと思っていますか？」

広英はしばらく考えてから、姉の目を見て答える。

「それは何度も考えましたが、よく思うのです。私は、父、赤松政秀のあとを継ぐ者としてふさわしいのかどうかと。自分でもわからないのです」

姉は、おや？　というように眉を上げる。

「ふさわしいかどうかわからないのなら、自分の心に尋ねてごらんなさい。ふさわしいかどうかより、なりたいかどうか、でしょう」

「姉上は、なりたいものにおなりになったのですか？」

「ええ」

姉はほほ笑みながらうなずく。

広英は姉の答えに納得できない。姉は関白夫人になりたかったのか？　そんなことは思ったこともないのではないのか？

「わらわは、龍野赤松家の人間。父上と広英、祐高の役に立ちたかった、それだけです。少しは役に立てたでしょうか」

「もちろんです。羽柴殿に攻められた上月城が落ちて、そのすぐあとに龍野城が攻めこまれました。城も町も焼けずに残ったこと、あれは奇跡に近いと思っておりまする。城主の私も家臣たちも、命を落とした者はひとりもおりませぬ。姉上が信長殿の養女になっていたからこそ、だと思っております」

姉はかすかに笑っただけで、それについては肯定も否定もしなかった。

広英と祐高は姉に別れを告げ、相国寺普廣院へ戻った。

「姉上はおしあわせそうでしたね」

祐高も姉に会えて安心したのだろう。いつになく穏やかな顔をしている。

広英は庭が見える縁側にひとり座っていた。

新緑の築山にツツジが淡い桃色の花を咲かせている。

さきほど別れた姉のことを考えている。

嫁ぎ先の二条家は関白を輩出する家柄。二条昭実もやがて関白になるだろう。そのとき姉は関白夫人になる。西播磨の小さな城に生まれて、都の公家社会の頂点に暮らすようになるとは、女としての大出世にちがいない。

これも、ひとえに父上のおかげです、と姉はいうだろう。祐高のいうとおり、姉はしあわせそうだった。

「ここに座ってもよいであろうか？」

宗舜の声だ。

広英がうなずくと、宗舜がとなりに座る。景雲寺で何度もやっていたことである。

「都までの見送り、まことにありがたきことにて、おかげで無事に到着することができた。なんと礼をいっていいのやら」

「礼などいらぬ。友としてあたりまえのことをしたまでだ。われらは武士。これくらいのことしかできぬ」

「彌三郎殿は、これから播磨へ発《た》たれるのか？」

「うむ。宗舜殿は、どうされる」

「ここに止《とど》まるつもりだ。景雲寺へは戻らぬ。相国寺で修行することになった」

宗舜が寂しそうにいう。

「そうか……」

そうなるだろうと思っていたから、広英は驚かなかった。

「細川館もなくなった。家族は京にいる。景雲寺に戻る理由がなくなってしまったからな」

乙城に自分がいるではないか、と広英は思ったが、自分は宗舜の家族ではない。宗舜は母や弟たちの側《そば》にいるほうがいいに決まっている。

「宗舜殿に教わることができなくなる。寂しくなるぞ」

「それは、わしも同じだが、離れていても文があるではないか」

宗舜は明るくいったが、それきり黙ってしまった。

幼いころからの知りあいではあったが、宗舜との語らいの日々は、去年、天正五年の十二月に始まったといっていい。今、天正六年の四月。四ヶ月足らずしか過ぎていないのに、ずいぶん前から、こうして語りあっていたような気がする。

ふたりが語らいあうようになったのは、広英が龍野城から追放されるという不慮の出来事がきっかけだった。別れることになったのも、宗舜の実家、細川館の焼失、父と兄の自害、という突然の悲劇がきっかけだった。人の生とは、しあわせなことより不幸なことのほうが多いのではないか、とも思うが、友との別れを、暗い気持ちで締めくくりたくない。広英は朗らかな口調でいった。

「宗舜殿と語らいたくなったら、文を書くことにする。上洛するときは、必ず会いにまいるからな」

宗舜がうなずく。宗舜の目の下にはクマが残っている。父と兄を失った痛手から、まだ立ち直っていないのだ。

「彌三郎殿はどうするつもりなのじゃ。いつまで乙城で晴耕雨読しているおつもりか？」

「まだひもといてない書物が山ほどある。幸い、学問をする暇もある。宗舜殿のように学問に精進するつもりだ」

「学問もよいが、赤松のお家や家臣たちはどうするつもりなのだ。彌三郎殿はひとりではないのだぞ。眷属郎党《けんぞくろうとう》がいる。それを捨てなさるというのか？」

「捨てるわけではない。弟に譲るのだ。私は出家することを考えている」

「なんと、彌三郎殿が出家ですと？」

意外な言葉だったのか、宗舜が慌てた様子で聞き返す。

「そうだ。出家するのだ。実は、宗舜殿を見ていると羨ましゅうてな」

宗舜が目を丸くする。

「宗舜殿のように学問に身を投ずるつもりだ」

「なにをおっしゃいますか。それはなりませぬ」

宗舜の声が大きくなった。

「私は彌三郎殿のお立場が羨ましゅうございました。それを捨てなさるとは、もったいのうございます」

「もったいない？　なにがもったいないのだ」

「人は、望んでも城主の嫡男に生まれるとは限りませぬ。それをみずから手放すとは。私は三男でしたから、出家し学問の道に入りました。そうするしかなかったからです。景雲寺で話したときに、彌三郎殿は、『天下泰平』を可能にしたいといっておられました」

たしかに、そういった。広英も覚えている。

「あれは、どうなされました。出家して学問すれば、『天下泰平』が近づくとお思いか？　龍野の城下だけでも、『天下泰平』を実現してみようとは思いませぬか？　私のような禅僧という立場より、彌三郎殿のほうが、はるかに『天下泰平』を実現できるところにいらっしゃるのですぞ」

「学問では『天下泰平』はかなわぬ、というのか？」

「学問でも可能です。しかし長いときがかかりまする。何代にもわたって伝えられ、初めて花開くことになるやもしれませぬ。彌三郎殿は、持って生まれたそのお立場を、お捨てになることはありませぬ」

「では、宗舜殿は、この広英にどうせよというのか」

「はっきりしているではありませぬか。ご自分の城下に、『天下泰平』を実現するのです。日の本全体の『天下泰平』は難しくとも、ご自分の領地だけなら、可能かと存じます」

自分の領地……と聞いて広英は内心苦笑する。今、広英に領地はないのだ。

いつか、自分の領地を持つときがきたら、領民も領地も、戦とは縁のない泰平な国にしたいと思う。しかし、果たして、無禄になってしまった自分に領地を持つ日がくるのか。

供の者が呼びにきた。そろそろ出発するという。

語らいの途中ではあったが、広英は立ち上がった。

「また会おう」

宗舜がうなずく。

普廣院の門の外に立って、宗舜は広英を見送ってくれた。

上立売《かみたちうり》通りへでてから広英が振り返ると、宗舜はまだ門の前に立ってこちらを見ていた。

幼いころからの知り合いではあったが、友として語らったのは四ヶ月にも満たない。

友としての交わりは短いが、宗舜は、広英にとってほかには得がたい貴重な友人だった。

第三章　上月城　初陣

広英が都から播磨に戻ると、書寫山に本陣を構える秀吉は合戦の最中だった。毛利方の城、野口城を攻めていたのだ。野口城は加古川《かこがわ》の河口付近にあり、三木城から四里ほど（約十五キロ）南西に位置している支城である。三木城のまわりを固める支城を落として本城を孤立させる秀吉の作戦の一環だった。

秀吉の野口城攻めは天正六年（一五七八年）四月三日から始まり、六日には終わった。四月十日、秀吉が書寫山の本陣に戻ったことを知って、広英は秀吉からいわれていたとおり、書寫山へ向かった。恵藤がついてくる。

秀吉の本陣で取り次いでくれたのは、宗舜と一緒にきたときに秀吉の側《そば》に仕えていた少年だった。色白でくっきりとした眉、目がぱっちりと大きい。美少年だ。背は広英より少し低いが、同じくらいの年齢だとみる。

秀吉の陽気な声が聞こえてくる。

「なんじゃ、佐吉《さきち》。赤松彌三郎がきてる？　おお、きたか。わしが呼んだんじゃよ」

仕えている少年は「佐吉」という名前らしい。

野口城攻めの後の骨休めをしていた秀吉は、今度は帷子《かたびら》でなく、小袖に半袴《はんばかま》を身につけていた。小袖は白地に細かい茜《あかね》の蛇の目模様が描かれ、半袴は鉄紺色としゃれている。

「小袖も半袴も、おやかたさまから賜ったものじゃ。似合うかの？」

秀吉は機嫌がいい。「おやかたさま」とは信長のことである。

「は、よくお似合いでござりまする」

広英は秀吉に都から持ち帰った土産物を進呈した。さこから土産に持たされたコンフエイトという砂糖菓子である。

秀吉は桃色や緑、青色の小さな砂糖菓子を見て喜んだ。

「都の菓子は、優雅じゃのう。食べるのがもったいないくらいじゃわ」

そういいながらも、ひとつつまんで口に運ぶ。

「うまい菓子じゃ。して彌三郎殿は、乙城ではいかが過ごされておるかの？」

秀吉は気さくな口調で話してくる。

「毎日、武術の稽古に励み、書物を読み、田畑を耕しておりまする」

「それはよき習いじゃが、佐江の田舎に埋まっておったら、身体《からだ》も腕も頭も鈍るのではないかの？」

龍野城にいたころより、佐江の乙城では暇が多い。武術にも学問にも、龍野城にいたときより精進できる。身体も頭も、以前より調子はいいくらいだ。

「ところで、彌三郎殿は、友人の宗舜殿の実家、冷泉家の仇《かたき》をとる気はないかの？」

冷泉家の仇と聞いて、一瞬で広英の身体中の血がたぎる。

「それは、もちろんでございます。私めにできるでしょうか？」

熱くなる血を抑えて、広英は冷静を装ってたずねる。

「うむ、おぬしがそのつもりになればの。できぬこともないと思うぞ」

秀吉が信じられないことをいっている。

「まことでござりましょうか」

「むろん、まことじゃ」

「できるものならやりとうございます。が、今の私には兵がおりませぬ。どうしたらよいのか、わかりかねております」

「そうじゃろな」

秀吉は広英の言葉にうなずく。

「今、わしは三木城を攻めておる。そこでじゃ、わしの軍に加わらぬか？　三木城は、冷泉家の仇、別所の城じゃぞ」

広英は驚いた。秀吉が自分を戦に誘っている。織田家中で、めざましく力をつけてきている秀吉が、である。信じられないが、宗舜の仇は討ちたい。

「私のような若輩者が筑前守さまの軍に加えていただけるとは、この上ない喜びにございます。しかれども、家臣たちはすでに他家へ仕官したり、帰農したりして、散り散りになってしまっておりまする。兵を集めるためには、しばしときが必要になるかと思いまするが」

「兵はなくともかまわぬ。わしの馬廻《うままわ》り衆に加わればよい」

「な、なんと」

「馬廻り」は武家の役職のひとつで、戦場において文字どおり大将の馬のまわりにいて、大将を守るのが仕事である。大将がやられるときには一緒に死ぬことにもなる。騎馬の技術や武芸に優れた者が選ばれ、伝令や取り次ぎなどもやるエリート集団である。

戦時でないときも、大将の側にいて護衛をする。四六時中大将の側にいるので、大将には若者たちを観察する機会が与えられることになる。そのため、馬廻り衆から、より重要な地位へ抜擢《ばってき》されることがよくある。従って、馬廻り衆に選ばれることは、昇進のチャンスがある、ということでもあり、喜ぶべきことなのだ。

「筑前守さまの馬廻り衆に加えていただけるとは！　喜んで参じまする」

広英は両手をついて頭を深く下げた。

自分の初陣が、宗舜の父と兄の敵討ちとは。宗舜が聞いたらなんというであろう。

羽柴筑前守秀吉。この男についていこう、と広英は、このとき心に決めた。秀吉の武将としての評判は広英の耳にも届いている。この男の部下になることは名誉なことだ。こうして向きあってみて、秀吉を嫌いな男だとは思わないし、家臣たちも広英が戦にでることを待ち望んでいる。それになにより、今の広英には、ほかに選択肢はなかった。

「彌三郎殿は、初陣はまだだと聞いておるが、いつでも出陣できるように戦仕度をして待っておれ。次に出陣するときは、彌三郎殿にも加わってもらうでの」

「は、はー。筑前守さまの馬廻りとして恥じぬ働きをしたく存じまする」

広英は額が床につくくらい深く頭を下げた。広英のとなりでは、恵藤が同じくひれ伏している。

「追って沙汰をだす。これで話は終わりじゃ。わしの馬廻り、頼むぞ」

秀吉が立ち去って、広英と恵藤は顔を見合わせた。

「殿、これは、瓢箪《ひょうたん》から駒になるやもしれませぬぞ。馬廻りとして殿の働きめざましければ、お家再興も夢ではありませぬ。これは、すぐに戦仕度をせねば。殿の初陣でありまするゆえ、それがしもお供つかまつりまする」

恵藤はすでに力が入っているらしく、顔を赤らめていう。

供の者は、恵藤よりもう少し若手のほうがいいのではないか、とも思ったが、ここでは黙っている。人選は家臣たちに任せよう。

乙城に戻ると、恵藤の報告を聞いた家老らはじめ家臣は、みな喜んだ。

広英が乙城へ移ってから、龍野城に城主はいない。城主不在のまま秀吉配下の蜂須賀《はちすか》小六正勝《ころくまさかつ》が城を預かっている。馬廻り衆は、若い武者たちのなかでも選《え》りすぐりの集団として知られている。そこに招かれたということは、広英の働き如何《いかん》によっては龍野城へ戻れるかもしれない、とみなは密《ひそ》かに期待し始めたらしい。

広英は戦仕度を整えて、秀吉からいつ呼ばれてもいいように万全の準備をして待っていた。馬廻り衆は、五人ほど自分の部下を連れていくことができる。その人選もすんだ。恵藤と祐高、そして、乾宣光《いぬいのぶみつ》と屈強な若手二人の計五人が広英に従うことになった。乾宣光は、もとは秀吉の家臣で、秀吉から派遣されて広英に仕えることになった男である。

広英が参戦することになった三木城攻めは、信長の中国攻めの一環として秀吉によって行われている。

三木城は摂津《せっつ》（大阪方面）へ向かう有馬《ありま》街道が通っているという東播磨の交通の要衝にあった。美嚢川《みのうがわ》は加古川に合流して播磨灘に注いでいるために、川を通じて瀬戸内海へでることもできるという海運の要衝でもあった。

三木城は美嚢川に面した台地に本丸があり、堅牢《けんろう》さで知られている。簡単には落とせない。そこで秀吉は、三木城を取り巻く支城をひとつひとつ落として本城を孤立させる作戦にでていた。野口城攻めも、その作戦のひとつである。

また、三木城攻めのために、秀吉は多数の付城《つけじろ》を造った。「付城」とは、攻撃の拠点にするための城で、敵城の近くに造られる。秀吉が造った付城は、最初三つほどだったものが、最終的には四十ほどになったともいわれている。付城を造ることによって、支城を落とすと同時に毛利から三木城への兵粮《ひょうろう》補給路を断っていったのだ。


四月十五日、秀吉から広英のところへ呼びだしがあった。

翌十六日、広英は戦仕度をして、秀吉の本陣がある書寫山へ向かった。着用しているのは、黒塗り板札濃紺糸素懸縅《いたざねのうこんいとすがけおどし》具足。鉄と革と絹と漆を用いて作られている。兜《かぶと》は鉄《てつ》錆地《さび》塗り筋兜。縦筋が入った鉄製のものだ。派手な前立てはないが、左三つ巴《ひだりみどもえ》の赤松氏の紋が正面についている。胴は鉄錆地塗りの二枚胴具足で鉄製漆塗り。

「戦仕度」といえば、広英の脳裏には父の甲冑《かっちゅう》姿が焼きついている。広英が初めてつけたこの具足類も父が所有していたもののひとつで、広英の身体《からだ》に合うように作り直したものだ。

甲冑姿になると、広英はこれまで経験したことのない武者震いに襲われた。甲冑を身につける、ということは常に死を覚悟しなければならない、ということでもあるのだとそのとき初めて知ったのだった。

これまでの蟄居《ちっきょ》生活は、飯を食って眠って、朝陽が昇れば目覚めた。毎日がその繰り返しで、生きている実感も喜びもなかった。自分はなんのために生きているのか、自問しても答えはでなかった。

それが戦仕度に身を包んで死を覚悟したとたん、生きていることをヒシと自覚する。赤松の家のためにも、家臣たちのためにも、自分は生きねばならぬ、と強く感じたのだった。

合戦は好きではない。父もできることなら合戦は避けよ、と広英に教えた。

それでも播磨全土を巻きこんで織田と毛利が戦いを展開している今、どちらかに属して戦わなければ明日はなかった。

広英は従者五人を従えて、書寫山にある秀吉の陣に加わった。

「ようきてくれた、彌三郎。無茶なことはするなよ。まず最初は、戦がどういうものか、自分の目で見て、どうしたらええのか覚えることじゃ。わしの馬廻り衆に加わってもらうがの、馬廻りがどういうもんか、まず佐吉が説明するでな」

佐吉とは、後の石田三成《いしだみつなり》である。佐吉は後ろに控えていて、秀吉と交替した。秀吉はどこかへいってしまう。

「馬廻り衆というのは常に筑前さまのお側にいて、なにかあったらお守りするのが役目です」

佐吉は淡々と説明する。

「それは心得ております」

「それさえ心得ておいでになれば、あとは大丈夫です。わからないことがあったら、私めに聞いてくださ い。それから、これは余分なことかもしれませんが」

急に声を小さくする。

「馬廻り衆は、この陣中でも力自慢がそろっておりまする。新しく加わった彌三郎殿に対して、先輩面をして尊大な言動をとるかもしれませぬが、気になさらぬように。ガキ大将が身体だけ大きくなって、中身はまだガキ大将のまま、と思っておくのがよろしいかと。みな悪意はありませぬゆえ」

「は、心得ましてございます」

それだけいうと、佐吉は去り、代わって秀吉が現れた。

「今から、みんなに彌三郎を紹介するでな」

秀吉は広英を連れて馬廻り衆の部屋に入った。秀吉が居室にしている書院の次の間が馬廻り衆の部屋だった。馬廻り衆の男たちは庭にでて、上半身裸で相撲をとっていた。

武士は武力だけでなく、体力の鍛錬も怠らない。

「みんな、ちと集まれや」

秀吉が庭の男たちに声をかける。八人ほどいる。

汗で濡《ぬ》れた身体を手ぬぐいで拭きながら、男たちが部屋に入ってくる。鴨居《かもい》のあたりに頭がある大男もいる。

秀吉が男たちに広英を紹介する。

「今日から馬廻り衆に加わる赤松彌三郎じゃ。前の龍野城の殿様じゃでな。おまんらとは育ちが違う」

広英は〈もう殿様ではありませぬ〉といいたかったが、緊張のあまり喉が渇いて声がでない。

「彌三郎は、こたびの戦が初陣じゃからな、わからんこともたくさんあると思うで、よろしく頼むわ」

若者たちは、よそよそしい目で広英を見る。新入りを大歓迎している、という様子ではない。どんな男か、うまくやっていけそうか、値踏みしているのだろう。

広英は頭を下げた。

「こたびが初めての戦になりまする。よろしくお願いいたします」

「彌三郎にとって、別所長治は友の仇じゃからな、長治の首はなんとしてもとらねばならぬわけじゃ」

へー、そういう事情があるのか、と男たちはうなずく。

「ほんじゃ、彌三郎、わからんことはみんなに聞いたらええでな」

秀吉が立ち去って、広英はみなの輪に加わった。

となりに座っているのは、身体の大きな男だ。骨太で腕力もありそうだ。座っていてもみんなより頭一つ大きい。その男が広英にいう。

「俺は加藤虎之助《かとうとらのすけ》じゃ。別所が友の仇だって？　なにがあったんだ？」

加藤虎之助は、後に加藤清正《きよまさ》と名乗ることになる。背丈六尺三寸（約百九十センチ）の大男である。

加藤の問いに、広英は説明する。友人が冷泉家の人間で、冷泉家は別所方から夜襲を受けて友の父と兄が死んだことなど。一同は、細川館の悲劇は知っていた。

加藤が憎々しげにいう。

「夜襲とは卑怯《ひきょう》この上ないやり方じゃ。許せん。長治めは毛利と足利義昭に丸めこまれて、信長さまを裏切ったとんでもないヤローだ」

別所長治が織田方から毛利方へ寝返ることになったのは、反織田陣営の三巨頭、「毛利」、「足利義昭」、「本願寺《ほんがんじ》」からの調略《ちょうりゃく》を受けたからだ。足利義昭は、広英の姉、さこの前夫である。

広英が配された馬廻り衆には、加藤虎之助（清正）。福島市松《ふくしまいちまつ》（正則《まさのり》）、大谷《おおたに》平馬（吉継《よしつぐ》）、脇坂甚内《わきさかじんない》（安治《やすはる》）などがいた。後に大名になっていく男たちである。加藤と福島は秀吉の縁者だといわれている。脇坂は広英より八歳年長、福島は一歳年長、加藤は同い年、大谷は三歳年下、と広英と同世代の若者が多い。福島は先の野口城攻めが初陣だった。

三木城から離れている書寫山では男たちの笑い声も聞こえた。木立の間から見える姫路の町は穏やかで、戦にでている、という気はまるでしない。秀吉も、すぐに三木城を攻撃するつもりはないらしく、本陣には和やかな空気が流れている。

佐吉のいったとおり、男たちは新入りの広英に対して尊大な態度をとったが、広英は不愉快ではなかった。たしかにみな大きなガキ大将だ。このガキ大将たちに共通しているものがある。それは、秀吉を敬愛する気持ちが半端ではないということだ。出世のためもあるだろうが、秀吉のために命を賭して戦うのがうれしくてしょうがない、という気持ちが身体じゅうから溢《あふ》れている。簡単にいえば、みんな「秀吉に夢中」なのだ。佐吉も秀吉には忠実だが、その忠実さの種類が違う気がする。

広英が書寫山の本陣にやってきて二日目の十八日、秀吉のところに伝令がやってきた。昨年十二月に秀吉が落とした上月城が、毛利の三万におよぶ大軍によって攻めこまれた、というのだ。

上月城といえば、広英が龍野城を秀吉に渡す前日に落城した城だ。広英にとっては同じ赤松一族の城であったし、落城後、秀吉によって一族郎党が皆殺しにされた大惨劇はまだ記憶に新しい。秀吉にとっては、毛利攻めの西の拠点として、大虐殺までして手に入れた城である。失いたくはないであろう。

「すぐに救援に向かわねばならぬわ。これから上月城へ向かう」

秀吉の決断は早かった。

「三木城は、重棟《しげむね》と半兵衛《はんべえ》が残って監視せよ。よいな。なにか動きがあったら、すぐに知らせよ」

重棟は別所《べっしょ》重棟。三木城主・別所長治の叔父であるが、織田方についていた。半兵衛は秀吉の軍師、竹中《たけなか》半兵衛である。秀吉本隊は三木城残留組一万五千と上月城援軍組一万に分けられた。

上月城援軍組を指揮する秀吉は、三木城の監視を重棟と半兵衛にいいつけて、上月城へ向かった。広英たち馬廻り衆は秀吉についていく。

上月城への援軍に参加することが、広英が書寫山にきて初めての仕事になった。

秀吉軍の陣列の先頭は旗組がゆき、次に鉄砲隊、弓隊、槍《やり》隊などの足軽隊が続く。その後ろに騎馬隊、兵鼓、軍監、乗りかえの馬、秀吉の兵具、法螺《ほら》と続いた。

秀吉は、黄金色に輝く千成り瓢簞《ひょうたん》の馬印の元に、緋縅《ひおどし》の鎧《よろい》を着て、黒毛の馬に乗っている。鍬形《くわがた》兜を石田佐吉に持たせ、馬廻り衆が秀吉の前後左右を守っている。

広英は秀吉の後ろを固める武者のひとりとして従っていた。広英の初仕事である。秀吉の軍装の豪華さ、派手さに驚いたし、隊列の人数の多さにも圧倒された。眼をこらしても先頭は見えない。列の最後には小荷駄隊がついているはずだが、広英のところからは見えない。小荷駄隊は、兵の食料や武器弾薬類、土木工事用の道具・工具類を荷車に乗せて運ぶ荷物輸送専門の隊である。騎馬より徒歩の兵が圧倒的に多い。この当時、馬の数がそれほど多くはなかった。

合戦にでかけるのだから、いつなんどき命を落とすことになるかもしれない。死ととなり合わせの行軍であるはずなのに、この派手で大勢の軍列には、「死」の影は薄かった。

秀吉は上月城の東半里（約二キロ）ほどのところにある高倉山に陣を張った。

上月城は、播磨、美作《みまさか》、備前が接する交通の要衝にある。

摂津の荒木村重《あらきむらしげ》の軍が秀吉軍に合流した。

毛利の軍勢は、毛利輝元《もうりてるもと》が備中松山城《びっちゅうまつやま》に本陣を張り、吉川元春《きっかわもとはる》、小早川隆景《こばやかわたかかげ》、宇喜《うき》多《た》忠家《ただいえ》など合わせて三万が上月城を取り巻いた。上月城には城将の尼子勝久《あまこかつひさ》以下、八百名ほどしかいない。

圧倒的多数の毛利軍を前にして、秀吉はうかつに手がだせないでいた。戦はにらみあいが続き、膠着状態《こうちゃく》になった。秀吉は信長に援軍を要請した。信長は嫡男の信忠《のぶただ》を大将とする家臣団を派遣することに決め、みずからも出陣することにした。

高倉山の秀吉軍は安堵《あんど》した。

「おやかたさまみずから出陣なさるそうじゃ」

秀吉がうれしそうに家臣たちにいう。

「よーし、これで毛利軍なんぞ蹴散らしてくれるわ」

馬廻り衆の加藤虎之助が威勢よくいう。

これで戦況も動く、と予想していたのに、数日後、信長自身の出陣は取りやめた、という連絡が入る。

信長の出陣取りやめの報は、すぐにみなの知るところとなる。

「おやかたさまは、なんで取りやめたんじゃ」

怒ったようにいう加藤に、大谷平馬がなだめるようにいう。

「京も安土も、大雨が三日三晩降り続いたんだそうだ」

「大雨？」

「そうじゃ。京では賀茂川《かもがわ》と桂川《かつらがわ》と白川《しらかわ》が氾濫して、町は水浸し。四条の橋は流されて、水死者が多数でたそうじゃ。安土も川が氾濫して水浸しになったというし」

「それで、おやかたさまの出陣は見送られたのか？」

「そういうことじゃ」

大谷がうなずく。

「しかし、信忠様の軍はすでにこちらに向かっているはずじゃが、姿を見せぬな……」

加藤は腕を組んで首をかしげている。

加藤だけではない。高倉山の陣では、だれもが首をかしげている。

信長は秀吉のところに家臣団を援軍として差し向けたというのに、高倉山に参陣したのは荒木村重だけだった。織田軍はまったく姿を現さない。

秀吉がいる高倉山では、小競りあいを含めてなにも起こらないため、戦況は動かない。秀吉がいらいらしていた。

広英は馬廻りとして秀吉の近くにいて、総大将の気持ちがよくわかった。

秀吉が荒木村重と話しているのを聞いたことがある。

「上月城は八百の兵で城を守っておる。わずか八百だぞ。それに対して毛利は三万じゃ。敵の数に驚いて、城兵の士気が萎えるんではないかと心配しておるんじゃが」

秀吉の言葉に荒木が応える。

「毛利は、すでに討ち取った気分でいるでしょうな」

「じゃろうな。こんなとき、そちならどうする。自分の兵が八百で城を守っている。その城のまわりを三万の軍勢が取り囲んでおるとしたら」

「織田軍が一日でも早くやってくることを祈りまするが」

実際、上月城からは援軍を求めるのろしが何度も上がっている。それを見ても、秀吉はなにもできないでいた。秀吉が動いたら、毛利の大軍が動く。多勢に無勢、へたに動いたら負ける。援軍を待つのみである。

「援軍はあてにはならぬわ。こないかもしれぬ」

秀吉がさじを投げたようにいう。

「それはまことでございますか」

荒木村重が驚いてたずねる。

「うむ、織田の軍勢が京を発《た》ってすでに一ヶ月たつが、ここまではやってこぬではないか。おやかたさまの出陣も、先月の洪水で見送ったということになっておるがの。京の祇園会《ぎおんえ》の見物にはでかけたというし、祭り見物の後、鷹狩《たかが》りにもいったっちゅう話だでな……」

その先は、秀吉は言葉を濁した。

「情けないことに、わしにできるのは篝火《かがりび》を焚《た》いて城兵を元気づけることくらいじゃ。このままでは、上月城は毛利に落とされてしまうわ」

馬廻り衆の間でも、この不可解な状況についてときどき口に上る。

夕方、夕餉《ゆうげ》を終えて一休みしているときだった。加藤虎之助がいらいらした様子でいう。


「なんで援軍がこないんじゃ！」

みな同じ気持ちだから、加藤の言葉にうなずく。

大谷平馬が、あたりをはばかるように小さい声で答える。

「噂《うわさ》ではな、信長さまの命で出陣はしたものの、みんな筑前さまを妬んでいるから手をださないで遠巻きに見ているんだそうだ」

「遠巻きに見てる？　なんじゃ、それは。妬んでいるとは、安土での年賀の儀のことか？」

「そうじゃ」

新入りの広英には、みなの話がよくわからない。それを察した大谷が広英にわかるように説明してくれる。

「今年の正月の話じゃ。安土城で年賀の儀があってな、諸武将が集まったんじゃが、その席で、信長さまが筑前さまを名指しで褒めなすった。前年の播磨攻めが首尾よくいった、ということでな」

その播磨攻めで、広英は龍野城を去ることになったのだ。

広英にも状況がのみこめた。

「それが、ほかの方々には面白くなかったということですか」

「そういうことよ。筑前さまが手柄をたてるのが面白くないんじゃ。筑前さまが首尾よくやったはずの播磨で、別所が寝返って三木城に籠城した。ほーれみろ、筑前の失策じゃ、と腹の中では笑っているにちがいないんじゃよ」

ほかの男たちも大谷の言葉にうなずくから、みな同じ考えだということだ。

今度は加藤が話す。

「三木城に兵を向ければ、西国が手薄になる。ここぞとばかり、毛利は上月城を取り囲んだというわけだ。織田家中の諸武将は、このなりゆきを面白がってるだろうな。筑前のお手並み拝見とな」

同じ織田家中でありながら、武将たちは互いに牽制《けんせい》しあっているということなのか。

広英には驚くような話ばかりだが、武将たちの現実が見えた気がする。人の上に立つためには、同僚であってもだし抜くことが必要だということなのか。だれかが手柄をたてると、同僚たちは喜ばないということなのか。

「しかし、救援が必要な筑前さまに手をさしのべないとは、人としていかがなものでしょうか」

広英の問いに、加藤はあざけるようにいう。

「人として？　そんなものだれも考えてはおらぬわ。みんな自分のことしか考えぬ。今回の中国攻めの総大将は筑前さま。この合戦で勝利すれば手柄はすべて筑前さまのものだからな。ほかの武将たちにとっては、そんなバカバカしい戦に加勢するわけがない、ということさ。上月城でも、三木城でも、筑前さまが失敗したら、みんな、内心ほくそ笑むんだろう。これが真《まこと》の人の道じゃろが」

「そんなものでしょうか……」

広英の口からため息がもれる。

「そんなものじゃ」

加藤もため息とともに小さく言葉を添える。

大谷平馬や加藤虎之助のいうとおり、織田家中でほかの武将たちから妬まれているとしたら、広英の主君、秀吉殿はさぞや大変であろう。

「彌三郎殿は、織田家の家臣のなかで、だれが筑前さまの味方で、だれが敵か、自分の目と耳で早急に確かめるがよいぞ」

大谷の言葉に広英はうなずいた。たしかに、大谷のいうとおりである。

「おい、みんな」

秀吉の声だ。

雑談をしていたみなが一瞬で緊張する。

「明日の未明にでかける。仕度をしておくようにな」

でかけるとは、いったいどこへいくのか。明日、戦があるとは聞いていない。

「近くへ寄れ」

秀吉の指示で馬廻り衆が円陣をつくる。

「明日の朝、寅《とら》の刻（午前四時ころ）に京へ向かう。ほかの者には内緒でな。今、おやかたさまが京にいらっしゃる。援軍をだすように直々にお願いして、すぐに戻るつもりじゃ。連れていく供は馬廻り衆だけじゃからの。決死の覚悟でついてまいれ。よいな」

「御意」

一同が答える。

秀吉が立ち去って、馬廻り衆は顔を見合わせた。

大将の秀吉が陣を抜けるとは。もし留守中に毛利との合戦が始まったら、どうするつもりだろう。自分の代わりに采配を振るえる部下がいるのか。それとも、しばらく合戦はない、と踏んでいるのだろうか。いずれにせよ、敵の大軍が目の前にいるというのに、秀吉は京都までいってこようというのである。

「京へ戻って信長さまに直訴するとは。それでこそ筑前さまだ。このままでは埒《らち》があかぬからな」

年長の脇坂の言葉にみなも納得できたのか、一同がうなずいた。

広英は馬廻り衆になってまだ日も浅い。みなに後れを取らないようについていくだけで精一杯である。今回の上月城への支援では、秀吉ほどの武将といえども合戦の現場では思うようにならないことも多い、ということがよくわかった。同じ織田軍の武将たちは味方ではあるが決して負けたくない相手でもある、ということもわかった。今まで考えたこともなかったことが、ここでは現実として突きつけられる。

翌六月十六日、朝まだ暗いうちに秀吉は馬廻り衆二十数名を連れて京へ向かった。こっそり陣を抜けだすのだから、暗い中を、馬の足音がしないように馬草鞋《わらじ》をはかせて疾駆せずにゆっくり進む。

空が白んできて、上月城を取り巻く毛利陣営の目も届かないところへくると、一行は全速力で馬を走らせた。高倉山の陣から京都まで、およそ三十五里（約百四十キロ）。途中、書寫山に寄って馬を乗り換える。同時に、京都までの道筋に換えの馬を手配するように指示をだす。

巳の刻（午前十時ごろ）、秀吉は二条新御所にいる信長の前にいた。ここは数年前まで広英の姉のさこの嫁ぎ先、二条家の屋敷があったところだ。

広英たち馬廻り衆は、信長と秀吉の対面の部屋の次の間に控えていた。信長は声が大きいから、襖《ふすま》を通して話し声が聞こえてくる。秀吉の声は、聞こえても内容まではわからない。戦況を報告しているのだろう。

「そういうことなら、道はひとつしかない。無駄なことはやめよ。上月城は捨てる。三木城攻めに集中せい」

「は？」

最初、秀吉は信長の言葉が理解できなかったかのように聞き返した。「上月城は捨てる」という言葉が返ってくるとは、予想していなかったのだろう。馬廻り衆も、だれひとり予想していなかった言葉だ。みんなで顔を見合わせる。

秀吉は援軍を願いでるために、はるばる戦地からやってきたのだ。それが、同盟者を見捨てろとは、残酷な命令である。別所が離叛《りはん》して、その別所に追随する者が多数でた今、上月城を見捨てたら播磨がどういうことになるか。「織田信長は、救援が必要なときに、自分の都合で同盟者を見捨てるような人間だ、信用に値しない」とだれもが思うだろう。そうなると、離叛者はもっと増える。播磨の国衆たちの力を借りなければ、西の毛利を討ち果たすことはできないというのに。毛利攻めがますます難しくなる。

「神吉《かんき》城、志方城を攻めよ」

信長が新たな命令を下す。

神吉城も志方城も、三木城の支城である。三木城からそれぞれ、五・四キロ、二・六キロ南西にある。

「承知つかまつりました。すぐに高倉山から撤退いたしまする」

秀吉の声だ。意図していたものとはまるで異なる命令を下された秀吉の心中やいかに。

すぐに秀吉が対面の部屋からでてきた。

「今から高倉山へ戻る」

秀吉の顔は神妙で、日ごろおしゃべりな男の口が動かない。普段はよく動く目玉も、ほとんど動かない。馬廻り衆も秀吉の心中を察して黙している。

秀吉は黙ったまま馬廻り衆を引き連れて、来た道を戻った。

高倉山に帰参すると、秀吉は上月城へ使者を送った。上月城に対する信長の方針を、上月城を守っている城将・尼子勝久とその重臣・山中鹿之助《やまなかしかのすけ》に伝えるためである。使者として秀吉が選んだのは亀井新十郎。広英が龍野城を明け渡したときに秀吉の使者としてやってきた男だ。

「よいか新十郎、尼子勝久殿と山中鹿之助殿に、こう伝えるのじゃ。信長公の御意にて、三木城攻めに専念せざるをえなくなった。それゆえに、まことに断腸の思いであるが、高倉山の陣を引き払って書寫山に戻る。わしが陣を引けば、毛利が上月城を攻撃することは必定、多勢に無勢で、ときを経ずして城は落ちるであろう。ゆえに、明け方までに城を抜けだして逃げられよ。尼子氏の再興は、しばしときを待っておこしたらいかがか、と」

「承知つかまつりました」

高倉山と上月城の間はおよそ半里（約二キロ）、そこに毛利の兵がいる。亀井は敵軍に包囲されている城へ忍びこんで戻ってくるのだ。決して楽な仕事ではない。帰ってこられるかどうかもわからない危険な仕事である。亀井は意を決した顔で、供を二人連れ、夜の闇に紛れてでていった。三人とも具足はつけていかなかった。

亀井は夜明け前に戻ってきた。

どんなに大変な仕事だったかを物語るように、顔も手足も血だらけ、傷だらけである。供は一人しか戻らなかった。

秀吉の前に亀井は進みでた。

秀吉の床几《しょうぎ》のまわりには、荒木村重、黒田官兵衛、山内一豊《やまのうちかずとよ》、堀尾吉晴《ほりおよしはる》などの武将たちや馬廻り衆が控えている。広英もこの中にいた。

「して、尼子勢の返答はいかに」

「は。尼子勝久殿と山中鹿之助殿の御返事をお伝えいたしまする。筑前守殿が援軍とともに駆けつけてくだされたことは、まことにかたじけなく、落涙の思いでありまするが、撤退が信長公の御意とあらば、是非にあらず、われらはこのまま兵とともに籠城を続けまする。われらふたりが城から脱出することは可能かもしれませぬが、ともに戦ってきた城兵を残して逃げだすことはできませぬ。敵がいかに大軍であろうとも、毛利と徹底抗戦をする覚悟でござりまする。ここまでが、承ったお言葉であります」

秀吉は、亀井の口上を聞いた後、うーん、と唸《うな》って頭を抱えてしまった。

「なんで逃げないんじゃ。命があれば、いつでもお家再興はできるじゃろが……」

尼子氏は出雲《いずも》の国人であったが、毛利氏に滅ぼされた。家臣の山中鹿之助は、尼子勝久を盟主にすえて主家を再興させようとしていたのだ。そのふたりを、秀吉は上月城へ配した。

秀吉はしばらく頭を抱えたまま顔を上げない。鼻をすすっている。

「わしが勝久と鹿之助を上月城へ入れなければ、あやつらはここで討ち死にすることはなかった。わしが……わしが……」

最後は涙声になった。大将の秀吉が、人目をはばかることなく泣いている。

大将が陣中で泣いていることに広英は驚いた。同席している武将や馬廻り衆は、驚いている様子はない。泣きじゃくる主人を黙って見守っているだけだ。秀吉が泣くのを見るのは、慣れているようにも見える。

秀吉の後ろに従っていた黒田官兵衛が淡々とした口調で語る。

「逃げずに城内へ止《とど》まることを選んだのは、尼子勝久と山中鹿之助であります。ふたりが討ち死にすることになったとしても、殿ゆえ、ではありませぬ」

黒田官兵衛がどんな男か広英はまだよく知らないが、父の代の龍野赤松家は、黒田家とは犬猿の仲だった。互いに夜襲、暗殺を繰り返してきた間柄だが、ここでは、秀吉のもとに同僚になっている。

泣きじゃくっていた秀吉が、顔を上げた。目も頬も涙で濡《ぬ》れている。

「上月城内は、どんな様子であったか」

秀吉の問いに亀井が答える。

「は、すでに兵粮も尽き、兵は飢えに苦しんでいるように見受けられました」

「やはりそうか……ご苦労であった。下がってよい」

亀井は下がるとき、秀吉の小姓から紙に包んだ小さなものを渡された。使者としてのつとめを果たしたことに対する、ねぎらいの褒美が入っているのだろう。

亀井が去って、秀吉はさらに激しく泣きじゃくり始めた。

しばらくして、官兵衛が低い声でいう。

「殿、撤退の仕度をするようにお命じくだされ。明るくなったらすぐに書寫山に向かうことができますように」

秀吉は差しだされた手ぬぐいで顔をぬぐうと、小さくうなずいた。

「わかった。全軍撤退の準備をせよ」

秀吉は床几から立ち上がった。

「彌三郎、新十郎になにか食べ物を用意してやれ」

馬廻り衆の端に控えていた広英に声がかかった。

「は」

秀吉の前から下がった亀井の前に、広英は湯を持っていく。

「かたじけない」

亀井は椀《わん》を受け取ると、ただの湯をうまそうに飲んだ。

「腹がすいておられるでしょう。今すぐに仕度いたします」

「いや。飯より横になりたい」

亀井はその場に横になるつもりらしいのに、顔をゆがめているだけで動かない。

「どうされましたか」

「左腕が痺《しび》れて動かないんじゃ」

広英が手を貸して、亀井はなんとか身体を横たえた。

「彌三郎殿とこんなところで再会するとはな。今は羽柴殿の馬廻りになっておられるのか」

「そうです。それがしには、こたびの合戦が初陣でありまする」

「そうか。いつか龍野城へ戻れる日がくるといいな」

そんな日がくるとは夢にも思うことはできないが、広英はうなずいた。

亀井の左肩、右足の太股《ふともも》とくるぶしに切り傷があるが、血は固まっている。

「傷は痛みまするか」

「うむ」

亀井が傷口を見ていう。

「近道をしようとして敵兵の中を突っ切ったのがまずかったんじゃ。毛利の奴《やつ》らに見つかってしもうてな、崖から落ちた」

だから助かったんだという。

「身体は痛いし、腕は痺れて動かん。ほんまに死ぬかと思ったわ。わしがガキのころに亡くなったオヤジとおふくろもでてきたしな」

「でてきたとは？」

「ようわからんが、転がってるわしの顔をふたりでのぞきこんで、わしの名前を呼ぶのよ」

「おふたりが助けてくれたのですね」

「ふたりとも死んでるのにな。オヤジは毛利との合戦で討ち死にした。わしが十歳のときじゃ。その四年後、母が病の末に首をくって死んだ。わしが殺したようなもんじゃ」

亀井は転がったまま両手で顔をおおうと、肩を振るわせ始めた。

広英は父親を九歳のときに亡くしているが、母は病気がちながらまだ生きていてくれる。ありがたいことだ、と亀井の話を聞いて改めて思った。

雑兵が飯椀を持ってきて、亀井は身体を起こすと湯漬けを食べ始めた。

六月二十五日、信長によって派遣された丹羽長秀《にわながひで》、滝川一益《たきがわかずます》、明智光秀ら二万の軍勢は、毛利の抑えのために三日月山に居陣した。

二十六日、秀吉は荒木村重とともに高倉山の陣を払って、書寫山に戻った。

翌二十七日、織田信忠を総大将とした織田軍は、信長の命により三木城の支城のひとつ、神吉城を攻めた。信忠に従う織田軍は、細川藤孝、明智光秀、織田信孝《のぶたか》、荒木村重、佐久間信盛《さくまのぶもり》らに率いられた兵約三万。対する神吉城の兵は二千。

神吉城は、三木城から西に四里（約十六キロ）ほどいったところにある。兵庫県加古川市の城である。城主の神吉氏は、別所氏と同様に赤松一族である。

書寫山へ戻った秀吉は、神吉城攻めの態勢に入る。秀吉も総大将信忠の下に入った。

上月城が毛利により落城すれば、秀吉の不手際ゆえ、と見なされることはわかっている。そこで、秀吉軍は神吉城攻めではなんとしても名誉挽回《ばんかい》のために手柄をたてなければならない。秀吉主従は、みなやる気満々で出陣を待ち構えていた。

「申し上げまする」

秀吉の前に信長からの目付の使者がぬかずく。「目付」とは、戦場で諸将が信長の指示通りに動いているか見張る役目をおわされた武将である。

「こたびの神吉城攻めでは、筑前殿には出陣を控えるようにと御内府さまからのご指示がありましたゆえ、出陣はしばしお待ちいただきたい」

居合わせた家臣たち一同は、思わず言葉を失った。「御内府」とは信長のことである。

目付はすぐに立ち去った。秀吉のまわりは騒然となる。

「織田家中の歴々が総がかりで神吉城を取り巻いているというのに、殿は出陣するな、だと？」

だれかがいきり立つようにいう。

秀吉は歯を食いしばって、赤い顔をしている。信長から出陣するな、という指示がくるとは予想していなかったのだ。

秀吉の軍師のひとり、竹中半兵衛が秀吉に向かっていう。半兵衛は、端正な顔立ちをした細身の武将で、知者として知られている。年齢は三十五歳。

「上月城に尼子殿、山中殿を残して陣払いせねばならぬことになり、その上、神吉城攻めでは出陣もかなわず、殿の心中はいかばかりかお察し申し上げまする。われら家臣一同、殿と気持ちを同じゅうして、まことに無念にござりまする。しかし、こたびの神吉城攻めは、信忠さまにお譲りなされませ。出る杭《くい》は打たれまする。これまでの殿のお働きは、家中の諸将にとっては面白くなかったはず。それが人の心というものでござります。このさい神吉城攻めは他の諸将に任せて、殿は但馬へ向かい、但馬衆を味方に引き入れるのがよろしいかと思いまする」

黙って聞いていた秀吉が、ぽつりという。

「但馬か……小一郎《こいちろう》のところじゃな」

小一郎とは秀吉の弟で、羽柴小一郎秀長《ひでなが》である。

半兵衛のとなりに蜂須賀小六正勝がいる。蜂須賀はかつて広英がいた龍野城を預かっている武将である。正勝は、秀吉が藤吉郎《とうきちろう》と名乗っていたころからの家臣で、秀吉から最も信頼されている側近のひとりである。身体が大きく、身体つきだけでも頼りがいがある男だ。五十代初めで、広英から見ると父親くらい年齢が離れている。

正勝がいった。

「こたびの戦は、羽柴軍のでる幕はありませぬ。半兵衛殿がいわれますように、ここは但馬へいかれるのがよろしいかと」

しばらく考えていた秀吉がうなずいた。

「そうしよう。これから竹田城へ向かうことにするわ」

秀吉は播州に在番の兵を残し、みずからは供まわり衆のみを連れて朝来《あさご》郡竹田城へ向かった。広英たち馬廻り衆も秀吉に従って同道する。竹中半兵衛も一緒だった。

但馬までは山の中を進むことになる。暑くなり始めた初夏の空気が、山の中に入るとひんやりと感じられて心地よい。

生野峠を越えると、竹田城まではあと五里（約二十キロ）ほどである。

竹田の里に入ると集落が円山川《まるやまがわ》の川筋に沿って細長く広がっていた。家々の間近まで急峻《きゅうしゅん》な山が迫っていて、その山の頂に竹田城があった。村からは首を上げて見なければならないほど高い位置にある。このときの竹田城は、石垣はまだ造られ始めたばかりで、堅牢《けんろう》な石垣の上に城郭が造られるのは何年も後のことである。

広英は馬廻り衆のひとりとして、このとき初めて竹田城を訪れた。七年後、自分がこの城の城主になろうとは夢にも思わずに。

竹田城は、室町時代の初期、但馬から丹波《たんば》と播磨に向かう交通の要衝地・竹田に、山名宗全《そうぜん》が築城させたと伝えられる。当初は「安井の城」と呼ばれていた。宗全は応仁の乱で西軍の大将になった武将として知られる。山名氏は重臣、太田垣《おおたがき》氏を城代として竹田城に入れ、以降、太田垣氏が代々、竹田城を守ってきた。山名氏といえば、広英の先祖にあたる赤松一族の宿敵で、山名氏は播磨守護であった赤松氏を蹴散らして、みずからが播磨守護になったという因縁がある。

昨年の天正五年（一五七七年）、秀吉は、上月城を攻めているときに弟の秀長を但馬に向かわせた。但馬の中でも生野銀山に近く、交通の要衝でもある竹田城を手に入れることは、織田軍の最重要課題であったからだ。

秀長は毛利方であった竹田城を攻略し、入城していた。

今回、秀吉は竹田城に入って、弟の秀長や秀長の付将、前野将右衛門長康《まえのしょうえもんながやす》との再会を喜んだ。長康は正勝と同じように、藤吉郎時代からの秀吉の側近のひとりである。蜂須賀小六正勝とは義兄弟の契りを結んでいる。

広英たち馬廻り衆は、秀吉や秀長らがいる部屋の前の庭に交代で詰めていた。

秀吉が悔しそうに語る。

「上月城を見捨てることになろうとは、まことに断腸の思いであったわ。上月城からのろしがあがるんじゃ。助けてくれ、とな。ところがわしはなにもできぬのじゃから、無念この上なしじゃ」

秀吉は上月城の最期を思い出して、袖で涙をぬぐう。

「おやかたさまからは『見捨てよ』といわれる。わしはどうしたらいいんじゃい。尼子には、助けると約しておるんじゃぞ」

「おやかたさまが尼子を見捨てられたか……」

秀長が言葉少なにつぶやく。

「上月城の籠城衆は、最後には飢えで苦しんでいたようでした」

半兵衛が籠城の様子を語ると、聞いていた秀長と前野長康は黙ってしまった。

一同を重苦しい空気が包む。庭にいる広英ら馬廻り衆も、鬱々とした気持ちになった。みな、上月城から撤退したときのことを思い出しているのだ。

しばらく、だれも言葉を発しなかった。

夕方近くに、広英は非番になった。

城の建物の外にでて、弟の祐高と一緒に射場にでた。弓を射る練習をするところである。

射場の先までいってみると、夕陽《ゆうひ》を受けて、城の向かい側の山が黄色みがかって輝いている。空は消えそうに薄い水色で、雲はない。

眼下には竹田の城下を見おろすことができる。

一筋の大きな川の流れに沿って伸びている城下町は、山と山に挟まれて狭くて細長い。龍野城下で見慣れた水田の広がりは、ここにはない。見える風景は龍野とは異なるのに、なぜか、広英には懐かしい気持ちがした。

となりに立っている祐高が呟《つぶや》くようにいう。

「山があって川があって村があって、ここは、龍野に似ていますね」

祐高が同じような印象を持ったことに広英は驚いた。

「そうだな。こうして見ていると、初めて訪れたのに懐かしく思う」

「城下町は、どこも同じようなものなのかもしれませぬ。山の上に城があって、大きな川が流れ、川のまわりに集落ができている」

そうかもしれない。広英は何度かうなずいた。

山の斜面には竪堀《たてぼり》が幾筋もあった。竪堀とは山の斜面を縦に掘った空堀で、攻撃側の兵が横に移動することを防ぐためのものである。

下をのぞいていた祐高が、ため息まじりにいう。

「かなり急勾配ですよ。これほど急なのに、わずか三日間で落とされてしまったのですね」

「鉄砲三百挺《ちょう》使ってな」

天正五年十月、信長の但馬攻めの一環として羽柴秀長が毛利氏方の竹田城を攻めたときのことだ。

「兄上、日輪が沈もうとしています」

祐高の声で、西に目をやる。

右手の山に、太陽が沈もうとしていた。

龍野城でも、乙城でも、祐高と一緒に日没を何回も見てきた。これから、自分たち兄弟は、どこで日没を見ることになるのか。今の広英には、自分の所領はない。いつか、自分の城を持つ日がやってくるのだろうか。

そんなことを思いながら、祐高と並んで、山の後ろに落ちてゆく太陽を見ていた。

ふたりは天守に向かった。

天守はまだ建設途中のようで、石垣が造られ始めているところが少しだけある。

そのわずかな石垣を見て、広英は驚いた。美しいのだ。力強く、それでいて剛ではなく柔。壮絶で悲惨な戦闘で使われることになるだろうに、優美だった。

「きれいな石垣ですね」

祐高も同じ印象を持ったようだ。

「安土城の石垣に似ていると思わないか？」

「そういえば、安土もこんな石垣でしたね」

ふたりは天守の石垣に両手を置いて石の感触を確かめた。昼間の太陽の熱を吸って温かい。

「ふたりでなにをしておるのじゃ」

淡い夕陽の中を近寄ってきたのは、小一郎秀長だった。

「あ、羽柴殿。美しい石垣だと思いまして」

「そうじゃろう。これは近江《おうみ》の穴太《あのう》衆が積んだ石垣じゃ。安土城の石垣と同じものを造りたいと思ってな、近江から石工《いしく》を連れてきたわ。この城の石垣を、すべてこの穴太流の野面《のづら》積《づ》みにするつもりじゃ」

「すべて、ですか」

「そう、すべてじゃ。下の城主の居館もな」

小一郎はうれしそうにうなずく。

そこまでしてこの石垣を造ろうとしているのか、と広英は驚いた。石垣ができあがっているのはまだほんのわずかで、城の大部分は、盛り土の上に板葺《いたぶ》きの建物が建っている。

「まだまだこれからじゃがな。城だけではないぞ。城下町の整備もやらねばの」

小一郎は竹田城と城下町を造り上げていくことを楽しみにしている様子だった。

翌日からは近隣の城主、国衆などが、秀吉に挨拶するためにやってきた。毛利ではなく織田方に忠誠を尽くす、という表明をするためである。羽柴筑前守が竹田城に来城している、と聞きつけたらしい。

七月十三日から十六日の盂蘭盆会《うらぼんえ》には、秀吉および家臣たちも、竹田の町衆に混じって盆の行事に加わった。円山川の河原で大きな松明《たいまつ》を燃やして精霊を送りだすのだ。笛や太鼓の陽気な音が村じゅうに響き渡り、それが耳に入ったとたん、身体が浮き浮きしてくる。

広英たち馬廻り衆は秀吉警護の班と、自由に遊べる班とに分けて交替で祭りを楽しめるようにした。

非番になった広英は祐高と一緒に燃える松明を見あげている。

松明のまわりでは、老若男女が踊っている。龍野にも盆踊りはあったが、踊りの輪に加わった記憶はない。

「ねえ、ちょっと」

女がふたり、広英と祐高の手をつかまえている。

「見てるだけやったらつまらんでしょう。踊りましょうよ」

「え？　踊りを知らぬ」

いきなり手を取られて、うろたえる広英。

「そんなん、まねしたら、なんとかなるもんやわ」

祐高も目を丸くしている。どう返事をしたらいいかわからないらしい。

女たちは有無をいわさず、ふたりを踊りの輪に引っ張りこんだ。突っ立っているわけにもいかない。祐高は器用に踊り始めた。なんとか様になっている。

それならば、えーい、ままよ、とばかり、広英も笛の音に合わせて踊り始めた。

第四章　東播磨・三木城攻め

秀吉や広英たちが竹田城下で盂蘭盆会《うらぼんえ》の行事に参加していたころ、播州では三木城の支城である神吉城、志方城が落ちた。織田軍は三木城を孤立させる戦略をとっていたのだ。

秀吉は竹田から播磨へ戻った。

織田軍を指揮していた信忠は安土へ帰陣し、かわって秀吉が平井山の陣へ着陣する。秀吉は羽柴秀長以下、前野長康、藤堂高虎《とうどうたかとら》らを但馬から三木城攻めに移動させると、三木城を囲むように付城《つけじろ》を六つ造った。別所方が籠城する三木城へ毛利が海路を使って兵粮《ひようろう》を運びこんでいるので、その粮道を断つためである。外から食料を運びこめなくなったら、籠城する者はやがて飢えに苦しむことになる。

秀吉は、三木城のまわりに鹿垣《ししがき》や馬柵《ませ》を何里にも渡ってめぐらすように指示した。「鹿垣」は、竹や木で荒く編んだ垣根で、本来は獣が農地に侵入するのを防ぐために造られる。「馬柵」は馬を囲っておく柵である。

兵が駐屯する曲輪《くるわ》は、三木城からは見えないように反対側の山の斜面にひな壇のように造られている。この造り方に、広英はなるほどと思った。敵に自軍の手の内を見せないようにすることも肝要なのだ。

あたりには、丸太を運んでいるもの、垣根を造っているもの、堀を掘っているものなど、大勢の男たちが入り乱れて作業している。作業には現地の農民が多数雇われており、広英たち従軍する武士も足軽もすべてかりだされた。結構な肉体労働である。

祐高と広英は、鹿垣を造るために丸太を運んでいるところだ。

「三木城は、どうして降伏しないのでしょう」

作業の途中、祐高が三木城を見やりながらいう。

「籠城しても、水の手や粮道を断たれたらおしまいですよ。領民や家臣の命を無駄にするだけかと思います。われらが龍野城は戦をすることなく開城しました。あれでよかったと思っています」

広英もうなずく。

「無駄な戦は避けるのが一番だ。別所長治殿も、それくらい承知しているであろうが……」

「それでも籠城を選んだということは、勝つ見こみがあるからでしょうか」

「毛利の援軍を頼みにしているのであろう」

祐高が小さい声で広英に耳打ちする。

「戦では、このように大がかりな土木作業もやるのですね。存じませんでした」

たしかに、ここまでやるとは、広英も知らなかった。

「そのために、筑前さまは土木用具や大工道具を携えた兵を多数連れておいでになるのですね」

今やっているのは垣根を造る作業だが、付城を造るときは、もっと大がかりな作業になる。城を造るためには、まず、山から大量の木を伐《き》りだすところから始まるのだ。堀を掘りもするし、土塁を造ったりもする。

「われらの殿さまは、ただの人ではありませぬな。凡人には及びもつかないようなことをなさる。この鹿垣、この先、二里十余町（約九キロ）続くそうですから、気が遠くなりそうな話です」

祐高のいうとおり、広英も羽柴筑前守は並の人ではない、と思うことがたびたびある。他人より抜きんでている分、同僚からは妬まれたりと、苦労も多いように見える。

長い鹿垣や付城などの大土木工事は、一ヶ月ほどで完了した。

その間、別所勢との戦いは小競り合いを含めて、ほぼなかったといっていい。

合戦はなかったが、長期に及ぶ土木工事で、従軍の兵も武将も疲れはてていた。当然、兵の士気も落ちている。

そんなとき、広英には思いもつかないようなことが、秀吉の指示で行われることになった。

十月十五日、平井山の本陣へ津田宗及《つだそうきゅう》が陣中見舞いに現れた。宗及は堺《さかい》の豪商で茶人である。

「これはこれは、宗及殿。わざわざお越しいただき、まことに申し訳ない」

津田宗及を秀吉が呼び寄せたらしい。

「いえいえ、私も、筑前さまの陣中御見舞いにいかねば、と思っていたところでした」

「今日は満月じゃ。宗及殿にきていただいたのはほかでもない。今宵《こよい》、観月の茶会を開こうと思うておるのじゃが、どうじゃろうか」

秀吉はうれしそうな顔で宗及に対面する。

「それはよき考えにござります。戦地にあっては、みなさまのお気持ちがすさんでいらっしゃることと思います。そのようなときこそ、茶をたてて、心を落ちつかせ穏やかにすることが必要かと思われまする。茶には心を鎮める力がございますゆえ」

「だからこそ、ここでもその力を借りたいのよ。上様から賜った茶道具一式、この陣中に持ってきておる。今まで忙しくて、茶会を開こう、などという気持ちにはなれなかった。今宵はわしの初の茶会じゃ。宗及殿に茶頭《さどう》を頼んでもよいかの？」

武将が茶会を開く許可をもらったとき、最初の茶会を取り仕切るため名のある茶人を招き、任せることが多い。「茶頭」とは、貴人に仕えて茶事を取り仕切る茶の湯の指導者のことである。

「私めがお役に立てるのでしたら、喜んで」

このころ、信長は茶の湯を家臣掌握の手段として利用していた。武功をあげた者には土地の代わりに名物茶器を与え、信長の許可がなければ家臣は茶会を開くことができないようにしたのだ。これを『御茶湯御政道《おちゃのゆごせいどう》』という。

こうして、秀吉の初の茶会が平井山の陣中で開かれることになった。

広英たち馬廻り衆《うままわりしゅう》は、茶会のための準備にかりだされた。茶室を設営するためである。馬廻り衆は、腕自慢ではあるが、武術の稽古に時間を費やす分、文化的な側面にうとい部分もある。それでも茶の湯だけは武将のたしなみとして、みな多少なりとも心得はある。広英は姉の茶の稽古に一緒に参加していたために、茶の湯には、少しは親しんでいる。

茶室の設営を手伝っているとき、広英は津田宗及が桐箱《きりばこ》から茶碗《ちゃわん》をだしているのを目にした。黒い天目茶碗だったが、器の中に星のような瑠璃色《るりいろ》の模様が見える。星の輝きを持つ「曜変」と呼ばれる器があると聞いたことがあった。

「宗及さま、もしや、これは曜変天目茶碗では？」

広英の言葉に宗及がうなずく。

「曜変天目をご存じか」

「話に聞いたことがあるだけでございます。数少ないと聞いていますゆえ、この目で拝見できるとは、考えたこともありませんでした」

「今宵の茶会で使うつもりじゃ」

「なんと美しい輝きでしょう。まるで夜空の星のようでござります」

宗及はそういう茶碗を自分が持っていることに満足しているのだろう。大きくうなずくとほほ笑んだ。

通りかかった石田佐吉が足を止めて広英に話しかける。

「彌三郎殿は茶の心得がおありか」

「は、少々。稽古したことがございます」

「茶の湯は武将の心得として必須、というだけでなく、本当に心と身体《からだ》を癒してくれますぞ」

「茶の湯が、でございますか？」

「重ねて合戦にでるようになれば、わかるでしょう」

先輩のいうことに、そうなのか、と広英はうなずく。

佐吉が立ち去ると、馬廻り衆仲間の福島がすっと近づいてきて広英に耳打ちする。

「佐吉がなにをいうたか知らんが、あいつのいうことは気にすることはないからな。聞き流しておけばいい」

　福島がなんのことをいっているのかわからなかったが、広英はうなずいた。

「あいつはな、腕力がなくて馬廻り衆になれんかった男じゃ。わしらは馬廻り衆になったが、あいつは小姓のままじゃわ。それで、馬廻り衆を目の敵にしておるんじゃ。彌三郎も気をつけたほうがええ」

「は、心しておきまする」

　そう答えはしたものの、実際の所、本陣内の人間関係は広英にはつかみ切れない。ただ、秀吉の側《そば》にいつもいて取り次ぎ役をしている石田佐吉と馬廻り衆の間には、はっきりとした距《へだ》たりがあることは、ここにきて間もないときから感じていた。


　夜になった。東の空に満月が昇ってきている。晩秋の夜空は冷たく冴《さ》え渡り、月は白銀色に輝いている。観月の宴《うたげ》には最適の夜である。

　空から地上へ目を転じると、おびただしい数の篝火《かがりび》が三木城を取り巻くように燃えている。毎日、夜になると城を取り巻く篝火が連なった。城へ兵粮を運びこめないようにするために、人も獣も通れないように夜を徹して火を焚《た》いて兵が見張っているのだ。

　三木城には明かりも見えない。城からは物音ひとつ聞こえてこない。不気味なほどに静まりかえっている。

それが、こちらでは篝火を煌々《こうこう》と焚いて、今から観月の茶会を開こうというのだ。

今宵の茶会は、秀吉が信長から拝領した茶器類を披露する意味もあった。

茶頭は津田宗及。

「まっことうれしいわい。わしも茶会を開くことができるようになったのじゃからのう」

秀吉はしじゅう上機嫌で、朗らかな茶の湯になった。

茶会に参列したのは、秀吉をはじめ、秀吉の弟の羽柴秀長、浅野長政《あさのながまさ》、木下家次などの一門衆、蜂須賀正勝、前野長康、竹中半兵衛、藤堂高虎、山内一豊らの側近武将たちと、加藤虎之助、大谷平馬、福島市松、そして赤松広英らの馬廻り衆など三十数名。上席には羽柴於次丸秀勝《おつぎまるひでかつ》が座っている。秀勝は信長の四男で、秀吉の養子になっている少年である。まだ十一歳だが従軍している。

茶会のあとは、酒宴が始まる。茶会に参加していない兵にも、酒と肴《さかな》が配られた。

「三木城は堅牢《けんろう》な城にて、長い陣になりそうじゃからの。こうして、満月を愛《め》でて、身体を休め、気持ちを落ちつけることも必要じゃろう。みな、呑《の》んでくれ。唄え、踊れ」

秀吉の言葉に、兵たちは合戦の最中であることもしばし忘れて、賑《にぎ》やかに酒宴を楽しんだ。

ここのところ戦らしい戦もなかったから、兵たちにとっては久しぶりの憂さ晴らしになった。唄や踊りの浮かれ騒ぎが、三木城にまで聞こえたかもしれない。

観月の宴から六日後の二十一日。

馬廻り衆が休んでいるところへ福島が慌てた様子で飛びこんできた。

「大変だ！」

「なにが」

なにを騒いでおるんじゃ、とみなは福島を冷めた目で見る。

「荒木村重が毛利へ寝返った！」

「なんだと。村重が？」

みな驚く。もちろん、広英も目が丸くなる。

「そんな……ありえないだろう」

「ほんとだ。三木城攻めを放りだして有岡城《ありおか》に籠城してしまったんじゃ」

有岡城は村重の自城で、伊丹《いたみ》にある。

荒木村重といえば織田方の有力武将である。村重は秀吉とともに上月城の救援にもいっているし、三木城攻めにも参加している。村重は元は三好家の家臣だったが、織田信長が気に入って自分の家臣にした、といういきさつがある。

「村重は信長さまお気に入りの武将だぞ。仰天しなさるだろうなぁ。えらいこっちゃ」

加藤も目をくるくる回している。

信長は村重に戻るように説得するが、村重の気持ちは変わらず、籠城を続ける。村重謀反の背後には、織田に敵対する毛利・本願寺・足利義昭の反織田連合があった。彼らが村重を自陣へ引きずりこんだのだ。

その翌日、二十二日。村重謀反を知ってか、別所軍に動きがあった。

明け六つ（朝の六時ころ）のころ、空は明るくなってきたが、まだ日の出前だ。物見役の兵が秀吉に報告する。

「三木城から城兵がでました！　中村城へ向かっております」

中村城は秀吉本陣の北方、すぐ近くにある。すでに秀吉が落として織田方になっているが、それを取り返そうというのか。

「中村城へとな？　すぐに援軍を差し向ける」

「お待ちくだされ」

軍師竹中半兵衛が秀吉の言葉をさえぎった。

「中村城を落としても、奴《やつ》らにはなんの得にもなりませぬ。敵の目的は、この本陣であるはず。中村城へは目くらましのために向かっていることも考えられまする。援軍をだす前に、敵を迎え討つ態勢を整えたほうがよろしいかと存じますが」

秀吉はなるほどという顔でうなずく。

「たしかに、奴らが中村城を取り返したとしても、なんの意味もないわ。わかった。すぐ迎え討つ仕度をせい」

秀吉に従っている広英は、平井山の本陣からあたりを見下ろしている。別所軍の動きもよく見える。

別所軍はざっと見て二千五百。それに対して、平井山にいる秀吉軍は千二百人ほど。付城にも兵を割いているために、本陣には多くの兵はいない。

竹中半兵衛の言葉に従って、平井山の本陣はすぐに戦闘態勢が整い、陣からでることはせずに、敵の動きを見守っている。

中村城に向かっていた別所軍が、突然、方向転換した。平井山めがけて一目散に突撃してくるではないか。半兵衛の予想したとおりである。

「やはりきおったか。みなの者、よいか。敵はわが軍の倍じゃが、恐れるな。敵をじゅうぶんに引きつけて鉄砲で討ち取るのじゃ」

秀吉が指示をだす。

「鉄砲足軽隊四百、準備いたせ！　されどいたずらに撃ってはならぬ。敵が近づくまで隠れておるのじゃ」

別所軍は本陣の真正面にくると威勢よく鬨《とき》の声をあげた。平井山を駆け上がってくる。砂塵《さじん》が黒煙のようにあたりを包む。采配をふるっているのは別所長治の叔父、別所山《やま》城守吉親《しろのかみよしちか》だ。

「敵が本陣のすぐ近くまで迫ったぞ！」

官兵衛の怒声に広英ら馬廻り衆も緊張する。

「味方の防戦を突破する敵がいるかもしれない。そうなったら、馬廻り衆は捨て身で筑前さまを守らなければならない。よいな！」

官兵衛の声もいつもより数段鋭い。

「おう！」

いよいよ実戦が始まる、と広英ら馬廻り衆はみな緊張する。

別所軍が間近まで迫ったとき、秀吉の声が聞こえた。

「撃ち方、始め！」

秀吉が待機させていた鉄砲隊の銃が火を噴いた。

伏兵が待ち受けているとは予想だにしなかった敵兵は大慌てで、馬も人も混乱して収拾がつかなくなる。

「槍《やり》隊、突撃じゃー！」

秀吉軍の槍隊が突撃を開始すると、敵味方入り乱れての戦いとなった。

あたりは鬨の声と馬のいななき、馬の足音など、すさまじい音で包まれる。

軍勢を突き崩された敵は右往左往し、主《あるじ》を失った馬はしゃにむに駆けまわる。戦場は、さながら修羅場と化した。馬廻り衆のところまで敵はきていないが、広英には初の実戦である。これが戦か、と思った。

別所軍は後退を余儀なくされ、城へ戻っていく。

敵も勇猛だったが、羽柴軍は首級およそ四百をあげた。

広英ら馬廻り衆は、直接の戦闘はなかったものの、間近まで迫った敵と味方の兵が戦うさまを見ることになった。

羽柴軍は数の上では劣勢だったが、敵をじゅうぶんに引きつけてから鉄砲で討ち取るという作戦が功を奏したといえるだろう。半兵衛と秀吉が組んで考えだした策だった。

このたびの合戦で、別所長治の弟、別所治定が討ち死にした。十八歳だった。

秀吉に粮道を断たれて飢えが深刻化してきた城内の別所軍が、閉塞した状況を打開するために城外へ打ってでたと考えられるが、結果は別所方の大敗だった。

翌、天正七年(一五七九年)。

六月十三日、秀吉の軍師・竹中半兵衛が平井山の陣中で病没した。もうひとりの軍師・黒田官兵衛は、翻意した荒木村重によって有岡城内に幽閉されていた。秀吉軍にはこの時期、頼みになる軍師が陣中におらず、秀吉は自力で戦わざるをえないという苦境に立たされていた。

織田信長は、裏切った荒木村重が籠城した有岡城を、みずから攻めた。有岡城は当時としては珍しい惣構《そうがま》えの城で、信長軍といえども簡単に落とすことはできなかった。

「惣構え」とは、城壁の中に城下町も含んでしまう大規模な城をさす。

村重謀反からおよそ一年後の天正七年十一月十九日、有岡城は開城した。開城はしたものの、城主である村重はその前に城から脱出していた。嫡男が守っている尼崎《あまがさき》城へ逃げていたのだ。家族や家臣、城兵を残して自分だけが脱出する、という村重がとった行動は、後々までも人々に語られることになる。

広英は秀吉に従って三木城を攻めていたために、有岡城攻めには加わっていない。

広英の同僚たちも、有岡城の最後は、みな真剣な顔で語り合った。

「荒木殿は平井山本陣のすぐとなりに陣立てしておったではないか。それが寝返るとは」

「まったくじゃ」

秀吉麾下《きか》の武将たちは三木城を取り巻くように布陣していた。陣は三十ほどあって、秀吉の周囲は、信頼できる武将が固めていた。秀吉の左には羽柴小一郎秀長、後ろは竹中半兵衛、そして右に荒木村重。その村重が寝返ったのだから、信長だけでなく、秀吉も驚いた。

「荒木殿は、有岡城を脱出するときに、愛蔵の茶釜と鼓を持って逃げたというではないか。奥方より茶釜のほうが大事なのか？　たしどのは、『今楊貴妃《ようきひ》』と呼ばれる美人だと聞いておるぞ」

加藤虎之助が複雑な表情でいう。「たし」というのは村重の正室のことである。

今度は大谷平馬がいう。

「奥方やお子たちは、京の町を引き回されたあげく、六条河原で斬首されたと聞く。わしなら耐えられぬ話じゃ。荒木殿は、そこまでみずからの命が惜しいのだろうか」

六条河原で斬首されたのは荒木一族と重臣たち三十六名で、さらに家臣の妻子ら百二十二名が磔《はりつけ》の上銃殺されたり、槍で刺し殺されるなどした。

「それにじゃ、五百人を超える人質の男女を四軒の農家に入れて火をつけたというではないか。恐ろしいことじゃ」

「それは……生きながら焼かれたということですか？」

広英がたずねると、大谷がうなずく。

「なんと……」

広英が絶句すると、大谷は付け足すようにつぶやいた。

「焼け落ちる農家は黒煙に包まれたそうだ。人々は炎の中でのけぞり、飛び上がり、叫び声はあたりをつんざき、さながら地獄絵図を見るようだったと聞く」

「そんな……」

それ以上、言葉にならない。

「いかなる事情があったのやもしれぬが、城主が城を抜けだして戻らぬとは、わしには考えられぬわ」

大谷は思案げな表情で語る。

福島正則もうなずいて同意すると、なにか考えている顔でいった。

「荒木殿がそのような男であったとは……一族郎党が成敗された話を、どういう気持ちで聞いたであろうのう」

そこに居合わせた男たちは、みな黙ってしまった。明日のわが身、と思う者もいたにちがいない。

有岡城の一件では、広英も、武将であることの恐ろしさを改めて知ったのだった。自分の行動ひとつが、何百人という人々の命を左右する立場にあるのだ。これは肝に銘じておかなくてはならない。

有岡城攻めが一段落すると、秀吉は三木城包囲網を狭め、三木城のさらに近くを取り巻くように付城を造らせた。夜は篝火を焚《た》き連ね、城に兵粮を運びこむ者がいればすぐにわかるようにした。

漆黒の闇の中に赤く燃える篝火を見ながら、祐高がとなりにいる広英につぶやくようにいう。

「筑前さまの戦がこれほど長びいているのは珍しいことですね。粮道を断たれた三木城内では、飢えで苦しんでいるに違いありません」

「三木城からは、降参したいという嘆願が何度もきている」

「それはまことですか？」

驚く祐高に広英はうなずく。

「しかし、筑前さまは聞き入れようとなさらない」

「なぜですか？　降伏したいといっているのに許さないのですか」

「信長さまからの指示ゆえに、筑前さまが降伏を認めるわけにはいかないのだ」

「信長さまの……ですか」

祐高がため息まじりにいう。

戦は一旦始まってしまうと、いつ終わらせるか、どういう形で終結させるか、が難しい。終わり方は、総大将の気持ちひとつで決まる。つまりは信長の気持ち次第、気分次第、ということなのだ。

広英の初陣は、まだ終わりそうになかった。

天正八年の年が明けた。

平井山の本陣から三木城を見やっていた秀吉が、蜂須賀正勝にいう。

「ここのところ、三木城からは煙が上がっておらぬようじゃな」

「さようでございます」

「いよいよ食べるものが尽きた、ということかの」

「そういうことだと思ってよろしいでしょう」

煙が上がらない、ということは煮炊きしていない、それは食べるものがないからだ、と秀吉は推測したのだ。

「そろそろ攻めるかの」

正勝がうなずく。

秀吉は城内の飢餓状態を推測し、今こそ討ってでるべきであると判断したのだ。

十一日、秀吉軍は三木城を攻撃すると、城下に火を放った。火は三木城本丸にも及び、籠城する長治は追い詰められてゆく。

ここで秀吉は、蜂須賀正勝、前野長康、浅野長政の三将を三木城へ使者として送る。別所長治及びその一族が切腹すれば、城内に籠城する兵や民衆は助ける、という条件を提示するためだ。城内には農民など一般民衆も多数逃げこんでいたのだ。

長治は秀吉の申しでを受け入れた。

十六日、秀吉から贈られた酒肴《しゅこう》で酒宴を開いたのち、長治は妻子を刺し殺してから自刃した。長治の弟、叔父なども、一族はみな自刃して果てた。

翌十七日、暮れ六つ（夕方五時から六時）ごろ、三木城の請け取りが行われた。請け取り方は蜂須賀正勝、前野長康、浅野長政の三将で、別所重棟が案内人をつとめる。広英は三将の供のひとりとして城の請け取りに同行する役を仰せつかった。

開城直後の三木城に入ってみて、二年に及ぼうとする籠城がどのようなものであったか、広英はみずからの目で見ることになった。

城内は足の踏み場もないほどに荒れており、至る所に死体が転がっている。兵だけでなく、農民や僧侶の死体もあちらこちらにある。女や子供も多い。三木城には、予想以上に一般民衆が多数籠城していたらしい。多くのネズミや馬の死骸も転がっているが、そのどれもが肉を食った残骸らしかった。

血と糞尿《ふんにょう》の臭いが充《み》ち、壁という壁は剝がれ落ちている。籠城戦では、飢えをしのぐためには壁土に混ぜてある藁《わら》をも食す、と聞いたことがあるが、まさにそうして生き延びようとしていたのだ。

まだ息がある兵たちもいる。生きてはいるが立ち上がる気力はない。横になったり、柱に寄りかかったりして生気のない目で広英たち一行を見ている。人とは思えないほどに頰がこけ、手脚は棒のように痩せ細り、身体には骨が浮いている。

かろうじて歩ける兵も、衣類はボロボロで、具足類もすり切れて身体からぶら下がっている。そんな者たちがふらふらと歩いているさまは、まさに亡者のようであった。

「籠城とは、かほどに悲惨なものか」

前野長康が悲愴な声でいう。

「これは地獄じゃ」

蜂須賀正勝がつぶやく。心なしか涙声に聞こえる。

広英も涙で目の前が霞《かす》んでくる。

一行は本丸に入った。

ここは別所一族が果てた場所である。

おびただしい血が床一面に流れ、壁板には血潮が飛んでいる。あちこちに亡骸《なきがら》が転っていて、目を背けたくなる。幼児《おさなご》は、母親らしい女に抱かれたまま息絶えていた。生臭い血と死臭が充満している部屋で、自刃した者たちを検分するのが一行の仕事である。

広英の役は、三将が検分した首を、声をだして記録係に伝えることだった。

「別所小三郎《こさぶろう》、首ひとつ。別所彦之進《ひこのしん》、首ひとつ」

広英の読み上げるとおりに、記録係が書き留めてゆく。小三郎とは別所長治のことで、二十三歳。彦之進は長治の弟で二十一歳。十九歳の広英から見て、同世代の若者たちである。別所兄弟は籠城していた者たちを救うために自害した。自分は首検分に立ち会い「首ひとつ」と読み上げている。この乱世では、いつなんどき、自分もこのような首だけになるかもしれぬ、と思わないわけにはいかない。広英だけでなく、立ち会った者たちみな、そう思ったに違いない。

美貌の武将として知られていた小三郎長治は、首だけになっても凜《りん》としていた。苦渋の表情は残っていない。領主として城兵を救おうと意を決しての自害だったのであろう。

女子供は切腹ではないので胴体と首は離れていない。

「女房、軀三個、男子童《わらべ》、軀三個、女子童、軀一個」

役目とはいえ、なんとすさまじい仕事であろうか。広英は吐き気をもよおしそうになるのを抑えて、声を絞りださなくてはならなかった。

首検分が終わると、次は城の片付けに入る。

明日、秀吉が入城することになっている。それまでに、城中の遺骸を片付けなくてはならない。片付けには大勢の者が参加した。

集めて山になった遺骸を見ると、これが人だったとは思えなくなるが、このひとりひとりが、かつては生きていて、家があり、親や妻子があったのだ。そう思うと、なんともやりきれない気持ちになる。

西の曲輪に大きな穴を掘って、おびただしい数の馬や兵の亡骸を手厚く葬った。

広英たち一行は、その夜は城内に留《とど》まった。血の臭いと死臭に満ちた城内で眠れるものではなかったが。

翌日、巳《み》の上刻（朝九時ころ）、秀吉が入城した。まず自害した別所の三人の武将、別所長治、弟の彦之進、叔父の吉親の首実検をした。実検が終わると、三つの首は桶《おけ》に収められて塩漬けにされた。安土にいる信長のところへ届けられるのだ。

一段落して、広英は崩れた城壁の縁に腰かけて城下を見ている。

城下は焼け野原になっている。この町を治めていた別所長治が自刃した。広英と同じ赤松一族の名家が、またひとつ消えていった。しかも、自分は攻める側にいて、滅びるところを見ていたのだ。

これも世の習いだとしても、暗い気持ちにならないわけがない。

肩に手が置かれる。

振り返って見ると、石田佐吉だった。

「となりに座ってもいいだろうか」

「もちろんです」

佐吉が横に座る。佐吉は秀吉に従って今朝、入城してきた。

「別所殿の御首は安土へお送り申した」

「お勤めお疲れ様です。お三方のご遺体はどうなりましたか」

「同じ別所一族の重棟殿らが所望された。僧侶に供養してもらってから、埋葬するそうだ」

別所重棟は長治の叔父だが、織田方についていた。

「昨日から入城しているおぬしらは、さぞや大変だったであろう」

本丸へ入ったときの悲惨な光景を思いだして、広英はうなずく。

「目に入るものすべて、この世のものとは思えませんでした」

「彌三郎殿はこたびが初陣であったな。悲惨な結末を見ることになったが、初陣はいかがであったか」

いかがであったかといわれても、言葉にならない。

広英は首を振った。

「いろいろありすぎて、とてもひと言では表せませぬ」

「そうであろうな。そのうち慣れる」

ドキッとする言葉だ。このような悲惨なできごとに「慣れる」など恐ろしい。

「慣れたくありませぬ……」

つい口にだしてしまう。いうべき言葉ではなかったと、すぐに気づいて謝った。

「申し訳ありませぬ」

佐吉がニヤッと笑う。

「いいや、おぬしのいうとおりだ。一族皆殺しなど、人のやるべきことではない。こんな世の中は早く終わらせるべきだ」

そのとおりだ。

「では、どのような世の中にすべきだと」

「決まっているではないか。戦のない世の中だ」

広英は驚いた。秀吉の馬廻り衆とはいつもいっしょにいるが、こんな話をしたことは一度もない。みんな戦をやるのはあたりまえだと思っている。

「では、戦のない世の中にするために、石田殿は筑前様にお仕えしていらっしゃるのですね」

「いかにも。筑前様も、信長様も、戦のない平安な世の中にしたい、そう思って、この三木城攻めもやむなく行ったのだ」

みずからの領地拡大のためだと思っていたが、民のために戦っていたというのか。

しかし、この陣中には戦で名を上げること、恩賞をもらうことだけを考えているような男たちも多数いる。

「彌三郎殿はどうなのだ。なんのために筑前様の陣に加わったのだ」

「天下が泰平になることを願って参陣しました。天下泰平を実現すること。それ以外にはありませぬ」

佐吉がポンと広英の肩を叩《たた》く。

「天下泰平。それよ、それ。つまりわれらの目的は同じだということだ。互いに実現できるように励みましょうぞ」

「できるだけ早くやらねばなりませぬ」

「いかにも。百年後では遅すぎる。早くせねばならぬな」

この陣に参陣して、「天下泰平」を口にする男に初めて会った。宗舜と語り合った日々を思い出す。

佐吉が立ち上がった。広英も立ち上がる。

焼け野原と化した三木の城下町が見える。こんなに荒れはてていても、ここから新しい町が再生していくのだろうか。

同じように城下を見ていた佐吉がいう。

「この町を新しく生まれ変わらせねばな。それが次の仕事だ」

そうか、滅ぼすだけではないのか。為政者はそこまで考えなければならないのか。広英は改めて思った。


広英と祐高の初陣が終わった。

初陣がこんなに長期に及ぶ戦いになるとは。

攻め手にとっても、苦しい戦いだった。

武将である限り、戦は避けては通れない。これからも、戦場にでていくことになるだろう。

祐高たちとともに、佐江の乙城へ戻る。

乙城から佐江の村を見おろすと、のどかな田園風景が広がっている。

秀吉が龍野城を攻めようとしたときに、戦わずして城からでたことは間違っていなかった、と改めて思った。龍野赤松氏の本拠であった龍野城は失ってしまったが、龍野を戦場にすることが避けられたではないか。

広英は、ふと友人の宗舜のことを思った。細川館に生まれ、父と兄は武士として生きたのに、宗舜は学問の道に進んだ。長男ではなかったことで、武士にならなくともよかったのだ。広英は宗舜が羨ましかった。龍野赤松家の長男に生まれた広英は、宗舜と同じ道を歩むことは許されない。今、歩んでいる道を進むしかないのだ。宗舜のいうとおり、いつか領地をもつことができるようになったら、自分の領内だけでもいい、天下泰平をかなえよう。そのためにはまず戦功をあげねばならぬ。広英は初めて、宗舜のいう「自分が生きる道」が見えたような気がした。

三木城攻めが終わって、秀吉の論功行賞があるという情報が乙城にもたらされた。

すぐに広英は、秀吉に旧領の復活を願いでるとともに、家老の平位《ひらい》備中守《びっちゅうのかみ》貞利《さだとし》に命じて斑鳩寺に旧領復活の祈願をさせた。

そのかいあってか、斑鳩の地にいくらかの所領が与えられたが、わずかなものだった。

それでも家臣たちは、「これぞ、お家再興のきざし」と泣いて喜んだ。旧領復活にはまだまだ先は長そうだが、三木城攻めで秀吉の馬廻りをつとめたことで、広英自身、自分はどうするべきか少しわかった気がした。

「三木城は前野長康殿に、龍野城は、蜂須賀正勝殿に与えられましたね」

祐高が残念そうにいう。

「うむ。蜂須賀殿は、前々から龍野城の管理を任されておったし、適任であろうぞ」

これは広英の本心である。龍野城が赤松の手から離れてしまったことは寂しいが、ほかの武将でなく蜂須賀正勝に任されたことは救われた気がする。正勝は、三木城攻めでは前野長康とともに広英の上司であった。一緒に城請け取り方として開城直後の三木城を検分もしている。秀吉の武将の中では、ふたりとも信頼にたる人柄で、広英も敬意を持って仕えていた。ふたりの出世はめでたいことだ。龍野城に関しては実家を織田方に乗っ取られた、ということになろうが、これが乱世のならい、と割り切るしかない。

秀吉の居城、長浜城で、三木城攻めの戦勝をねぎらう会があった。

広英は蜂須賀正勝と前野長康のふたりに挟まれて座っていた。秀吉の旗本の中でも、譜代といってもよい昔からの大物家臣ふたりに挟まれているのである。座っているだけで緊張した。

蜂須賀正勝は身体の大きな男だ。骨太で骨格もしっかりしているのが、着衣の上からわかる。ひげ面で強面《こわもて》な外観だが、実はものごとの理《ことわり》がわかっている理性的な人柄で、急激に熱くなることはない。竹中半兵衛が亡くなってからは、秀吉は黒田官兵衛と正勝を頼るようになっている。

前野長康は長身痩軀《そうく》で、こちらも決して激する人柄ではない。なかなかの美男子として知られていて、噂《うわさ》では女にもてて困るほどだとか。

身体の大きな正勝が声を小さくして広英にいう。

「彌三郎殿、これからは、わしの与力にならぬか？」

与力になる、ということは、自分の軍勢を率いて、正勝の指揮下に入って戦うということである。蜂須賀正勝の家臣になるということではない。協力者になる、ということだ。戦場を駆け巡ったほうが、秀吉の馬廻り衆でいるより戦功をあげる機会は多いかもしれない、と広英はまず思った。動きまわる分、命の危険は増えるかもしれないが。

しかし、広英は現在、秀吉直属の馬廻り衆のひとりである。秀吉に誘われた役を、自分の一存で変えることはできない。

「蜂須賀殿、まことにありがたきお話。しかれども、私は筑前さまの御馬廻りとしておつとめしてございます」

「おぬしが筑前さまの御馬廻りであることは、むろん、承知しておる」

好男子の前野長康が横から口をだす。

「三木城攻めで、おぬしの働きぶりを見てな、われらは、これは頼みになる若者じゃ、と思うたのよ。特に感じ入ったのは、城請け取りのときよ。城兵の痩せ細った亡骸を埋めねばならぬ、というときじゃ。悲惨な仕事じゃから、みな、さっさと済ませてしまいたいのに、おぬしはだれよりも心をこめて手厚く葬っておったわ。あれを見て、おぬしの人柄に感じるものがあったのじゃ。蜂小もわしもな」

「蜂小」とは、蜂須賀正勝の幼名、蜂須賀小六を短縮した愛称である。前野将右衛門は、「前将」と呼ばれている。

蜂須賀正勝が声を潜めるようにしていう。

「実は、前将も、おぬしを与力にと望んだんじゃ。じゃが、前将が折れてくれたのじゃ」

「そうよ。蜂小が預かることになった龍野城は、もとはといえばおぬしの城じゃ。これもなにかの縁。彌三郎殿はわしよりも、蜂小の与力になるほうがよいのではないかと思うてな」

蜂須賀正勝がうなずいていう。

「筑前さまには話をつけてある。彌三郎殿をわしの与力にしてよい、というお許しをいただいておるぞ」

　ふたりの有力武将から与力に望まれるとは、名誉なことである。広英は身体の芯が熱くなった。

「ありがたきしあわせにござります。さっそく、本日より、蜂須賀さまの与力としてお力添えしたく存じまする」

　広英は頭を下げた。

　ふと思った。父の政秀も、生きていたらこの男たちと同じくらいの年格好になっていただろうと。このとき広英は十九歳。蜂須賀正勝は五十五歳。前野長康は五十三歳。広英から見たら父親を思いださせる年齢の男たちである。

「これから、よろしく頼むぞ」

　蜂須賀正勝は満足げにうなずいた。

　自分が望まれている、ということが、広英にはうれしかった。

　しかし、与力になるなら、自分の兵が必要である。馬廻り衆なら供侍は数人でよかったが、与力ならもっと必要になる。家臣を集めたら、新たに十人くらいは集まるだろうが、それでは足りない。

　戦功をあげれば、供のものにも恩賞を与えることができる。少しずつではあるが、戦功をあげて抱える家臣の数を増やしていくしかないだろう。

広英は、今までの自分より、階段を一段上がった気がした。が、同時に、自分の一歩が重くなった気もした。

三木城攻めのあと、広英は蜂須賀正勝の与力として、龍野衆を率いて因幡鳥取城攻めに加わった。

蜂須賀正勝は播州美作口の先鋒《せんぽう》として三千余人を率いていた。広英は龍野衆を従えて道案内役を務めた。馬廻り衆とは違って、「自分の下に多数の部下がいる」というだけで、自分に課せられた責任の重みで身が引き締まる思いである。龍野赤松家の旗印の数こそ多くはないが、兵を引き連れて乙城を出発するとき、じいの恵藤が泣いた。

「じい、泣くな。今日は晴れの門出ではないか。笑って見送ってくれぬか」

「もちろんでござります。これはうれし涙でござります」

「わかっておるわ。私もうれしくて泣きたいくらいだ」

「父上さまもお喜びのことと思いまする」

「そうだな」

この日から、広英は蜂須賀正勝の与力として、歴史を変えるような大きなうねりに否《いや》応《おう》なく巻きこまれていくことになる。

天正九年、鳥取城攻めが終わった。秀吉は鳥取城に籠城した者たちの兵粮を断ち、勝利した。「秀吉の渇《かつ》え殺し」として知られる悲惨な戦いだった。

翌天正十年には、秀吉は毛利方の城、備中高松城を攻めた。播磨から高松城に向かうとき、広英は蜂須賀軍の先鋒を任された。

広英は、このころから「斎村政広」と同時に「赤松彌三郎広秀」の名前を使うようになる。「英」を「秀」に変えたものだが、父、赤松政秀と秀吉の「秀」にあやかって武将としての気持ちをより自覚しようとしたのだろうか。それでも秀吉の「秀」を「広」の下に置くのは申し訳ないと思ったのか、広英は秀吉のもとでは「赤松広秀」より「斎村政広」を使っている。

秀吉が高松城を水攻めしている最中の六月三日深夜から朝にかけて、秀吉のまわりが落ちつかない。重臣たちがそわそわしておかしい。なにかあったのだろうか。

夜が明けると、広英は蜂須賀正勝から呼ばれた。

「よいか、しかと聞け。京で信長様と信忠様が自刃された」

六月二日未明のことだという。

「自刃とは、なにゆえ《の》」

広英には意味が呑みこめない。

「明智日向守《ひゅうがのかみ》の謀反だ」

わが耳を疑った。明智の謀反とは……理由がわからない。明智日向守光秀は信長家臣団の中でも側近中の側近である。あの信長を討つ、など考えられない。

広英は光秀を知っている。物静かで、学問好きで、歌も上手に詠む文化人である。それが謀反だと？　信じられないが、昨日の深夜、秀吉のまわりが急に慌ただしくなって、なにかおかしい、と思っていたところだった。

信長は襲われたとき、どう思っただろうか。「まさか光秀が」と思ったか、「やはり光秀か」と思ったか。

それにしてもあの帝王信長がこんなにあっさりとこの世から消えてしまうとは。あれだけ家臣を震え上がらせていた暴君を一夜で消し去るというのは、見事といえば見事である。昨日までだれも思わなかったことが、突然起こることもあるのだ。しかし、信長亡きあと、この国をだれがまとめていくのだろう。

「知らせを受けて、筑前殿は仰天されたが、ここから撤退することを決意された。信長様自刃の報を伏せたまま、毛利側と停戦の合意を取りつけ、高松城に籠城している清水《しみず》宗治《むねはる》殿を切腹に追いこむという。宗治殿が切腹されたら、われらはすぐに京へ戻る。撤退のとき、赤松軍に殿《しんがり》を頼むが、よいか」

このとき蜂須賀軍と黒田軍が殿を命じられ、蜂須賀は赤松軍に殿を任せたのだった。

殿は退却するとき、追っ手が迫ってくるのを防ぎながら逃げるのが任務である。本隊を無事に逃がすために、みずからは捨て石になることも覚悟しなければならない。それくらいのことは広英も知っている。

「毛利が追撃してくるやもしれぬ。そうなったら身体を楯《たて》にしてでも踏みこたえねばならぬぞ。覚悟はできておるな」

正勝の言葉に広英は力強くうなずく。

「は、覚悟はできております」

高松城へくるときは、赤松軍は蜂須賀軍の道案内役を任された。あのときは戦闘はなかったが、撤退のときは追撃されるかもしれない。きたときよりははるかに油断できない。

四日、巳の刻（午前十時ころ）、数万の秀吉軍が見守る舟上で、宗治は自刃して果てた。広英も見ていた。

宗治の自刃の様を見て、広英は、武将とは、城主とは、どうあるべきか、考えないわけにはいかなかった。

信長が信頼する武将、荒木村重は家臣や家族を置いて自分だけ城から脱出した。あの村重と、高松城の宗治をどうしても比べてしまう。宗治は籠城している城兵を救うために、みずからの命を差しだした。なんという違いであろうか。

城主が自刃すると、もう用はないというように秀吉軍は撤退を始める。世にいう「備中大返し」である。

広英は赤松軍の兵に命じた。

「毛利軍が追ってくるやもしれぬが、ひるむな。必ずくい止めて、筑前殿を帰洛《きらく》させるのだ」

「おう」

広英の指示に続いて、鬨の声が上がる。

広英も兵たちも、毛利が追撃してきたら間違いなく激闘になるだろうと覚悟していた。ところが、毛利は追ってはこなかった。

京へ戻る途中、秀吉軍は摂津と山城《やましろ》の国境《くにざかい》にある山崎《やまざき》で明智光秀と合戦になった。秀吉軍が勝利する。光秀が信長を討って十一日目の六月十三日のことだった。

光秀が敗れると、信長亡きあとの織田家家臣団の有力武将たちのあいだで覇権争いがおこった。だれが信長の後を継ぐかが問題なのである。

広英が従っている羽柴秀吉が、謀反人・明智光秀を討ち取ったことから、この覇権争いでは頭一つ抜きんでていた。

しかし信長の息子たちや妹など遺族は、出自の怪しい秀吉に対して良い気持ちは持っていない。

十月十日、信長の妹、市《いち》が、京の臨済宗妙心寺で信長の百日忌の法要を執り行った。

その翌日、今度は秀吉が、京の臨済宗大徳寺《だいとくじ》において法要を行った。

秀吉による法要は七日間に及び、この法要の最も主要な行事は、法要五日目に行われる「信長の葬儀」である。表向きの喪主は信長の四男で秀吉の養子になっている羽柴秀勝だが、実質的な喪主は秀吉である。

広英は烏帽子《えぼし》に藤衣《ふじごろも》を身につけて、秀吉麾下の武将のひとりとして葬儀に参列している。「藤衣」は藤のツルで織った粗末な衣類で、喪服として使われていた。

集められた僧侶の数は五千人とも一万人ともいわれ、宗派を超えた大勢の僧侶たちの読経の声は都大路に響きわたった。秀吉はなにごとも派手好きだが、信長の葬儀も思い切り派手に行った。

棺《ひつぎ》は錦紗《きんしゃ》や金襴《きんらん》で覆われ、金銀で飾られた輿《こし》に乗せられた。

棺の前後を藤衣を着た者が随行している。その数三千人。広英と祐高はこの中にいて、棺の後ろに随行していた。

祐高が広英にたずねる。

「信長様のご遺体は見つからなかったと聞いておりますが、棺の中にはなにが入っているのでしょう」

広英は声をひそめて答える。

「信長様の姿に似せた木像だ。沈香《じんこう》で作られているそうだ」

「沈香」は香木の一種である。

「沈香とは。どうしてまた」

「いまにわかる」

葬列は紫野《むらさきの》の大徳寺を出発し、蓮台野《れんだいの》の火葬場まで進んでいく。道筋には、警護の兵士が立っている。その数、三万人はいると聞いている。

都大路には葬列を見ようと人々が集まり、さながら祭り見物のような賑わいである。

「洛中洛外に限らず、遠方からも人々は集まってきているらしいですよ」

祐高が低い声でいう。

「みな、弓、槍、鉄砲を持った兵士が並んでいるのを見るだけでも、珍しい見物なのだそうです」

そうだろうな、と広英も思う。

蓮台野の火葬場で棺が荼毘《だび》に付されると、あたりに良い香りが漂い始めた。

祐高が目を丸くして広英を見る。

「沈香で作らせたからな」

広英がいうと、祐高はうなずく。なるほど、と納得した顔だった。

「ご遺体も見つかっていないというのに、派手な葬儀ですね」

祐高が半ばあきれたようにいう。

広英の主人、秀吉には、信長の葬儀をこれほど大々的に執り行わなければならない理由があったのだ。秀吉という男は、広英がこれまでかかわってきたどの男とも違う。信長とも違う。無駄なこと、意味のないことはやらない。上司には従順で、家来たちにも細やかに気を配る。それもすべて意味がある。今回の派手な葬儀も、大きな意味がある。〈これほどの規模の葬儀を主導する自分こそが、信長様の後継者としてふさわしい者である〉と都の人々に知らしめるためなのだ。信長の死をも、みずからのために巧みに利用した、ともいえる。

秀吉には信長のような恐ろしさはないが、はるかに狡猾《こうかつ》で油断できない巧みな技を持っている気がする。あれは天性のものだ。だれかから教わったとか学んだ、というものではない。

今回の備中大返しも、まるで事前に承知していたかのような素速さで光秀を討ってしまった。他の武将たちも光秀を討つつもりだったに違いないが、秀吉の判断力、行動力に比べると、みな赤子のように見えるほどだ。広英は秀吉を身近に見てきて、天下をとるのはこの男だろう、と改めて思った。

秀吉主導で行われた信長の葬儀には、信雄《のぶかつ》、信孝など信長の息子たちや妹の市は出席しなかった。

本能寺の変が起こった翌年、天正十一年の四月、信長の重臣、柴田勝家《しばたかついえ》と秀吉の間で賤ヶ岳《しずがたけ》の戦が勃発する。広英も蜂須賀正勝の与力として参陣していた。

正勝は毛利氏との交渉のため中国方面へ出張することが多く、広英は正勝留守中の蜂須賀隊の指揮を任された。

柴田勝家の北ノ庄城は落城し、夫人の市とともに自刃。勝家と組んでいた信長の三男、織田信孝も秀吉によって自刃に追いこまれた。

みずからが天下をとるために、邪魔者をぬかりなく消してゆく秀吉。

やがて、織田家家臣団の中でひとり抜きんでる位置にのし上がってゆく。

五月になると、秀吉は大坂に新しく城を造ることにする。

場所は石山本願寺《いしやまほんがんじ》があったところで、上町《うえまち》台地の北端に位置している。すぐ下を淀川《よどがわ》の本流が流れて京につながり、信長が絶賛していた場所でもある。

九月から全国の大名による大坂の築城工事が始まった。

第五章　但馬・竹田城入城

天正十三年（一五八五年）正月三日、新年の賀に諸武将が大坂城へ集まった。広英もその中にいた。大坂城の工事は続いていたが、天守がある本丸は一年余で完成させたのだった。

大坂城を初めて目のあたりにして、広英はその大きさに圧倒された。いく重にも組み上げられた石垣の上に、これまで見たことがないような黒くて巨大な大天守が、青空を背景にしてそびえ建っている。天守は五層、地下二階。

「これが大坂城でございますか」

広英は、となりに立って同じように天守を見あげている石田佐吉にいった。

「殿下の夢の城じゃ」

「屋根が太陽の光を浴びてきらきら輝いております。あれは黄金でしょうか」

「そうじゃ。殿下は黄金で飾るのがお好きでな」

大広間に入ると、秀吉が現れた。

「みなの衆、よう集まってくれた。今から天守を案内するでな。わしの自慢の城じゃわ。見てくれや」

秀吉は集まった大名たちを連れて、みずから城の中を案内してまわった。城の内部も、瓦と同様に黄金の装飾がふんだんに使われている。

天守の各層には山ほどの財宝が蓄えられていた。それも、秀吉は得意になって見せた。

「ここは、舶来の宝物が集められている部屋じゃ。ええじゃろ」

秀吉は子供のように自慢する。

「すごいですね。どこもかしこも黄金です」

「殿下はなんでも黄金で飾るのがお好きなのじゃ」

「それだけの財力がある、ということでもあるのですね」

「それを自慢したくてたまらないのじゃわ」

佐吉は秀吉を子供のように見ているかのようないい方だ。

「あれは螺鈿《らでん》の衝立《ついたて》でしょうか」

「明《みん》国から渡来したものじゃわ」

広英は安土城へ入ったときのことを思いだした。

信長が建てた安土城も豪華で大きな城だった。積み上げた石垣の上に建つ城郭は天に届くかと思うほどの天守を持ち、戦のときに籠城するための備えであるはずの天守に、信長は暮らしていた。

秀吉が築こうとしている大坂城は、規模から見たら安土城の比ではない。城を中心にした城下町作りも並行して行われている。大坂が政治・経済・軍事・文化の中心となるべく秀吉は意図しているのだ。城下町の端は天守から見ると霞《かす》んで見えないほどで、城下は広大だった。

二月に入ると紀州攻めが決められた。

紀州では経済力と武力を備えた社寺が力を誇っていた。有力な寺領には中央権力の力が及ばず、あたかも自治都市のようになっていたのだ。

秀吉は十万の大軍を率いて大坂を出陣した。広英も蜂須賀正勝軍の与力として加わった。

紀州攻めが終わると、今度は四国攻めが始まる。広英は蜂須賀軍の与力として四国攻めにも参戦した。

この戦いの最中の七月十一日、秀吉は宮廷から関白の位を賜った。これによって、「秀吉の四国攻めは宮廷からも認められている」という意味を持つことになった。ちなみに、秀吉の前の関白は、広英の姉の夫である二条昭実だった。

八月に入り、秀吉の四国攻めは終わった。

閏《うるう》八月、大規模な国替えがあった。

広英の上司である前野将右衛門長康は但馬二十万石を与えられるらしいと聞こえてきた。将右衛門が在城している三木城と比べたら大出世である。広英も論功行賞を期待していたが、なにもないらしい、と思っていたときだった。

前野長康の付将、明石左近則実、別所孫右衛門重棟、赤松彌三郎広英の三人が大坂城の秀吉のところへ呼ばれた。「付将」とは、有力武将に付き従う武将のことである。三人は、前野長康を助け、一緒に行動することが多かった。

このとき、広英は二十四歳、前野長康は五十八歳、別所重棟は五十七歳。明石則実は三十三歳ほど。重棟は、三木城の合戦で自害した三木城城主・別所長治の叔父であるが、三木城の合戦では信長方についた。明石則実は黒田官兵衛の従兄弟《いとこ》である。

自分たちだけが大坂城へ呼ばれて、これからなにをいわれるのか、三人は緊張している。

三人の前に現れた秀吉は機嫌がよかった。

「話というのは、ほかでもない。こたびの論功行賞のことじゃ。但馬二十万石を前野長康に与えるつもりでおったのじゃがな、長康がそんなにたくさんいらん、というんじゃよ」

論功行賞で与えられた所領が多すぎる、といって辞退する者がいるなど、聞いたこともない。

「長康はこういうんじゃよ。『それがしは老骨の身、これから先もそれほど長くはありませぬ。三木城攻め以来、それがしの付将として身を粉にして働いてくれた播磨衆が三人おりまする。彼らに報いたいと願い、このたびそれがしが賜る所領のうちの一部を赤松広英、別所重棟、明石則実にお与え願いたく存じまするが、いかがでござりましょうか』とな。偉い奴《やつ》じゃ。まっこと立派な心がけ。そこでじゃ、長康の願いを聞き届けることにしたんじゃ」

前野長康の付将三人は目を丸くして聞いている。

「長康に与える予定の所領のうちから一部を分割して、そのほうら三人に与えることにした。竹田城二万石を赤松彌三郎に、八木城一万五千石を別所重棟に、豊岡《とよおか》城二万二千石を明石則実に与える。長康には、出石《いずし》城五万七千石を与えることになったわ」

出石城は竹田城の北に位置する城である。長康はこれまでの居城である三木城から出石城へ移ることになる。

「よかったのう、おぬしら。長康のおかげで大名になれるんじゃ」

「まことにありがたきしあわせ」

三人は頭を下げた。こんな形で大名になれることもあるのだ。長康に礼を言わねば、と三人とも心の中で思った。長康が秀吉に願いでなかったら、広英に竹田城が与えられることはなかったかもしれない。

対面の間から出て廊下を歩いているとき、広英の横を歩いていた秀吉が軽い口調でいった。

「彌三郎、竹田城じゃがな、あれはまだ城造りの途中じゃで、続きを頼むわ」

「桑山様の続きを完成させる、ということでしょうか」

竹田城の前任者は桑山重晴だ。

「いんや。桑山とは関係あらせんが。おまんの好きにしてええで。あの城にふさわしい構えにしてくれな。楽しみにしてるでな」

廊下を歩きながら秀吉が雑談のようにいった言葉である。「好きにしてええ」というのはどういうことだろう、と何度も考えたが、秀吉の真意はよくわからない。縄張りや外観を広英の好きなようにしていいということだろうか。「縄張り」とは城の設計のことである。

ついに広英は大名と呼ばれる身分に返り咲いた。同時に、弟の祐高も半田山にある家鼻城一万石を賜り大名になった。家鼻城は龍野城と乙城の中間あたりにあり、播磨の城である。

兄弟そろって大名になれるとは思ってもみなかったが、ふたりはすぐに斑鳩寺へ向かい亡父に報告した。

閏八月二十日、前野長康を先頭にして、今回、但馬の城を与えられた付将三人は長康とともに但馬入りを果たした。

祐高は竹田経由で赴任地半田山へ赴くつもりで、広英に同行している。乙城から祐高の家鼻城までは、まっすぐいけば数刻（数時間）の距離であるが、わざわざ遠回りをしている。すでに竹田城へ入っている母に挨拶するため、と祐高はいっているが、実は今までずっと一緒にいた兄と別れがたいのだ。それくらい周囲の者はみな気づいているが、祐高の家臣たちはこの遠回りになる行程を了承していた。

一行は生野峠をくだると、播磨から但馬に入った。但馬に入って、最初が竹田城、竹田を過ぎると、八木城へ赴任する別所重棟は西へと分かれてゆく。前野長康と明石則実はそのまままっすぐ進むと、長康の出石城が、さらに先に則実の豊岡城がある。

南北に延びる竹田城の城下町の街道で、広英は三人の武将と分かれ、竹田の集落に入った。広英以外の三人は、今日はこの竹田の郊外にある寺に宿をとり、翌朝出発することになっている。

以前、秀吉の馬廻《うままわ》り衆として竹田に滞在したことはあるが、今回は城主としての国入りである。これが自分の領地か、と思うと感無量である。

広英は馬を進める。日が落ちたばかりであたりは薄暗くなっている。

龍野城も平位郷の乙城も、ともに山の上にあった。山は見慣れているが、ここは山容が違う。竹田の山々は急峻《きゅうしゅん》で幾重にも重なりあって深い。山裾は集落のすぐ近くにまで迫っている。田畑は山と山の間に作られ、播磨で見慣れていた見渡す限りに広がる水田はどこにもなかった。

竹田に入って不思議に思うことがあった。閏八月も半ばを過ぎている。現代の暦なら十月中旬。すでに稲刈りは終わっているはずだが、刈り取った稲穂を干している様子があまり見られない。ところどころにある稲架には、そう多くもない稲が逆さにかけられているだけだ。

龍野と竹田は石高が異なる。龍野は五万石を超え、竹田は二万石。稲刈り風景が違ってあたりまえだが、それにしても、刈り取り後の、稲架にかけられている稲穂の量が少ない気がする。

道筋では、新しい領主がくる、というので、薄暗くなり始めたにもかかわらず、人々が並んで広英を出迎えた。農民たちは田んぼや畑のあぜ道に座って、馬上の広英に頭を下げる。広英は、そのひとりひとりに向かって軽くうなずいた。

広英を見あげる人々の視線は、初めて見る新しい領主に対して警戒しているのだろうか。馬上の広英の顔色をうかがうような目、生気を失った力のない顔。期待とともに見ている視線はひとつもない。それに、みんな痩せ細っているのが気になる。

父、政秀の言葉が広英の脳裏をよぎる。

「領民の暮らしぶりは、顔を見ればすぐにわかる。みなの顔から自然に笑みがあふれるような政《まつりごと》でなければならぬ」

竹田の民は満たされた暮らしをしているのだろうか。顔を見た限りでは、そうは思えなかった。黄昏《たそがれ》どきでよく見えないからかもしれないが。

一行は山頂に竹田城がある山の麓に向かう。「城山《しろやま》」と呼ばれている山だ。

山の頂に城が見え始めた。

一行は立ち止まって城を見あげる。夕陽《ゆうひ》を受けた竹田城には、あちらこちらに赤松氏の旗印が上がっている。

このとき一行が見たのは、現在の我々が目にする石垣群の上に建つ竹田城ではない。堅固で優美な石垣群は、後に広英が造らせたものだからだ。

「まさしく兄上の城でござりますね」

見あげている祐高がいう。声が少し震えている。感動しているのだ。

祐高だけではない。但馬へ封ぜられることになったとき、家臣たち一同も、お家再興の悲願がかなったと大喜びだった。龍野に比べたら石高は半分以下ではあるが、国持ち大名になれただけでも喜ぶべきことである。

祖父と父の城、龍野城を追われてから七年あまり、いくつの合戦に参陣したであろうか。次から次へと出陣し、息つく暇もなかった。すべてに祐高も同行し、広英だけでなく祐高も頑張った。これからも合戦はあるに違いないが、早く、父が語っていた「天下泰平」の世にならぬかと、いつも思っている。

広英ら一行は円山川を渡った。大きな川である。豊かな水量で流れる川は、ひとめ見ただけで、この川を制御するのはたやすいことではない、とだれでも思うだろう。大河は水の恵みをもたらすありがたい存在であると同時に、氾濫したら田畑や家を押し流す恐ろしい存在でもあるのだ。

竹田城の麓の集落に到着した。ここに広英や家臣たちの館がある。

この時代、山城は戦闘のための施設であり、日常は、城主も家臣たちも、城の麓に建てた居館で生活し、政務を執っていた。広英の館のまわりには家臣たちの屋敷が立ち並び、武家屋敷町になっている。

広英は城主の居室へ入った。広英の私的な部屋である。城主の部屋といっても、板の間に蓆《むしろ》が敷いてあるくらいで、なんの装飾もない。簡素な部屋である。文机《ふづくえ》がひとつ、燭台《しょくだい》がひとつ置かれ、姉からもらった箏《こと》が立てかけてある。前もって播磨から運ばせてあった数千冊の書物は、となりの部屋にまだ未整理の状態で積まれていた。引っ越しはこれで二回目であるが、書物はすべて持ってきた。捨てたものは一冊もない。書物はすべてが、広英にとっては宝だった。

小姓のひとりが部屋に入ってきた。名前はイの丸。

大名になって、身の回りの世話をしてもらうために小姓をふたり置くことにしたのだ。ふたりとも家臣の息子である。

「母上さまがお待ちでございます」

広英が龍野城をでるときに、母は実家である赤松宗家の置塩《おきしお》城へ戻っていた。大名に返り咲いた今、母には竹田城で暮らしてもらうつもりで、すでに呼んである。

母の実家の置塩城は、このたびの国替えで廃城になった。城主の赤松則房《のりふさ》は阿波《あわ》一万石を与えられ四国の加島城へ移った。

母に会うのは龍野城をでたとき以来である。あれから八年近く、十六歳だった広英は二十四歳になった。あのころの母は病弱で、肌は透き通るように白く、痩せていた。今はどうなっているだろうか。会うのがうれしいような、怖いような気もする。

広英は緊張した面持ちで、祐高と一緒に母の部屋へ入った。

母は色白なところも痩せているところも、前と同じだった。八年という年月は、母から若さを奪ってはいたが、若い女性にはない穏やかな落ちつきを身にまとっていた。蒔《まき》絵《え》で描かれた月のような、凛《りん》とした静けさが母を取り巻いているようで、思わず、別れている間よい歳《とし》の取り方をされた、と広英は思った。

「母上、お久しゅうございます」

兄弟そろって頭を下げる。

「おふたりとも、立派になられて」

母が再会を喜んでいるのがわかる。満面の笑みを浮かべて自分たち兄弟を見ている。

そんな母は広英の思い出の中にあった母よりしあわせそうに見える。

「彌三郎殿と祐高殿が大名になる日がやってこようとは、こんなにうれしいことはありませぬ」

「今日からは、ここが母上の屋形です。なにも気になさることなく、ごゆるりとお過ごしください」

「そうしましょうとも」

母が膝を進めて前に身体《からだ》を乗りだすようにして広英を間近で見る。

なつかしい香りがする。母の香りだ。姉の香りにも似ているが、少し違う。

「立派になられて。お若いころのお父さまにお会いしているかと思うほど、よう似ておいでになりましたね」

面と向かってそんなことをいわれると、思わず顔を伏せたくなる。

「彌三郎殿の凛々《りり》しいお顔も、背丈も、肩幅や肩から腕にかけてのしっかりした肉付きなども、ほんによう似ています」

母は広英の肩や腕をしげしげと見ている。

父がどれくらいの背丈があったか、広英の記憶には残っていない。父を知っている家臣たちから聞くのみである。みながいうには、父は並よりはるかに背が高く、肩幅もあって胸板も厚く、がっしりした身体つきだったようだ。読書好きでありながら、腕力もあり、文武両道を地でいっていたような男だったらしい。そんな父を広英は手本とし目標としてきた。その父に似ているといわれてうれしくないわけがない。

次に、母は祐高を見る。

「いつの間にやら、兄上よりも大きゅうなりましたね」

少年時代は色白で少女のような美少年だった祐高が、広英と競うほどの身体と腕力を誇る男になっている。日に焼けて顔は浅黒いが、目鼻立ちの整った顔は母に似ている。

「こたび、おふたりが大名に列せられたこと、お父さまもお喜びになっているにちがいありませぬ」

祐高は緊張した顔で母の言葉を聞いている。

母は文箱《ふばこ》から文をとりだして、広英の前に差しだした。

「おふたりに文が届いておりますよ」

「私と祐高に？」

「都のさこから」

「おぉ、姉上からですか」

広英は文を受け取ると、すぐに開いた。なにやら、雅《みやび》な香りがする。料紙に焚《た》きこめられているらしい。以前、一緒に住んでいたころ、姉の側《そば》にいくとしていた香りと同じだった。姉が近くにいるようで懐かしい。

広英は読み始める。傍らで祐高が緊張した面持ちで見守っている。良き知らせか、悪しき知らせか、気になっているのだ。


広英殿、祐高殿、つつがなくお過ごしのことと存じます。わらわは都で無事に過ごしております。

このたび、ふたりそろって大名に列せられ、まことにめでたきことと喜んでおります。わらわが都へ上るときにはまだ幼かった弟たちが、城持ちの大名になるのかと思うと、胸に迫りくるものがあります。

われらの父、赤松政秀公は、『知勇備えた真の武将』と呼ばれたお方。ふたりとも、父上に勝るとも劣らぬよき領主になってくだされ。

上洛《じょうらく》の折には、わが屋敷に立ち寄って顔を見せてくだされ。

母上をよろしゅう頼みます。

さこ

広英は手紙を読み終えると、祐高に渡した。

今年の二月、さこの夫、二条昭実は関白になった。さこは関白の夫人である。ところが、昭実が関白職にあったのは四ヶ月ほどで、七月には関白を辞している。関白の地位を望んだ秀吉に、昭実が譲ったのだった。

手紙を読み終えた祐高がうれしそうにいう。

「この文は、姉上の匂いがしますね」

祐高にもわかったらしい。

母の部屋から広英は自室へ戻った。祐高も一緒だ。祐高は一泊して、明日、自城である家鼻城へ向かう。

「姉上もご無事のようで、なによりでございます。将軍にお仕えするために都へ上がられたときは、姉上はこれでしあわせになるのだ、と思ったものです。実際のところ、おしあわせに暮らしていらっしゃるのでしょうか。都では、公卿《くぎょう》も帝《みかど》も生活に窮していると聞いておりますが」

祐高が心配そうにいう。

「二条さまは関白を務められるほどのお方だ。困窮した暮らしをしてはいらっしゃらないと思うが……」

実際のところは広英にもわからない。手紙の文面からは、姉の生活についてうかがい知ることはできなかった。

この時代、宮廷は資金が潤沢とはいえなかった。時代は少し遡るが、後土御門《ごつちみかど》天皇が亡くなったときには葬儀費用が工面できず、亡骸《なきがら》は四十三日間放置されたままだった。その後を継いだ後柏原《ごかしわばら》天皇、後奈良《ごなら》天皇は、やはり経費がまかなえず、十年間皇位継承の儀式ができなかった。それまで入ってきた領地や荘園の年貢が、武士に取られて入ってこなくなっていたからであろうか。

祐高が立てかけてある箏に気づいた。梅の花をかたどった螺鈿の細工が施されている紫檀《したん》の箏だ。

「姉上の箏ですね。半田山にいけば、兄上がこの箏を弾かれるのを聞けなくなってしまいますね」

祐高が寂しそうにいう。

さこが上洛するときに広英に与え、それ以来、広英は大切にしている。箏が自分のものになった広英は、少しはましに弾けるようになりたいと稽古を始め、やがて城中では女たちを含めて、箏の腕は広英の右にでるものはいないほどになった。乙城に移ってからは戦にでることが多くなり、あまり弾いていない。

「弾こうか？　龍野にいたころほどうまくは弾けないかもしれないが」

「ぜひ、お聴きしたいです。母上もお呼びしましょう」

祐高が母を連れて戻ってくる。

「さ、兄上、弾いてください」

広英は姉の箏の前に座る。この箏を見ると、父も姉も一緒だった龍野城での日々を思い出さないわけにはいかない。

広英は心鎮めて、母と弟のために箏を弾きはじめた。

翌朝、広英は暗いうちに起きだした。

障子をあけて外を見て驚いた。あたりが霧に覆われていて一寸先も見えないほどなのだ。

「これは、なんだ」

「円山川の朝霧にござります」

小姓のイの丸が答える。

前に竹田城に滞在したときには、このような朝霧は見なかった。

「こういった霧は、いつ現れるのだ」

「秋から冬にかけてでるようでござります」

秀吉の馬廻りとしてここへきたときは夏だった。

今からでかけるつもりだが、この霧では慎重に進まざるをえない。

前野将右衛門長康をはじめとする三武将は、今日も先へ進んでゆく。広英は三人を見送りにいくつもりだった。

数名の供まわりを連れて騎馬で出発する。祐高も一緒である。思ってもみなかった霧のために馬の速度を落とさざるをえないことを予想して、予定より早めに出発した。

広英が前野長康の宿泊地に到着すると、他の寺に宿泊していた別所と明石の二将もすでに集まっていた。出発するばかりになっている。

「霧が深くて難儀しましたが、なんとか間に合いましてござります。道中ご無事で」

広英は前野長康に挨拶する。

「これからは同じ但馬衆として、なにか事が起こったときは互いに助けあおうぞ」

前野長康の言葉に、広英を含めて三武将は力強くうなずいた。

長康を先頭に、別所重棟と明石則実が家臣を従え北へ向かって出発する。

三武将を広英は見送る。馬上の三人の背中を見ていると、戦火をくぐり抜けてきたこれまでの日々が走馬灯のように駆けめぐる。

この三人とは秀吉の麾下《きか》として、三木城攻めからずっとともに戦ってきた。三人というより、正確にいえば蜂須賀正勝を含めて四人。長康と正勝は一緒に行動することが多かったからだ。広英は三木城攻めのあとで蜂須賀正勝の与力になったが、正勝と長康はいつもともに動いていたために、広英には上司がふたりいるようなものだった。

今回、蜂須賀氏は四国に赴任し、残る四人は但馬に配された。いつも一緒にいた五人そろって栄転したのは、まことに喜ばしいことである。

ただひとつ気がかりなのは、蜂須賀正勝が体調を崩していて、今回の国替えで阿波十七万石を賜ったが、病気を理由に阿波国は嫡男の蜂須賀家政《いえまさ》に任せたいと秀吉に願いでたことである。正勝の望みどおり、阿波は家政に与えられた。蜂須賀正勝は秀吉より十一歳年上の六十歳。

広英は竹田の居館に戻ると、小さい声で祐高を呼びとめた。

「今から城に上がってみないか？」

「この霧の中をですか？」

「道は覚えている」

「私も覚えております。この霧では、城下はなにも見えぬのではありませぬか」

広英が秀吉の馬廻りとして竹田城にいたときに、祐高も広英の従者として同行してきている。ふたりが知っているのは初夏の竹田城だ。

「霧の中で、城がどのように見えるか知りたいのだ」

「では上がってみましょう」

城へ上がる道は、広英の居館の北側にある。以前、滞在したときに、何度も登った道である。

だれにも告げず、ふたりは登城口を徒歩で登り始めた。

細い山道である。霧が深いために先が見えない。突然、乳白色の霧の中から楓《かえで》の巨木が現れたりする。明るくはなっているが、日の出前なのかどうかも、よくわからない。

四半刻《しはんとき》（約三十分）ほど登っただろうか。城の大手門にでる。

門兵は城主兄弟が不意に霧の中から現れたので、目を丸くしている。

「このような早朝に何用で」

「霧の中の城を見にきただけだ。異状はないか」

「は、ございませぬ」

「このように霧が深いと、なにも見えぬな」

「まもなく晴れると思われます。朝陽を受けて曙 色《あけぼのいろ》に染まる雲海がご覧になれまする」

雲海は天守から見るのが一番いい、と城を守っている兵のひとりが案内してくれる。

大手門から虎口《こぐち》をとおり城内へ入っても、霧で建物もよく見えない。

天守へ入って窓から外を見ても、乳白色の霧が見えるだけである。

「雲海が見える、といっていましたが、どこに見えるのでしょう」

祐高にも想像がつかないらしい。

東側の窓から、ふたりで外を眺めていた。少しずつ明るさが増してくる。霧というのか雲というのか、徐々に薄くなって、城の屋根や曲輪《くるわ》がうっすらと見えるようになった。

真上を見あげれば天空には薄青い空が広がり始めている。

霧が晴れたのか、と思ってよく見ると、城山の頂上付近から上の霧は晴れているが、下はまるで分厚い雲の敷物を敷いたようになっている。その敷物が、ひとときも留《とど》まることなく川の流れのように動いているのだ。うねる雲は波のようにも見える。

「これが雲海ですか。まさしく雲の海ですね」

祐高が感動した声でつぶやく。

「竹田城は、雲の海に浮かぶ軍船のようにも見えますね」

たしかに、祐高のいうとおり、城は雲の海を切って進む巨大な船のようでもある。

「この船の舵《かじ》を取るのは兄上ですね」

祐高が自分のことのようにうれしそうにいう。

「進むべき道を誤らぬようにせねばならぬな」

「それは大丈夫ですよ。われらには、父上がいらっしゃいますから。父上ならどうなさるか、常にそう問うていけば誤ることはありません」

祐高のいうとおり、広英にとって進むべき道を示してくれるのは、今は亡き父、政秀だった。父は広英の中では今も生きている。

あたりを見回すと、雲の上にあるのは竹田城と、まわりの山々の頂だけである。こちらから向こうの山が見えるということは、向こうの山からも竹田城が見えるはずである。雲海に取り巻かれた城は、どんなふうに見えるのだろうか。

広英は天守まで案内してくれた兵にたずねた。

「正面に見える山へ上がることはできるか？　この城がどう見えるか、知りたいのだが」

「あ、それならば、但馬吉野へおいでになるのがよろしいかと」

「但馬吉野とは？」

「あれに見える対岸の山の中腹のことでありまする。いついっても、山の中腹から城の素晴らしい眺望が得られまする」

兵の説明では、「但馬吉野」と呼ばれる山の中腹からは竹田城の全景がよく見えるという。

「そちはいったことがあるのか？」

「はい。ございます」

この男は竹田出身だという。

「ならばそこまで案内せい」

「は？　今からでございまするか？」

「むろん、今すぐだ。雲海が消える前に」

「ははー、かしこまりました」

案内の兵と広英と祐高は、まず下山した。登るときに比べると半分の時間もかからずに館に戻った。

館からは馬で出発する。

案内の兵を先頭に疾駆して、城の対岸の山の中腹で馬を下りて徒歩で登る。このあたりも霧がたちこめている。

急斜面を四半刻（約三十分）ほど登っていくと、霧は晴れていた。三人ともかなり息が切れている。

先頭を登っていた案内の兵が立ち止まって振り返った。

広英と祐高も同じように振り返る。

「あそこに竹田城がありまする」

あそこ、と兵が指さすあたりは雲ばかりで、ほかにはなにも見えない。

「なにも見えぬな」

「雲海は動いておりまするゆえ、まもなく見えるようになりまする」

兵のいうとおり、雲海はうねりながらものすごい速さで左から右へと流れていく。頭上の雲が切れて青空が見え始めた。雲間からは遠くに連なる山々の峰がのぞき、紅葉に彩られた山肌は、朝陽をあびて錦に輝いている。

見ていると、雲海が少しずつ沈んでいくではないか。あそこに竹田城がある、というあたりの雲の塊が下がって、城が姿を現した。

「なんと……天空に浮かぶ城……」

祐高が絶句する。

まさしく、城は雲の海に浮かんでいるように見える。下界で繰り広げられている乱世とは無縁な別世界のようだ。

「兄上、あの城に戦は似合いませぬ。下界が乱世だとしても、あそこだけは戦のない、なにより民のしあわせを願う城にしてくださりませ」

雲海の上にそびえる竹田城を正面に見据えて、祐高のいうとおり、あの城と領民だけでも乱世から守りたい、と広英は強く願った。

このとき二人が見たのは、石垣の上に建つ竹田城ではない。まだ石垣はほとんど見られなかった。

「あの城にふさわしい城主になりたいと思う」

広英は祐高にというより、自分自身にいった。

「私も、なにより民のしあわせを願う城主になりたいと思いまする」

祐高も同じことをいう。

父が願った「天下泰平」。下界は乱世でも、あの竹田城下ではかなえたい。

「そなたも城主として、忙しくなるな」

「は、心して臨みませぬと」

祐高の声は明るく若々しい。広英はかすかにほほ笑む。少女のようだった弟が、男らしくなって背丈も広英より高くなっている。

「祐高、ひとつ考えていることがあるのだが」

「なにを、でございましょうか」

「斑鳩寺に鐘撞堂《かねつきどう》を寄進しようと思っているのだが。『天下泰平』を祈願して」

「そういえば、あそこには鐘がありませんね。それは良き考えでございます」

「さっそく、家老たちに話してみよう」

斑鳩の地は、竹田城主になるまで、わずかばかりではあったが広英が所領を持っていたところだ。父ゆかりの寺に、改めてお礼の気持ちを表したいと思っていた。

遠くに見える竹田城に目をやっていた祐高もうなずく。

「兄上、よいことを考えましたぞ。ここに桜を植えたらいかがでしょう」

祐高が明るい声でいう。

「さすれば、城から春の桜を楽しむことができまする」

「たしかに、よい考えだ」

一緒にきた兵の説明によると、このあたりは温泉もでて湯治場としても賑《にぎ》わったという。養老《ようろう》年間（七一七～七二四年）にはすでに桜の名所として知られていたそうだ。

「養老年間から桜の名所とは。そのように昔からですか」

祐高が驚く。「養老」は奈良時代初期の年号である。

「それほど由緒のあるところなら、なおさら、手入れを怠らず、守っていかねばならぬな」

広英の言葉に祐高がうなずく。

その後、広英は各地から桜の苗木を取り寄せて、対岸の山の中腹に植えた。

「目に美しきものは、見る者の心を豊かにしてくれる」が広英の口癖だった。

居館に戻ると朝餉《あさげ》の仕度ができていたが、朝餉の前に、朝来郡、養父《やぶ》郡の各地からやってきた村々の代表の挨拶を受けた。祐高とはゆっくり別れの言葉を交わすこともできなかった。広英は来客と向きあい、祐高はひとりで朝食を済ませて播磨に向かった。

村々の代表者たちが口々にいったのは、同じことだった。

「これまでの殿様は、とにかく城の普請に力を入れなすったでねぇ、農民が城造りにかりだされたで、田畑には十分な手がまわらなかったねぇ」

竹田城の城主として広英が治める地域のあらましは、こちらにくる前に調査させ、報告を受けていた。前任者が城造りに精をだしていたことも聞いている。

八木川の下流、養父郡からきた男がいう。八木川は円山川に注ぎこむ支流である。

「おらがところは、洪水で田んぼも畑も流されてしもうたんでねぇ。年貢どころか自分らが食べるものもありゃーへんで困ってるんだわ」

聞くと、洪水は昨年の秋の台風によるもので、一年になろうとしているのにまだ復旧していない地域がけっこうあるという。

「まだ復旧していないと？　それで大丈夫なのか？」

広英の問いに男は首を振る。

「大丈夫じゃないですよぅ。大きな台風がここのところ毎年のようにきてるからねぇ。今度きたら、田んぼも畑ものうなってしまうですぅ」

「それでは台風がくるまえになんとかせねば。さっそく領地をまわって、様子を見ることにしよう」

「そうしてもらえると、ありがたいねぇ」

養父から来た男は、何度もうなずいた。

広英は、人々が口にする言葉が、龍野で育った自分とは違うことに気づいた。

「ねぇ」と語尾が上がる。男も女も同じように上がる。それが、広英には愛らしく聞こえる。まねしようとしてみたが、なかなか難しい。結局、できなかった。

村人たちが帰ってから、広英はひとりで遅い朝餉をとった。祐高はすでに出立して、いなかった。

午後から、広英は領主としての仕事を開始した。乙城では領地らしい領地はなかったから、初めての領地といっていい。

広英は館の東側の部屋を政務を執るところに決めると、重臣たちを集めた。竹田にきて初めての評定である。

「この居館は、前任者である桑山重晴殿が天正八年から暮らしていたものだ。みなも知っていると思うが、館の北側に城へ上がる登城道がある。われらは、とりあえず桑山氏の居館を利用して暮らし、不都合があれば改築するなり建て直すなりすればいいだろう」

家臣一同がうなずく。反対意見はない。

「最初の評定では、これからまず、なにをするか決めねばならぬ。われらはこの地の天候も気候も地形も、人々の気質や暮らし向きなども、知らないに等しい。そこで、まず最初に、領地をまわって民の暮らしぶりや田畑の具合を、自分の目で確かめたいと思うておる」

「それが、なにより大切かと思いまする」

家老たちも賛成する。

「そのほうたちも、城にはなにが必要で、領地・領民にはなにが必要か、気がついたら申し述べよ。遠慮はいらぬ。評定の席でなくとも、いつでもかまわぬ。私は今から城へ登る。城下を見て、地形をつかみたい」

今朝、祐高と雲海の中を城まで登っているが、城下は見えなかった。

秀吉の馬廻りを務めていたとき、竹田城から眼下の街道筋を毎日眺めていた。城からの眺望はまだ記憶に残っているが、領主として見たわけではない。

家老の丸山が首をかしげていう。

「殿が領内を視察なさるなら、地元のだれかに道案内を頼むのがよろしいかと思います」

心当たりがあるというので、人選は丸山に任せた。

家臣たちの多くは先発隊としてきていたから、城周辺の地理に少しは明るいが、地元の人間に比べたら知らないに等しい。

広英は今朝、城に登ってはいるが、今からが城主としての初登城、といっていいだろう。みな徒歩で竹田城へ登る。急な山道である。

朝は濃い霧で山中も下界もなにも見えなかったのに、晴れわたった空の下では、はるか遠くまで望むことができる。龍野赤松氏の旗印が太陽の光を受けて輝いて見えるのが、なんとも清々《すがすが》しい。

で違う。

登っていくと、城が間近に見えるようになった。朝と同じ登城道なのに、景色がまるで違う。

城の大手門で、丸山が選んだ案内の兵が広英を待っていた。但馬吉野まで案内してくれた男だった。

「今朝は世話になった」

「殿はこの者と知り合いでありましたか」

丸山が驚いているので、早朝に、この者の案内で但馬吉野へいったことを説明した。

「但馬吉野へ、でございますか」

丸山はさらに驚く。

男は清右衛門という名で、広英より十歳年長で妻子はいない。加都《かっ》に親と一緒に住んでいて、桑山重晴に仕えたときは、竹田城普請の城奉行の補佐をやっていたという。

「今朝は霧が深くて、このあたりは一寸先も見えない状態だった」

「それでは、あらためてこの者に詳しく案内させまする」

丸山はそこから先は清右衛門に任せた。

清右衛門は竹田城ととなりの観音寺《かんのんじ》山の出丸が描かれた縄張り図を広英に差しだした。

「出丸」とは本城から飛び出して造られた独立した曲輪のことだ。

「それでは、竹田城についてご説明つかまつりまする」

縄張り図を広げて、清右衛門が話し始める。

「城は円山川の左岸にある城山の山頂を掘削し平らにして、南北に延びる形で階段状に造られております。本丸を中心に東西約五十間（約九十メートル）、南北約二百五十間（約四百五十メートル）、『あたかも飛鳥の双翼を広げたるがごとし』といわれております。ここは城の一番北になりまして、大手がありまする。南にある搦め手《からて》とは、ちょうど対になる位置になりまする」

「大手」は城の表玄関、「搦め手」は裏口にあたる。

さらに先へ進んで、本丸西側から急な坂道を下ると、花屋敷と呼ばれる大きな曲輪にでた。

「ここは武器庫になっておりまする」

清右衛門が説明を始める。

「戦に際しての鉄砲、弾薬、弓矢、槍《やり》、石礫《せきれき》類を保管しておりまする」

建物の中を見ると、清右衛門のいうとおり、武器を納めた木箱が積み上げられていた。

「武器庫が花屋敷とは、ずいぶん美しい名前がつけられているが」

「は、山名氏の時代には、ここは花や薬草を育てる場所として使われていたようで、その名前が残っているのでございます」

そういうことか、と広英も納得する。

花屋敷から本丸へ戻り、搦め手口に向かうと、これまでにない広い平らな野原が現れる。

「ここは？　なにかの目的があっての平地なのか？」

「は、ここは南千畳と申しまして、弓術の稽古をする射場や兵の武術鍛錬場として使われまする」

以前訪れたときは、射場の位置はここではなかった気がするが。

「合戦のときには、この広い土地も、戦装束を身につけた者で埋められまする」

清右衛門は、秀吉軍が竹田城を攻め落としたときの合戦では、城を守る側として加わっていたという。今は秀吉側になり竹田城を守っている。

搦め手から本丸へ戻って、天守を見あげる。

大きくはないが、天守は城の要である。

石垣が積まれているのは天守台だけである。それでも一部だけで、未完のままである。

「石垣は工事の途中なのか？」

「は、さようでござりまする。羽柴秀長さまが指示されて積み始めた石垣でございますが、工事の途中で出石へ転封されたために、このようになっておりまする」

秀長も重晴も竹田に在任した期間が短かったために、城造りはやり残したまま転封になったという。

秀長が指示し、桑山氏が引きついで積ませた石垣は多くはないが、美しい。

天守の屋根には瓦がのっている。瓦葺《かわらぶ》きの建物はまだ珍しい時代である。

やはり瓦葺きはいい。風雨にも、火にも強い。

「城の建物の基礎は、天守のようにすべて石垣にできぬだろうか……」

広英の脳裏には、この山頂の城の櫓や本丸などすべての建物が、高石垣の上にそびえる姿が浮かんでいる。地上からはるか上空の雲海の上に浮かぶ城郭群を、広英は「天下泰平」のよりどころにしたいと思ったのだ。

「石垣の城でございますか？」

二番家老の平位が首をかしげる。

「そうだ。総て瓦葺きで総石垣の城にする」

「総瓦葺きで総石垣」と広英がいったとたん、供の者たちがざわめく。首席家老の丸山が眉をひそめる。広英には、今、丸山がなにを思ったか顔を見ればわかる。

〈総石垣で総瓦葺きの城ですと？　なにをおっしゃいますか。どれだけ金がかかるか、殿はわかっていらっしゃるのか〉

もちろん、広英にもわかっている。竹田城下をはじめ朝来郡・養父郡の領地から、どれほどの年貢を取り立てることができるか。山間《やまあい》にあって作地は狭いし、洪水が農民を苦しめている。米が満足に収穫されない年もある。城造りに使える金はわずかしかない。

前の領主はそんな中で強引に城造りを推し進めたのか、「田に松がはえる」といわれたと聞いている。農民が日役《ひやく》にかりだされて、農作業が満足にできなかった、ということらしい。

家老たちにもまだ話したことはないが、広英は竹田城を、総石垣、総瓦葺きの城にする策があるのではないかと思っている。もちろん、民に過大な負担を強いることなくである。それを城造りは自分の好きにしてよい、といった関白殿下に確認しなければならない。

総石垣の城は、織田信長の安土城から始まったといわれている。この時代、安土城以外には総石垣の城はまだ少ない。

広英は、天守を支える石垣に近寄って、手で触れてみる。曙色《あけぼのいろ》をした暖かみのある石だ。このあたりで「加都石《かついし》」と呼ばれている山陰系花崗岩《かこうがん》である。

見たところ、石垣は細工を加えることなく、自然の石をそのまま使っている。

「これらの石は、自然石を用いておるのか?」

広英がたずねると、清右衛門がうなずく。

「さようでござりまする。自然石を使う野面積《のづらづ》みが主ですが、やや手を加えた粗割りも用いております」

「竹田城の石垣は、安土城と同じ、近江の穴太衆が石積みをしていると聞いておるが」

広英は羽柴秀長から聞いている。

「おおせのとおりでござります」

「石取り場はどこにあるのだ」

「城の少し北側の、円山川をはさんだ対岸の山にありまする」

加都という集落周辺で取れるので、「加都石」と呼ばれるのだそうだ。

「川の向こう側から、こちら側に運んで、さらに山の上に引きあげるのか？」

想像しただけでも大変そうである。

「もっと近くに石切場はないのか？」

脇に従っている家老の丸山は、首をかしげて広英にいう。

「それは……聞いたことがありませぬが」

「円山川をはさんで向こう側にあるなら、こちら側にもあるかもしれぬ。この山にも使えそうな石があるかどうか、至急、調べるように」

広英は指示する。採石場は普請現場の近くにあるほうが効率がよい。

本丸内から階段を上がって天守へ入った。

朝でていた雲海は消えて空は晴れわたり、下界をよく見渡すことができた。

円山川の流れに沿って城下町ができている。川の向こうには、祐高が桜を植えたらどうかといった但馬吉野が見える。

秀吉の馬廻りとして初めて竹田城へやってきたときに、祐高が龍野に似ている、といった言葉を思いだした。山の深さや水田の広がりようなど、龍野と竹田はまるで違うのに、今日もまた広英は龍野を思いだした。

「右手奥が生野峠あたりで、播磨へと通じておりまする」

清右衛門が説明する。

生野には銀山がある。その向こうには、広英の故郷、播磨がある。

「あそこに見えるのは但馬街道で、丹波、丹後《たんご》、因幡へと続いております」

「下に見える円山川は、右から左へと流れておるのか」

「さようでござりまする」

円山川の水が茶色く濁って見える。

聞くと、数日前に強い雨が降ったという。

「それはそれは強い雨で円山川の堤防が切れるのではないかと心配でしたが、なんとか持ちこたえました」

この大きな川が暴れたら、人の力ではとても太刀打ちできないであろう。

「各地で毎年のように洪水がありまする」

洪水の爪痕が今でも残っているところがある、というので、広英は清右衛門に案内させて、視察にでかけた。

竹田から離れて広英の領地の最北地、養父郡内の八木川が円山川に合流するあたりにいくと、合流地点より下流に円山川の土手が崩れている場所がある。申し訳程度に土嚢《どのう》が積んであるだけだ。それも、かなりの長さで数カ所ある。これでは大雨が降れば、間違いなくまた決壊する。

八木川をさかのぼると、こちらでも堤防が切れたまま手つかずの状態になっているところがある。

清右衛門が呼んできた近くの小佐郷の庄屋が、付近の農地の現状を説明する。

「このあたりは、三年前の洪水で堤防が切れてねぇ、田畑が流されてそのままになっておるんです」

「三年前とな？　いまだに復旧できていないというのか。農地が流されたままでは、作物ができまい」

「そのとおりでごぜますねぇ。農地を流された者は、田畑を借りて細々と耕しておりますねぇ。だけんども、借りられるのは猫の額ほどですからねぇ。わずかに収穫できた米も、年貢として召し上げられてしまいますんでねぇ、自分らが食べるのは粟《あわ》か稗《ひえ》ばかりですねぇ」

「作った者の口に入らぬとは、理にかなわぬ話ではないか」

理にかなわぬといわれても、それが領主さまからの沙汰であれば、従うしかないのが百姓である。庄屋はなにかいいたげな顔をしているが、黙っている。

「土手をしっかり直せば、農地も回復するであろう。どうして土手の修復をしないのだ」

広英の言葉に、庄屋は、いってよいものかどうか迷っているらしい。

「かまわぬ。すべて申せ」

広英に促され、庄屋は語り始めた。

「そりゃ、修復したいのは山々ですが、無理でございますねぇ。村の衆はみな城造り、道造りの日役で連日かりだされてますんでねぇ、とてもとても、土手の修理までは手が回りませんねぇ」

庄屋の話を聞いて、広英は首をかしげた。

それではものの順序が違うではないか。城造りをする前に、川の氾濫を止めなければ、みなが生きてゆくために必要な米ができない。家も流されるかもしれない。

広英は従っていた家老のひとりにいった。

「ただちに、この付近の円山川と八木川の堤防の改修をする。川の護岸工事に明るい者を工事奉行に任ぜよ。すぐに土手の状態を調べて、修復工事を計画させよ。今年じゅうには修理が終わるようにしたい」

「御意」

「急げ。いつなんどき大雨が降るやもしれぬからな」

「ははー」

広英が家老に指示するのを聞いていた庄屋は、困ったような顔になった。

「なにか不服でも？　申してみよ」

「今年じゅうに修理が終わるように、というのは無理だねぇ。城造りと土手の修復の両方にかりだされてたら、米を作る者がいなくなってしまいますんでねぇ。声をかけたって、だれもでてこないと思うけどねぇ……」

「それならば心配いたすな。城造りと堤防の両方をいっぺんにやるのは無理であろう。城造りより堤防を先にやる。なんといっても、まず、みなの農地と家を守らねばならぬからな。三年間、この地の年貢は免除する。そのかわり、みなで農地を守るために土手をしっかり造り直すのだ」

庄屋は目を丸くする。

「三年間、年貢が免除される？　そ、そんな話は聞いたこともありません。まことでございますか」

「まことじゃ」

家老の丸山が答える。

「そのような殿さまは、今までひとりも……」

「今まではいなかったとしても、これが殿のやり方じゃ」

庄屋が驚いて広英を見る。

広英は口の端でかすかに笑うとうなずいた。

「領主も、民とともに手をたずさえていかねばならぬ。民が難儀しているときに、領主だけがたらふく白飯を食っているわけにはいかぬからな。私はそう思うておる」

そう広英がいうと、庄屋は広英の前にひれ伏した。

「まっことありがたきお言葉、村の衆に聞かせてやりたいですわ。すぐにでも堤防の普請工事に取りかかりたいけどねぇ……、毎年の氾濫で、村にはなんの蓄えも残ってません。石工《いしく》を雇う金、工具を買う金もないねぇ」

かりだされた日役の農民たちは、穴掘りや土砂の運搬はできても、土手の石積みをするような高度な作業はできない。そのために、専門の石工を雇う必要があるのだ。

「石工の工賃は私がだす。工具もこちらで準備する。日役ででてくる者たちには日当を払う」

庄屋は口をぽかんとあけたまま、広英の顔を穴があきそうなほど見つめている。

「日当がでる？　信じられない話だねぇ」

「まことだ。多くはだせないが、自分たちのための堤防だ。なにより先に、みなで堤防を造り直そうとは思わぬか？」

　庄屋は大きくうなずく。

「お、思いますぅ」

「稲の刈り入れが終わったら、すぐに工事が始められるように、みなに話してみてはくれぬか。雪が降る前に、できるだけ仕上げておきたい」

「わ、わかりました。みなに話しまする」

　治水工事の必要性は、庄屋もすぐに理解したが、大雨はいつなんどき降るかもしれない。大雨になったときにまず守るのは村人の命である。その次に田畑家屋。そのために集落で決めておかなければならないことがある。

「このあたりでは川の水位がどこまできたら避難を開始する、と取り決めがあるのか？」

　広英の問いに庄屋は首を振る。

「そういうものは特にありまへんです」

「ならば早急に取り決めて、村のみなに知らせよ。大水のときは手遅れにならないうちに、そちが避難を指示せよ。逃げる段取りも組んでおくがいい」

　避難指示は庄屋が指示するようにと広英は決めた。飛び地では広英が指示できないからだ。

「は、はー。みなの命を預かってると思って、重大なお役目、しかと承りました」

庄屋は再度ひれ伏した。


朝来郡と養父郡の領内を一巡した広英は、まず年貢として納めるべき石高を決めた。養父郡の八木川と円山川の堤防工事を行っているところは三年間無年貢にし、ほかのところは一律にはせず、その土地の石高によって年貢率を決めることにした。米がよく穫《と》れる上田地区は三割、次によく穫れる中田地区は二割五分、山間部は二割と決めた。秀吉が行った太閤検地《たいこうけんち》により、水田は収穫量によって上田、中田、下田、下下田の四つに等級分けされていた。秀吉が定めた年貢率は二公一民が普通であった。つまり三分の二をお上に納め、三分の一を農民がとる。それに比べると、広英の定めた年貢率は低いことがわかる。この年貢率は、その後江戸時代に入り、二代将軍徳川秀忠《とくがわひでただ》の時代まで変わらなかった。

自分の領地ではなかったが、広英は竹田に隣接する生野銀山の視察も行った。

生野は日本海と瀬戸内海の分水嶺に位置しており、但馬の南の玄関口として播磨と丹波に接する。竹田城下を流れる円山川の源流は生野から流れでていた。

銀を産するために、昔から武将たちは生野を手中に収めようとして戦ってきた。今、生野は秀吉が押さえており、代官を生野に入れ銀山経営をさせている。

生野銀山の開坑は平安時代初期までさかのぼり、佐渡《さど》金山、石見《いわみ》銀山と並び、有力戦国武将の財源となった。信長、秀吉、家康《いえやす》は生野を直轄地としている。秀吉は竹田城に滞在していたとき、生野銀山を視察した。そのとき広英も馬廻り衆のひとりとして生野にきたことがあった。今回で二度目になる。

生野は「銀の出ること土砂のごとし」といわれ、町は銀山や精錬所で働く人々で賑《にぎ》わっていた。精錬所の煙突が何本も建ち並び、煙をだしている。坑夫たちのために飯をだす店も建ち並んでいる。町には活気があった。

広英は坑道のひとつへ入ってみた。

坑道は人ひとりがやっと通れるほどの広さで、掘り大工と呼ばれる坑夫たちがノミと金槌《かなづち》だけで掘っている。すべて手掘りである。

坑道では灯《あか》り取りのために火を焚いているので熱い。むっとする風がときおり流れる。唐箕《とうみ》を回しているものがいる。

「この唐箕は、なんのために使われておるのだ？」

唐箕は、脱穀した穀物を風の力で籾殻《もみがら》、玄米、塵《ちり》などに分ける道具だ。

広英の問いに案内の者が説明する。

「坑道の通風をよくするためでございます。手子《てご》と呼ばれる者が、四六時中風を送りこんでおります」

要は通風機として使われているのである。

手子も掘り大工も、みんな驚くほど若い。広英よりずっと若い。

「ここで作業している者たちはみな若いな。年配者はいないのか」

不思議に思って広英はたずねた。

「は、みな十代でありまする」

「ここの仕事は、十代でないとできないような仕事なのか」

「いえ……」

案内人は口ごもったが、小さい声で話してくれた。

「実は……坑道内の空気は、掘るときにでる細かな塵埃《じんあい》で満ちております。それで、みな胸をやられてしまいます。ほとんどの者が二十歳になる前に亡くなるのです」

「なんと……」

次の言葉が出なかった。

賃金はいいというが、それでも、二十歳前に亡くなるとわかっていて坑道内に入るのだ。戦場へでていくようなものではないか。

「坑夫たちのために、塵埃を取り除く仕組みを工夫するべきではないのか。代官はどう考えておるのだ」

「なにも考えておりませぬ。ひとり死ねば若い者を新しく補充する、それだけでございます。掘り大工はノミや金槌と同じ、ただの道具でございます」

そうして集めた金銀で、太閤殿下は大坂城の屋根瓦を飾り、大名たちの屋敷も金の瓦で飾らせるのだ。

竹田城には金銀で飾られた瓦は使うまい。このとき広英は、心の中で決めた。

生野銀山の視察が終わると、次に広英は領地内の学問所はどうなっているか、家老の平位に調べさせた。

数日後に、平位が調べた結果を報告する。

「武士の子弟を教える学問所は以前はあったようですが、今はありませぬ。ここしばらく戦乱で荒れていたために、武士も農民も学問に親しむ余裕はなかったようでござります」

「武術を鍛錬する場はどうなっていたのか」

「特に武術を稽古するような建物はなかったようでございます」

「学問所と武術の鍛錬場は急いで造る必要があるな」

「しかれども、新たに建てるとなると、そのための金と使役が必要になりましょう。治水工事が第一。学問所と武術の鍛錬場はその後になりまする」

家老の丸山が反対する。

広英はしばらく考えて答えをだした。

「ならば当面は領内の寺を整備して、領民の学問所としての役目を担ってもらったらどうであろう。武士だけでなく、町人や農民の子弟も通ってくることができるように門戸は広く開放したい」

「それはよき考えにございますな。寺ならどこの村にもありまする。新たに学問所を建てなくとも、寺を使えば今すぐにでもできまする」

「僧はおおむね学識を身につけておる。領民や子供たちに手習いや『論語』などを教えることはできるであろう」

「さようでございますな。一刻も早く整備するのがよろしいかと思いまする」

「先生」は寺の住職や近隣の村から選びだして依頼することにした。授業料にあたる謝礼は一律ではなく、親の収入によって流動性のあるものとした。

「謝礼は、金でなくともよいことにしたらどうであろう。金はないが野菜はある、という家では、野菜などの現物でもよいということにすれば、農民の子弟も気軽に通うことができるであろう」

結局、謝礼は民の負担にならぬ程度に徴収することになった。また「先生」を頼まれた者たちは、子供たちのためなら、と喜んで引き受けてくれた。

九月に入るとすぐ、広英は大坂城へ向かった。

秀吉に確認しておきたいことがあったのだ。

大坂城の対面の間で、広英は秀吉と向かいあっている。

「竹田城の普請について、おたずねしたきことがございます。竹田城の改修について、殿下はそれがしの好きにしてよい、とおっしゃいました」

「そうじゃ、おまんの好きにしたらええだで。あそこをどういう城にしたいか、自分なりに思っていることがあるじゃろ」

「はい。ございます」

どんな城にしたいか。新しい竹田城のイメージは、広英の心の中にすでにある。

「竹田城を初めて訪れたのは殿下の御馬廻り衆のひとりとして、三木城攻めの最中でした。城代の羽柴秀長さまが城造りをされている最中で、まだ一部しか積まれていませんでしたが、天守の石垣の力強さ、美しさに驚いたことを今でもはっきり覚えております。信長さまの安土の城にも似ておりました」

「そうよ。あれは安土城と同じ穴太流の野面積みじゃ。小一郎は、近江から石工を連れていったがや。竹田城を造り上げていくことを楽しみにしておったがの。その小一郎を、わしは大和郡山《やまとこおりやま》に移してもうたからな。城造りは途中で途切れてるんじゃよ」

広英は緊張して答えた。

「その続きをやりとうございます」

「そうじゃ。小一郎のやり残したことを全部やれ」

「できることなら城の基礎の部分はすべてあの石垣にし、建物はすべてその上に建てとうござります」

「それはよいな。これからの城造りは、間違いなく総石垣の城になっていく」

「総石垣の城」とは、文字どおり、すべての基礎に石垣を用いた堅牢《けんろう》な城である。

「総石垣にしたら、見事な城になるであろうぞ。で、屋根はどうするつもりじゃ」

「できることなら瓦葺きを考えております」

うん、と秀吉がうなずく。

「それがよいな。さすれば不落の城になろうぞ」

なんと、広英の願いがすべて聞き届けられた。

「よし。そのつもりで、すぐに取りかかれ」

「御意」

広英は秀吉の前にひれ伏しながら、躍り上がりそうになる心を必死で抑えた。

城山の頂に建つ新しい竹田城は、穴太流の美しい石積みの上に総瓦葺き、という堅固で最新鋭の城になる。夕陽を受けて輝く甍《いらか》をいただいた雄姿が目に見えるようだ。

「城造りだけではないぞ。小一郎は城下町作りにも力を入れておった。京から職人を連れていって城下に住まわせておったわ。商人も茶人も集まる国造りを目ざしておったからの。小一郎が始めた城下町作りも途中になっとるんじゃ。おぬし、後を続けよ」

「は、心して」

「それにな、竹田は生野銀山を控えておる。これは重要なことじゃ。なにかあったら、敵はまず竹田城を狙うのは必定。そのためにも、無数の矢玉にも持ちこたえられる堅牢な城にする必要があるんじゃ。わしが攻めても落ちないくらいの城にすることじゃ。えぇな」

秀吉は念を押す。秀吉が攻めても落ちない城にするとは、なんと。

「前野将右衛門が竹田城を彌三郎にやりたい、と願いでたのを聞いてな、なるほど、こりゃ適任かもしれんぞ、と思ったんじゃわ。竹田は生野を控えておるしな。生野いうたら銀がぎょうさんでるやろ。生野奉行と結託して銀山を自分のものにしようなどと考えるような輩《やから》を竹田に入れるわけにはいかんからの。その点、彌三郎は名門赤松氏の血筋、真面目で高潔な人柄はわしもよう知っとる。それで、おぬしに竹田を任せることにしたんじゃよ」

それは初めて聞く。

「じゃが、無理はするなよ。重晴は、民にちと無理強いしたみたいでな、『田に松がはえる』といわれておったようじゃからの」

それは広英も聞いている。

「心得ましてござります」

広英は力をこめてうなずいた。

城造りを急ごう。

しかし、竹田城にはいかほどの金があるのか。堅牢な城にするには金がかかる。

「しかれども、竹田城を総石垣、総瓦葺きの城に改修するとなると、どれほどの金が必要か見当もつきませぬ」

「そうじゃな。金はかかるじゃろう」

「田に松がはえぬようにして城造りもするとなると、年月がかかるかと思いまする」

「それはだめじゃ。すぐに仕上げるんじゃ。生野を守るためにな。それに、総石垣、総瓦葺きの竹田城を、わしが見たいんじゃよ」

秀吉は「わしが」というところを強調する。

「は、わかりました。すぐに城の蓄えを調べさせます」

「いくら金がかかるか気になるのか？　金のことなら心配は無用じゃわ」

「は？　無用とは」

不思議なことをいう。金がなくてはなにもできないではないか。

「竹田城は堅固な城でなくてはならんからな。総石垣、総瓦葺きは、二万石では無理なのはわかっておる。それだで、城造りの資金はわしが援助するでな。足りない分、いうてくれや」

なんと。

「田に松がはえるようなことにはさせんからの、安心せい。そのかわり、あの山上にふさわしい城にするんじゃぞ。小一郎が描いた城下町も作り上げなあかんしな」

城造りの資金を秀吉がだしてくれるなら、城下の民に無理をさせなくてもよい。こんなにうれしい話はないが、話がうますぎて秀吉の言葉が信じられない。

「おぬしの城じゃからの、縄張りなどおぬしの好きにしてよいぞ。ただし、鉄砲にも耐えられる城にせねばならぬぞ」

そのとおりだ。最新鋭の武器は鉄砲である。弓矢・槍・石礫はもちろんのこと、火器類を防ぐことも頭に入れておかなければならない。

「城造り、すぐに取りかかりまする」

広英は躍り上がるような気持ちを抑えて竹田城へ戻った。

大坂から戻ってまもなく、広英は竹田城にて地鎮祭を執り行った。途中で止まっていた石垣造りの再開と、武術の稽古をする鍛錬場を建設するためである。地鎮石の表には「改修　竹田城」そして広英の名前が、裏には「天正乙酉十三年九月日　地鎮　秀吉」

と秀吉の花押が彫られている。縦一尺（約三十センチ）、横六寸（約十八センチ）ほどのしずく型の天然石である。

しかし円山川と八木川の土手の修復を最優先にしたために、竹田城の改修が本格的に始まるのは数年後のことになる。城造りより治水対策のほうが、早急に取り組むべき課題だと広英が判断したからだ。

農閑期に入ったらすぐに円山川と八木川の土手の改修に取りかかろうと思っていた。そのためには、九月じゅうにやっておくべきことがある。

養父郡の視察にいって八木川の氾濫原を見たときに思ったのだ。広英の領地を流れる八木川の上流には八木城があり、一緒に赴任してきた別所重棟が治めている。重棟の所領内を流れる八木川が制御できていなかったら、大雨のたびに川は流れを変え、下流にある広英の領地は翻弄されることになる。

そこで、別所重棟と話をする必要があると思った。重棟は三木城で自刃した別所長治の叔父である。

九月も終わりに近いある日、広英は数名の家臣を従えて八木城一万五千石を訪ねた。

八木城は四百年ほど前の鎌倉《かまくら》時代に築城された歴史的に古い城で、その後、三百年以上にわたり八木氏の居城になっていた。八木氏は山名氏四天王といわれ栄えるが、秀吉の但馬侵攻のときに降伏する。その後は秀吉の麾下に入り、鳥取城攻めに加わっている。

秀吉麾下の武将、別所重棟が入城したときの八木城は、まだ土の城だった。八木城を石垣の城に造り替えたのは重棟である。

今日の訪問の目的は「八木川の治水について」重棟と相談することだった。「話し合いたきことがあり、お訪ねしたく候《そうろう》」と前もって書状を送っておいた。

八木城は山の上にあったが、城主の居館は竹田城と同様に山の麓にある。八木氏の時代からのものを重棟は改修して使っている。この時代の平均的な城主の居館である。木造で、漆喰は用いられているが、瓦や石垣は使われていない。

重棟は広英の到着を待っていてくれた。

「これはこれは、彌三郎殿。お元気そうでなによりでござる」

「重棟さまもお元気そうで、うれしゅうございます」

実際、重棟は顔色もつややかで、穏やかな笑顔を見せる。八木城では健やかな日々を送っているのだろう。重棟は広英より三十三歳年長で、父親のような年齢といっていい。

「貴殿からの書状に書いてあった八木川治水のこと。まったく、そのとおりでござるな。土手の改修は急がねばならぬと、わしも思っていたところじゃった」

八木川の上流が決壊すれば、下流にある広英の領地にも被害が及ぶ可能性があることは、重棟も理解していた。

「八木川下流の私の領地だけで工事をやるよりも、重棟殿のところと同時に行ったほうが、確実であると思ったのです」

「たしかに、そうじゃ」

「農閑期に入ったら取りかかるつもりでおりますが、重棟殿はいかがでございましょう」

工事を行うのは農民である。従って、農繁期に工事はできない。

「わしも、おぬしと同じ時期に始めることとする」

十一月に入ると同時に工事を開始することで、話はまとまった。

「豊岡城の明石殿と、出石城の前野殿も、治水には難儀しておられるじゃろう」

重棟が、同時期に播磨入りした武将たちの名前をあげる。豊岡城は円山川の最下流にあり、出石城は円山川の支流、出石川が領内にある。

「われらふたりが同時期に河川工事を始めることにしたこと、おふたりにも知らせたらどうでしょうか。四人が一緒になって工事をする時期を合わせたら、より効果的な治水対策が立てられるかと思います」

「なるほど、それはよい考えじゃ。治水に悩まされていない領主はいないであろうからな。すぐに、ふたりに書状をだそうではないか」

広英と重棟は、その場で書状二通をしたためた。ふたり連名で花押を記すと、すぐに豊岡城と出石城へ使いをだした。

「彌三郎殿は八木城で迎える初の客人じゃ。昼餉の用意をしてある。たいしたものはないが、食べていってくれぬか」

「それはありがたきお言葉。いただきまする」

縁側の向こうに石組みの庭が見える客間で、広英は重棟と膳を並べて昼餉をよばれた。たいしたものはない、と重棟はいっていたのに、豪華な膳だった。焼きアマゴ、松茸《まつたけ》の吸い物、南瓜《かぼちゃ》と椎茸《しいたけ》の炊いたもの、栗《くり》ご飯、干し柿など、秋の味覚が並んでいる。

「ご城下では、みごとな秋の味覚が穫れるのでございますね」

「今年は天候に恵まれたゆえ、よいものがたくさん穫れると聞いておる」

重棟は自分の領地に満足している様子だ。

食事が終わると、どこからともなく箏の音が聞こえてくる。『想夫恋』だった。そう遠くないどこかの部屋でだれかが弾いているのだ。優しい音色だった。箏は広英も好きで弾く。だれが弾いているのか知りたくなった。

「あれは、どなたが弾いておいでになるのでしょう」

広英がたずねると、重棟は少し照れたような笑顔を見せていう。

「娘のなつでござる」

「おお、別所殿の姫君でしたか」

重棟から息子の話は聞いたことがあるが、娘の話は初めて聞く。

広英の記憶では、重棟の娘は、信長公の人質として秀吉のところに預けられていた黒田長政《ながまさ》と婚約していた時期があった。長政が松寿丸《しょうじゅまる》と呼ばれていた幼いころの話だ。その後、この婚約は解消されている。

「彌三郎殿も箏を弾かれると聞いておるが」

「上手ではありませぬが、少しばかり弾きまする。ここのところ忙しくて、とんと弾いてはおりませぬが、弾くのも聴くのも好きでございます」

「それならば、なつの箏を聴いてやってはくれぬか。箏の名手の殿さまがくる、というのでなつも楽しみにしておったのじゃ」

「箏の名手などとは畏れ多い。たいした腕前ではありませぬ」

恐縮する広英の前に重棟はでてくる。

「まぁ、そういわず」

重棟は広英の手を取ると、廊下伝いに歩いていく。広英も従わざるをえない。箏の音は、廊下を少し奥にいった部屋から流れてくる。

重棟と広英が部屋に入ると、箏を弾いていた姫が驚いて手を止めた。

「なつ、竹田城の城主、赤松彌三郎殿じゃ」

姫は箏の前からさがると、両手をついて頭を下げた。

「別所重棟が娘、なつにございます」

姫は赤い豪華な刺繡《ししゆう》が施された打ち掛けを着ていた。広英は姉を思いだした。姉が上洛した日に、同じようなあざやかな赤い打ち掛けを着ていたからだ。

「箏をお続けくだされ。姫の箏を聴きとうございます」

広英が言葉をかけると姫が顔をあげる。広英をまっすぐに見て頰を染めた。

それを見て、広英もなぜかわからぬが頰が火照ってくる。きっと赤くなっているに違いない。どこかの城の、「生きている姫」を実際にこの目で見たのは初めてだったかもしれない。合戦で自害した姫たちを三木城で見ていたために、愛らしい姿の姫が生きて動いている、というだけで広英は感動した。

なつ姫は年のころ、十六、七歳くらいであろうか。目もとの涼やかな愛らしい顔立ちの姫だった。小さな赤い口もとや細い顎など、姉の二条邸で見た京人形に似ている。

姫は頰を赤らめたまま、困ったような顔で父の重棟を見る。広英に所望された箏を弾いていいものかどうか、目でたずねているのだ。

重棟がうなずくと、姫はホッとした様子でほほ笑んだ。箏の前に膝を進める。

白く細い指で箏を弾き始める。さきほどから聞こえていた『想夫恋』だった。

元は唐《とう》の曲で、大臣官邸の庭に咲く蓮を歌ったものだが、わが国では、女性が男性を想《おも》いしのぶ曲とされている。

箏の音は弾く人によって異なる。なつ姫が紡ぎだす音にはまだ幼さが残るが、それが初々しいともいえる。

曲が終わって、気がつくと、重棟の姿は消えていた。十畳ほどの部屋に姫とふたりだけでいる、と思っただけで緊張する。それでも年上の自分が緊張してどうする、とみずからを励まして平静を装う。

曲が終わっても姫はなにもいわない。自分の膝の上に置いた指を見つめている。

部屋の前の坪庭には楓の大木が一本あって、まだ紅葉前だ。

ここでなにかいわなければ沈黙が永遠に続きそうな気がして、広英は口を開いた。

「久しぶりに聴く箏の音でした。姫の奏でる音は、素直で愛らしい音色ですね」

姫が目を丸くする。

奥ゆかしいはずの大名の姫の驚いた顔に、広英も驚く。

「なにか無礼なことを申しましたか。申したのなら謝らねばなりませぬ」

「いいえ」

姫が頭《かぶり》を振る。

「わたくしの弾く箏の音に、そのようなことをいうてくださった方は、ひとりもおりませぬ。うれしゅうございます」

姫は頰を染めながら、一生懸命に語る。そのひたむきさが、広英には初々しく見え、心地よい。

「楽の音は、弾く者の心を映します。きれいな音を奏でる姫は、きれいなお心をお持ちかと」

「なんとうれしいお言葉でしょう」

「もう一曲、姫の箏を聴きとうございます」

姫は我に返ったようにハッとした顔になって、頭を横に振る。

「お聴かせできるような曲は、これしかありませぬ」

箏を片付けようとしているではないか。

「ならば、同じ曲をもう一度」

片付け始めていた姫の手が止まる。またもや驚いたのか、丸い目をして広英を見る。

「同じ曲ならば、いかがですか」

広英は穏やかにいったつもりなのに、姫は再び頭を強く振る。

「同じ曲を繰り返し客人にお聴かせするのは、失礼でございましょう。父に叱られまする」

「同じではありませぬ。今度は私が笛をつけましょう。ふたりで合わせたらどのような『想夫恋』になるか」

なつ姫が、これまで以上に目を丸くする。

「彌三郎さまは笛もお吹きになるのですね」

「上手とはいえませぬが、少々」

「彌三郎さまの笛、聴きとうございます」

「ならば、姫は箏を弾いてくだされ」

それならば、と姫は観念したようにうなずいた。

広英は箏が好きだが、持ち歩くことができない。そのために遠出するときには、最近は笛を携えることが多い。

広英は従者たちが控えている部屋にいくと笛を手に取った。

家臣たちは、なにごとぞ、という顔をしたが、広英は軽くうなずいただけで姫の部屋へ戻った。姫の箏の前に四尺（約一・二メートル）ほど離れて座る。

この笛を手にするたびに、父と母のことを思う。笛は父の形見で、袋は母が自分の帯をほどいて作ってくれたものだ。象牙色の錦の帯地は、持ち歩いているあいだにほころびが目立つようになってきた。

広英は袋から笛を取りだして手に持った。

「では、始めましょう」

返事がない。広英が箏の前に座っている姫を見ると、様子がおかしい。身体が震えているように見える。

「どうなさいましたか？」

姫は深くうなだれたまま、やはり身体を小刻みに震わせている。震えが少しずつ大きくなっていくではないか。放ってはおけない。

広英は立ち上がって、姫の横に座って片膝をつく。失礼かとも思ったが、姫の顔をのぞきこむようにしていった。

「お身体の具合がお悪いようでしたら、人を呼びましょうか」

姫が広英の左腕をつかむ。

不意に腕をつかまれて、広英の胸がドキンと鳴る。

「だれにもいわないでくださいませ！」

姫は広英の顔を見ないようにして必死に訴える。広英は腕をつかまれて動くこともできない。

姫の呼吸が荒い。顔も蒼白《そうはく》である。だれか呼んだほうがいいのではないか、と思ったときだ。姫が広英に抱きついた。

「怖いのでございます！」

初対面の姫に抱きつかれている。広英もあいている右手を姫の背中に回した。

部屋には姫とふたりだけ。ほかにはだれもいない。これでは、まるで秘め事ではないか、と思うと急に胸が高鳴りだす。

広英はつとめて平静を装って、普通の口調でいった。

「なにが怖いのでしょう」

「箏が」

箏が怖い？　どういうことなのか、広英には意味がよくわからない。

「どうぞ、お助けくださりませ」

姫は広英の袖に顔を埋めるようにしていう。

「もちろん、お助けいたします」

「まことでございますか？」

「まことです。しかし、なにが怖いのか、私は姫をなにから助けたらいいのか、話してください」

姫が身体を離した。きちんと正座し、着物の裾を直す。

「取り乱して申し訳ありませぬ。父や兄に話しても、ふたりとも笑うだけ。わたくしの話を信じようとはなさらぬのです」

「どんなお話でしょうか。私は姫の話を信じましょう」

青い顔のままのなつ姫は、緊張した顔で大きくうなずくと語り始めた。

「わたくしは箏を弾くのが好きです。幼いころに母上から手ほどきを受け、稽古にも励んでまいりました。この八木城へきてからも、よく弾いておりました」

それで、どうして箏が怖いのか。広英は首をひねる。

「ある晩、夢を見ました。夢の中で、ひとりの姫が『琴弾峠』へ来るように、と手招きするのです。目覚めてから調べると、この城の近くに、『琴弾峠』という峠があることがわかりました。美しい名前と思い、訪ねてみました」

琴弾峠は、八木川をはさんで八木城と反対側にある峠だ。

「峠に着きますと、どこからともなく琴の音が聞こえてくるのです。ちょうどひとりの老婆が通りかかり、『琴の音に聞こえるのは、松風の音じゃろうが、その昔、ここで八木城の姫が琴を弾いたゆえに、琴弾峠と呼ばれておる』と、話してくれました」

その老婆の話では、八木城が羽柴筑前守殿に攻められて落城するとき、姫は城から逃れ、途中この峠で振り返ると城が燃えていたという。

「落城したことを知った姫は、父殿がお腹《はら》をめされたことを嘆き、近くにある池に身を投げたのです。数日後、その池から姫の着物の袖が上がったということです」

池は「袖が池」と呼ばれているそうだ。

「その姫が……わたくしと同じ名前でした……」

ここまで語ると、姫は黙ってしまう。

姫が怖いといった理由が、広英にも少しわかった気がする。

「もしや、姫は同じ名前であるがゆえに、同じことが姫にも起こるのではないかと心を痛めていらっしゃるのでしょうか」

姫がうなずく。それなら、姫の語ったことは、広英が知っていることと少し異なる。

「羽柴殿が八木城を攻められたときの城主は八木豊信《とよのぶ》殿。豊信殿はお腹をめされてはおりませぬ。開城されてからは羽柴殿の武将となって、そのあとの鳥取城攻めでは、私も一緒に戦いました」

「なんと。姫は父親が生きていることを知らず、切腹したものと思いこんで身を投げたというのですね……ならば、なおさら無念に違いありませぬ」

なつ姫は心やさしい姫なのであろう。涙ぐんでいる。

「なにゆえ姫はわたくしの夢枕に立たれたのでありましょう。あの夢を見てから、なにやら自分でも知らぬまに、ふらふらと琴弾峠へいってしまいそうで怖いのです。自分ではそんなつもりはないのに、袖が池に身を投げているのではないかと……」

「それはいけませぬ。その姫の供養をしてさしあげたらいかがでしょう。供養がすんだら、どこかへお出かけになれば気も紛れるでしょう……よろしかったら、わが竹田城におこしくだされ。わが城にも箏はございます」

「まことでございますか?」

今まで青白かった姫の顔が明るく輝く。

「もちろんでございます。ちょうど今の時季、早朝、雲海がでて、わが城はまるで雲の海に浮かぶ船のようになりまする。姫にも見せとうございます。ぜひ、おいでください」

姫が目を輝かせる。頬がほんのり上気して曙色になっている。

「彌三郎さまの城へ、いってみとうございます。雲海に浮かぶ城を、見てみとうございます。さっそく、父上にお願いしてみましょう」

姫の顔が明るくなったのを見て、広英もうれしかった。

父の出世を一族みなで喜んでやってきた八木城に、かつて自分と同じ名前の姫がいて、その姫は落城とともに入水《じゆすい》自殺していた、と知ったら、心穏やかではいられないであろう。美しい名前なのに、悲しいいわれがある「琴弾峠」。そして、「なつ」という同じ名前にこだわる姫。

なつ姫が竹田城を訪ねてくれたら、早朝、向かい側の山へ姫を連れていきたい。雲海の中に浮かぶ竹田城を見せたい。近いいつか、ぜひとも、と広英は願った。

八木城から帰途につくとき、姫は館の門まででてきて、見送ってくれた。

竹田をめざして進む途中、馬を休ませるために休憩したときだ。じいの恵藤がニコニコ顔で広英のそばにやってくる。

「どうしたのだ、その顔は」

「久しぶりにうれしい気持ちになりましたので」

恵藤は緩んだ顔のまま答える。

「なにかうれしいことでもあったのか？」

「ありましたとも。今回の八木城訪問は、殿の見合いでしたな」

「見合い？」

恵藤が妙なことをいう。

「私の？」

「さようで。殿となつ姫さまの、でございます」

まさか。そんなことは考えもしなかった。

「八木川の治水について相談にきたのではないか」

「さようでございまするが、別所殿はご自慢の姫を殿にお見せしたかったのではないかと思いまする」

「別所殿がそんなことを考えておられたと？　まさか」

広英が姫を竹田城に招いた、などといったら、恵藤が大喜びするにちがいない。今はいわないでおくことにした。

「殿、そろそろ、奥方を迎えることを考えられたらいかがでしょう」

竹筒から水を飲んでいた広英は、驚いて吹きだしそうになった。

「なにをいうか。じい。そんな余裕などないことくらい、わかっておるであろう。おのれの領地も、いまだしっかり把握していないというのに」

「しかし、男子たるもの、嫁がいるといないとでは、まるで違いまするぞ」

じいにしては、押しの強い低い声でいう。

「なにが違うのだ」

「嫁がいると、男子は頑張りがききまする。思った以上のことができるものです」

じいは顔を赤くして力説している。たしかに、嫁に関してはじいのほうが広英より先輩であることは確かだ。

「それは、じいだけではないのか」

「いえいえ、嫁をとった者はみな、そういうておりまする。嫁の力は予想以上でございまするぞ」

そんなものなのか、と思っても、広英にはピンとこない。

「殿は、嫁がほしいとは思わないのでございまするか？」

恵藤が真顔でたずねる。

真顔でたずねられて、広英は素直に答えた。

「ほしい」

「で、ござりましょう？　それを聞いて安心いたしました」

「しかし、やらねばならぬことが山ほどあるではないか。治水工事、城の石垣の普請、武術の鍛錬場の建設、領内各地の学問所の整備、城下の用水路や播磨への街道の補修、ほかにもいろいろある」

「たしかに」

「嫁は、もう少し落ちついてからでよいのではないか」

「では、いま少し落ちついてから」

恵藤はうなずくと、広英のとなりから場所を移した。

広英は別所の姫の箏の音を思いだした。

なつ姫との語らいは、予想もしていなかったが、楽しかった。女性と話をしたのは、母と姉をのぞくと初めてではないだろうか。姫を腕にかき抱いたときの身体の温《ぬく》もり、柔らかさ。思いだすと、今でも身体の芯が震える。

「これはいかん」

広英はなつ姫への想いを断ち切るかのように首を振る。

それより、先に円山川の治水をなんとかせねば。

「出立いたす」

広英は勢いよく立ち上がった。


竹田に戻った広英は、乙城でやっていたように毎朝、馬に乗って領内を駆けることを日課として始めた。馬術の訓練と領内視察を兼ねている。龍野城と乙城では、いつも祐高が一緒だったが、竹田にきてからは祐高の代わりに家臣が数名ついてくる。

毎朝でかけるので、領民たちにも殿さまの日課だと知られるようになり、広英が通れば「おはようございます」と声をかけてくれる。ときには、収穫した大根や栗、キノコ、山芋などをくれた。

道の脇で広英を待っていたのであろうか。頬かぶりした農民が、見事に太くて長い自然薯《じねんじょ》をさしだしている。

「こーんなに大きな芋が採れたでねぇ。殿さまに食べてもらおうと思ってねぇ」

「立派な芋だな。家族みなで食べる大切な芋であろう。私がもらってもよいのか？」

「山へ入れば、なんぼでも採れるでねぇ。心配せんでもええですわ。殿さま、食べてくだせえ」

「では、ありがたく頂戴する」

日に日に献上品が増えていく。

みなが競うように献上してくれるので、広英は真剣に悩んだ。

「みなは、私がひもじい思いをしていると思っているのだろうか」

広英は首をひねる。

「これまでの殿さまたちも、みなこんなふうにもらいものがあったのか？」

竹田出身の清右衛門が答える。

「いいえ。これほどお城にみなが献上するのを見るのは初めてでございまする。みなは、自分が採ったものを殿に召し上がっていただきたいと思っているのです。だれより、殿に」

「私に？」

どうしてなのか、広英には合点がいかない。

清右衛門は説明を続ける。

「殿は年貢率を大幅にお下げなさいました。なかには無年貢のところもあります。そのような殿さまは今までひとりもおりませんでしたから、最初、農民たちは信じませんでした。やがて、それが本当だとわかると、みな大喜びで、感謝の気持ちを表したくなったのだと思います」

広英は、特別なことをやったとは思っていない。

「困っているところから無体な年貢を取ることはできない。それくらい、あたりまえではないか」

「それが、今までの殿さまにはあたりまえではありませんでしたから、みな喜んでいるのです」

そんなものなのか、と広英は首をかしげる。

もらいものを担いで帰るのは供の役目である。殿さまが山の幸をいろいろもらうので、最初のころは重そうに担いでいた。今では背中に背負った籠にいれるから、いくらでも入る。

もらうことを最初からあてにしているようで、その籠はやめたほうがいい、と広英がいうと、供の者たちはいつもどこかに網を隠し持っていて、もらいものが増えると、網を広げるようになった。

「受け取らないと、農民たちは館まで届けにくるのであります。それは気の毒でございましょう」

そういう家老の言葉に、広英も仕方なく網を認めることにした。

広英への献上品は、農産物だけではなかった。手仕事で作ったものを届けてくれる者もいた。

黒い漆器の蓋付き椀を二客、館へ届けてくれた者がいた。赤い南天の実が描かれている上品な椀だった。形も塗りも、なかなかの腕前である。漆の塗りはなめらかでムラがない。作ったのは刷毛を使い慣れている者にちがいない、と思ったら、漆職人ではなく農民の安兵衛の献上だという。

朝駆けのときに安兵衛に出会ったので、広英は馬をおりた。

安兵衛は四十歳くらいの細身の男だ。質素な衣類を身にまとっている。足は裸足だ。

領内視察のときに、広英が領民に声をかけることはよくあるが、馬からおりることはしない。騎馬のまま声をかけるのが普通である。

目の前で殿さまが馬からおりたので、安兵衛は首でも切られるのかと、腰を抜かしそうになっている。

「そちが安兵衛か」

「へ、へえ」

「漆の椀、みごとであった。あれは、めでたい祝い膳で使わせてもらう」

安兵衛は目を大きく見開いて、口をもごもごさせた。

なにをいったのか、広英にはよく聞き取れなかったが、だいたいわかった。

「あれは、ふだん使いの椀だでねぇ。祝い膳には、もっと豪華なものを用意しますで、どうか、毎日使ってくだせぇ」

といったのだ。安兵衛は腰を低くして何度も頭を下げる。

「安兵衛は、漆器を生業《なりわい》にしておるのか？」

「いんゃ、生業は米作りだでねぇ。農作業の合間に作る程度だわ」

「作ってほしいものがあるのだが。代金は払う」

安兵衛がきょとんとした顔になる。

「殿さまが、わしに注文しなさる？」

「受けてくれぬか？　漆の櫛《くし》がほしいのだが」

「櫛ですか？」

安兵衛はますますきょとんとする。

「できぬか？」

「できまするが、おいくつくらいの方がお召しになるもので？」

「十七歳と三十五歳と五十五歳くらいだ」

これが彼女たちの実年齢かどうか自信はないが、おおかたこれくらいだろうと、広英は安兵衛に告げた。

「ある城のお若い姫と、都の関白家の奥方と、私の母に贈りたいと思うておるのだ」

「ひえー、姫君と関白家の奥方さまと、御母上さまとは。そんな方々がわしの櫛を、でごぜーますか。そんなたいそうな方々に」

安兵衛が断りそうな気がしたので、広英はやや強引にいった。

「都の職人が作ったものではなく、竹田の職人が作ったものを贈りたいのだ。私のいいたいことがわかるか？」

広英に顔をのぞきこまれて、安兵衛はゴクンと唾を飲みこんだ。

「へ、へえ。お殿さまのおっしゃりたいことはわかりまする」

「姫には朱地で、奥方と母には黒地で。蒔絵を施してくれたらなおさらうれしい」

安兵衛は目を白黒させて聞いている。

「受けてくれるか？」

「へ、へえ」

殿さまにここまで詰め寄られて、断る領民はいないであろう。安兵衛は、かなり緊張した顔でうなずいた。

「では、頼んだぞ」

「かしこまりましたです」

広英たちが立ち去るとき振り返って見ると、安兵衛は地べたにぺたんと座りこんでいる。放心状態のようにも見えた。

「母上さまと、都の姉上さまと、なつ姫さまに贈るのですな」

恵藤が耳打ちするようにいう。

「悪いか」

「めっそうもない。大歓迎でありまする。竹田で作られた漆器を世に知らしめることになるやもしれませぬし」

「そのとおり。安兵衛の漆器は、都にだしてもひけをとらぬ。農作業の合間に作っているとは信じられぬわ。数作れば、もっと腕も上がるだろう」

「まことに、おおせのとおりでございまする。しかし、殿が女衆に贈りものをするとは、初めてでござりまするな」

恵藤が自分のことのように浮き浮きしているのが、広英にも伝わってくる。

「そうかもしれぬ。しかし、贈る相手のことをあれこれ考えて品物を選ぶ、というのは楽しいことだな」

「まったくでございまする」

恵藤もうなずく。

いつになく心が軽やかに弾む。広英は快調に朝駆けの馬を走らせた。

十月に入ると、父が再建した播磨の斑鳩寺に、広英は米百石と鐘撞堂と梵鐘《ぼんしょう》を寄進した。もちろん、父が願って、そして広英も願ってやまない「天下泰平」を祈願してのことである。

梵鐘は近くにある楽音寺の鐘を移した。音が素晴らしいことで評判の鐘だった。

鐘撞堂の落慶法要の日には、家臣たちや家鼻城主になっている弟の祐高も斑鳩寺に集まった。久しぶりに集まった龍野衆の顔ぶれを見て、乙城に蟄居《ちっきょ》させられていた日々を思うと、こんな日がやってくるとは夢のような気持ちである。都に暮らす姉は参列していなかったが母はきていた。姉からは法要の供物が届いた。

十一月の中旬から、但馬四城の城下町が一斉に河川工事を開始した。

竹田城の広英は円山川とその支流の八木川河口、八木城の別所重棟は八木川中流域、出石城の前野長康は出石川、豊岡城の明石則実は円山川下流域を改修する。

広英は、以前、庄屋に告げていたとおり、日役の農民たちにも雇いの石工たちにも、その日のうちに日当をだした。必要工具なども、不足分は広英がだした。

広英も普請現場を見てまわった。最初のうちは、集まってくるのは、かなりの年齢の年寄りがほとんどで、戦力になりそうな壮年の男たちの姿はなかった。

ところが五日もすると、壮年も若手も、女衆も参加するようになった。農民だけでなく、職人や商人の姿も見える。みな日当に引かれて集まってくるらしい。種々雑多な人々が集まってくるので、日当は、こなす仕事量に応じ等級分けして配ることにした。女衆はいくら、働き盛りの男衆はいくら、老人はいくら、というように。

人が集まるから、活気が生まれる。作業がはかどる。つらい仕事も、みんなでやると楽しくなるから不思議だ。いつも決壊する場所は決まっていて、そこは石垣を積んだらどうかということになり、石工も呼ばれた。

人が多くなると、指揮系統が確立されていないと混乱する。それに、作業は組み分けしたほうがはかどる。そこで広英は集まった者をいくつかの組に分けて、それぞれの組に分担範囲を示し、目標達成がしやすいようにした。組頭も決めた。これは、秀吉の馬廻りをやっていたときに秀吉から学んだことだ。秀吉は土木作業をやるときに、作業人員を組に分けて、互いに競わせてやらせるのが得意だった。

石垣の石は、河原に転がっている石を人の手で運んで使う。みんなが数珠つなぎに並んで声をだしあって作業しているのを見ると、広英も仲間に入りたくなる。

ついに、我慢できなくなった。見ているだけではつまらないではないか。

「私もやるぞ！」

「殿！　おやめくだされ」

恵藤が慌てて止めたのに、広英は野良着に着替えると、石運搬の列の中に入った。守り役の恵藤も、仕方なく同じ格好をして広英のすぐ後ろに並ぶ。

河原から土手まで石を運ぶのだ。運ばれた石は、石積み専門の石工が積み上げる。

「殿さまもやりなさるのかねぇ」

女たちのひそひそ声が聞こえる。

年配の男たちには、広英などの若造は小僧っ子のように見えるのだろう。作業に熱中すると相手が殿さまであることも忘れてしまうのか、広英に仲間のような口調で話す。

となりの男が広英にいう。

「その持ち方は危ないねぇ。もうちょいと手を広げないと」

「こうかな？」

「ちゃうちゃう。こうやねぇ」

広英の手をとって教えてくれる。

「わかった。こうするのだな」

「そう、そう。それでええねんや」

肌寒い季節なのに汗がでてくる。武術の稽古で流す汗とはまたちがって、大勢の人と一緒になって声を掛けあい、みんなで流す汗は気持ちよかった。

昼は河原で、女衆が用意した炊きだしのにぎりめしをほおばった。

堤防の改修作業が始まってから、竹田も飛び地の養父もずっと天候に恵まれていた。作業は順調に進んでいる。

十日目に雨が降った。雨が降れば作業は休みになる。今日は日役はなしだな、とみなが家で骨休めをしていた。

夜半から降りだした雨は激しいままで、雨足は一向に衰えない。このままでは作業途中の土手は流されてしまう、とみなが思い始めた。竹田城でも、広英はもちろん、家臣たちも心配している。

夜が明けたが、まだ雨は降っている。朝餉のあと、広英は館の前方を流れる円山川を見に行った。工事奉行には作業現場を見に行かせた。

円山川の水は茶色の濁流となって渦を巻いている。川の水は土手の半分まで上がってきている。このままの勢いで雨が降り続けば、濁流は土手を乗り越えるかもしれない。

その前に土手が決壊するかもしれない。

広英は執務室に首席家老の丸山を呼んだ。

「丸山、こんな雨は初めてだ。龍野でも降ったことがない。このままでは大きな被害がでるやもしれぬ」

「いかにも」

「被害がでる前に、手を打たねばならぬ」

竹田に赴任してきてまだふた月あまり、城下についての知識はないに等しい。

広英は家老たちを呼ぶと同時に、地元育ちの清右衛門を呼んだ。広英の顔を見て、清右衛門もなにゆえ呼ばれたのか察したらしい。緊張した顔つきで広英の前に座る。

「ご用でござりますか」

「この雨のことだ。このまま降り続いたら、円山川はどうなる」

「この降り方ですと、夕刻には決壊するところがでてくると思いまする」

「やはりそうか。となると、養父の領地も、円山川が氾濫するかもしれぬな」

清右衛門が神妙な顔でうなずく。

「今のうちに手を打たねばならぬ」

ふだんは穏やかな性格であるが、ここぞ、というときの広英の動きは素早い。迷うことなく決断する。

「この城下で、円山川が氾濫しても水に浸《つ》からないところはどこだ」

広英の前には竹田城と城下町が描かれた地図が広げられている。

地図を指さしながら、清右衛門が答える。

「竹田城とそのふもとの、このあたりでありまする」

清右衛門が指さしているのは、竹田城のある城山山麓で、山裾に建っている広英の居館を中心にして、まわりに武家屋敷が建ち並んでいる一帯である。城山に向かっている斜面であるがゆえ、川べりより高い。

「これまで円山川が氾濫したときには、城下の住人たちはどこへ逃げたかわかるか」

「城山のふもと周辺でありまする」

「よし、わかった。丸山、すぐに城下に触れをだすように。円山川が氾濫する恐れがあるゆえ、いつでも避難できるよう準備を始めよ、と。円山川の水位が危険とみなされるところまで上がったら指示する。指示があったら、すぐに城山のふもとへ避難を開始せよ、とな。平位と中島は、避難した者をどこの家に預かってもらうか、即刻避難先を決めて、住人の了解をとってまいれ」

平位は二番家老であり、中島新右衛門は側近のひとりである。

「養父地区はどうすべきであろうか」

飛び地の領地である。離れているために、竹田のように触れをだすことができない。

かといって、この雨の中を養父まで行くのは危険すぎる。清右衛門が自分がいくといいだしたが、広英はやめさせた。養父の庄屋がなんとかしてくれることを祈るしかない。

雨は午後になっても小降りになることを知らないように降り続いた。雷も鳴る。稲妻も光る。風もでてきた。風の唸《うな》る音や、ときおり叩《たた》きつけるような音が聞こえる。但馬のほかの三城の城下でも同じように雨が降っているに違いない。三城のことも気になるが、今は目の前の竹田城下から目が離せない。

居館の執務室の縁側に立って、広英は空を見あげた。分厚い雲に覆われている空から激しく雨が降ってくる。早く止《や》んでくれるようにと祈るしかない。

清右衛門にいわせると、竹田城下の民は円山川の氾濫には慣れているが、こんなに強い雨は滅多にないという。

「この雨では、円山川が決壊したら被害がどこまで広がるか、地元民でも予想できませぬ」

円山川の堤防が切れるところは、おおよそ決まっていて、城下のどこが水浸しになるか、例年の経験でだいたいわかっていると清右衛門はいう。しかし、今回の雨はこれまでと違うために、予想できないというのだ。

「いつも決壊する場所というのは、日役でみなが石垣を造っているところか？」

「さようでございまする」

「やはりそうか」

広英は唇をかんだ。悔しい。もっと早くに工事を始めていればよかった。

「石垣普請の現場へいくぞ」

現場へいって円山川の様子を見守ることにした。自分がいったからといって、雨が止むわけでもないだろうが、館でじっとしているよりいい。

蓑笠《みのがさ》をつけて、雨の中、広英主従数名は昨日までみなで工事していたところへ向かった。

現場には、城下の庄屋や村人たちも集まっていた。

土手が大きくえぐられ、土が露出しているところがある。新しく積んだ石垣は、跡形もなく消えていた。

悲惨な現場を見て、家老のひとりがため息まじりにいう。

「石垣の土手ができていたらと思うと、悔しゅうございまする。もう少し早くとりかかっていたら……」

「それでも同じでございまする。一ヶ月や二ヶ月早く始めていたとしても、まだ完成には至っておりませぬ」

庄屋がいう。

家老の丸山が、つぶやくようにいった。

「自然のなすことは人知を超える。われらには手も足もでぬことじゃ」

だからこそ、いつ襲ってきてもいいように、日頃から備えをしておかねばならないのだ。広英は口にはださなかったけれど、暴れ川の氾濫から領民の命と田畑と家を守ることこそ、領主としての自分がやらねばならないことだ、と強く思った。

申《さる》の上刻（午後三時ころ）、円山川が氾濫のおそれがある水位に達した。雨はまだ降り続いている。

広英は住人の避難を指示する。暗くなる前に、全員の避難を終わらせてしまわないと危険だ。

浸水が予想される地域に住む者たちが、城山のふもとへ集まりはじめた。

夕刻、暗くなる前に避難は完了した。

これで最悪の事態は避けられるであろうが、油断はできない。

暗くなって、雨は小降りになった。それでも、円山川の水は増え続けた。

雨が止んでも川の水はすぐには減らない。しばらくは増え続ける。

広英たちは松明《たいまつ》を持って、寝ずに川の様子を見守っていた。雨を吸った蓑は重く冷たい。十一月である。足も濡《ぬ》れて冷たい。感覚が麻痺《まひ》している。

戌《いぬ》の下刻（午後九時ころ）少し前、広英たちが見守るなかで円山川が決壊した。決壊しても、どうすることもできない。見ているだけである。

半鐘が激しく打ち鳴らされる。決壊したぞ、という合図だ。

濁流は城下に流れこんでいくが、暗くてよく見えない。城下の住人は、高いところへ避難しているはずだ。

雨は小降りになったが、復旧のための対策を立てるにしても、明るくなってからでないと被害の規模もわからない。見張りの数人を残して、交代で休むことにした。

広英が館に戻ってまもなく、八木川下流の養父地区の庄屋からも、八木川が氾濫したという知らせが入った。


翌朝、雨は止んだ。

明るくなってあたりが見えるようになると、広英たちは被害の様子を視察にでかけた。

裏山の竹田城は、徹夜で警備していた者たちの報告で、特別な被害はなかったことを確認した。

昨夜、広英たちが見守っていた土手はかなりの幅で決壊している。川の水位は下がっているが、水はまだ城下へ流れこんでいる。あれをなんとか食い止めなければ。

ほかにも小規模な決壊が二カ所あった。

土砂崩れも起こっている。幸い土砂崩れに巻きこまれたのは農作業の小屋が三軒ほどで、人家の被害はなかった。

城下町は通りにも水路にも泥と水が入りこんで、広英たち一行の馬は、ぬかるみに足を取られて苦労している。

床上浸水している家もある。戸や壁板が流されてなくなっている家もある。十軒ほどは家自体が流されてしまって、なにも残っていなかった。

「これはひどい……土手の修理と同時に、町の再建もやらねばならぬな……」

広英のつぶやきに、となりにいた丸山がうなずいた。

「赴任早々、大変なことになりましたな」

たしかに。しかし、そんなこともいっていられない。目の前の現実に立ち向かうのみである。

居館に戻ると、広英は執務室へ家老ら重臣たちを集めた。

「中島、そちは城山のふもとへ避難している者たちの朝の炊きだしを準備いたせ。城の米を使ってよい」

広英の居館のとなりに城主の米蔵がある。白壁の立派な土蔵で、先代の領主たちも使っていたものだ。いざ、というときのために、どこの城主も米を蓄えていた。

炊きだしは中島が中心となって、女衆の手を借りて始まった。

「円山川の決壊場所は三カ所。そのうちの二カ所は亀裂も小さい。平位、そちは、このふたつに土嚢を積んで応急処置をさせよ。大きなところは工事奉行に担当させよ。土嚢での応急処置が可能かどうか、可能なら即刻作業に取りかかるように。無理なら、どうするのがいいか対策を立てさせよ。日役の数を増やす必要があるやもしれぬ」

家老たちは眉根を寄せてうなずく。

「丸山は、土砂崩れが起きたところに立ち入り禁止の札をだすように。ほかにも崩れる恐れがあるところがないか早急に調べよ。過去の土砂崩れについて庄屋たちから様子を聞くといい。私は養父へまいって被害の状況を見てくるつもりだ。米だけは先に荷駄で届けさせたほうがいいだろう。私が留守の間は、丸山、そちに竹田の指揮を任せる。たのむぞ」

「承知つかまつりました」

炊きだしは、避難している者自身も手伝うので人手が足りないということはない。広英の居館の前に大鍋を置いて粥《かゆ》を炊いた。広英も粥を椀につぐ係として、大鍋の横に立って手を動かしている。

粥と漬け物だけだが、温かい粥が入った椀を両の掌《てのひら》で包むように持って、みな喜んで食べた。

「お殿さまがお城の米をだしてくれなすった」とだれかがいったので、みな、広英に「殿さま、ありがとうごぜます」と頭を下げる。広英は朝駆けを日課にしていたから、殿さまの顔を知らない者はいなかった。

広英も朝餉は、みなと同じ鍋の粥を食べた。

食後、恵藤や清右衛門ら数名の供を連れて、広英は養父郡の視察にでかけた。

途中、山が崩れているところがあった。川の流れが変わってしまっているところもある。倒木で道がふさがれているところ、土砂崩れや湿地になってしまったところを避けて、未《ひつじ》の中刻（午後二時ころ）近くに、広英たち一行は円山川と八木川が合流するあたりに着いた。決壊したのは合流地点をわずかに北上した円山川左岸だと報告を受けている。

竹田城主が洪水被害の視察にくる、と知らせてあったために、合流地点に迎えの者がでていた。以前、広英が会ったことのある小佐郷の庄屋だった。

「大変なことになったな」

「家が多数流されたでねぇ。田畑も流されましたが、村の衆は子供も老人も、みな無事でごぜえます」

「それはなによりだ」

「先日、お殿さまが、大水に備えて逃げる段取りを組んでおくように、というてくれましたので、あのあとすぐに庄屋連中が集まって話し合いましたんです。それが、こんなに早く生かされるとは」

「間に合ってよかった」

「お殿さまのおかげでごぜぇます」

「私はなにもしておらぬ。すぐに話し合いを持ったそのほうたちの功よ」

「いえいえ、それに、今朝は早々に米を届けてくださり、ありがとごぜぇます。村の衆、みんな喜んでおりますだ」

「腹がへってはなにもできぬからな」

「となりの八木からも、手伝いにきてくれた方がいます」

「八木から？　八木城下は、水害の被害はなかったのか？」

「あったようでごぜぇますが、こちらのほうがひどいと心配してくれて」

「それは礼を言わねばならぬ」

　養父郡のこのあたりは、竹田城より八木城のほうがはるかに近い。半分ほどの距離である。火急の際に駆けつけるのも、八木城からのほうが早いのだ。

　八木からかけつけてくれた者がどこにいるかわからないが、見つかったら知らせてくれるというので、広英は土手が切れたあたりを視察にでかけた。決壊した部分は、そのままになって赤茶けた土砂が丸だしになっている。円山川の水位はだいぶ引いてきてはいるが、まだ半分より上である。

水が入りこんだ田んぼは泥水をかぶって泥田と化していた。稲刈りが終わったあとでよかった。

どこかの家の広い庭先で炊きだしの仕度をしている女衆の一団があった。十人ほどがいる。庭も泥で埋まっている。薪にするために乾いた木を集めているところらしいが、近くには乾いた木はない。みな泥の中を動き回っているために足は泥土まみれである。

広英が通りかかると、ひとりの女が走ってこちらにやってくる。

自分をまっすぐに見ている。

だれかと思ったら、なつ姫だった。野良着を着て、裾をたくし上げ、膝の上まで泥だらけである。

「彌三郎さま！」

広英は驚いて馬からおりた。

「姫、その格好は」

「小佐郷が大変だと聞いてお手伝いに参りました。私など、なんの役にも立ちませぬが」

聞けば、父の別所重棟公には内緒できているという。しかも、供は侍女がひとりだけというではないか。

「姫のお気持ちはありがたいが、城から抜けだしたとあっては、このままにしておくわけには参りませぬ。供もつけず、危のうございます。夜盗に拐《かどわ》かされて売りとばされるやもしれませぬぞ」

「そのようなことにはなりませぬ。大丈夫でございます」

「大丈夫ではありませぬ。すぐに城へお連れ申す」

広英は姫を抱き上げた。軽々と横抱きできてしまうほど、姫の身体は軽く小さかった。

「なにをなさいます！　彌三郎さま。お放しくだされ」

広英は姫の言葉に耳を貸さない。

姫を馬の背に乗せると、あとから自分も飛び乗った。

馬首を八木川の上流へ向ける。馬が走り始めると、姫はおとなしくなった。ぴたりと広英に抱きついている。ほかのときなら、姫に抱きつかれたりしたら甘美な思いをめぐらせたかもしれないが、今はそんな余裕はない。無事に姫を八木城へ送り届け、養父へ戻って、被害状況を庄屋たちから詳しく聞かなければならないのだ。竹田城下もいつまでも丸山に任せておくわけにはいかない。すぐに戻らねば。

別所重棟の居館前で、広英は馬を止めた。

先に自分がおりて、次に姫をおろす。

「ここまで送っていただいてしまい、かえって彌三郎さまにお手数をおかけしてしまいました。心苦しく思いまする」

「いいえ。養父をお心にかけてくださり、まことにありがたく思うております」

「心にかけていたのは、彌三郎さまのことでございます」

一瞬、どういう意味なのか、広英にはわからなかった。

「小佐郷が大変なことになっていると聞いて、お手伝いにいこうと思ったのはまことです。でも、それだけではありませぬ。彌三郎さまもおいでになるやもしれぬ、と思ったのです」

まっすぐに見つめられていわれると、広英は顔が、いや身体じゅうが、火がついたように熱くなる。泥で汚れた野良着を着ているのに、姫がまぶしい。この前会ったときよりも、凜々《りり》しく、かつ美しくなった気がする。

「箏は弾いておられますか？」

「いいえ。でも、彌三郎さまがおっしゃったように、入水された姫の供養をいたしました。それからは、箏が怖い、という気持ちが薄れたような気がします」

「それはよかった。では、次にお目にかかるときには、姫の箏と私の笛を合わせましょう」

姫の顔が輝く。

「ぜひとも。お願いいたします。しかと稽古しておきまする」

なんの曲とは口にしなかったが、ふたりとも、『想夫恋』だと思っている。

そうだ、と姫が野良着の胸の間から、和紙に包んだものをとりだした。

「これを。わたくしが自分で作りました」

「なんでしょう」

広英は受け取る。軽くて柔らかいものが入っている。

包みをあけようとすると、姫に止められる。

「竹田のお城に帰ってからご覧くださいませ」

「わかりました。ありがたく頂戴いたします」

広英はもらった包みを懐に入れると、再び馬に乗った。

姫が館の門内に入るのを見届けてから、馬の腹を蹴って駆けだした。


竹田に戻ってからも、被災地区の視察をはじめ、庄屋たちとの話しあいなど、やることが山ほどあった。復興計画も立てねばならない。

就寝のために居室に戻ったときには、身も心もくたくただった。泥で汚れた着物を着替えるとき、なつ姫にもらった包みがでてきた。

灯火のもとで開いてみると、赤い高価な生地で作った笛の袋だった。

広英が持っていた笛の袋がぼろぼろになっているのを見て、姫が作ってくれたのだ。

この赤い布は、広英が城を訪ねたとき姫が着ていた豪華な打ち掛けに似ている。広英は笛を新しい袋に入れ替えると、これまでの錦の袋は文箱の中に納めた。母が自分の帯で作ってくれた大切な袋だ。ぼろになっても捨てることはしない。

洪水被害のあとの片付けには数日かかった。片付けが一段落すると、城下と養父地区の復興に取りかかった。円山川の石垣は、こんどこそ壊れない頑丈なものを、と日役にでる者の数も以前より増えた。もちろん、広英は約束どおり、毎日、作業が終わると日当を支払った。

来年の春には石垣の工事が終わる見通しもついた。

お殿さまへの差し入れや献上品は、相変わらずたくさんあって、野菜にも魚にも、事欠くことはなかった。

第六章　ふたりの姫　岡山城と八木城

天正十三年（一五八五年）が終わり、十四年になった。

二月に入ると、秀吉は中京の内野《うちの》に新邸を造り始めた。関白としての政庁兼邸宅となる城で、後に「聚楽第《じゅらくだい》」と呼ばれることになる。

天正十四年は秀吉みずからが出陣する戦はなかったために、広英ら但馬の大名たちは合戦にかりだされることはなかった。

戦がないということは、領国統治に力を入れることができるということになる。

広英は、円山川の氾濫常習地区の土手をすべて石垣で造り直すことにした。

また、農作物以外に、河川敷に桑を植えることを領民に奨励した。

都では秀吉が絹織物作りを奨励していた。生糸はまだとなりの明国からの輸入に頼っているが、生糸の需要はこれからもっと増えるにちがいない。広英は養蚕と絹織物を竹田の産業として育てようとしたのだ。

領主が奨励したために、朝来と養父とに、桑畑が増えていった。当時は桑の木を種から育てたために、木が大きくなるのに数年かかった。すぐに養蚕が始められるわけではなかったが、庄屋たちも広英の考えに賛同し、「将来は絹織物を作ろう」と目標ができた。目標があると、仕事を頑張る励みにもなった。

安兵衛が片手間にやっていた漆器作りは、こちらも広英が奨励したこともあって、弟子入りする者が現れた。安兵衛は漆器専門の職人になった。竹田に自生している多数の漆の木を見つけ、それを利用するとともに、さらに新たな漆の木を植えさせた。

広英が頼んだ三つの櫛《くし》はできあがり、広英は、母と姉となつ姫に、みずから届けた。姉には上洛《じょうらく》した折に、なつ姫には、鷹狩《たかが》りにでかけたときに八木城へ立ち寄って。三人が喜んだのはいうまでもない。

なつ姫に雲海に浮かぶ竹田城を見せたいと願っていたが、まだ実現していない。雲海は秋から冬にでやすい。次の秋には姫を竹田に招こう、と広英は密《ひそ》かに秋を楽しみにしていた。

三月に入って、蜂須賀小六正勝から文が届いた。

正勝は広英が与力として従ってきた武将である。今は息子の家政に家督を譲って、隠居していた。

「お身体《からだ》の具合があまりよくないと聞いていたが、元気になられたのだろうか」

広英は文を開いた。

新しい領国はいかがでござるか。少しは慣れたころかと思いまする。
さて、彌三郎殿も大名になられて、次は奥方を娶《めと》られたらいかがかと思っていたところ、関白殿下から、備前の宇喜多秀家《ひでいえ》殿の御妹君をご紹介いただいた。宇喜多殿は関白殿下の覚えもめでたく、今や殿下をお側《そば》で支えるひとりとして、なくてはならぬお方。宇喜多殿は彌三郎殿もよく知っているであろう。その宇喜多殿の御妹君である。美姫《びき》として世に知られたお方じゃ。まことに良き縁談だと思うております。
彌三郎殿の返事をお聞かせ願いたく候。
天正十四年三月
正勝
彌三郎殿

縁談とは……身体から力が抜けるような気がした。

大名ともなると、みずからの意志で嫁を選ぶことはできない、ということくらい承知していた。しかし……。

文を家老たちに見せた。みな、広英が八木城の姫と文を交わしていることを知っている。

家老の平位が最初に口を開いた。

「宇喜多殿の姫でございますか。蜂須賀さまや関白殿下が殿の奥方のことを心配してくださるお気持ちは、まことにありがたいことでござるが、宇喜多殿は今や五十七万石の大大名でござる。殿は二万石。このような縁談は、普通では考えられませぬ。どうして関白殿下は……」

平位は首をかしげる。

首席家老の丸山が難しそうな顔をしていう。

「釣りあわないことは御承知であろう。なにか意図があるとしたら、殿下は殿をそれだけ大事に思ってくださっておる、ということではないのか」

なるほど、と数名がうなずく。

「しかれども、殿のお気持ちは」

恵藤が広英を見ていう。

広英は視線を床に落として、口を固く閉ざしている。返事をしない。

恵藤が続けて単刀直入にいう。

「殿には、お心に決めた方がいらっしゃるのではありませぬか」

広英は顔をあげて恵藤を見たが、黙っている。

恵藤が意外なことをいった。

「ここはお断りしたらいかがかと思いまするが」

か？」

「断るとな。蜂須賀殿と関白殿下を敵に回すことになるやもしれぬ。それでもよいのか？」

平位が恵藤にいう。

「そこを、うまく断れぬでしょうか。『洪水で領地が被害を受けて、今は復興にかけております。嫁を迎えたいとは思うが、しばし待っていただけぬか』と」

「なるほど、それで一時はしのぐことができるやもしれぬ」

みなも賛成して、正勝には「しばし待っていただきたい」と返書を送ることになった。

それでも、広英の心は重く沈んだままなかなか浮上しなかった。

秀吉が宇喜多秀家の御妹君を広英の奥方にといっている、ということは、ここで広英が八木城のなつ姫を娶ったら、秀吉の好意を無にしたということになるのだ。秀吉は、広英が出会ったころの筑前守ではない。今や関白殿下として天下を手中に収めようとしている。信長公も果たせなかった天下人になるのもそう遠くはないだろう、とだれもが思っている。

その秀吉の意志に逆らったとあれば、大名ではなくなる可能性もある。龍野城を追われて、やっと手に入れた領地である。広英ひとりの問題ではない。抱えている家臣たちすべての問題でもあるのだ。「しばし待っていただきたい」と返事を先延ばしにしたところで、結局、だす答えは同じではないのか。

恵藤とふたりだけのときに、広英は思わずつぶやいた。

「関白殿下が私の嫁の世話までしてくださるとは。考えたこともなかった」

恵藤がうなずく。

「さようで」

「宇喜多殿の妹君なら、かなりお若いな」

宇喜多秀家は広英より十歳年下である。

「殿よりひとまわりは年下になるでしょうな。今、十三歳か十四歳でしょうか」

「関白殿下ご自身は、奥方をご自分で決められた」

「いかにも。しかし、そのときは、関白殿下もまだまだ下っ端でしたからな。それもできたのでありましょう」

たしかに、大名ともなると、結婚は『家』で決まるといっていい。両人の意志で決まることはほとんどない。

「恵藤のおかげで返事を保留できたが、いつまでも先延ばしにすることはできまい」

「仰せのとおり、あの策は一時しのぎでございまする。さて、どうしたものか……」

恵藤は首をひねって考えていたと思ったら、真顔で広英の顔をのぞきこむ。

「殿は、正直なところ、宇喜多の姫を奥方にお望みで？」

「正直なところ？」

広英が眉をつりあげると、恵藤は真面目な顔でうなずく。

「いかにも。正直なところ、でござる」

「正直にいうなら、望む望まないにかかわらず、関白殿下のご推薦を断ることはできぬだろう、と思っている」

「それは……じいの望むところではござらぬな」

恵藤は「うーむ」といって、腕を組んでなにか考えている。

「それでは宇喜多殿の姫をもらいますか。殿がそれでよい、とおっしゃるなら、じいもよしといたしまする。宇喜多殿は、なにゆえか関白殿下に気に入られて、今や名門に名を連ねておりまするゆえ、よき縁談かと思いまする。しかし宇喜多殿がこれほど出世するとは、思ってもみませんでしたな」

恵藤は、最後はため息とともに言葉を収めた。

秀家の父、宇喜多直家は、赤松氏の家臣であった浦上氏に仕えていたが、力をつけて主家を追いだし自分が領主になった男である。まさに下克上を地でいった男だが、そのやり方は、結婚によって姻戚関係を結んだ相手をも毒殺するなど、手段を選ばないところがあった。一方で、家臣たちには気遣いを見せ、慕われていたという。

宇喜多氏の居城がある備前は、龍野城がある西播磨に隣接しているという縁があった。現在の宇喜多家の当主、秀家は秀吉の養子となって、若いにもかかわらず重用され、秀吉家臣団の頭から五本の指に入る地位にいる。

秀家とは合戦で何度も顔を合わせているから、どんな人物かよく知っている。今、十五歳のはずだ。背が高く面長で、大きくぱっちりとした目をしていて、頬の丸みが人形のような美男である。邪悪な男ではない。

秀家の異例の出世は、美貌の母親ゆえ、という噂《うわさ》もある。秀家の母親は美人で名高い。直家が亡くなってから再婚せずに幼い秀家ら子供たちを育ててきた。秀吉が中国方面へでかけると岡山城に泊まるのが常で、本能寺の変が起こったときの中国大返しのときでさえ、一泊していたという話だ。真偽のほどはわからないが、母親は秀吉の側室になったという噂もある。

広英としては、花嫁が石高の格差がありすぎる大名家の姫であることが気にかかる。もうひとつ、自分がなつ姫のことを忘れることができるかどうか、である。

広英は自問して、執務室の縁側から裏山を見あげた。

深緑の山肌が見える。山の上は霧に包まれて城は見えなかった。

五月の下旬、出石城の前野長康から文が届いた。

蜂須賀小六正勝殿は、かねてより大坂屋敷にて病の床に臥《ふ》せっておいでだったが、五月半ばあたりから急速に衰弱されて、手当てのかいもなく二十二日に亡くなられた。智《ち》勇《ゆう》を誇った蜂須賀殿も、病には勝てなかったのはまことに悲しいことである。

龍野城へ入ったのもなにかの縁と、蜂須賀殿は彌三郎殿のことをいつも気にかけておられた。最後に蜂須賀殿を見舞ったとき、彌三郎殿の縁談が話題にでた。祝言までみずからが世話したかったというておられた。

関白殿の九州侵攻へ、われらもかりだされるやもしれぬ。また顔を合わせることもあるであろう。つつがなきや。

彌三郎殿

天正十四年五月　　　　　　　　　　　　　　　　　長康

蜂須賀正勝が亡くなった。

病に臥せっていることは聞いていたが、こんなに早く亡くなるとは。今年六十一歳だったはずだ。

正勝は竹中半兵衛亡きあとの秀吉軍の参謀として、黒田官兵衛とともに秀吉を支えてきた武将だ。広英が与力としてともに戦ってきた武将でもある。しかも、広英のあとの龍野城城主でもあった。

身体が大きく力自慢であったが、武だけでなく智も備えた武将だった。思慮深く、人柄も信頼に足る人物で、父に対するように甘えてきた。広英はどれだけ世話になったか。正勝と義兄弟の前野長康は、広英にとっては車の両輪のような存在だった。その片方が病で旅立った。広英は身体の一部をもがれたような気がした。義兄弟に先立たれた長康は、さぞ気を落としているに違いない。

話を持ってきた蜂須賀正勝が亡くなってしまい、広英と宇喜多の姫との縁談はどうなるのだろうか。

広英に縁談が持ちこまれたころ、但馬周辺は穏やかだったが、九州では戦闘が行われていた。薩摩国《さつまのくに》の守護大名・島津義久《しまづよしひさ》が力をつけ北上し、九州平定を目前にしていた。秀吉は島津と島津に脅かされる豊後《ぶんご》の大友宗麟《おおともそうりん》の双方に停戦命令を下すが、島津は聞き入れない。

大友は、天正十四年四月六日、みずから大坂城へやってくると秀吉に助けを求めた。

宗麟の依頼に応えて、秀吉は七月、島津攻めを決めると、黒田官兵衛、毛利氏などの中国勢と長宗我部《ちようそかべ》氏などの四国勢を豊臣軍先発隊として大友氏の援護に送りだした。

島津軍は、秀吉に征服された大名たちの連合軍に比べると、士気も高く勇猛果敢で、決着がつかないまま秋になっていた。

十月、竹田の里では秋祭りがあった。広英は赴任した年から、竹田にいるときには参加した。

祭りが終わって里は静かになった。祭りの数日後のことである。今年の稲の収穫はどんなものかと、夕刻、広英は小姓をつれて騎馬で城下を視察していた。

但馬街道を南からやってくる僧形の男がいる。身体つきに見覚えがある。

はて、あれは、知り合いではないのか？　竹田へやってくるとは聞いていないが、と思って広英が目をこらしてみると、やはりそうだった。

広英は馬をおりて、僧に向かって駆け寄った。

「宗舜！　どうして」

「お久しぶりでございます」

宗舜が軽く頭を下げる。笠《かさ》をかぶり、荷物を背負った旅姿である。足が汚れて、遠方から歩いてきた様子だ。

宗舜は以前と同じで、特別太っても痩せてもいない。

「今日はまたなに用で」

「有馬温泉へ湯治にいった帰り道でございます。細川荘に立ち寄って墓参りをして、都へ戻るところです。彌三郎殿の城をまだ見ていませんでしたから、立ち寄ってみようと思いまして」

宗舜には中風の持病があって、二十歳のころから有馬温泉に湯治に通っていた。

細川荘は、宗舜の実家、冷泉家の館があったところだ。別所長治に襲われて父と兄が亡くなり、館もなくなった。今は、縁者はだれも住んでいないはずだ。

「手の具合はどうなのだ？」

「あまりよくありませぬな。どうかすると、手が震えて筆が持てませぬ」

「筆が持てないのは不便であろう」

そのとおりだ、と宗舜はうなずく。

「医者からは治らないといわれておりますし、病とはこれからもつき合っていくしかないと思うております」

宗舜はあたりを見回して、山の上にある竹田城に気づいた。

「あれが彌三郎殿の城でしょうか」

竹田城は夕陽《ゆうひ》を受けて、黄金色に輝いている。山をおおう樹木は紅葉が始まっており、山肌は赤や黄色に色づいている。

城を見あげながら宗舜がいう。

「立派な城ですな」

「城に上がって、ぜひとも城下を見てほしい」

広英は宗舜を居館に案内し、まず母にのところに連れていった。母と宗舜は龍野時代から顔見知りである。

それから宗舜を客間に連れていくと、宗舜がいう。

「彌三郎殿の母上さまにお目にかかるのは、龍野以来ですな。何年ぶりでありましょう。お元気そうでなによりでござる」

たしかに、母は竹田にきてから元気になった。子供時代の記憶では、母はいつも病で臥せっていたが、竹田城では花を植えたり野菜を作ったり、みずから望んで畑仕事をしている。それがよかったのか、今では床に臥すことはない。

「宗舜殿の母上は、お元気か？」

「ありがたいことに、都で元気にしておりまする」

宗舜の母親と弟たちは、細川館の悲劇を乗り越え、都で暮らしている。

宗舜が広英の耳元でささやく。

「彌三郎殿が文でよく書いてくるゆえ、竹田にきたからにはぜひ見たいものがあるのですが」

自分が文に書くことで宗舜が見たいものとはなんだろう。広英は首をかしげる。文には色々なことを書くから、宗舜がいうものがなにか思いつかない。

「なにをご覧になりたいのでしょう」

広英がたずねると、宗舜は期待にあふれた顔でいう。

「雲海でござるよ。明日は雲海が見られましょうか？」

あー、雲海か、と広英はうなずく。

「この天気なら、明朝はでるでしょう」

「ならば、さっそく城に上がりましょう」

「今から？　雲海は明け方でるのだが」

今から城へ上がっても早すぎる、といっても宗舜は城で待つからいいという。

「今宵《こよい》は満月ですぞ。城から愛《め》でる満月もよきものでありましょう」

そうかもしれない。

広英は夜、客人を城に案内したことはない。城下が見渡せる昼間か、雲海を見るために早朝に連れだすのが普通だ。

夕餉《ゆうげ》のあとで、ふたりは城に登ることにした。灯火はないが、満月の月明かりで登城できる。

夜の城山山頂、竹田城。

城には見張りの兵がいるだけで、静まりかえっている。

山上で見る月は、館で見るより天に近いからか、冴《さ》え渡って大きく見えた。しかも今宵は満月。あたりが明るい。

広英と宗舜は天守に上がると、窓辺に並んで城下を見下ろした。並ぶと、広英のほうが少し背が高い。宗舜のほうが大きかったと思うのに、いつの間にやら追い越したらしい。

城下は灯《あか》りも消え、寝静まっている。満月の光の下で見ると、街道筋も立ち並んだ家々の屋根も、よく見えた。

「あそこには毎日の人々の暮らしがあって、それを守るのが彌三郎殿のつとめなんじゃなぁ」

月の光の中に沈んでいるように見える城下町を見て、宗舜がしみじみした声でいう。

「この地を守り、人々の命と財を守る。それが、私のやるべきことだと思っている」

「当地にきて一年。領主としてやるべきことがやれていると、ご自分で思いますか？」

宗舜が少し改まった口調でたずねる。

広英は首をかしげる。

どうだろう。やれているだろうか。

即答はできない。しばし考えてみる。

着任当初は、治水工事が第一の課題で、その後も、用水路や道路の改修など、土木工事を中心に行った。秀吉からいわれた竹田城の城造りは進展していない。絹織物を城下の特産にしようと、養蚕のために桑の木を植えることを奨励したが、桑の木はまだ小さく、織物を量産するところまではいっていない。

「やれているかどうか、わからぬ。自分ではやっているつもりだが、まだまだやるべきことは山積みになっている」

広英は、竹田城にきてから自分がやったことを宗舜に語った。

治水工事や、桑の木を植えることや漆器作りの奨励など。

水害の被害にあったところは三年間無年貢にしたり、土地が痩せていて収穫が期待できないところは年貢高を二割にしたことも話した。

「年貢が二割？　聞いたこともありませぬぞ。水害にあったら三年間無年貢とは。そんなに心の広い殿さまがおるとは。あこぎな重い税を課されて領民はみな苦しんでおりまする。それほど低い年貢でお城や城主・家臣の生活をまかなえるのですか？」

「なんとかなると思っている。家族や家臣には贅沢《ぜいたく》を慎んでもらうことになるが」

「家臣一同の意見は？　不満は聞こえませぬか」

「その点は、みなも賛同してくれた」

「よき家臣をお持ちのようですね」

それならば、と宗舜はうなずいた。

「よき領主さまをやっておいでではありませぬか。私が領民のひとりだったら、今度の殿さまはよき方じゃ、と思うにちがいありませぬぞ」

けますするか」


「そうであろうか」

広英はまったく自信はない。

「彌三郎殿がまず最初に治水対策にとりかかったのは、民を治める者としてよき心がけでありましたな。領民が耕す土地と暮らしていく家を確保できたら、次はなにに手をつけますするか」

これからやるべきことはたくさんある。街道の修理、用水路の拡張と補修、武術の鍛錬場や学問所の建設。武術の鍛錬場は地鎮祭をやったままになっている。

「学問所も武術の鍛錬場も必要ですな」

寺を利用した領内の子供たちの手習所や学問所はすでに始動していることを話す。

「寺を利用したのはよき考えでしたな」

「どこの寺も子供たちで溢《あふ》れかえっておるわ」

「そうでございましょう。子供も親も、みな喜んでいると思いまする。乾《ひ》あがった田畑が水を欲しているように、みなも学問に飢えているはずゆえ」

宗舜はうなずいてから、チラッと広英を見る。

「して、殿ご自身の学問はいかがでしょう。今はなにを学んでおいでか」

自分の学問、と宗舜から問われて、広英ははたと考えた。

竹田にきてから、文机《ふづくえ》の前に座る時間が減っている。なにを学んでいるか、返事ができない。今、夢中になって読んでいる書物もない。

「ここのところ、落ちついて学問することはなかった……」

広英が正直にいうと、宗舜はかすかにうなずいた。

「お会いしたときから、さもありなんと思うておりました」

会ってすぐ、宗舜には自分が学問を怠っていることがわかったというのか。宗舜が慧《けい》眼《がん》であることは承知しているが、そこまで見抜かれていたとは。

「どうしてわかる」

「それは、外に現れておりまする」

「学問から離れていると、どんなふうに見えるのだ」

「朗らかで楽しそうではありますが、思索をしておられない軽さが、彌三郎殿の人となりににじみでております」

要は軽い男に見える、ということだ。広英は学問から遠ざかっていたことを恥じた。

「なにを学んだらよいであろう」

広英は宗舜に問う。

「今、なにを学びたいとお思いか」

「今、一番知りたいことは、よき領主になるためには、どうしたらよいか、ということだ」

「それならば、儒書の、まず『四書五経《ししょごきょう》』をお読みなされ。『貞観政要《じょうがんせいよう》』もよき書物にございます。『貞観政要』は、彌三郎殿の父上の蔵書にありましたな」

あったと思う。『貞観政要』は唐の太宗《たいそう》の言行を記録した書物だ。「貞観」は太宗の時代の年号である。太宗が行った政《まつりごと》は「貞観の治」と呼ばれ、唐の国土に平和をもたらした。「太宗の政」は父から聞いたことがある。父の話し方が巧みだったのか、子供心にもおもしろかったことを覚えている。

「しかし『四書五経』も『貞観政要』も漢文で書かれておるぞ。私に読み進むことができるであろうか」

広英は漢文は得意ではない。読みこなすのにおそろしく時間がかかる。

「わからないところはお教えしましょう」

宗舜が助け船をだした。都で天才の誉れ高い友が、教えてくれるというのだ。

「まことに？　寺で多忙ではないのか？」

「大丈夫でございます。聞きたいことがあれば文をくだされ。すぐに答えを返します」

「それはありがたい」

龍野時代、宗舜は広英の学問の師だった。短い間だったが、青春時代の楽しい思い出になっている。ここで改めて、広英は自分は宗舜の弟子であると、気持ちを新たにした。

「師がいる、というのは心地よいものだな。ひとりではできそうにないことでも、師がいると挑戦してみようという気になるから不思議だ」

「不思議でもなんでもありませぬ。師というものは、そういうものなのです」

久しぶりに聞く宗舜の師匠然とした口調も耳に心地よい。

再び父の書物をひもとくかと思うと、ここのところ忘れていた「学問をする喜び」を思いだして広英の心が歓喜している。

今度は竹田と京と離れてはいるが、龍野時代のように再び宗舜の指導のもとで学問を楽しむことができるのだ。

宗舜は、仏僧として禅や儒学の研究をしているだけでなく、『古事記《こじき》』『日本紀《にほんぎ》』『万葉集《まんようしゅう》』『源氏物語』などの日本の古典にも精通している。さらに中国の古典にも親しみ、和歌や漢詩をみずから作る、という教養人でもある。しかも出自は冷泉家である。都にでてからは相国寺のみならず、他派の仏僧の間でも、その学識と洞察力をもって天才と称されている。そんな友の評判を耳にすると、広英は、都で評判の天才が自分の友人であることを誇りに思った。

相国寺で毎日、禅儒と取り組んでいる姿を思って、広英は宗舜にたずねた。

「宗舜殿の学問は、いかがか」

返事がない。どうしたのかと思って広英がとなりを見ると、宗舜は黙ったままだ。

「宗舜殿の学識の深さに、都の学僧たちも驚いていると聞いておりますが」

「それが不思議でなりませぬ」

「どうして」

「どれだけ学識があろうと、驚くには値せぬではありませぬか」

「そうであろうか。宗舜殿の博識に、みなが驚くのは当然だと思うが」

「知識は持っているだけでは、なんの役にも立ちませぬ」

「そんなことはない。私のような者にとっては、宗舜殿は暗い夜道の月にも等しい。ひとりでは見当もつかぬのに、宗舜殿のひと言で、目の前が瞬時に明るくなる。われら凡夫の師となりて、学ぼうとするわれらをお助けくだされ。それとも、師として仰がれるのはご不満か？」

再び宗舜は黙ってしまった。なにか思索している様子だ。

しばらくの沈黙があって、宗舜が押し殺したような声でいう。

「私は今、相国寺で禅儒を学んでおりまするが……このまま続けていてよいのか、自分の中で、いまひとつ答えが見つからないでおりまする。私の知識が弟子の役に立つのなら、それはよきことです。しかし、そのために私は学問しているのではありませぬ」

「では、なんのために」

「覚えておいででしょうか。何年も前、龍野城下の景雲寺で語り合っていたころ、彌三郎殿は、天下泰平をかなえたいとおっしゃいました」

「たしかにいった」

あのときは、宗舜の前で「天下泰平」などという大それたことを口にするのが恥ずかしかった。

「彌三郎さまがおひとりではかなえられそうにないとおっしゃって、私はお手伝いすると申し上げました」

そう、宗舜はそういった。広英もよく覚えている。

「あのときから、彌三郎殿の『天下泰平』をなんとかしてかなえる手伝いをしたい、とずっと思っておりました。今、私が相国寺で研鑽《けんさん》を積んでいることが、果たして『天下泰平』にどんな役に立つのかと思うと……わからなくなるのです」

宗舜が、以前語った「天下泰平」を今でも覚えていてくれると聞いて、広英は驚くとともにうれしかった。

「宗舜殿が今やっていることは、世の中の役に立ちますとも。宗舜殿は、その知識をもって、『天下泰平』を志す大名をこの国に育てればよいのです。最初はひとりでも、やがてふたりになり、三人になり十人になるように。われら大名に、どうすればよいのか、ということを説いてくだされ」

広英の言葉に宗舜は黙って耳を傾けている。

「私を宗舜殿の最初の大名の弟子にしてくだされ。宗舜殿が大名を弟子にするとわかれば、われもわれも、と多くの大名たちが先を争って弟子になるでしょう」

宗舜が首をかしげる。

「先を争うかどうかはわかりませぬが、大名に進むべき道筋を示すことくらいはできるでしょう。それよりほかには、悔しいが私にできることはありませぬ……」

力なくいう宗舜に、広英は力をこめていった。

「それは、宗舜殿にしかできぬことなのです。これから先のわが国全体の進むべき道が見えている大名が、どれくらいいるでしょうか。大名たちが誤った道を進まぬようにすることは重要です」

宗舜は広英の言葉に、ときおりうなずく。

「天下泰平をみなが願っています。ですが、九州で戦が始まりそうです。九州が終わっても、関白殿下は関東平定に乗りだすでしょう。関東が終われば奥羽《おうう》へと、まだまだ戦は続きます」

広英はため息とともに口を閉じた。

宗舜が意外な人物の名前を口にする。

「彌三郎殿は、石田三成殿をご存じであろう」

「石田三成？　佐吉殿か」

石田佐吉は昨年、治部少輔《じぶのしょう》という官位を朝廷から賜って、石田佐吉から石田治部少輔三成と名前を変えた。出世したのだ。

宗舜がいうには、先日、相国寺で茶会があって、そこで石田三成と話をすることがあったそうだ。

「彌三郎殿のことが話題になりましてな、秀吉殿の馬廻《うままわ》り衆は荒くれ者が多いが、珍しく話の通じる武者に出会ったというておりました」

「それは、ほめられていると思ってよいのか？」

「もちろんです。彌三郎殿は拙僧の昔からの友人でござると、少々鼻が高《たこ》うございましたな」

宗舜がうれしそうにいう。

三木城落城のとき、三成と「天下泰平」を話したことを思いだした。

「石田殿とは、天下泰平を早く実現したいものだと話したことがあります。身近にそういう話題を話せる者がいなかったので、よく覚えています」

宗舜がうなずく。

「私も話をして驚きました。石田殿は『関白殿下の威を借りる狐《きつね》』というのが世間での評判でしたからな。しかし、実際は真面目で信頼できる男です。ことに関白殿下に対する忠義は、臣下第一でございましょう」

それからは、三成はときどき相国寺へきて、宗舜と話をしていくそうだ。

「どんなことを話されるのですか？」

「天下泰平をどうしたら実現できるか」

「おお。それは」

「石田殿は関白殿下の側にいますからな。毎日、天下のことを考えないわけにはいかないでしょう。心配なのは殿下ですな……」

宗舜が石田三成を評価していることはわかった。広英も、三成はものごとの筋が見えている男だと思う。殿下に重用されるのもわかる。

その晩、広英と宗舜は夜を徹して語りあい、竹田城の天守で昇る太陽を迎えた。

明るくなってくると、広英がいったとおり、城のまわりは厚い雲が広がっていた。さながら海のようである。まさしく「雲の海」。

「これが雲海ですか。この城は雲の海に浮かぶ軍船のようなものですな」

「そうです。雲の海に浮かぶ城を見ることができるところがあります。ご案内しましょう」

広英は宗舜を向かい側の山へ案内した。

竹田城は、朝陽を浴びて金色に輝いていた。折しも紅葉のまっさかりで、城のある山肌も、城の後ろに連なる山々も、すべてが黄金色に染まっている。

上空は澄み渡る青空が広がり、城すれすれに雲海が流れてゆく。

「天空の城ですな。この世の城とは思えない……」

宗舜がつぶやく。

「雲の下ではいたるところで戦に明け暮れておりますが、この雲の上の城は、そのような修羅の世とは無縁のように見えますな。彌三郎殿……」

宗舜が広英の腕をぐっとつかむ。

「ここに理想郷をお作りなされ。ここだけでも、民が天下泰平を享受する国にしたらい い。ここなら、できそうな気がします」

宗舜の言葉には力がこめられている。広英はうなずいた。

「ここから初めて雲海に浮かぶ城を見たときに、戦のない、民が水害や日照りに苦しむことのない、笑顔が絶えない国にしたいと思いました」

「まず、ここから、人が人として生きていける国を造りましょうぞ」

「関白殿下から、この竹田城を私の思うように改修してよい、といわれている。殿下は総石垣の城にせよ、とおおせだ」

「総石垣の城とは、素晴らしい。まさしく、地上の争いごとと無縁の理想郷となりますな。みなが笑顔で暮らしていける国造りのよりどころとなりましょうぞ」

「そして、日の本のあちこちに、そんな国が増えていったら……」

「人が人として生きることができる国になりましょう。ぜひ、その国を実現してくだされ」

宗舜が広英の腕に手を置く。

広英はその手の上に自分の手を重ねた。自分の考えに賛同するだれかが身近にいる。こんなに心強いことはない。ひとりではないことを、広英は改めてうれしく思った。

宗舜は竹田には三日間滞在して、都へ帰っていった。

広英は改めて思った。宗舜と語らうことは、なんと楽しく、元気になれるのだろうかと。宗舜と語らったあとは清々《すがすが》しい気持ちになり、活力が身体中にみなぎってくる気がする。そんな気持ちになれる友人は、ほかにはいない。

天正十四年十二月一日、師走に入ると、武将たちに対して、秀吉から九州への出陣準備をするようにという沙汰がくだされた。九州戦線へ秀吉みずから出陣することを決めたのだ。秀吉は三十万人分の兵粮米《ひょうろうまい》と馬二万匹分の飼料を一年分準備するように命じた。

年があけて天正十五年正月、年賀の儀に諸武将は大坂城へ集まった。恒例行事である。広英もそのひとりとして参集している。昨年と同じように茶会もあった。

直臣、譜代、外様の大名、小名、合わせて五百人ほどが大坂城の千畳間に集まったとき、九州出兵の陣立てが発表された。総大将は秀吉で、秀吉軍と秀長軍のふたつに分かれて南下する。秀吉は筑前から肥後《ひご》を通って薩摩へ、秀長は日向方面へと侵攻する。但馬の四武将、前野長康、明石則実、別所重棟、そして赤松広英は秀吉軍の二番隊に配属された。全部で十一番隊まであった。

一月十二日、広英たち但馬衆は各自の城へ戻って、戦仕度を整えた。秀吉からは、兵粮米は各自で三日分は用意せよ、という指令もでていた。

二月五日、丹波衆、播磨衆、但馬衆は各自の領国を出発し、十三日午前八時、姫路城に参集した。

秀吉は三月一日、二万五千を率いて大坂城を出発した。秀吉軍と秀長軍、合わせて二十万という大軍である。おまけに秀吉は関白になっているから、秀吉の戦は天皇の命を受けた戦い、という大義名分がついている。

前年に黒田官兵衛が毛利、小早川、吉川軍とともに小倉《こくら》城や宇留津《うるつ》城、香春岳《かわらだけ》城など豊前《ぶぜん》の諸城を攻め落としていたこともあり、広英たちの秀吉軍は戦らしい戦をすることなく、薩摩まで一度も鉄砲を撃たずに進軍できた。

秀吉率いる大軍の前に、島津義久も観念し、五月七日、義久は剃髪《ていはつ》し、翌八日、秀吉に恭順の意を表した。義久が降伏したことで、薩摩川内《せんだい》で秀吉の停戦命令が発せられる。

戦が終わり、六月七日、秀吉は大坂への帰途、筑前筥崎《はこざき》にて、九州出兵の論功行賞を行った。最後まで抵抗した島津は本領安堵《あんど》され、薩摩、大隅《おおすみ》、日向の支配に戻った。広英たち但馬衆に恩賞はなかった。

六月に入るとまもなく、広英は竹田城へ戻った。

島津が降伏したことで、九州の諸大名はすべて秀吉に臣従した。これで、残るは東国である。東国を平定すれば、秀吉はまさしく天下人である。小田原《おだわら》城の北条《ほうじょう》が秀吉に対してかたくなに抵抗しているが、北条が秀吉に臣従するのもそう遠くはないであろう。

次の戦がいつになるかわからないが、それまで、留守居役の家老に任せきりになっていた領国支配に力を入れよう。

広英は九州戦線から戻ると、翌日から朝駆けにでるようになった。

六月、城下の田んぼでは田植えがすでに終わって、稲が育ち始めている。

「殿さま、おはようごぜえます」

「おはよう、孫兵衛」

広英は城下の農民の名前はほとんど覚えている。

「九州からご無事でお帰りなさいませ。殿さま、いうのも大変な仕事やねぇ」

「お互い様だ。百姓も大変な仕事ではないか」

「そりゃ、そうですねぇ。百姓も大変でごぜえます」

「稲は順調に育っているようだな」

「そりゃ、もう、今年はうれしくてねぇ。田植えも暗いうちから起きだしてやったでねえ」

言葉どおり、孫兵衛はニコニコしている。

「なにがそんなにうれしいのだ」

「なにって、立派な土手ですよぉ。雨が降っても土手が切れんでねぇ」

孫兵衛のいうとおり、広英が赴任した年に決壊した円山川は、村人総出で石垣を改修してからは、大きな氾濫は起こっていない。

「みんなで造った石垣のおかげだ。よかったなぁ」

そういいながらも、広英は〈ただ運がいいだけなのかもしれない〉とも思った。土手が持ちこたえられないほどの大きな雨が、たまたま降らなかっただけかもしれないからだ。

竹田をはじめとする城下の朝来郡だけでなく、飛び地になっている養父郡へもまわってみる。

円山川の土手に沿って馬を走らせていくと、八木川が流れこむあたりで、桑の木が植えられている河原にでた。ここは赴任した翌年に植林した桑畑である。生糸の生産と絹織物を城下に広めようと思って勧めた植林だった。植えたときは幼木だったものが、だいぶ育ってきている。まだ養蚕を担うに十分な大きさには育っていないが、もうすぐだ。

野良仕事をしている農民が、広英の顔を見て手を休める。

「お殿さま、お帰りなさいませ。ご無事でなによりでごぜえました」

「まことに、なにごともなく戻れてよかった。桑が大きゅうなったな」

「へえ。おかげさんで、養蚕も少し始めとりますだ」

「絹織物が養父の特産になる日が早くくるよう願っている」

「お殿さまのおかげで、みなも元気がでてきた、というております」

広英はうなずく。

「みなに元気がでるのがなによりだ」

領地が緑におおわれ、領民が笑顔でいられる国にしたい、と広英は常に思っている。まだまだ第一歩が始まったばかりだが、領地をまわり視察するのは、広英の楽しみのひとつだ。

八木川沿いに馬を進めて、もう少しで別所重棟の領地に入る、というところで戻ることにした。これまで、このあたりまでくると、いつもなら八木城を訪ねたものだ。表向きは別所重棟への挨拶。実はなつ姫の顔を見にいく、と供のだれもが承知していた。だが、今回は訪ねない。

広英に従ってついてきた恵藤が小さい声でいう。

「今日は、別所さまのお館をお訪ねにはならないのでござりますか」

広英は頭《かぶり》を振った。広英の頭の中には、秀吉から勧められた縁談話が常にあって、それがなつ姫に会わないほうがいい、と広英に耳打ちしていた。

広英の腹は決まっている。今、秀吉に逆らうことができるわけがないのだ。秀吉が、広英の室に宇喜多の姫を決めているのなら、そうなるのだ。

「なつ殿には会わないほうがいいと思っている」

恵藤は眉をぴくっと動かしただけで、なにもいわない。広英がいいたいことはわかっている、という顔でうなずいた。

「今日は、このまま城へ帰る」

恵藤は広英の言葉に、目を大きくあけていう。

「しかれども、縁談を持ってきた蜂須賀殿は亡くなられましたぞ。なつ姫さまを諦めるのは、いま少し先でもよろしいのでは」

それでも、あの縁談が終わったわけではない。続いている限りは、なつ姫には会わないほうがいいだろう。

広英は口を堅く結ぶと、恵藤に向かってうなずく。

「じいの気持ちうれしく思うぞ。いくつになっても、じいには心配かけるな」

「なにを、めっそうもない。これがわたくしの仕事でありまする」

じいは少々顔を赤らめて、改めて胸を張った。

「今日はまっすぐ城へ帰る」

広英が改めていうと、それ以上、恵藤は反対しなかった。

五日ほどたって、広英は居館の執務室で領内の農民による水争いの訴状に目を通していた。

恵藤が文を持って入ってきた。

「関白殿下から文が届いております」

「関白殿下から？」

関白から、と聞いて広英の脳裏に浮かんだのは縁談のことだった。

すぐに文を開いて読み始める。

赤松彌三郎殿
蜂須賀正勝殿が進めていた彌三郎殿と宇喜多秀家殿の妹姫との縁談は、それがしが正勝殿の遺志を引き継ぐゆえ、ご安心めされ。
宇喜多家はこの婚儀に喜んでおる。さっそく婚礼を執り行うのがよかろう。婚礼の日取りは、九月はじめの吉日とするのはいかがかな。
天正十五年七月
秀吉　花押

秀吉からの文を読み終えて、広英はしばらく顔があげられなかった。

やはりそうだった。広英の縁談についてだった。

こうなるであろうとは予想していたことだったが、秀吉が婚礼の日取りまで決めてきている。いよいよ、その日がやってくるのだ。

覚悟はできていたつもりだったのに、なつ姫の笑顔が思い浮かぶ。抱きつかれたときの柔らかな感触がよみがえる。

「殿、どうされましたか」

恵藤の心配そうな声が聞こえる。

広英はゆっくりと顔をあげた。

「関白殿下は、宇喜多の姫との婚礼の日取りも決めておられるようだ」

「婚礼の日取り、ですか」

文を渡すと、恵藤はむさぼるように読んでいる。

広英は文机の前から立ち上がった。脇の違い棚に置かれている赤い笛の袋を手にする。

「城に上がってくる」

恵藤が立ち上がろうとしたので、広英は止めた。

「ひとりで大丈夫だ。じいは、ゆっくりしておれ」

居館のすぐ脇にある城の大手門に通じる登り口を、広英は徒歩で登り始める。細い山道は急ではあるが、道は整備されていて、四半刻（約三十分）ほどで上がることができる。足腰の鍛錬のためにも、広英は平時は徒歩で登っていた。

城には守備兵や門番が在駐しているし、兵粮庫や武器庫を守る係もいる。広英はみなにねぎらいの言葉をかけてから、城のまわりを一巡する。北から南まで、崩れているところはないか、修理が必要なところはないか、確かめるためである。いま但馬は平和が続いているが、いつ戦がおこるかもしれない。平和だからといって油断はできない。

見まわったところ、特に異状は見つからなかったが、石垣普請が途中で止まったままになっている。これも治水を優先してきたからだ。治水工事が一段落した今、城造りに励まなければならない。八木城の別所重棟は、着任早々城造りに着手し、石垣普請を始めている。

城の中に入って、広英は天守に向かった。城下をひと目で見下ろすことができるからだ。

山城は非常時でなければ見張りの兵しかいない。広い部屋にも廊下にも、人の姿は見えない。がらんとしている。

天守から城下が見える。今日は少し曇っている。南の生野峠あたりはかすんで見えない。

この城が雲海に浮かぶところをなつ姫に見せたかったが、それも実現しそうにない。

持ってきた赤い笛の袋に目を落とす。姫がみずから作ってくれたものだ。

肉親ではないだれかを愛《いと》しく思う気持ちを、広英は初めて知ったのだった。

この笛を姫の弾く箏《こと》と合わせよう、といっていたのに、それも、かなわぬままになってしまうのだろう。

広英は笛を吹き始めた。だれに聴かせるでもない、自分のためだけに吹く。

思えば、いつも自分のために吹いている気がする。戦場でも、城に戻ったときにも。

「殿、イの丸でございます」

イの丸は広英付きの小姓だ。天守の部屋に入ってくる。

「八木城の別所重棟さまから文が届きました」

恵藤の指示で、居館から持って上がってきたという。

「別所殿から文が？　なんであろう」

広英は文を受け取るとすぐに開いた。

赤松彌三郎殿

こたびの九州遠征では、但馬衆はひとりも欠けることなく無事に帰還できたこと、まことにうれしきことにて候。これからしばらくは、互いに領国統治に励まねばなりませぬな。

さて、こたびは、わが娘、なつを嫁にだすことにあいなりました。

秀吉公がお世話くださった縁談にて、断ることはできぬ、と申しても娘はなかなか首を縦に振りませぬ。近々、彌三郎殿も秀吉公の世話でご内儀を迎えられると話し聞かせましたところ、わかってくれたようでございまする。

しかれども、泣いて泣いて臥せってしまいました。そんな娘を見るのは、親としても、つろうござる。

これまで、親しゅうしていただいたこと、娘に代わってお礼申し上げまする。

七月　　　　　　　　　　　　重棟

文を読みおえた広英は顔をあげた。窓から向かいの山、但馬吉野が見える。

なつ姫も嫁にいかれるのか……。

臥せってしまった、というのが気になる。

いつぞや、なつ姫はいっていた。

〈知らぬ間に、わたくしも池に身を投げてしまうのではないかと。それが怖いのです〉

そんなことにならなければいいが。

広英は文を懐に入れると、立ち上がった。

「これから八木城へまいる。そちは先におりて、馬の仕度をしてくれ。供はいらぬ。ひとりでいく」

「は。かしこまりました。すぐに仕度いたしまする」

イの丸は丸くなって駆けだしていった。

広英も駆け足で山を下った。下りは早い。居館に戻るのに、上りの半分もかからなかった。

居館では恵藤が不審顔で待ち構えていた。

「これから八木城へおいでになるとは。さきほどの文は、いかようなものでありましたか」

広英は別所重棟の文を恵藤に渡す。

「八木城のなつ殿が嫁にいかれるそうだ」

「なつ姫様が？」

「関白殿下が決められたようだ」

「うーむ。関白殿下ですか」

文を広英に返して、恵藤は小さくうめき声をだす。

「秀吉公の口利きでは……別所殿も断ることはできますまい」

広英は重棟からの文を文箱《ふばこ》の中に収めた。蓋を閉める。

「これで、私の心にかかっていた雲が晴れた気がする」

「なつ姫さまがよそへ嫁にいかれると、殿のお気持ちが晴れるとは、どういうことでありまするか」

恵藤は不満そうにいう。

「別所殿もわが赤松家も、大名家である以上、婚姻は大切な戦略のひとつ。思うようにはいかぬことくらい覚悟している。関白殿下が宇喜多の姫を私にとおっしゃるなら、それに従うしかないであろう。そうはいうものの、はたしてなつ殿のことを忘れることができるのか、自分でも自信がなかった。こんな気持ちでは、備前からはるばる竹田まで嫁にきてくれる宇喜多の姫に対して夫として不実であろう。宇喜多の姫に失礼だと思うていたのだ。なつ殿が嫁にいかれると聞いて、ふっ切れた気がする」

恵藤は広英の言葉に大きくうなずいた。

「殿のおっしゃることは、じいにも、ようわかりまする」

「いまから、なつ殿の見舞いにいってくる」

「見舞いとは？」

「臥せっていると、そこに書いてあるであろう」

もう一度文に目を落とした恵藤は納得したようだ。

「さようでございまするな」

小姓に指示したとおり、馬の仕度はできていた。玄関前に広英の馬が待っている。

広英が館からでていこうとすると、恵藤が慌てた様子でついてくる。

「殿、おひとりでいかれるのはいけませぬ。だれか供を」

「供はいらぬ」

「ならばじいが一緒にまいります」

「じいの気持ちだけで十分。暗くなる前には戻る」

「いけませぬ！」

広英は恵藤の言葉を無視して、馬に飛び乗った。

「殿――お待ちくだされ！」

恵藤の叫ぶような声を背に浴びて、広英は居館をあとにした。


八木城下にある別所重棟の居館で、広英は重棟と向き合って座っている。

重棟とは、但馬衆としてともに戦ってきた旧知の仲である。

「こたびは、なつ姫さまお輿入《こしい》れとのこと、おめでとうございまする」

広英は祝いの言葉を述べる。顔色にはでていないと思うが、心底からの祝辞ではない。

複雑な思いである。

一方、重棟は娘の嫁入りが決まったというのに、浮かない顔をしている。

「ありがたきお言葉、と申したいところじゃが、当の娘が……」

言葉が途切れる。

「臥せておいでになるとのことで、お見舞いにかけつけた次第でござる。なつ殿とは、もう逢《あ》わないほうがいいのかもしれぬ、とも思いましたが……お顔を拝見することはできませぬか」

重棟は難しそうな顔で首をかしげる。

「おそらく、逢いたくないというでしょう。これまでのなつではありませぬからな。食が進みませぬゆえ、顔色も悪く痩せておりまする」

それなら逢わなくても、広英の気持ちは伝えることはできる。

広英は携えている笛を取りだした。赤い袋を見て、重棟が目を大きくする。

「それはなつの打ち掛けですな」

「私の笛に、なつ殿が袋を作ってくださいました。なつ殿の部屋の隣室で、この笛を吹かせていただいてもよろしいでしょうか。笛の音だけでもお聴かせできたらと思うておりまする」

「もちろんでござる。なつも喜ぶでしょう」

重棟はみずから廊下を先にすすみ、案内してくれた。

中庭に面した部屋に入る。襖《ふすま》に雁《がん》の水墨画が描かれていた。

重棟は部屋からでていった。

となりの部屋になつ姫がいるかと思うと、広英は胸がきゅっと縮まる気がする。あけ放した障子の先には坪庭がある。右隅に背の高い石灯籠が立っていて、その足もとに淡い紅色の小さな花が風に揺れている。楚々《そそ》とした花は萩《はぎ》だった。もう夏なのだ。広英が竹田に来たのは、一昨年の秋だった。あれから二年になろうとしている。なつ姫に初めて会ったのは、竹田にきてまもなくだった。

広英は居住まいをただすと、笛を口にあてた。静かに吹き始める。なつ姫との思い出の曲、『想夫恋』。

隣室にいる姫の耳にも届いているだろう。姫に広英の笛を聴かせるのは初めてだ。いつか姫の奏でる箏と合わせようと話していたのに、一度もやっていないことが悔やまれる。いつでもできると思っていたのが、いけなかった。

二番から、思いがけず箏の音が重なった。なんと、となりの部屋でなつ姫が弾き始めた。

箏の音が重なった瞬間、広英の心が熱く揺れる。

初めての合奏。そして最後の合奏。

箏を弾くために姫が無理をしているのではないか。それが心配だが、好きなだれかと一緒に楽の音を紡ぎだす心地よさを、広英は改めて味わいながら吹いた。

終わってしまうのがせつない。

曲が終わって、静寂がおとずれる。声をだせば隣室の姫に聞こえるだろうが、この静けさを破るのには勇気がいる。

この部屋から立ち去るべきか、どうするべきか、と迷っていると、前の廊下に人の気配がした。

赤い打ち掛けがふわりと廊下から入ってくる。

「なつ殿！」

笛の袋と同じ赤い打ち掛けを羽織ったなつ姫だった。

広英の前に座ると、両手をついてお辞儀をする。

「彌三郎さま、お逢いしとうございました」

「私もでございます」

なつ姫が顔をあげる。輝くような笑顔は見られない。広英が知っているなつ姫ではない。顔も身体も痩せていた。食が細くなっている、と重棟が心配していた。

「ご機嫌うるわしく、と申し上げたいところですが……」

袖口から見える白い手が、恐ろしく細い。

広英は思わず前に膝を進めた。姫の手を取る。

「食を断っていらっしゃるのではありませぬか」

かつて八木城にいたもうひとりのなつ姫の悲劇が脳裏をよぎる。

「しらぬ間に袖が池に飛びこむなど、なさらぬように」

「それは……わかりませぬ」

姫が手を引っこめようとする。その手を広英は素早く引っ張る。

「あれ、彌三郎さま！」

かすかな叫び声とともに、姫の身体が広英の腕の中にあった。

一瞬で姫が痩せたことがわかる。せつなさと愛しさで、広英は思わず姫を抱きしめた。

「わかりませぬでは困りまする。なつ殿にはしあわせになっていただかなくては」

「彌三郎さまと離れて暮らして、どうしてしあわせになれましょうぞ」

「姫がしあわせに暮らしていてくだされば、私もしあわせになれまする。姫が袖が池に飛びこめば、私はどうして生きていけばよいでしょう」

姫は広英にしがみついて泣いている。

「姫の箏に私の笛を合わせるのが夢でございました。今日は夢がかないましてうれしゅうござります」

姫もうなずく。

「夢は夢でござります。夢は儚《はかな》きもの。悔しゅうございます」

「夢は夢でも、ともに見た夢でございます。たとえ離れて暮らしても、われらの心の中ではいつまでも生きている、と私は思うておりまする」

そう思うしかないではないか。

広英の腕に身を預けていたなつ姫が身体を離した。

「彌三郎さま、ひとつ、お願いがございまする」

姫は涙で濡《ぬ》れた顔を隠すこともせず、広英をまっすぐ見つめる。

「箏の名手と聞く彌三郎さまの箏を、なつにもお聴かせくださいませぬか。聴きとうございます」

広英もまっすぐになつ姫を見て答える。

「袖が池へは決して近づかぬ、とお約束くださるならば」

姫は一瞬、身体を硬くする。それも一瞬ですぐに答える。

「近づきませぬ。決して」

なつ姫は覚悟ができたか、しっかりうなずいた。

広英は姫の部屋に移ると、さっき姫が弾いた箏の前に座った。

「なにを弾きましょう」

「『想夫恋』を」

姫は即答する。『想夫恋』に決まっているではないか、とでもいうような返事だ。

姫の箏を広英は弾いた。なつ姫との出会いも、この箏の音だった。姫のことを想《おも》えば、苦しいときも笑顔になることができた。合戦にでていても、姫の箏の音を思いだせば、心穏やかになれた。その恋が、今終わろうとしている。

弾き終えると、姫は穏やかな顔でほほ笑んでいた。

「お優しい音色でした。彌三郎さまのお人柄どおりの音でござりますね。いつまでも聴いていたい、そう思わせるような」

「そうでしょうか」

箏の音色について、聴いた者からなにかいわれることはあまりない。姫の耳に心地よく響いたのならうれしい。

竹田城から迎えの者が三人やってきた。恵藤が心配してよこしたらしい。

夕刻近く、広英は別所重棟の館をあとにした。

これでなつ姫の顔を見ることもないであろう。姫も同じ思いからか、居館の門前までできて見送ってくれた。

「きちんと食事をして、ご自分の身体を大切になさってください。これからしあわせになるのですから」

姫は広英の目を見てうなずく。

無情にも別れの刻はやってくる。広英は馬上の人となる。

広英は馬の腹を蹴った。

途中で馬をとめて何度か振り返る。

そのたびに、赤い打ち掛け姿の姫が門の前に佇《た》っているのが見えた。姫の姿が小さくなって見えなくなるまで、広英は何回も振り返った。

それからは、広英はなにも考えないで馬を駆った。考えたら、せつなくなることがわかっていたからだ。心も頭も空っぽにして馬を走らせた。

やがて竹田城の灯が見え始める。

天正十五年夏。

広英の恋が幕を閉じた。

第七章　竹田城　婚礼の儀

秀吉がすすめる赤松家と宇喜多家の縁談は、すぐに話がまとまった。新婦を迎えるにあたって、広英の居館では新婦の部屋、新婦に伴って岡山城からやってくる侍女たちの部屋を増築した。

天正十五年（一五八七年）九月九日、重陽の節句。婚礼の日。いよいよ宇喜多秀家の妹君が竹田城にやってくる。広英にとっても、家臣たちにとっても、晴れの日である。広英も落ちつかない。

居館では朝から婚礼の準備が慌ただしく行われている。輿入《こしい》れの行列は、今日、竹田に着くことになっているが、夕刻になっても、まだ花嫁は到着していない。

婚礼の宴は竹田城の麓にある広英の居館で行われる。城主の婚礼を祝って、城のあちこちで篝火《かがりび》が焚《た》かれ、城下からもその火を見ることができた。

「今日は殿さまのところへ嫁がくるんだなぁ。めでたいことだねぇ」

篝火を見た村人が、そういっているにちがいない。

居館の門前には篝火が焚かれ、花嫁を待つ準備はできていた。

備前からやってくる宇喜多の姫は、二十六歳の広英より十二歳年下の十四歳。宇喜多家の若き当主、秀家より二歳年下の妹である。名は千鶴《ちづ》。

竹田城からはお迎え役の武士が二名、騎馬で岡山城へ出向いていた。

新郎の広英は白の直垂《ひたたれ》を身につけている。この直垂は母がみずからの手で着付けてくれたものだ。息子に着付けをしながら母がしみじみといった。

「まことにおめでとうございまする。彌三郎殿の祝言の日がやってくるとは。龍野城を出てから、このような日がくるとは思ってもみませんでした。なによりもうれしい日です」

母が喜んでくれることが広英はうれしい。

「ほんに立派になられて。父上がご覧になったら、どれほどお喜びになったか」

母の頭の中には、常に夫、赤松政秀がいるようだ。

仕度ができてからも、広英は落ちつかない。

新郎の広英は見たこともない花嫁を迎えるわけで、どんな女性か気になってしかたがない。玄関から何度も外をうかがう広英を見て、じいがささやく。

「どのような姫さまでしょうな。姫さまの母上様は絶世の美女といわれております。兄君の秀家さまも美丈夫。殿の奥方さまもお美しい方に相違ありませぬ」

恵藤が神妙ではあるが、うれしそうな顔でいう。

「美女よりも、気立てのやさしい姫であることを願いたいが、じいは美女好みなのか」

「いえ、じいも気立てのよい娘が好きでございます」

小姓のイの丸が外から入ってきた。

「お輿入れの行列が到着いたしました」

行列の先頭は竹田城から出向いたお迎え役の武士が先導している。次が岡山城からの送り役の武士。そして次に花嫁が乗った蒔絵《まきえ》の輿。輿のまわりは数名の武士が警護している。輿の後ろには十数名の侍女たち、それから、鎧《よろい》一領、太刀一振、馬一匹など宇喜多家からの祝儀の品々、そして新婦の嫁入り道具類である御貝桶《かいおけ》、御屏風《びょうぶ》箱、長持ち、荷ない唐櫃《からびつ》などが続く。立派な花嫁行列である。

宇喜多家は広英の二十倍以上の石高を誇る大大名家である。それに比べて、広英は二万石の小大名。秀吉の命とはいえ、よくぞ宇喜多の姫が自分のところに嫁いできてくれると、内心驚いているのだ。

しばらくして、みなが姿を消した。館の中は静かになる。

いよいよ、これからが広英の出番だ。広英は緊張して新婦がいる座敷に入った。

姫と侍女たちは座って広英を待っている。この部屋にいるのは女たちだけで、男は広英ひとりである。広英は白直垂姿で、花嫁もまた白の小袖に白の打ち掛け姿である。

これから「固めの儀」が行われる。いわゆる新郎新婦の三三九度である。親戚や家族は列席しない。新郎新婦と侍女たちだけで行われるのが現代とは大きく異なる。

広英は新婦と向き合って座る。このとき初めて、妻となる女性を見た。女性というより、からだつきも顔つきもまだ少女である。

秀吉にかわいがられている若い備前の武将、宇喜多秀家によく似た少女は、目が大きくはっきりした顔立ちの美少女である。頬も唇も身体も丸みを帯びていて、広英が知っている姉のさこともなつ姫とも違う類の美しい少女だった。どんな気立ての姫かまだわからないが、見たところは物静かで控えめであるように見受けられる。

新婦と、新郎と、最上格の侍女、の三人の朱塗りの杯に、侍女が少しの酒を注ぐ。三三九度は新郎新婦ふたりだけではない。三人が杯をとるのだ。この杯は、竹田城下の漆職人、安兵衛の工房で作られたもので、安兵衛からの婚礼の祝儀の品だった。

緊張しながら広英は杯を受ける。さっきから頭にあるのは、失敗せぬように、ということだけだ。おかげで、新妻の顔もちらっと見ただけである。

三三九度がなんとか無事に終わると、次は身体を清めて「床入りの儀」となる。

恵藤からいわれていたのは、ふたつ敷いてある布団のどちらに広英が横になるかということも決まっているというのだ。

「くれぐれもお間違いになりませぬように。よろしいですな。花嫁の右側に花婿が横になるのですぞ」

恵藤からは同じことを数回聞いている。

「床入りの儀」には、ふたつの布団を敷く順番やら、枕が東になるように置くことなど細かい決まりがいろいろあった。

侍女たちが新郎新婦の部屋からでていくと、広英は千鶴とふたりだけになった。

改めて姫の顔を見る。姫も広英の顔を見る。女というより少女だが、野原でよく見かける蝶《ちょう》を追いかけている少女ではない。宇喜多家の姫に生まれ、みずからが置かれた立場を承知してここにきていることを感じる顔だ。

広英が改めて会釈すると、姫も頭を下げた。

この時代、大名家の結婚式は三日間行われる。

初日は新郎新婦だけで、二日目は親族や家族が列席して、三日目は家臣たち一同を招いて酒宴が開かれる。いずれも夜である。

二日目。今日も新郎新婦は白装束である。今日は親戚一同が集まっての宴である。

宴席には、親族としては母と赤松宗家の当主である赤松則房、都へ嫁にいった広英の姉のさこ、播磨・家鼻城主になっている弟の祐高が参列することになっている。

則房は広英の従兄弟《いとこ》である。賤ヶ岳の戦い、小牧長久手《こまきながくて》の戦い、四国出兵、九州出兵などでも同じ秀吉軍として戦っている。則房は秀吉によって赤松宗家の本拠地である置塩城を追われ、現在は阿波徳島・住吉城一万石の領主となっている。広英の父親や祖父の代には赤松宗家と争いごとも多かったが、広英の代になってからは同じ秀吉麾下《きか》の大名となり関係は悪くはない。赤松宗家の則房に対しては、秀吉は「置塩殿」と敬意を持って接していた。赤松氏は室町時代から続く名門武家、と秀吉は思っているようである。

さこと祐高は夕刻に到着した。さこは前の関白夫人である。供を従え輿に乗ってやってきた。久しぶりの姉との再会である。姉がいつもどおり元気そうなのが広英にはうれしい。

「姉上、遠路はるばるおいでいただき、まことにありがとうございます」

さこは笑顔で弟と再会する。

「彌三郎殿、こたびは、おめでとうございまする。父上がおいでになったら、どれほどお喜びになったでしょう」

いわれるまでもなく、広英は結婚が決まったとき、播磨の斑鳩寺へ参詣し、亡父に報告している。

さこの横には祐高がいる。姉弟三人で顔を合わせるのは久しぶりである。

「次は祐高ですね」

さこが祐高の嫁取りに言及すると、祐高は顔を上気させて照れた笑顔を見せる。

今日は赤松宗家から赤松則房が参列してくれることになっていることを広英が告げると、さこがため息まじりにいう。

「赤松の一族も、すっかり数少なくなってしまいましたね」

「そうなのです。同じ赤松一族である別所を、私は兄上と一緒に攻め滅ぼしております」

祐高が声を落としていう。

「上月城も福原城も滅びました。ほかには赤松が生き残る道はなかったのか、と今でもよく思います」

祐高が黙ってしまうと、しばらく沈黙が訪れる。三人とも同じ思いで赤松一族のこれまでの道筋をたどっていたのかもしれない。

縁側から外を見ていた広英がいう。

「この天気であれば明日は雲海がでるでしょう。姉上にも、竹田城の雲海をお見せしたい」

さこもうなずく。

「ぜひ見とうございまする。そなたの文にようでてくるので、一度、見たいと思うておりました」

「明日は見られまする」

「まことですか？」

「まことです」

「兄上は空を見れば、明朝、雲海がでるかどうかおわかりになるのですか」

祐高が驚いたようにいう。

「毎日ここに暮らしておるからな。わかるようになった」

竹田の人間になった、という気がして、内心、広英は胸を張りたい気持ちである。


婚礼二日目の宴が終わって、翌日の明け方五時ころ目覚めると、館のまわりは白い霧でなにも見えない。雲海がでている。妻と姉に見せたいと、広英は千鶴を連れて、祐高がさこを連れて、竹田城へ登った。女衆には大変だったが四人ともに徒歩で。

ふたりの女性は初めて見る雲海に心底感動していた。

広英の結婚を祝って、村人からの祝いの品も多数届いた。山の幸が多かった。みなが祝福してくれるその気持ちが広英はうれしかった。

婚礼の三日目は「色直し」があった。新郎と新婦が、白装束から色のついた着物を初めて着るのだ。三日目は家臣たちを招いての宴だった。

新婦が竹田城にやってきてまもなく、広英は新婚の妻を竹田に残して上洛《じょうらく》した。九月十八日に、秀吉が大坂城から、北《きた》の政所《まんどころ》とともに京都の新邸へ船で引っ越してくるのだ。

引っ越しの祝いに、公家《くげ》衆や武家が淀《よど》や鳥羽《とば》に出向いて秀吉を迎えることになっている。広英もそのひとりとして、淀に出向かねばならない。

京都新邸は秀吉が関白としての政務を行う政庁兼自宅で、昨年の二月から京の内野に建設していたものだ。「内野」とは、平安京で宮城があった大内裏跡のことである。平安京が造られた当初の宮城があったところだ。宮城は、後に現在の京都御所の場所へ移ったために、元々の大内裏は現在の御所よりもっと西側にあり、秀吉の時代には雑草が茂る原野になっていた。そこへ、秀吉はみずからの屋敷を建てたのである。屋敷といっても幅二十間、深さ三間の堀で囲まれており、天守閣もある城郭だった。秀吉はそれを「聚楽第」と名づけた。

引っ越しのとき、秀吉は大坂城にあった金銀財宝を一緒に持ってきた。その財宝を数百艘《そう》の船にのせ、淀で船を下りた。淀から聚楽第までは陸上をゆく。車五百両、人足五千人、というたいそうな引っ越し行列だった。

引っ越しの行列が通る街道筋には、太閤《たいこう》殿下と殿下の財宝をひと目見ようという見物人が押し寄せた。大名小名たちも各地から集まり、秀吉らしい派手な引っ越しだった。

聚楽第への引っ越しが終わってまもなく、九月の終わりに広英は再び上洛した。今度は、十月一日、京都北野天満宮《きたのてんまんぐう》において、秀吉主催による北野大茶会《だいさのえ》が開かれるのだ。九州を平定し、聚楽第の落成を祝って開かれる茶会である。全国の大名小名はみな招かれ、広英も招かれている。茶の心得のある者なら、公家から武家、町人、百姓などの身分にかかわらず、外国人であっても参加できる。服装、履物などを問われることもなく、だれでも茶道具を持ってきさえすればいい、という前代未聞の茶会だった。八月には、茶会を知らせる高札が洛中、奈良、堺に立てられた。

茶会当日は朝からみごとな晴天で、北野天満宮の境内はさぞや賑《にぎ》わっているにちがいない。広英は警護の仕事を仰せつかり、天満宮から離れて丹波口にいた。茶会に参加している武将たちも多いが、広英の同僚武将たちのほとんどは市中警護にかりだされていた。

加藤清正と福島正則は天満宮の門を警護し、広英など但馬衆は洛中洛外の出入口の警護を任されていた。茶会は十日間開催される予定である。その間、茶の湯の会場である天満宮にいくことができるかどうかさえもわからない。任務がある以上、勝手に動くことはできない。

茶会一日目が終わった。

明日も茶会はある、と思っていたら、夜、「明日の大茶の湯は中止。再開については追って知らせる」との沙汰が各大名のところに届いた。

広英は但馬の大名たち、別所重棟や明石則実らと一緒にいて、みんな首をかしげた。

「明日は茶会がないとは。なにかあったのでしょうか」

明石則実の言葉に、重棟が眉をひそめる。

「関白さまは八百席も茶をたてられたという話ゆえ、お疲れになったのかもしれぬ」

重棟の言葉に広英もうなずく。

「明後日は再開されるのでしょうか」

広英の問いに重棟は釈然としない様子で眉をひそめる。

「関白さまは気まぐれなおかたゆえ……どうであろうのう」

結局、当初は十日間開催の予定だったものが一日で終わり、再開されることはなかった。中止の理由は発表されなかったし、だれにもわからない。推測するのみである。

噂《うわさ》では関白殿下がもう飽きてしまったからだとか、思ったより集まった人の数が少なかったからだとか、肥後で一揆《いっき》が起こったからだとか、いろいろいわれているが、本当のところはわからない。

二日目以降の参加を考えていた遠方からの参加予定者たちは、都へ着いたら茶会は終了していたということになり、がっかりしたに違いない。

どんな茶会だったのか、人づてに聞いてもよくわからない。「盛大な茶会だった」という者もいれば、「たいしたことはなかった」という者もいるからである。広英たちのように警護で天満宮から離れていた者は、茶会がどんなふうに行われたのか、知ることはできなかった。

但馬に戻る前に、広英は弟の祐高と一緒に姉のさこが住んでいる二条邸を訪ねた。さこの夫の二条昭実は関白職を秀吉に譲ってからは要職についていないが、二条家は公家の名門である。広英の婚礼のときに、姉とは竹田で会っているから、そう久しぶりというほどでもない。

二条邸に入ると、祐高が声をひそめていう。

「姉上が、足利将軍、義昭様と離縁させられたときはどうなることかと心底心配でしたが、まことに立派な家に嫁ぎましたね。これも、父上と信長さまのお力でしょう」

広英も同じように思っている。さこは、この乱世、西播磨の武家の娘として生まれて、龍野をでるときは命も危ぶまれたのに、さこの最初の夫は武家の頂点にいる第十五代征夷大将軍・足利義昭で、次の夫は公家の頂点にいる人物である。

「姉上のことを思うと、私はうれしゅうございます」

「私もだ」

姉のさこは元気で、弟たちの訪問を喜んでくれた。さこは公家風の衣裳を身につけている。

広英も祐高も警護の仕事があって大茶の湯の会場にはいっていないというと、さこは驚いた。

「まあ、なんと。あの大茶の湯を知らぬのですか。天満宮の境内は、それはそれは賑わっておりましたよ」

「え？　姉上はいかれたのですか？」

祐高が驚いてたずねる。

「もちろんですとも。参りましたよ。身分を問わずだれでも参加してよい、とお触れがでたではありませぬか。それに、二条さまが茶席をだしていらっしゃいましたから」

「なんと、二条さまも、ですか!?　行きとうございました。口惜しゅうございまする」

祐高が残念がる。

「それで、茶会はどんな具合でしたか」

祐高が重ねてたずねる。

「公家も、大名・小名、町人も百姓も、茶の湯の心得がある者は茶席を構えていましたね。境内も、それに続く北野松原も、野点《のだて》の茶席で埋まっていましたよ」

茶席はみな畳二畳で、中にはムシロを敷いたものもあったという。

「茶席はいくつくらいあったのですか」

「八百とも千五百ともいわれておりましたね」

「そんなにたくさんの茶席があったのですか。関白殿下の名物茶道具を拝見できると聞きましたが、姉上もご覧になりましたか？」

「ええ」

ささこの話によると、十二畳ほどある天満宮拝殿の中央に黄金の茶室が置かれていて、そこに名物茶道具が並べられていたという。

「関白殿下は、黄金の茶室を天満宮までお持ちになったのですか」

「そうです。初めて拝見しましたが、障子も壁も天井も、まばゆいばかりの黄金に目がくらみそうでしたね」

祐高とささこの会話を聞きながら、広英は大坂城で黄金の茶室を拝見したときのことを思いだした。黄金の茶室は組み立て式で、持ち運びできるようになっていた。秀吉が天正十三年に千利休《せんのりきゅう》に命じて作らせたもので、のちに大坂夏の陣で焼失することになる。

「そうそう、わらわは、関白殿下みずからがおたてになったお茶をいただきましたよ」

秀吉が茶をふるまった、ということは広英も聞いていた。

祐高がたずねる。

「天満宮へいけば、だれでも関白殿下のお茶が飲めたのですか」

「いいえ。くじで一等を引き当てないといけないのですが」

「そうです。八百人ほどが一等を引き当てたということですよ」

「くじ？」

「そんなにたくさんの人が！」

大茶会を主催したのは秀吉で、それを計画立案したのは利休である。堺から招かれた三人の茶頭《さどう》と秀吉の茶をいただくにはくじを引かなければならなかった。一等は秀吉、二等は利休、三等は津田宗及、四等は今井宗久《いまいそうきゅう》。彼らは四畳半の茶席を経堂に設けたという。

「利休さまの茶席には見物人も多く集まって、大変な人気でしたよ。関白殿下は、午後は茶をたてずに、もっぱら境内の茶席を見物して歩いておいででした。たくさん茶をたてて、お疲れになったのかもしれませぬ」

祐高とさこの会話に耳を傾けていた広英が口を開く。

「十日間続く予定だった大茶の湯が一日で終わってしまいましたね。どうしてなのか。殿下の気まぐれなのか」

「あれはまことに不思議でしたね」

茶会が一日で終わった理由は、さこも聞いていないらしい。

「ところで姉上、久しぶりに姉上の箏《こと》を聴きとうございます。なにか弾いてくださいませぬか」

広英は姉に一曲所望した。

「わらわの箏でよいのなら、いつでも弾きましょう」

さこはほほ笑んでうなずいた。

さこが箏を弾くときには、夫の二条昭実もやってきて、一緒に聴いた。

さこの弾く箏を聴くと、少年時代に過ごした龍野での日々が思い出された。あのころは父と母がいて、播磨は騒々しかったが、龍野城では家族そろって日々を過ごすことができた。

箏を弾くさこを温かい眼差《まなざ》しで見守るように見ていた昭実が、弾き終えると優しい笑顔でいう。

「妻の箏を聴くと、いつも心が洗われる心地がします。ことに、夜、月の光のもとで聴くと、箏の音が月の光に溶けていくようで、夢の中にいるかのような心地がします」

昭実の言葉から、姉がここで大切にされていることを広英は感じる。

昭実はさこより五歳ほど若い。育ちの良さがにじみでているような気持ちのいい人物で、広英や祐高に対しても、尊大な態度はとらなかった。

「彌三郎殿は箏の名手と聞いております。聴かせてもらうわけにはいきませぬか」

昭実が広英に向かって遠慮がちにいう。

箏の名手などといわれると畏れ多い。恐縮してしまう。

「とても名手とはいえませぬが」と断ってから、広英は昭実と姉と祐高の前で筝に向かった。

姉の二条邸をでてから、広英は相国寺の宗舜を訪ねた。

翌日、竹田城へ戻った。


大坂城から聚楽第へ引っ越した秀吉は、今度は後陽成《ごようぜい》天皇の聚楽第行幸を企てた。「行幸」とは天皇が御所から他所へいくことである。自邸へ天皇をお迎えする、というのはみずからの力を広く知らしめるためにほかならない。

天皇が臣下の邸宅へ行幸する、ということで、秀吉は先例を調べさせた。先例に劣るような行幸にはしたくないからである。

調べてみると、室町時代に天皇の室町将軍邸への行幸は三回あった。金閣寺を作った三代将軍・足利義満のときに二回、義満の五男で六代将軍・足利義教《よしのり》のときに一回。

秀吉は先例にならって、盛大な行幸を執り行うつもりだった。ところが、派手好きな秀吉は、先例を越えることを考えた。「天皇が聚楽第へきて御所へ還《かえ》る」だけでなく、「秀吉が御所へ天皇をお迎えにゆく」という行列を前にくっつけたのだ。

広英たち大名衆は、天皇の聚楽第行幸の行列に参列することを求められた。

天正十六年になった。冬が終わり、暖かくなり始める四月十四日に行幸は行われることになった。

大名小名たちは行幸の祝いの品を持ち、上洛した。広英が祝いの品として選んだものは、広英が奨励したことから竹田で盛んに作られるようになった漆器である。朱色の杯、蓋付き汁椀《しるわん》、飯椀、皿など百膳。竹田では、今では専門の漆器職人も十数名いて、食器だけでなく家具や雑貨なども作っている。職人たちは蒔絵の技術も会得し、今回の祝儀の品は金泥で装飾が施された豪華なものである。

行幸当日、広英は秀吉の輿の後ろにつく「前駆」として参列した。

まず御所へ天皇をお迎えにいく。

出陣の行列と違って、今日はまことにめでたい行幸の列であり、参列している者たちも、みな晴れやかな顔をしている。信長公のあとを継いだ秀吉がここまで上り詰めるとは、織田家中のだれが思っただろう。

広英自身、秀吉の中国攻めのときに臣従の道を選んだために、今日、この栄誉ある列に加わっている。広英が秀吉を選んだわけではない。父が織田を選んだ、というのがその後の広英の進む道を決めたのだ。つまりは、広英は父が選んだ道の延長上を進んでいる。秀吉に敵対して自滅していったほかの赤松一族を思うと、龍野赤松家が残っていることが不思議な気がする。

秀吉が聚楽第から御所へ天皇をお迎えにいくときは秀吉の行列だけだったが、御所から聚楽第に向かうときは、まず最初に天皇の生母や女御、女房衆の輿が五十丁ほど進んだ。それぞれの輿には供が従っている。

女輿の次は公家衆のぬり輿が十五ほど続く。どの輿も随身、笠持《かさも》ち、馬副《うまぞい》、警護の侍などが十名ほど従っている。さこの夫の前関白二条殿は、五番目の輿に乗っている。

さらにそれぞれ供を十名ほど従えた五十人ほどの公家が続き、楽人が雅楽『安城宮』を演奏しながら行進していく。秀吉が御所へ天皇をお迎えに行くときは、楽人たちはいなかった。

そして天皇の鳳輦《ほうれん》がゆき、鳳輦の後ろへ織田信雄、徳川家康、豊臣秀長、広英の義兄である宇喜多秀家などの有力武将が続く。

その後ろに秀吉の牛車がゆく。桐紋《きりもん》が描かれた漆塗りの牛車は、赤い水干を着た牛わらわがふたり付き添っている。牛には紅絹《もみ》に刺繍《ししゅう》を施した衣を着せ、角には金箔《きんぱく》が施されている。

秀吉の牛車の次は、広英たち先駆の侍、すなわち「関白家来の殿上人」が並んでいる。前駆は左右二列でそれぞれ三十七名の武士が騎馬で並び従う。前駆の先頭は左が増田《ました》長盛《ながもり》、右が石田三成、但馬衆としていつも行動をともにしてきた別所重棟、明石則実、前野長康も前駆として並んでいる。武将たちが身につけているのは、この日のために作られた目にもあざやかな花鳥紋の装束だった。都の四季を織り上げた豪華な錦の衣装だ。

広英は薄青地の唐織りに桜と菖蒲《しょうぶ》と黄蝶が縫箔で描きだされたものを着ている。広英と並んでいる明石則実の装束には、竜田川《たつたがわ》のもみじと鹿が描かれている。

広英たちの後ろも、数百人の武士、従者などが続いた。

参列している人たちの豪華絢爛《けんらん》たる衣裳を見ると、このまま戦のない世の中になってほしい、と強く願わずにはいられない。

今日は帝《みかど》と関白さまの両方を拝める、というので、この行幸の行列を見物するために、日本各地から二十万人が集まったといわれている。行幸の道のりは短い。御所から聚楽第まで正親町《おおぎまち》通りを西に十五町ほど（約千五百メートル）。その道筋には辻固《つじがた》めの侍が六千人警備に配された。

聚楽第には天皇が入る仮御所「儲けの御所」が檜皮葺《ひわだぶ》きで造られていた。天皇は十八歳。和歌の会や舞の会が開かれ、若い天皇は大変感激し楽しまれたようである。三日滞在の予定が五日になり、還幸されたのは十八日だった。還幸も行幸と同じように、広英たちは列に加わった。還幸でも、行幸同様に辻固めの侍が警備に立ち、あまたの見物人で賑わった。

行幸が終わって、任務を解かれた広英は、竹田に戻る前に相国寺にいる宗舜を訪ねた。相国寺は何度もきたことがあるが、大きな寺だ。広大な寺域と堂々とした伽藍《がらん》を見ると、その規模と寺の持つ力に感動を覚える。友人の宗舜がここにいる、というのも感慨深い。

宗舜は、相国寺のみならず、学僧として都じゅうにその名を知られるようになっている。当時の僧は、仏道を修め禅儒の研究をするのが仕事だった。禅儒、つまり禅と儒学を研究するのだ。現代の大学教授のようなものだ。

広英は宗舜の学識がいかに深いか身近にいて知っていた。広英から見たら、宗舜の名が知られるようになるのも当然である。

宗舜は相国寺の玉龍庵《ぎょくりゅうあん》というところで修行していた。訪ねてきた広英を自分の部屋に招いた。宗舜自身の部屋がふたつあった。研究する部屋と寝起きする部屋である。

「彌三郎殿、こたびの行幸での晴れ舞台、拝見しましたぞ」

「あれを見たのか」

学者肌の宗舜が行幸見物にでかけるとは、広英は思ってもみなかったから驚いた。

「室町将軍、義教公以来ですからな。百五十年ぶりの行幸ですぞ。滅多に見られるものではありませぬ。前駆として馬上の凜々《りり》しいお姿、なかなかのものでした」

「関白殿下から命じられた仕事だからな。粗相があったら首が飛ぶ。ずっと緊張しどおしだった。疲れたよ」

「しかし、行幸の列の中にいた、ということは、関白殿下から重用されている大名のひとり、ということなのではありませぬか」

　そうなのだろうか。

「話は変わりまするが、彌三郎殿は、最近、室を娶《めと》られたそうで、おめでとうございまする。宇喜多氏の姫と聞き及びまするが、宇喜多氏は今や飛ぶ鳥を落とす勢い。秀家殿は関白殿下の御養子、若くして殿下の信頼もあついと聞きまする。そういう宇喜多の姫が彌三郎殿の妻となる。これは、彌三郎殿は関白殿下から見込まれている、ということではありませぬか」

　宗舜はこの婚姻を喜んでいるらしい。広英もありがたいことだと思ってはいるが、なつ姫のことがあって、今でも内心複雑な気持ちでいる。


　翌年、天正十七年、秀吉の側室、淀殿が懐妊する。

　五月二十日には、淀殿の懐妊を祝って、秀吉は金六千枚、銀二万五千枚を公卿《くぎょう》、大名などに配った。「天正の金配り」として知られ、金持ちは余計金持ちになり、一般庶民にはなんの恩恵もない、という声もあがった。

　広英の竹田城でも、若君誕生の期待が高まっていた。

　広英の妻、千鶴が妊娠していたからだ。朝駆けをしていても、出会う領民から声をかけられる。

「殿さま、赤子がお生まれなさるそうで。おめでとうごぜえます。お城も賑やかになりますねぇ。よい子が生まれてきなさりますように」

「ありがとう。無事に生まれてくれることを願うばかりだ。こればかりは、男はなにもできぬな」

「そりゃそうですわ」

「これを奥方さまに召し上がってもらえたら」

領民のひとりが、熊笹《くまざさ》の葉の上にのった魚を差しだす。捕ってきたばかりの川魚だった。濡《ぬ》れて緑色に光っている。

「これは滋養になりそうな魚。ありがたくもらっておく」

「立派なお子を産んでもらわないとねぇ」

領民の心遣いが広英はありがたかった。

戦はなかったから、広英は竹田の居館に在住し、身重の妻を気づかい、殖産興業、治水工事、城普請などに精をだすことができた。養蚕をするために植えることを奨励した桑の木が大きくなった。一部では養蚕及び機織りを始めている。

広英が奨励した漆器作りは、最初は汁椀や櫛《くし》、箱膳などの小物類を作っていたが、今では陣笠、刀の鞘《さや》など城に納めるものまで作るようになっていた。見事な蒔絵を施した重箱や化粧箱を、広英は献上されて愛用している。

春の花見を想定して但馬吉野に植えさせた桜は、幼木だったものが育ち、春になると花をつけるようになっていた。

村民総出で改修した円山川の土手は、改修するのに二年かかったが、今は崩れている箇所はない。ある程度の雨には耐えられるようになったから、以前より氾濫の頻度は減った。それでも一度氾濫すると、復旧には時間と労力を要した。

竹田城の改修は広英がまとまった期間竹田にいるときを狙って行われていた。改修資金は秀吉から前もってもらっているが、残りわずかになっている。秀吉に不足分を請求していいものか。

八月、広英に娘が生まれた。跡継ぎではないが、喜ばしいことだった。娘の名前は「千久《ちく》」と名付けた。幼い家族ができたことで、広英の毎日が変わった。毎朝目覚めると、娘の顔を見ることから一日が始まる。妻の千鶴の産後の肥立ちもよく、乳もよくでた。乳母をつけようとしたが、千鶴は「あが子はあが手で育てまする」といって、みずからの手で育てた。

居館の千鶴の部屋で、赤子に乳を含ませている千鶴を見ていた広英がいう。

「乳母を捜さずともよいのか？　そちが大変であろうに」

「大丈夫でございます。子供は近くに置いて、いつも顔を見ていたいのでございます」

「そうだな。子も母の顔が見えていれば安心する」

妻の千鶴がみずからの幼いころを振り返っていう。

「わたくしは乳母に育てられました。母の顔は見ることもなく、たまに見かけると、いつも見知らぬ殿方と一緒でした。父が亡くなってからは、母は羽柴殿が城に逗留《とうりゅう》するのを心待ちにして、そのときは、子供の目から見ても異様なほどにはしゃいでおりました」

この口調では、千鶴は、女としての母の生き方を快く思っていないらしい。

「しかし、昨今の宇喜多殿の繁栄は母上の力によるものだといわれておるではないか。おなごとしてあっぱれなお方だとも思うが」

「そうです。兄の出世は自身の力ではないのです。母親の色仕掛けで出世したのでございます。それを恥とも思わず、母も兄も、恥ずかしゅうございます」

千鶴は下唇を嚙《か》んでいる。

妻が自分の母親の生き方に反発しながら生きてきたことは、広英も日頃の会話から察してはいた。しかし、ここまではっきり口にするのは初めて聞く。

「それも、この乱世のひとつの生き方であろう。直家殿が亡くなられて、残された子供たちを抱えて、母上が考え選んだ生きる道ではないだろうか」

「考えて選んだ道などではありませぬ。母はただ男が大好きなのです。それも、富と権力を持った男が」

自分の母親のことをいっているとは思えないほど辛辣にいう。

「人それぞれ。いろいろな生き方、考え方がある」

「わたくしは母のような生き方は嫌いです。ああいう母親にはならぬ、と幼いころから決めておりました」

千鶴の言葉に広英はうなずく。

「それでよい。そちが願う母親になればよいではないか」

千鶴は両手を握りしめて、なにか必死に堪《こら》えている様子だった。

そのうちに肩が震えだして、嗚咽《おえつ》が漏れ始めた。

宇喜多家の繁栄の陰にどんな事情があったか広英は知らないが、母を思って、肩を震わせて泣く娘もいるのだ。

「千鶴、そなたは私の妻。宇喜多家でどのようなことがあったのか私にはわからぬが、今は、子供を、私を、竹田城を、家臣たちを、そして領民たちを見ていればいい」

千鶴は目に大粒の涙を浮かべてうなずく。

広英は膝の上に赤子をのせている千鶴の肩に腕をまわした。赤子もろとも妻を抱きよせる。

嫁にきたばかりのときは子供にしか見えなかった妻が、若いながらもこの屋形の奥を預かる女主《おんなあるじ》としての務めをこなしている。

千鶴がみずから娘を育てているために、広英も普通に赤子に接することができる。親子三人の時間を持つことができる。子を手元で育てるという千鶴の判断は、広英にとってもよかったのではないか、とよく思った。それに千鶴が変わった。これまでは黙っていることが多かったのに、娘の誕生を機に口数が増えた。赤子の温《ぬく》もりが、千鶴の心を柔らかくほぐしていったような気がする。

妻が娘を膝の上にのせているのを見ると、広英はよく自分の幼いころを思った。病がちだった母は臥《ふ》せっていることが多かったために、近づくことも禁止されていた。顔を見たいがために、祐高と一緒に庭先にしのびこんで、母の部屋をのぞいてみたものだ。あのころに比べると、竹田にきてからの母は人が変わったようになった。野良仕事を好み、日焼けして、まるで別人である。竹田の地が、母にあっていたのだろうか。広英はある日、夕餉《ゆうげ》の後で母にたずねたことがある。

「母上は竹田にきて、お元気になられましたね。ここまで母上がお元気になられたのはなにゆえでしょう」

「なにゆえでしょうね。わらわも不思議でしかたありませぬ」

母はフフフと笑う。

「温泉のおかげかもしれませぬよ」

母は竹田にきてから、ときどき温泉へ通っている。

「温泉は気持ちがいいし、お世話してくださるみなさまの心根がお優しくて、身体も心も温かくなるのですよ。ここはよきところです。土地も住んでいる人々の心根も、みなやさしい」

みなの心根がやさしいことは広英も感じる。

「そうですね。まことによきところです」

温泉のおかげだろうか。母が元気になっただけでも奇蹟《きせき》のようである。よきところへ赴任してきた、と広英は改めて思った。

天正十七年が暮れようとしている。

今年は戦はなかった。戦はやらないにこしたことはない。しばらく平和が続いているが、秀吉が関東を平定しようとしていることは広英の耳にも入っていた。

関東での戦となると、但馬からは遠征する道のりも負担になる。兵粮も準備せねばならないし、いつでも参陣できるように準備しておかなければならないだろう。負担は大きいが、恩賞は与えられぬ可能性が高い。ここのところ秀吉の戦に参戦しても、但馬衆には知行の見返りはなかった。土地は限りがある。際限なく褒美に与える、というわけにもいかないのだろう。しかし、それでは腹に据えかねる男たちもいる。これから先、どうなるのだろうか。

年末のある日、戦があるかもしれぬからそのつもりでいるように、と広英は家老たちに指示した。

天正十八年の年が明けた。秀吉は天下統一を目前に控えている。いまや、だれの目にも秀吉が天下さまであることは明らかだったが、ここにきて、なんとしても秀吉に従おうとしない大名がいた。関東の北条氏政《うじまさ》・氏直《うじなお》親子である。ついに、秀吉は小田原攻めを決める。広英も招集された。

広英、別所、明石の但馬衆は、同じ但馬の前野長康の付将として二月十九日、京を出発。前野隊は総勢二千七百。二十七日に徳川家康の駿府《すんぷ》城へ到着した。ここで前野隊は府中の警護を申しつけられる。

広英は、小田原に向かうために通過する諸隊に配る兵粮や、馬の飼料を調達する仕事を任された。兵粮等は江尻浦へ船で運ばれてくる。江尻浦は現在の静岡市清水区にある港である。

広英隊が江尻浦に向かうと、海上には百を超える秀吉軍の軍船が錨《いかり》を下ろして停泊していた。これだけ揃《そろ》うと壮観である。

軍船の向こうには、青い空と、白い雪をかぶった大きな富士が、裾野を引いて美しい姿を見せている。白砂青松、海、青い空、寄せたり引いたりする波の音、磯《いそ》の香り、そして富士の高嶺《たかね》。絵を見るようである。それに、江尻浦の近くには名勝『美保《みほ》の松原』がある。広英の領地に海はない。海を目にするだけでも感動するのに、遠景ではなく巨大な富士が目の前にあるのだ。

広英以下、みな、戦であることを忘れて富士の雄姿に目を奪われた。

「なんと……絵より美しい」

だれかがため息まじりにつぶやく。

「一度見たいと思っていた富士を見ることができるとは、夢にも思いませんでした」

広英の側近のひとり、中島がいう。

広英自身、富士を見るのは初めてである。絵で見たり書物に書かれているのを読んではいたが、百聞は一見にしかず、とはこのことか。

大きな山だ。しかも山容がなんともいえず美しい。万葉の時代から歌に詠まれてきた霊峰である。ほかの山とはちがう。見ているだけで心が洗われる気がする。軍船が、美しい山には不釣り合いに見える……とだれもが思ったに違いない。

「停泊しているのは、どちらの軍船でしょうか」

中島が広英にたずねる。

「あれは羽柴小一郎秀長さまの船だ」

このとき小一郎は病で臥せており、代将として藤堂高虎が指揮をとっていた。

「あの船が運んできた荷を、陸揚げするのがわれらの仕事だ」

広英は中島に指示する。

「近隣の村から、できるだけ多くの陣夫、人足を集めてまいれ。江尻浦で陸揚げされた兵粮を荷駄で駿府へ運ばせるためだ」

近隣の村といっても、広英たちはこのあたりの地理に明るくない。それも考えて、中島にいう。

「このあたりは不案内であるがゆえに、道案内が必要であろう。徳川殿の駿府衆に同道してもらったほうがいい」

「は、かしこまりました」

すぐに中島が立ち去る。

あたりを見ると、すでに陸揚げされた兵粮数千石が野積みになっている。これでは雨が降れば濡れてしまう。

家老の平位が野積みになっている荷物の山を見ていう。

「このまま野ざらしはまずうございますな。雨が降るやもしれませぬし」

「いかにも。仮小屋を建てねばならぬな。すぐに小屋を普請する者を選び、作業道具を運ばせよ」

「は、すぐに準備いたしまする」

小半刻（約三十分）もすると人足が集まってきた。平位の指示で仮小屋も建てられ始める。

仮小屋ができると、野積みになっている荷物を中に運びこんだ。さらに、船からの新しい荷物も陸揚げされる。それでも、小田原へ向かう軍の数が並ではない。後から後からやってくるために、荷物がたりないほどで、仮小屋もすぐに空になる始末だ。

夜は、府中、江尻、沖津《おきつ》、蒲原《かんばら》などへ、但馬衆は別れて宿泊した。広英たちは蒲原に宿をとった。蒲原からも富士はよく見えた。夜の富士は暗い空に銀色に光って見える。黒い布の上に雲母の粉をまいたようで、不思議な美しさを放っていた。

三月一日、小田原攻めのため、秀吉が聚楽第から出陣した。率いる兵は十万余騎。秀吉はお歯黒をつけ、作り髷《まげ》で頭を飾っていた。関白・秀吉の出陣に際して、後陽成天皇が見送った。

例によって秀吉の出陣は派手である。小田原攻めに向かう関白の軍隊を見るために、都の内外から見物人が集まった。四条河原から粟田口《あわたぐち》、山科《やましな》、大津《おおつ》までの街道筋には見物人がひしめき合い、地面が見えないほどだった。

秀吉は十九日に駿府に着き、但馬衆は秀吉に合流して沼津《ぬまづ》をめざした。

北条は、西からやってくる秀吉軍に対して、箱根《はこね》を防衛ラインとして考えていた。箱根を突破させなければよいのだと。

秀吉はこの防衛ラインを突破するため、山中城と韮山《にらやま》城を落とす策にでた。両城とも伊豆国《いずのくに》田方《たがた》郡にある。現在の三島《みしま》市である。山中城は芦ノ湖《あしのこ》の五キロほど南西、韮山城はさらに十四キロほど南西にある。

但馬衆には韮山城攻めに加わるように秀吉の命が下る。

三月二十八日、韮山城攻め開始。総大将は信長の次男、織田信雄。攻め手は総勢四万四千。蜂須賀家政、細川忠興《ただおき》、福島正則、蒲生氏郷《がもううじさと》などが配されている。それに対して籠城側は三千六百。

韮山城は百メートルほどの丘に築城された堅牢《けんろう》な平城であるため、多数の付城《つけじろ》を作り囲いこむ作戦をとった。ここで広英たちがやる仕事は、付城の建設、空堀や竪堀《たてぼり》を掘る、土塁を積むなどの土木工事である。

翌二十九日、韮山城に続いて山中城攻めが開始される。

総大将は羽柴秀次。こちらの山中城には徳川家康が参戦。羽柴・徳川連合軍六万五千という大軍の前に、山中城は半日で落城した。それに対して韮山城攻めは難航し、三ヶ月後の六月二十四日に開城した。広英隊は土木作業が主な仕事で、戦闘らしい戦闘に巻きこまれることはなかった。

山中城、韮山城が落ちて、そのほかのほぼすべての支城を落とされた小田原城は裸にされたも同然で、七月五日、開城した。十一日に氏政・氏照兄弟切腹。秀吉出陣から四ヶ月後だった。

　秀吉はそのまま東北に進軍し、奥州仕置をやってから京へ戻った。奥州仕置で秀吉は自分に反する領主を切り捨て、奥州地方を整理したのだ。これで、秀吉の天下統一は一応終結したのである。

　広英たち但馬衆は、秀吉が東征する間、沼津から府中までの警護を仰せつかっていたため秀吉には従軍せず、駿府に残った。駿府は徳川家康の拠点である。何度か家康に会ったし、話もした。

「貴殿が赤松彌三郎殿か。韮山攻めでは、但馬からはるばるの遠征、ご苦労であった」

「は。江尻浦では徳川さまの兵に道案内をしていただき、助かりました」

「なになに、当然のことをしたまでよ。礼には及ばぬ」

「彌三郎殿は『貞観政要』を読んでおるそうじゃな」

「は、読んではおりますが、なかなか先に進みませぬゆえ、足踏みしているようなものです」

　どうして家康が広英の読書について知っているのか不思議だったが。

　家康が気さくに話しかけてくる。気さくだが目つきは鋭い。なにか観察するような目だ。小太りで、顔は日焼けしている。あと数年で五十歳になるはずだが、声の張りや顔のつやなど若々しい。

「しかし、若いのに立派じゃよ。わしでも、そう簡単には読めぬぞ」

「ひとりなら読めませぬが、よき師匠がおりますゆえ、読み進む気にもなりまする」

「ほう、師匠がおるのか。どなたについておられるのじゃ」

「相国寺の僧、宗舜殿です」

丸顔の家康が目を丸くする。

「あの博識名高き僧がそなたの師匠とな。それはすごいことではござらぬか」

「はい。子供のころからの親友でありまするゆえ」

「なに？　あの宗舜殿が親友とな？　それは羨ましい話じゃわ」

家康とは、これまでも顔を合わせたことはあるが、話らしい話をしたことはない。こんなに話をしたのは初めてだった。

秀吉が京都へ戻るとき、広英たちは合流し帰洛した。

このとき秀吉は、駿府で小西行長《こにしゆきなが》と明国への侵攻について相談している。大陸を属国にすることを、すでに考えていたのだ。

九月一日、秀吉は京都に凱旋。

家康は北条氏の旧領地をほぼそのままもらいうけ、関東八洲《かんとうはっしゅう》を治める大大名として強大な力を持つことになった。一方、但馬衆には格別なる恩賞はなかった。

九月二十二日、前野長康ら但馬衆とともに、広英は竹田城へ戻った。


翌天正十九年の正月三日、聚楽第で諸侯が秀吉に新年の祝賀をし、広英は大坂城での年頭の祝賀に参集した。

小田原攻めが終わって、これで秀吉は文字通り天下を平定したといえる。

ほっと一息ついた各国の大名たちであったが、秀吉は次の狙いを定めていた。

また、いつ戦が始まるかわからない。大名たちは今のうちに領国を見回り、領民の不満はないか、治水はどうなっているか、など調べて手を打っておく必要があった。

円山川と八木川の堤防工事は終わっているが、それでもときどき小さな氾濫はある。それに領民を苦しめるのは洪水だけではない。雨が降らないときもあって、干ばつも深刻だった。池の水が干上がることもたびたびあった。これもなんとかしなければならない。

領内を視察したとき、広英は水を司《つかさど》る神を祀《まつ》る諏訪《すわ》神社が荒れていることに気づいた。山東町にある神社である。

広英は視察に随行している山東町の庄屋にたずねる。

「諏訪神社は、信州の諏訪大社から勧請《かんじょう》したものか?」

「さようでございますねぇ。洪水と干ばつがなくなるように祈願して勧請したものでねぇ」

いつごろできたのかはわからないという。

「社がこれでは、神様に申しわけないではないか」

「は、仰せのとおりにございまする。だけんども、なにぶん、元手になるものが……」

資金が足りなくて、今のところなにもできないというのだ。

「社を造り直したらどうであろう。資金は私がだす」

「は？　殿さまが、だしてくれる、いうことですかね？」

庄屋は目を丸くして広英を見る。

広英は力強くうなずく。

「洪水と干ばつがあると、困るのは農民だけではない。私も町人も、みなが困る」

「そのとおりでございます」

「一刻も早く頼む」

「それではさっそく、社を造り直すように、みなと話しあってみますで」

庄屋は大喜びで村へ戻っていった。

天正十九年、広英の援助があって、諏訪神社は前より大きな社に再建された。

もうひとつ、小さな諏訪社を八木川下流域を見渡せる岡の上に遷座した。ここも洪水で悩まされている地域である。

八月に入ると、秀吉は、大陸へ進出するための前線基地として、肥前名護屋《なごや》（佐賀県唐津市《からつ》）に城を築くことを西国諸大名に命じた。

竹田城にも秀吉からの指令が届いた。

竹田城麓にある居館の執務室で、書状に目をとおしていた家老の丸山が眉根を寄せていう。

「太閤殿下は、いよいよ渡海の準備を始められましたな」

名護屋城の普請は、筑前の黒田官兵衛や肥後の加藤清正など、九州の大名たちに任されている。広英たち但馬衆は、十月に名護屋へ向かい、九州諸大名の手伝いをするようにと指示された。

「名護屋城の普請の次は渡海、そして異国での戦、考えただけでも大変ですな」

たしかに、築城を任されるとなると、使役の人員をそろえなければならない。工事中の滞在費や食糧、宿舎なども準備しなければならない。秀吉から仕度金がでるかどうか、でても足りないだろう。

「秀吉公は、本気で朝鮮に向かうつもりでおいでになるのでしょうか」

丸山は半信半疑の様子だ。

「本気のようだ。秀吉公が思い描いているのは朝鮮だけではない。明を征服して、みずからが明の王になるおつもりのようだからな」

「なんと。そのようなことが可能でありましょうか」

「秀吉公は可能だと思っていらっしゃる」

秀吉の目的は朝鮮ではない。中国の明を征服する野心を持っており、朝鮮は、明国へ向かう途中で通過するところにあるために、臣従させておく必要があったのだ。

「朝鮮も明も、わが国とは気候も言葉も民も違うのでありましょう。その民と国土を平らげて服従させるというのは、とんでもなく大変なことでありましょうに」

「そちのいうとおりだ。明はわが国よりはるかに広い。人も比べものにならないほど多い。そういう大きな国を平らげるのは、これまでの小田原攻めや九州侵攻とはまるで異なる。そこを、秀吉公が、どこまでおわかりになっていらっしゃるのか……」

秀吉はわかっていないのではないか、と周囲の大名の多くは思っている。

「正月には、秀吉公の弟君、大和大納言《やまとだいなごん》秀長様がご病気で亡くなられました。二月には、秀吉公は利休様に切腹を命じられました。おふたりとも、秀吉公にとって大切なお方だったはず、そんなお方を……秀吉公がなにを考えておいでになるのか、とんとわかりませぬ」

「私にもわからぬ」

「ご愛息の鶴松君が病でお亡くなりになりましたし、こうたて続けに、秀吉公の身近な方々がお亡くなりになるときに異国へ攻め入るとは、いささか不吉ではありますまいか」

　鶴松は秀吉の晩年の息子で、三歳で病没した。

「亡くなられたからこそ、これで戦ができる、ということではないのか。秀長様も利休様も、朝鮮侵攻には反対していらっしゃった」

「つまり、秀吉公をお諫《いさ》めできる人がいなくなってしまったということですな」

　広英はうなずく。

「大仏殿の造営を突然取りやめなさったのも、朝鮮出兵のためだと聞いておりますが」

「そう聞いている。大仏殿より、朝鮮へ渡海する軍船を建造するほうが先だ、ということらしい」

　秀吉は京に、奈良の東大寺《とうだいじ》より大きな大仏殿を建立しようとしていた。天正の大地震によって民心が動揺し、それを鎮めるために、奈良の大仏よりも大きな大仏を京に建てることを考えたのだ。

　天正地震は天正十三年十一月二十九日に中部地方を襲った大地震である。若狭《わかさ》と伊勢《いせ》の両方で津波による被害が生じた。地震で壊滅した城も多数ある。秀吉が作った長浜城が倒壊、琵琶湖畔《びわこはん》では家々が湖底に沈んだ。山崩れで城が埋まって滅亡した一族もいる。

都では東寺《とうじ》の講堂などが壊れ、三十三間堂では仏像六百体が倒れた。このため地鎮を願って建てるはずだった大仏殿の工事が、朝鮮出兵のために中止になったのだ。

「困りましたな」

「まことに困ったことになった」

広英は三木城攻めの馬廻《うままわ》り衆として仕えて以来、ずっと秀吉に仕えてきた。

秀吉のおかげで赤松家も再興し、竹田城の城主になることができた。秀吉への忠誠心やこれまでの恩義に応えようと思う気持ちは変わらないが、今の秀吉は、これまでとは人が変わってしまったとしか思えない。

「人は権力の頂点に上り詰めると、これまでとは別人のようになるのであろうか……」

広英がつぶやくと、丸山は何度もうなずいた。丸山も同じことを思っていたようだ。

人が変わってしまった秀吉に導かれる日本は、どこへいくのであろうか。

「十月には名護屋に向かうことになる。準備をせねば」

名護屋城普請の手伝いにいくのである。

連れていく兵の人選、持って行く食糧、馬、武器、玉薬、その他日用品などをそろえなければならない。「玉薬」は鉄砲に使う火薬のことである。

「渡海はいつになるのでしょうな」

「名護屋城ができてからになると思うが」

名護屋城は四年前の九州侵攻のときに整備しているので、天守などはすでにある。今回はそれを改修、増築することになっていた。

第八章　肥前・名護屋城　朝鮮出兵

天正十九年（一五九一年）十月に入ってまもなく、広英は、出石城の前野長康、豊岡城の明石則実、八木城の別所吉治とともに名護屋へ向かった。広英が率いる兵は今回は百八十人。八木城の別所重棟は六月に亡くなっているために、重棟の息子の吉治がでている。

但馬衆が名護屋に着くと、城造りの真っ最中で、突貫工事が行われていた。名護屋城は現在の佐賀県唐津市北西部にある岬の丘陵地に建てられている。同時に城下町と全国各地から集まってくる大名たちの陣屋もあちこちで建設中で、丘陵地の外側までにもおよび、およそ二百の陣屋が建てられつつあった。

広英たちも自分たちの陣屋を造り、城普請にもでかけてゆく、という忙しい毎日を送ることになる。陣屋には馬用の宿舎も必要だった。

十一月に入り、広英は竹田城からの文を受け取った。

妻の千鶴が十一月六日に姫を出産したという知らせだった。母子ともに元気だという。

広英にとってふたりめの子供である。ふたりめも女の子だった。跡継ぎがほしいが、これだけはなんとも、夫婦の力では決められない。

十二月二十八日、天正十九年も押し詰まって、秀吉は関白を辞任し太閤《たいこう》となった。「太閤」とは「関白を子に譲った者」という意味である。秀吉自身が朝鮮出兵に専念できるように、甥《おい》で養子の豊臣秀次に関白職をゆずったのだ。同時に秀吉は「関白の居城兼政庁」である聚楽第からでて、代わりに秀次が入った。

年が明けて、天正二十年一月。

秀吉から関白を引き継いだ秀次は、秀吉の命で留守居役として都に残ることになった。一月二十六日、名護屋では朝鮮出兵の準備をしているとき、都では豊臣秀次が後陽成天皇を聚楽第へ招いた。関白就任後ひと月にも満たないときに天皇の行幸を行ったのである。形式は先に秀吉によって行われた行幸に倣ったが、前回の行幸に比べると、行列に供奉《ぐぶ》した大名の数は少なかった。多数の大名が名護屋にいっていたからである。

広英は昨年末に一旦竹田城へ戻り、渡海のための軍装を整えて、二月十日、改めて竹田城を出発した。前回同様、他の但馬衆と一緒である。引き連れている兵の数は、広英は六百人ほど。但馬衆すべてでは一千五百人。

但馬衆は二月二十三日に名護屋城に到着。先着隊と合わせると、約二千人になった。

名護屋城は完成間近になっている。城の周囲は至る所、空き地が見つからないほど各大名の陣屋が建ち並んでいる。その数二百ほどある。

名護屋城は、九州侵攻のときに大幅に手を入れた天守をさらに改修し、秀吉の居間、東西南北の数寄屋門と大手門と御櫓《やぐら》を新たに作った。

五重七階の天守は、白い漆喰《しっくい》の壁と金箔《きんぱく》が施された瓦に太陽の光があたってまぶしく輝いている。城は朝鮮に向かって威容を誇る向きで建てられていた。

名護屋城ができると、政治と経済の中心は大坂でも京都でもなく名護屋になった。西の果てにある海辺の城下町には、武士だけでなく商人も多く集まり、最盛期は人口十万人に及ぶ大軍事都市になった。

新しい名護屋城は三月に完成した。工事期間は八ヶ月という急ごしらえの城ではあるが、今回の渡海の前線基地である。渡海する数十万の兵のための兵粮を保存する兵粮蔵が必要だったため、一町四方の兵粮用の土蔵が数百棟できあがっていた。同時に兵たちを収容する建物も必要なために、名護屋城は大坂城に次ぐ壮大な城となった。

四月一日、第一隊の小西行長隊が名護屋から釜山《プサン》に向かい、いよいよ「文禄《ぶんろく》の役《えき》」が始まった。その後、四月二十五日、秀吉が名護屋城に着陣した。総大将は広英の義兄、宇喜多秀家である。

先発隊の一番隊と二番隊は朝鮮に上陸すると破竹の勢いで侵攻を続け、李《り》王朝の都である漢城《かんじょう》府に迫っていた。漢城府は現在のソウルである。隊は一から九まであり、第一番隊長は小西行長、第二番隊長は加藤清正。但馬衆は宇喜多秀家が率いる第八番隊に所属していた。

日本軍が快進撃できたのは、兵の数が多かったことと、日本軍の鉄砲の力が大きかったことによる、といわれている。当時、明にも朝鮮にも鉄砲はほとんどなかった。また、日本軍の日本刀は白兵戦になると人も馬も刀で切り倒し、敵兵から恐れられた。朝鮮軍の主力部隊は騎馬隊だった。

五月二日、朝鮮王が戦わずして漢城から逃げたので、日本軍はほぼ無血で漢城に入城できた。開戦後二十一日のことである。城内の金品財宝は、日本軍がことごとく略奪する。

日本軍は破竹の勢いで北に向かって侵攻を続け、海においても、日本水軍は朝鮮水軍に対し戦果をあげていた。

六月四日、広英たち但馬衆は渡海を開始する。

石田三成、増田長盛ら、秀吉の代理として軍令を持っていく奉行衆と一緒の渡海だった。名護屋浦の海にはおびただしい数の軍船が風を待っている。当時の日本軍の軍船は、

「安宅船《あたけぶね》」といって船の上に櫓を乗せ、屋形船のような形をしていた。

但馬衆が乗るのは紀州船三十八艘《そう》。

広英は船着き場から海を見ていた。

となりには明石左近則実が立って、同じように海を見ている。

則実は、但馬衆として一緒に幾多の合戦をくぐり抜けてきた戦友である。広英より十歳ほど年長で、秀吉の軍師・黒田官兵衛の従弟《いとこ》である。今は関白・豊臣秀次の家老のひとりとして、秀次を支えている。秀次は朝鮮へ渡らないが、家老の則実はここにいて、船を待っていた。

軍船はすべて幟《のぼり》をたて、あざやかな赤い三角の小旗を連ねて風になびかせている。三十八艘の軍船が整列している様は壮観だった。船には但馬衆四千人と馬が乗る。兵士たちの兵粮は兵粮船が、換えの馬は馬船が運ぶ。紀州船の采配は、日頃から水軍を組織し指揮している藤堂高虎に任されている。

名護屋から北西に目をこらすと、遠くに島影が見える。

「あそこに見えるのは高麗《こうらい》であろうか」

則実がひとりごとのようにいう。すぐ目の前にあるのは高麗ではないだろう。もっと遠いはずである。

朝鮮では、高麗王朝が十四世紀末に滅び、その後李氏朝鮮が治める国になっていたが、秀吉をはじめ、日本の武将たちは「高麗」と呼んだ。

広英は答えた。

「あれは壱岐《いき》の島だと思います。その先に対馬《つしま》があり、対馬のすぐ向こうに高麗があるはずです」

但馬衆は船で釜山へ向かうが、まず、壱岐島へ、それから対馬へ渡り、そして目的地の釜山に上陸する予定だ。直接釜山へ向かわないで、島を伝ってゆく。

「明石殿は秀次様付きのご家老におなりで、おめでとうございまする」

関白の家老になった明石に、広英はお祝いの言葉をいった。

「ご苦労も多いことと思いまするが」

「太閤殿下のご命令とあれば、断ることもできまい」

則実は関白秀次公の家老になったことを大喜びしているようには見えない。

「こたびは、秀次様は渡海なさらないのですね」

「うむ。太閤殿下がこちらにおいでになっているために、都に残って政務を任されておられる」

秀次付きの家老の中には、渡海しないで都に残って秀次を補佐している者もいる。出石城主前野長康の嫡男、前野出雲守《いずものかみ》景定も秀次の家老になっていた。景定は京の留守番役を命じられ、朝鮮には渡海しない。

「秀次様付きの家老になって初めて知ったのだが、秀次様は太閤殿下とはお人柄がまるで違う。武術も熱心に稽古されて、刀術はなかなかの腕前だし、武術のみならず、茶の湯にも造詣が深く、『源氏物語』や『古今和歌集』などの古典にも通じておられる。それに、おんみずからもなかなかの歌を詠まれるしな」

秀次の評判は、広英も聞いたことはあった。文武両道に秀でた貴公子であると。しかし、宗舜は秀次を嫌っていたな、と広英は思いだした。

秀次が、昨年、京の五山《ござん》の僧を相国寺に集めて漢詩を作らせて競わせる、という会を開いたことがあった。その席に宗舜も秀次から招かれて参加したが、宗舜は二度とでたくない、といっていた。大騒ぎするばかりで低俗なのだとか。

「実は、秀次様は殿下と違って、戦はお好きではない」

則実が声を小さくする。

「今回の出兵にもあまり乗り気ではないのだ」

「つまり、太閤殿下とは意見が異なる、ということですか」

「いかにも。朝鮮出兵には反対しておられる」

「お亡くなりになった太閤殿下の弟君の秀長さまも、反対しておられたと聞いております」

「そうじゃ。お上も公家《くげ》衆も太閤殿下をお諫《いさ》めなされたが、殿下は聞く耳持たず」

「お上」とは後陽成天皇である。天皇のいうことを聞かないという秀吉。天皇より秀吉のほうが上ということになる。

「今までの合戦は、九州攻めにせよ、四国攻めにせよ、この国の中の戦でした。今回の戦は、異国へ渡っての戦。海の向こうにはどんな土地があって、どんな人々がいるのか、見当もつきませぬ。実は、今回の戦は、わが領地で兵を集めるとき、なかなか集まらずに難儀しました」

「わしも同じよ。海を渡って異国へいって戦をするなど、みなイヤだというてな。恩賞で異国に土地をもらっても、うれしくもなんともないというておるわ。それに、参戦しても恩賞はあてにできないと、みな知っておるのじゃよ。先の戦、小田原攻めでも、九州攻めでも、われらにはなんの恩賞もなかったしな」

そのとおりである。

「それに、今回の戦は大義がありませぬ。なんのために戦うのか、みなに聞かれましたが、答えに窮しました。私自身、なにが大義か、わかりませぬゆえ」

「大義などないわ。大明国の太守になるのが殿下の目的じゃからな。それだけじゃ」

「鎌倉幕府の時代に、この九州に大陸から蒙古《もうこ》が襲来しました。あのときは、蒙古の船団を国がひとつになって追い返しました」

「そうだったな。そのときの蒙古に、われらがなろうとしている」

「蒙古襲来のときのことを思うと、高麗の人々の気持ちがよくわかります。みな一丸となって、太閤殿下の軍団を追い返そうとするでしょう」

「そうよ」

則実はうなずく。

「しかし、羽柴秀長殿が亡くなられて、太閤殿下に意見できる者がいなくなってしまったのじゃ。みなが頭を抱えておるのに、だれひとり、殿下をお諫めできないのじゃからな」

それどころか、この戦で手柄をたて、報賞をもらうことのみを考えて渡海する者もいたのである。

「まもなく渡海が開始されるようだ。では、これで」

則実は広英に会釈すると、家臣たちが集まっているところへ向かっていった。

石田三成がこちらにやってくる。

三成は広英を見ると、明るい笑顔を見せる。

「元気そうでなによりじゃな」

「治部さまも、お元気そうで」

三成は広英より二歳年上であるが、豊臣政権での地位ははるかに上である。同世代とは思えない落ちつきがある。最近、口ひげをはやしはじめたから、そのせいかもしれない。そのくせ、色白で少年っぽさが残っている顔のせいで、奉行になってからも、ときとして子供が口ひげをつけているように見えるときがある。

広英は三成とは意見が合うことが多く、会えば立ち話をする。宗舜も三成のことは評価している。

「これから大変だ。今までの合戦とは勝手が違う。すべて初めてのことばかりだからな」

「いかにも」

「聞いておるか？」

だれもいないのを確かめるように、三成が周囲を見てからいう。

「なにをでしょうか」

「先発隊として渡海した加藤清正殿の先鋒《せんぽう》将のことじゃ」

「いいえ。聞いておりませぬが」

加藤清正隊は四月に釜山へ上陸している。

「上陸後、数日で配下の兵を連れて敵に下った者がおったそうじゃ」

「上陸、数日後に、ですか？」

「そうだ。戦を始める前だ。最初から投降するつもりで渡海したのであろう」

「どうしてまた」

「その将は雑賀《さいか》の出身らしいとの噂じゃ。太閤殿下に前々から恨みを持っていたのであろうな。あくまでも噂じゃがな」

雑賀衆は、紀州攻めのときに秀吉に滅ぼされた一団である。鉄砲の技術に長《た》けていたといわれている。

朝鮮出兵で、日本軍から朝鮮、明に投降した兵の数ははっきりわかっていない。文禄の役が始まった当初は、日本の捕虜や投降兵はことごとく殺されたからである。後になって朝鮮側は投降兵を利用することを考えついて殺すのをやめている。

「その将は、鉄砲の製造に関する知識・技術に長じ、鉄砲も持って投降したというからな。わが国の鉄砲の技術が朝鮮に流れることは必定」

当時、鉄砲の製造技術は、明や朝鮮より日本のほうが先をいっていた。鉄砲の所有数も両国を凌《しの》いでいた。

「最初から、鉄砲の技術を敵に教えることを狙って渡海したのやもしれぬ」

そんなことがあるとは、と広英は絶句した。

三成が一歩近寄る。顔を寄せて、声をひそめていう。

「なんとしてもお止めしたかったのだが、こういうことになってしまった。殿下のお側《そば》にいながら、実に悔しい」

三成がなんのことをいっているのかわかった。

「殿下はやりたくて仕方ないのだ。おまけに、それを焚《た》きつける者たちがおるので困る」

三成は眉根を寄せて深刻そうな顔をしている。

「こうなったからには、なるべく早く無益な戦を終わらせるようにせねばならぬわ」

広英はうなずく。秀吉の側にいる三成ならできるかもしれない。

「それは多くの者の願いです。よろしくお頼み申す」

うむ、と三成はうなずいて、しばらく黙ったままだった。

いよいよ船が朝鮮に向かって出発する。

名護屋浦には陣太鼓が鳴り、鬨《とき》の声が響き渡った。

海上五十余里（約二百キロ余り）、釜山浦には十二日に到着。

上陸してみると、朝鮮の村々は悲惨な状態だった。すでに行われた戦闘で焼かれて、なにも残ってない。人影も見えない。山には樹木は生えておらず、田畑はあるが耕作放棄されている。田作りは、わが国と同じ方法で行われている様子だったが、農民の姿は見えない。逃げてしまったらしかった。

広英たちが上陸してまもなく、六月十五日には、李王朝の首都、平壌《へいじょう》が陥落した。

先発隊が上陸して二ヶ月ほどで首都が陥落した。戦果大なり、と思えるが、実はそうでもない。

これまでの日本国内の合戦では、敵方の農民も味方に取りこんで進んでいった。報酬を払えば、農民はすぐにこちらの味方になった。最初のうちは、朝鮮でもうまくいっていた。ところが、やがて、そうはいかなくなってくる。農民たちがこちらになびかなくなったのだ。義勇軍となって徹底抗戦するのである。

快進撃を続けているように見えた戦況も、七月、明軍が参戦すると、膠着《こうちゃく》状態になった。長期戦になると、兵粮が足りなくなるのはわかっている。短期決戦のつもりできたのに、これでは予定と異なる。日本軍は撤退を余儀なくさせられることが目立つようになった。

そんなとき、秀吉の母親、大政所《おおまんどころ》危篤の報が名護屋の秀吉の所へ入った。

秀吉は名護屋から船で大坂へ戻ったが、大政所は秀吉が到着する前に聚楽第で亡くなった。

秀吉は母親の葬儀を大徳寺で執り行った。同時に伏見《ふしみ》に隠居屋敷を造り始める。後の指月《しげつ》伏見城である。伏見城は大きく三つに分けられる。指月にあった最初の伏見城、ふたつめは木幡に建てた木幡伏見城、三つ目は徳川家康が再建した伏見城である。

七月二十三日、加藤清正が朝鮮の王子を二名捕縛する。

八月二十九日、明との間に休戦協定が結ばれる。

十月一日、秀吉は都から名護屋へ戻った。

但馬衆は宇喜多秀家の指揮下、北へ向かって侵攻していた。

広英らは「御とまり所御普請衆」に命じられていたので、後方支援が主な任務だった。秀吉が渡海してきたとき泊まる場所を造るのが仕事である。戦場に立つことはまれだが、思わぬことが起こることもある。

十月のある昼下がり、広英の高麗本陣では、みながひと休みしていた。厩《うまや》につないでいる馬が、けたたましく鳴いた。

なにごとぞ、と広英が厩へ駆けつけてみると、馬が一匹、何者かに殺されていた。喰《く》いちぎられた様子である。

ひとめ見てすぐにわかった。虎がでたのだ。わが国には虎はいないが、朝鮮にはいる。

「虎だ！　みなのもの、気をつけよ。虎が近くにいるにちがいない」

広英は叫んだ。

あたりには虎の姿は見えないが、赤松本陣の裏は山の斜面が迫っている。山からおりてきたのだろう。虎はすでにどこかに逃れたかもしれないが、油断はできない。虎は人も喰らう。ほかの陣中にも虎がでたと聞いている。

「よし、今から虎狩りだ！」

だれかが叫ぶ。別のだれかが鐘を鳴らし始めた。太鼓も加わる。隠れている虎を追いだして狩ろうというのだ。

虎を狩るなど初めての経験である。相手がどれほどの獣か想像もできない。

「油断するな」

広英の指示の声もかき消されるほどの騒ぎになっている。ここのところ進まぬ戦況に、みな鬱屈していたところだ。気晴らしにちょうどよい獲物なのだ。

広英は背後に気配を感じた。

振り返ると、山の斜面の繁《しげ》みが動いた、と思ったら、広英の目の前に虎がいた。虎との距離は二間（約四メートル）ほど。

獣は広英をまっすぐ見ている。大きな身体《からだ》、獰猛《どうもう》そうな顔、金色と黒のマダラ模様の毛並み、生きている虎を見るのは初めてだ。美しい獣だが、人を喰らう。

「殿、そのままでいてくだされ。虎をしとめまする」

後ろから低い声が聞こえる。井門亀右衛門重行が広英のすぐ後ろにいるのだ。広英隊の中でも一番の強者として知られているこの男は、鉄砲組の組頭でもある。鉄砲を撃つつもりであろう。一発でしとめなかったら、手負いの虎が反撃にでて広英に襲いかかってくるかもしれぬ。

頼むぞ亀右衛門……広英は心の中で念じた。

次の瞬間、鉄砲が火を噴いた。

虎はギャオッと鳴いて、背中を丸めて飛び上がった。ドサッと落ちる。

地面の上に伏せた虎は動かない。亀右衛門が虎を仕留めたのだ。

「殿！　お怪我《けが》はありませぬか？」

家臣たちが広英のところに駆け寄ってくる。後ろから、みなは虎と広英・亀右衛門の対決を見守っていたのだ。

「大丈夫でございますか」

「大丈夫だ」

亀右衛門は転がっている虎の生死を確かめている。

「よくやった、亀右衛門」

「は。ご無事でなによりでございまする」

「助かった。そちのおかげだ」

広英は亀右衛門に、褒美に小刀を与えた。

しとめた虎は、塩漬けにして名護屋城の秀吉のところへ送られた。秀吉が虎肉を食べることは知られていたため、各陣で虎をつかまえると秀吉に献じたのだ。

塩漬けされた虎があまりにも頻繁に送られてくるために、秀吉はやがて「虎を送ってくることを禁ずる」というお触れをだす。

広英が送ったときはまだ禁止される前で、広英から届いた虎を秀吉は喜んで食べた、という礼状が名護屋から届いた。

夏も終わり、戦場は秋から冬になった。名護屋から渡海してきたのは六月だった。早期に決着をつけるつもりできたのに、そうはいかないことがわかってくる。

夏は蝿《はえ》が多くて難儀したが、寒くなってくると、今度は経験したことがないような寒さに難儀した。戦況は日本軍にますます不利になった。

御とまり所御普請の仕事を離れて、朝鮮の砦《とりで》を包囲する手伝いにいっているときだった。

家老の平位が足を踏みならしている。じっとしていたら、即座に手足が凍ってしまうからだ。実際、凍傷で足の指がとれたり、鼻が崩れた者もいる。寒さのために亡くなる者もいた。

寒さで凍った河を歩いて渡ったときには、家老の平位がいった。

「河が凍るとは、思った以上に寒い土地のようでございまするな。今まで経験したことがない寒さでござる」

「いかにも。このような寒さはわが国にはないな」

見ると、広英のまわりにいる兵たちが、みな足を踏みならしている。足が冷たいのだ。

そのうちに、目の前が見えないくらいの吹雪になった。こうなると戦闘どころではない。手が千切れそうに冷たい。足はもう感覚がなくなっている。このままでは、みな凍傷にやられる。足をやられたら立つことも歩くこともできなくなる。

広英は槍《やり》隊の兵たちが集まっている輪の中に入っていった。

「みな、足はどうだ」

「あ、おやかたさま。冷たくてどうかなりそうですわ」

「私の足も同じだ。みな、革の足袋を持っているな。濡《ぬ》れた足袋は脱いで、換えの足袋を二枚重ねてはけ。その上から、さらに革の足袋をはくのだ。そうしないと凍傷で足が腐るぞ。すぐに履きかえよ」

「ははー」

吹雪の中で、みなが一斉にしゃがみこんで足袋をかえ始める。

「それでも足が冷たいときには、持っている足袋を全部重ねて履け。革の足袋は水を防ぐ。ただし、穴があいていたら水が入ってくる。履く前によく調べよ。穴があったら繕うこと。腰袋に針と糸が入っているはずだ」

「あ、腰袋?」

腰袋と聞いて、慌てて自分の腰のあたりを探して、「ない、ない!」と騒いでいる者もいる。

「持っておらぬのか? ならば、持っている者から借りよ。足袋の穴は命取りになるやもしれぬからな。甘く見るな」

　みな手早く手を動かしている。

「具足の下は胴着を二重にして重ね着するように。それでもまだ寒かったら、持っているものはすべて身につけよ。兜《かぶと》には兜頭巾をかぶせれば寒さが少しはましになる」

「兜頭巾なんぞ、持ってえへんです」

　一番前に座っている男が、泣きそうな声でいう。

「持っていない？　ならば、合戦がないときに、自分の兜頭巾を自分で作るのだ。頭巾用の布はこちらで準備して配る。よいな。ここの寒さは、但馬とはまるで違う。甘く見たら寒さで命を落とす。心してかからねば」

　胴着を重ね着して、乾いた足袋に履きかえて外側に革の足袋を履き、穴があったら繕うこと、という注意を、広英は赤松軍のすべてに伝えるように家老に指示した。

「おやかたさま。わしら、朝鮮まできて、なんでこないな寒さと飢えに苦しんでまでして戦をやらなあかんのか、考えてもわからんのです」

　徒歩侍《かちざむらい》のひとりが眉を寄せていう。

「この戦は、太閤殿下のご命令なのだ……」

　広英の答えも歯切れが悪い。

「太閤殿下はとなりの明国を治めるつもりだっちゅう噂《うわさ》やけど、そのためにわしらがかりだされて、えらい迷惑だわ。わしらは明国なんぞ、どうでもええですわ」

兵たちがみなうなずく。

「おやかたさまも、明国に土地をもらいたいと思っておいでになるのでしょうか」

「いいや。そういうつもりはまったくない」

「朝鮮に乗りだしていくなんて、そんなことを思いつく殿下はもうろくしてるっちゅう噂もあります。そうなんですか？　おやかたさまがご覧になって、殿下のご様子は」

「人が年をとるのは世の習い。みなの思っているとおり、殿下は年をとられた。以前の太閤殿下ではない」

広英は「もうろく」という言葉は使わなかったが、気持ちは伝わっただろう。

「こんな戦、やめて国へ帰るわけにはいかんのですか」

広英はなんと返事をしていいかわからない。

「それに、兵粮も底をついてきたとみなが噂しております。この寒さに加えて、一日に昼飯一回だけでは戦なんぞできませんわ」

たしかに、兵のいうとおりである。

食事に関しては広英も兵も、最初のうちは比較的恵まれていたのに、いまや一日一回、雑炊が配られるだけという日もある。

これでは満足な戦いはできない。明が目的のはずなのに、明どころか、朝鮮で止まってしまっている。明まで侵攻するという秀吉の計画は、現実を知らない無謀な策だと、渡海した者たちの多くが思いはじめていた。

槍隊の兵たちと別れてから、家老の平位がつぶやくようにいう。

「最近、兵粮の補給船が名護屋からやってきませぬ。兵粮がいつまでもつか……このままでは、兵が飢え死にしてしまいまする」

それは広英にもよくわかっている。

「これ以上続けるのは無理でございまする」

家老のいうとおり、戦を終結すべきだと、だれの目にも明らかだった。命令を下す秀吉は、戦場の現実を知らないのだ。

「総大将の宇喜多殿に話してみるつもりだ。撤退するほうがよいとな」

「それがよろしいかと」

戦いは、一旦始まってしまうと、終わらせることは容易ではなかった。

年が明けて文禄二年（一五九三年）に入ると、明軍の反撃が激化した。日本軍は撤退を余儀なくされる。

二月十二日早朝、日本軍は漢城から出発すると、北西約十五キロに位置する幸州山城を攻めた。その数、三万余人。

二月の早朝は寒い。それも日本の寒さとは比べものにもならないほど寒い。じっとしていると寒いから、みな、鬨の声を張り上げるのだが、その声にも張りがない。厭戦《えんせん》気分が全軍に染み渡っているのがわかる。だれもが戦いたくはないのだ。こんなところまでやってきて、田畑を蹂躙《じゅうりん》し家を焼くことに、なんの喜びも見いだせない。秀吉は明王になりたいらしいが、兵たちは、そんなことはどうでもいい。早く日本へ帰りたい、それがみなの正直な気持ちだ。それでも戦え、と広英は命令を下さなければならないのだ。

明け六つ（午前六時ころ）幸州山城を取り巻き総攻撃を開始。対する朝鮮の籠城軍は約四千人、義僧兵や婦女子も加わっており、国土を蹂躙された日本軍への憎しみで一致団結し、数の上で勝る日本軍に死にものぐるいで応戦した。

このときは、広英は宇喜多秀家が率いる四番隊に属している。

幸州山城は小高い丘の上にあった。切り立った崖が行く手を阻む。あちこちで火の手が上がり、煙と土埃《つちぼこり》で空が黒くかすんで見える。城は防護柵によって二重に取り巻かれ、なかなか近寄れない。それでも日本軍は第一柵を突破して、第二柵にたどりついた。

城からは、火砲、弓矢、投石が降ってくる。

戦闘には慣れているつもりだが、日本軍のいる地勢が悪い。おまけに、いつかは尽きるだろうに、まるで無尽蔵にあるかのように矢や石が次から次へと降ってくるのだ。

「みなのもの、上からくる石と矢に気をつけよ」

広英たちがとりついているのは傾きかかっている第二柵だった。この柵を倒せば城へ達することができる。しかし降ってくる弓矢、投石を防ぐものがなにもない。防御用の板か竹束が必要だ、と思ったときだ。

大きな火の玉が広英めがけて降ってくるではないか。

「殿！　危のうござる！」

鉄砲組の組頭、亀右衛門の声だ。

火の玉をよけたつもりだったのに肩にひどい衝撃を受けた。

広英は地面にたたきつけられる。一瞬、なにが起こったのかわからなかった。

「殿！」

「大丈夫でありまするか」

われに返ると兵たちが上からのぞきこんでいる。

みなの心配そうな顔が見えた。

「大丈夫だ」

広英は起き上がろうとした。右肩が痛くて起き上がれない。

亀右衛門の手に助けられて、なんとか身体を起こすことができた。

「石に肩をやられたらしい」

広英に当たったのは、ひと抱えもありそうな燃える石で、足もとの地面にころがったまま燃えている。石に松ヤニを塗って火をつけたらしい。

「お命がご無事で、なによりでございまする」

「うむ。みなも、生きて竹田に還《かえ》ることができるよう、ここで死ぬることのないように心して戦うべし」

負傷した広英は、その後の戦闘に加わることはできなかった。

激しい戦いの末、夕刻になって朝鮮側に援軍が到着して、日本軍は漢城へ退却した。兵力の少ない朝鮮軍の勝利だった。

この戦いで負傷したのは広英だけではない。総大将の宇喜多秀家をはじめ、石田三成、吉川広家《きつかわひろいえ》、前野長康ら大将級の武将たちの多くが負傷した。

朝鮮軍はよほど日本軍が憎かったのだろう。戦闘が終わってから、日本兵の死体を裂いて、林の木という木に多数ぶら下げた。


三月、日本軍は漢城にある食糧庫が焼かれてしまい、ますます兵粮が足りなくなった。石田三成、小西行長らは講和を模索し始め交渉を開始する。五月十五日に石田三成、増田長益、大谷吉継らが明の講和使節を伴って帰国した。

秀吉はこの使節を名護屋城で引見し、城内の黄金の茶室や船遊びで歓待した。

名護屋城では講和が進められていたが、六月、宇喜多秀家隊に属す広英軍は、他の但馬衆とともにもくそ城（晋州城）の西面を攻めていた。幸州山城の戦いで負傷した秀家や三成らの武将たちも負傷は大事にいたらず、戦線に復帰していた。広英も落石による肩の怪我はほぼ治り、赤松軍の陣頭で指揮している。

今回の攻撃目標、もくそ城は、朝鮮の晋州にある城である。晋州は朝鮮半島の南端近くにあり、釜山の八十キロほど西に位置する。日本軍は約九万。対する籠城側は朝鮮軍七千と避難している民衆のみ。

六月二十一日、日本軍はもくそ城を取り囲んだ。広英軍もとりまき衆の中にいる。

秀吉の得意な土木工事を行い、城を取り囲んで高櫓を建て、堀の水を川へ流して抜いてしまった。日本軍が堀を徒歩で渡れるようにするためである。

加藤清正隊、小西行長隊、宇喜多秀家隊、毛利秀元《ひでもと》隊、小早川隆景隊らが攻城し、総大将の宇喜多秀家が朝鮮側に降伏を勧告するが、朝鮮側は拒否。そこで日本軍は城の石垣を崩してそこから城内に突入し、落城させた。

もくそ城の戦いでは日本軍が勝利をおさめたが、その後、次第に劣勢になっていく。

七月中旬、加藤清正が捕縛した朝鮮の二王子は釜山で朝鮮側に引き渡された。

日本軍の兵粮も不足するようになってきており、小西行長と石田三成は講和を急いだ。

そんななかで、八月三日、秀吉の側室、淀殿が大坂城でふたり目の男の子を産んだ。後の秀頼《ひでより》である。五十七歳の秀吉は大いに喜び、朝鮮での戦はそっちのけで名護屋から大坂へ帰ってしまった。朝鮮で戦っている大名たちを朝鮮に残したまま、である。

八月二十五日、秀吉は大坂城で赤ん坊を自分の腕に抱いた。

もう子供は望めないと思っていたから、秀吉の喜びようは大変なものだった。

多数の側室がいたにもかかわらず、この年になるまで子供がひとりも生まれなかった秀吉である。ここにきてふたり続けて生まれるとは奇妙といえば奇妙である。世間でも噂になった。淀殿とほかの男の子供ではないかと。噂されていることは秀吉も承知しているはずであるが……。

閏《うるう》九月、できあがった伏見隠居屋敷に秀吉は引っ越した。

新しくできた隠居屋敷に大喜びで、茶会を開いて大名たちを呼んだり、禁裏へ参内して禁中能をみずから演じたりしている。朝鮮の戦場で戦っている武将たちのことを秀吉は思うことがあるのか。

現地では、各地ともにらみあってはいるが戦はしていない、という状況だった。

味方も敵も、これといった戦果もなく、戦っている者たちの間にも厭戦気分が生じていた。

戦線は膠着状態に入り、在番衆として九州の大名を朝鮮に残すだけで、日本軍は徐々に撤兵帰国していった。広英ら但馬衆が属する宇喜多隊も日本へ帰還するようにと、秀吉からの朱印状が届き、広英隊の帰国は確実になった。

赤松高麗本陣で、広英は帰国することになった旨を配下の兵に告げた。

「みな、聞いてくれ。われら但馬衆は十月には渡海して名護屋に戻ることになった」

「国に帰れるのか！」

みなの顔が輝く。それでも素直に喜んではいけないと思ったのか、歓声を上げる者はいない。この戦の太閤殿下の目的である「唐入り」は果たされていないし、朝鮮での戦いも、どちらが勝者かわからない状態であることをみな知っているからだ。それでも帰国すれば、飢えや厳寒の苦しみからは解放される。やはり喜ぶべきことだ。

母衣《ほろ》を背負った武者が、口では黙ったまま、背中にしょった黄色い母衣をゆさゆさと音がでるほど揺すって喜びを表した。

「こたびの戦では、寒さと飢えに苦しめられたが、よくぞ頑張り抜いてくれた。みな、但馬に戻るまで無事でいてくれ。よいな」

広英がいう「但馬」という語を聞いて故郷を思いだしたのか、鼻をすする音が漏れはじめた。

広英は朝鮮に渡海したとき、八百人の兵を率いてきた。現在、残っている者は約三百七十人。約半数の四百人ほどが戦死したのだ。それも、戦死というより病死や凍死、栄養失調での死亡が半数を超えた。そのような形で戦死者をだすということは、統率者としてはまことに恥ずべきことであり、兵に対して申し訳ない気持ちでいっぱいである。

今回の出征は、これまでに経験した戦とはまるで異なる種類の戦闘だった。

日本軍全体では約十五万人が渡海してきて、約半数が日本へ帰還することになった。

広英ら但馬衆は十一月十三日、名護屋に着船した。朝鮮へ渡った但馬衆は四千人。帰国するときには二千人に減っていた。

広英の妻子と母は文禄二年正月から大坂の赤松屋敷にいた。朝鮮へ渡海するすべての大名は、妻子を大坂へ人質として差しだすように命じられていたからである。

広英は大坂の赤松屋敷へ戻った。

「父上、おかえりなさいませ」

娘の千久がはじけんばかりの笑顔で玄関先まで迎えにでてくる。出発前より背が高くなっている。広英は思わず抱き上げた。再び娘の顔を見ることができるとは思っていなかったから胸が詰まる。

「千久、大きゅうなったな」

「はい、父上。大きゅうなりました。千久に妹ができました」

誇らしげな返事が返ってくる。

広英は旅装をとくと、母と妻と幼い下の娘が待っている部屋へ入った。

「ただいま戻りました」

「ようご無事でご帰還されました」

母は涙ぐんでいる。

「ご無事でのご帰国、なによりでございまする」

妻は下の娘を抱いている。

広英は自分が留守の間に生まれた次女と対面した。妻の腕に抱かれる赤ん坊は、どことなく妻に似ている。

「千恵《ちえ》はそなたによく似ているな」

娘の名は広英がつけた。

朝鮮の戦がどんな様子だったか関心がないことはないだろうに、女たちはだれも聞いてこない。聞いてこないから広英も戦の話はしない。目の前にいる娘たちの声を聞いているだけでいい。思い出したくないことを語らなくていいだけでも、疲弊した身体と心が癒される。

「父上、お正月は一緒にお祝いできますね」

千久が広英の膝の上に横からすべりこむようにして収まる。

「もちろん」

千久が小さな手を下から伸ばして、広英の髭《ひげ》をなでてクスクス笑う。

「なにがおかしいのだ？」

「父上のお髭はチクチクしてくすぐったい」

千久の笑い声は、広英の耳と身体と心をくすぐる。心地よい感覚である。朝鮮の戦場では、どこを探しても見つからない心地よさだ。

大坂も朝鮮と同じ今は冬。寒いが、朝鮮の寒さはここととは比べものにならない。広英の兵たちも竹田に戻って、今ごろは家族と囲炉裏を囲んでいるだろう。普段のあたりまえの生活が、どんなにありがたいものかを思い知らされた戦だった。

大坂の屋敷へ戻って数日後の十一月十七日、広英は竹田城へ戻った。

久しぶりの竹田城下。毎日のように雲海がでる。ちょうど、雲海のでる時季に入っているのだ。居館でくつろいでいると、広英は秀吉からの書状を受け取った。

伏見の隠居屋敷へでてこい、話がある、という。

なにか朝鮮で失敗して、その咎《とが》で呼びだされたのだろうか。特別な失敗はしていないつもりだが、十二月に入ってすぐ、広英は不安な気持ちで上洛《じょうらく》した。

第九章　伏見城　赤松屋敷

秀吉の伏見隠居屋敷は文禄二年（一五九三年）九月にはおおむね完成した。屋敷がある伏見指月は観月の名所として知られている景勝地で、現在の伏見区桃山《ももやま》町あたりである。この隠居屋敷は朝鮮出兵で秀吉が名護屋に出陣中に作られ、二年で完成した。

十二月の初め、秀吉に呼ばれた広英は伏見に入った。いたるところで工事が行われていた。隠居屋敷の周辺に町ができつつあり、さながら城下町のような賑《にぎ》わいである。秀吉が住民を聚楽第周辺から移住させて、城下町を作ろうとしていたのだ。

新築したばかりの隠居屋敷で、秀吉は広英に会った。

「国元へ戻っておったのに、すぐに呼び戻してすまぬな」

秀吉はくつろいだ様子だった。

「若君様のご誕生、まことに喜ばしく、おめでとうございまする」

広英は、まずは若君誕生のお祝いを申しあげた。

「この年になってのう。またもやわこに恵まれるとは思ってもみなんだ。うれしいものじゃのう」

秀吉は上機嫌である。広英は叱られるわけではないらしい。ただ、秀吉がときどき咳《せき》をするのが気になる。

「で、朝鮮はどうじゃった」

「は。太閤《たいこう》殿下の軍は果敢に進軍し、めざましい戦果をあげましてございまする」

「それは聞いておる。みな、ようやってくれた。不自由なこともあっただろうに。向こうで難儀したことはなかったか、わしはそれが聞きたいんじゃ」

難儀したことなら数えきれないほどあるが、そのすべてを話していいのだろうか。秀吉の気持ちを損なわないように報告する必要がある。

「難儀といえば、一番難儀したのは寒さと飢えでございまする。寒さはわが国の十倍ほどにもなりましょうか。河は凍《い》てつき、その上を人馬が渡れるほどでございます。手足は即座に凍りつき、自由を失うこともしばしば。軍の装備が、これまでの合戦とはまるで異なりましてございます。兜頭巾《かぶとずきん》、革の足袋、二重の胴着などが必要でございました」

ふむふむ、と秀吉は広英の話を聞いている。

「合戦で討ち死にする兵より、寒さで死ぬる者のほうがはるかに多うございました」

「そうか。兵粮をもっと増やして、寒さ対策も考えねばならぬな」

広英は、本当は「無益な戦はやめて、朝鮮から撤退してほしい」と願いでたかったが、いまだにやる気満々の秀吉を前にして、とても口にすることはできなかった。

「ところで、おぬしにきてもらったのは、ほかでもない。竹田城のことじゃ。総石垣で総瓦葺《そうかわらぶ》きの城に造り替えよ、というたのを覚えておるか？」

「は、覚えております」

広英に竹田城が与えられたときに秀吉からいわれている。弟の小一郎秀長が竹田城を改修していたが、途中で大和郡山へ国替えになった。残りを広英が仕上げるようにと。

「城の改修、あまりはかどっとらんようじゃな」

「申し訳ありませぬ」

広英は頭を下げて謝った。

秀吉はというと怒っているようではない。愛想よく笑顔を見せている。

「まぁ、仕方あるまい。戦やら治水工事やら、やることがたくさんあったからの。手がつかずにいたのも無理はない。しかし、そうもいってはおれぬ事情があってな。わしも年じゃでな。石垣の上に建つ竹田城を見たいんじゃよ。早急に続きをやれ」

「は、しかしながら……」

城造りが止まっているのは、合戦があって手が回らなかったこともあるが、最も大きな理由は資金の不足だ。足りないとはいいにくいが、黙っていてはことが進まない。

「頂きました資金はすでに無くなっております。わが城の蓄えは、続く合戦でほとんど残っておりませぬ。城の改修を続けようとしても、すぐにはできかねるという状況であります」

「資金が足りないのかいな。それは心配せんでええ、と前にいうたじゃろ。生野から採れる銀の一部を、そちのところへ回すようにしてあるからの。そちが城造りに必要なだけ使えるようにな。生野代官もそれは承知しておる」

広英は耳を疑った。生野の銀を城造りに使える？　必要なだけ？　生野代官も承知しているだって？　信じられないことを秀吉はいっているではないか。

「まことでございますか」

「もちろんじゃ。あの山城にふさわしい構えにしてくれ。小一郎の夢でもあるのじゃからな。小一郎の供養のためにも、日の本一美しい城にするのじゃ」

「承知つかまつりました。さっそく取りかかりまする」

途中で途切れたままになっている石垣の石積み作業を再開し、途中になっている南千畳や搦《から》め手《て》の縄張りをもう一度見直して、城造りに励もう。

「戦乱の世は終わった。堅牢《けんろう》な城砦《じょうさい》のような城は不要じゃ。これからの城は砦《とりで》として造るのではない。民のための国造りのよりどころとして造るのじゃ。竹田城もそうじゃ。小一郎がめざした町より数倍よき町を作れ。よいな」

「は、はー。心して国造りに励みまする」

「それとな、この伏見にもそちの屋敷を造れ。大坂にいる妻子を伏見に住まわせるのじゃ。そちの屋敷分の区割りをすでにしてあるが」

伏見に屋敷を作って妻子を住まわせよということは、人質を伏見に置け、ということだ。

「は、さっそく伏見屋敷の普請にも取りかかりまする」

広英が改めて頭を下げると、秀吉はいった。

「伏見屋敷のことは、諸大夫《しよだいぶ》におって沙汰をだすが、そちは、竹田城と伏見屋敷と両方やらねばならぬわ。大変じゃと思うが、できるじゃろ」

できるかどうかわからぬ、ではなく、命令されたらやらなければならないのだ。

「は、心して臨みまする」

呼びだされたのは、竹田城の改修を早くやれ、伏見に赤松屋敷を建てろ、ということらしい。秀吉はもうろくしているという噂《うわさ》を耳にするが、今回の対面では、特に感じなかった。ただ、老いたことはひと目見ただけでわかる。それに咳もよくする。朝鮮出兵を考えて実行すること自体が、普通の感覚ではないともいえる。

秀吉の前から下がって廊下を歩いていると、石田三成に出会った。

「これは、石田様、お久しぶりでございます」

「彌三郎殿が今日みえると聞いておりましたが、ここで出会うとは」

三成は広英を自室へ招いた。この隠居屋敷に自分の部屋をもらっているらしい。

秀吉の側近中の側近である三成の部屋は、思ったより質素だった。なんの装飾も施されていない文机《ふづくえ》と灯《あか》りがひとつ置いてあるだけの地味な部屋である。目を惹《ひ》くのは束になって積まれている書物や文書類である。

「朝鮮からの無事の帰還、ようござった」

三成が気さくな様子でいう。

「これまでにない苦しい戦でしたな」

三成の言葉に広英はうなずく。

「まことでございますな。朝鮮があれほど寒いとは。行ってみなければわかりませぬな。朝鮮の国土を恩賞に期待していた者も、実際に行ってみて驚いたようです」

するとと三成が声をひそめていう。

「かように寒いところは、命をかけて手に入れたいとは思わぬ、とみないうておる」

それが武将たちの本心だ。明石則実とも、そんな話をしたことがある。

三成は言葉を続ける。

「わが国からは海を渡らねばならぬうえに、明国とは地続きで、いつ明国が攻め入ってくるやもしれぬ。名護屋に援軍を要請しても援軍が到着する前にやられてしまう、ともいうておったわ」

広英も同じことを思っていた。

「無益な戦は早々に終わらせるべきだと思っておるが、殿下はまだ続けたいご意向でな。頭が痛いわ」

「そこを、なんとかしないと」

「うむ。明国とはなるべく早く講和を結ぶように、骨を折っているところじゃわ」

三成は参ったな、とでもいうように口をへの字にした。

「戦続きでわが国は疲弊しております。ここは、渡海していくより国内の政《まつりごと》をしっかりやらねばならぬときかと思います」

広英の言葉に三成もうなずく。

「いかにも。朝鮮へでかけている場合ではないのじゃ。そのことに、殿下は気づいてくださらぬ。困ったものじゃ……」

三成はため息まじりにいうと、ため息とともに黙ってしまった。

秀吉の意向と違うことをやろうとするのは、三成といえども簡単なことではないのだ。

三成がひとりごとのようにぼそっという。

「殿下は徳川殿の術中に、まんまとはまってしまったのじゃ。それに気づいていらっしやらない」

「徳川殿の術？　どのような術に」

「有力大名をみな渡海させて、自分は残る、という術じゃ」

なるほど、と広英も思う。徳川家康と前田利家《まえだとしいえ》という大大名のふたりが渡海しないのは、なにか妙だとは思っていた。家康は秀吉の渡海には反対したと聞いている。内心朝鮮渡海に反対している者でもみな文句も言えず、命じられれば黙って渡海した。それが徳川氏は渡海していない。

「西国の大名たちが戦役で疲弊していく中で、徳川殿は、軍費と兵を使うことなく力を温存させている。貯《た》まりに貯まった資金と兵と武器を使うべきときを、待っているはずじゃ」

三成の目には徳川家康が見えているのだろう。怖い顔で虚空をにらんでいる。

「朝鮮出兵が終わったら、徳川殿は間違いなく戦を仕掛けてくる」

「なんのために」

「もちろん、天下を乗っ取るためじゃ」

「それを殿下はお許しになるのですか？　徳川殿の動きに気がつかないわけはないでしょう」

「それくらい殿下もおわかりになっているはずだが、今は術にはまってしまって、そこまで考えられなくなっている」

「徳川殿は、どのようにして殿下に術をかけたのでございますか」

「取引じゃよ。殿下と徳川殿とのな。朝鮮出兵に反対していた徳川殿が、あるときから反対しなくなった。おかしいんじゃよ。どうも臭う」

朝鮮に出兵したくて仕方ない秀吉が、家康に持ちかけたのではないかと三成はいうのだ。

「おそらく、殿下が切りだしたのだと思う。もし賛成してくれたら、おぬしらは渡海せんでもええ、とな。徳川殿と前田殿に」

広英は目を丸くした。

渡海しなくてもいいと事前に約束されていたら、他の大名たちが異国で苦戦しているというのに、自分は名護屋までいくだけで、そこから先の過酷な戦場のことは考えなくていい。兵の命を危険にさらすこともないし、多大な軍費も使わなくてすむ。

「なるほど。あの大大名ふたりが、どうして渡海しないのか実に不思議でした」

「殿下との間で、そういう密約があったのではないかと思うのよ」

「石田さまもあずかり知らぬところで結ばれた密約ですね」

「そういうことだ」

三成はお手上げ、というように肩をすくめてみせる。

「こたびの朝鮮出兵は、徳川に、豊臣をつぶす資金と兵力を際限なく与えているのと同じじゃわ」

「殿下ともあろうお方が、そこに気づいておられないのでしょうか」

うーむ、と三成はしばらく考えていたが、なにか思うところがあるように、じっと畳を見たまま答えた。

「十年前の殿下なら、そのあたりはぬかりなかったと思う。今は……先のことやまわりのことは考えられなくなっている。まるで目の前のおもちゃに夢中になっている幼児《おさなご》のようだわ」

いいたいことはたくさんあるのに、言葉にしたのはほんの一部だという気がした。

三成がふっと口から漏らした。

「殿下は……わかっておられるのかもしれぬな。ご自分の先は長くはないこと、自分が消えたら豊臣も終わりだ、ということも。今回の出兵が最後のわがままだと、ご自分も承知していらっしゃるのではないかと思う」

長年、秀吉の側近として側《そば》に仕えてきた三成だからこそいえる言葉だと広英は思った。

「豊臣は終わりだと、殿下ご自身が思っておいでになるのですか」

「そうよ。あとを継ぐ者がおらぬ。お拾いさまでは天下は治まらぬ。それも承知しておいでだ」

「それで最後のわがままを？」

「殿下にはおやかたさまが見えるんじゃよ」

　おやかたさまとは織田信長のことである。

「明にでていくことは、おやかたさまが考えておいでになったことだ。それを殿下はかなえたいんじゃ」

　信長の名前がでてきて、突然、龍野時代に戻ったような気がした。あのころは秀吉も若かった。知力も武力も充実し、秀吉は連戦連勝、信長の家臣団の先頭を走っていた。

「二十年前の殿下ならできたかもしれぬが、人は必ず年をとる。今の殿下では無理じゃ。高麗や明を征伐する力はない……」

　三成が黙ってしまった。秀吉の側近として間近で天下人を見てきた男だ。すべての言葉が重かった。苦労も多いだろう。

　広英はあたりを見回して、話題を変えた。

「ここは太閤殿下の隠居屋敷と聞いておりましたが、城のようではございませぬか」

「そうさ、当初は殿下は隠居屋敷のつもりだったが、途中で城にすることにしたのだ」

　三成は顔が色白で、目が大きい、はっきりした顔立ちの美男である。知的な印象を与える三成が、眉をつり上げていった。

「城ですか？」

「そう、伏見城だ。殿下は、大坂城をお拾いさまに与えるつもりでおられる。それで、伏見の隠居屋敷をご自分の城にするおつもりなのじゃ」

なるほど、子供が生まれて計画変更ということか。

「隠居とは口だけ、当分、隠居するおつもりはないだろう」

それで、隠居屋敷を城に造り替えているところだという。

「どんな城になるのやら、思いもつかぬわ。殿下の意のままじゃからな。それだけではないぞ。城下町の整備も始めるつもりでおられる。彌三郎殿も、伏見屋敷を建てるように沙汰があると思うが」

広英はうなずく。さっき、秀吉にいわれた。

「大坂城は、堀や二の丸、三の丸の普請も始まっておらぬ。まだまだ普請は続く。大坂と伏見で同時に城を普請し、双方の城下町の整備もやらねばならぬ。おまけに、朝鮮に出兵している。いったい、殿下の頭の中はどうなっているのか、想像もつかぬわ」

朝鮮で戦争をやりながら、日本では大土木工事を大坂と伏見でやる。太閤が精力的な人間であることは承知しているが、急ぎすぎているようにもみえる。

「今、外でやっている大がかりな土木工事も、伏見の城下町作りですか？」

「そうよ。あれは宇治川《うじがわ》の流れを変える工事じゃ。伏見城の外堀とするおつもりなのじゃ」

「宇治川を外堀にするとは大がかりな」

宇治川は琵琶湖を源流とする水量の多い川である。その流れを変えるとなると、簡単な工事ではないはずだ。

「それだけではないぞ。伏見城下に港を造るのだ。さすれば、大坂からの荷物を、淀川を通って伏見まで船で運ぶことが可能になる。殿下はさらに、巨椋池《おぐらいけ》の中を南北に縦断する土手を造ろうとなさっておる。土手の上を、都から奈良へ通じる大和街道とするおつもりじゃ」

琵琶湖から流れでた宇治川は、やがて京都盆地に入る。そのあたりは京都盆地の中でも最も低い土地で、宇治川は巨大な遊水池を作る。これが巨椋池である。巨椋池の西側では、桂川と木津川が合流して淀川となり、大阪湾に注ぐ。巨椋池は満々と水をたたえた巨大な池だが、昭和に入って干拓され消滅した。

「巨椋池の上に街道を作られるとは。なんということをお考えになるのでしょう」

「まったくじゃ。殿下がなにを考えておいでになるのか、われらにはわからぬわ」

秀吉は新たに大和街道を造って、それまでの大和街道は廃した。旅人はどうしても伏見城下を通らなければ奈良へいけないようにしたのだ。

「殿下はもうろくしたのではないか」という噂について、三成の意見を聞きたかったのだが、聞くことはできなかった。

竹田城へ戻る前に宗舜の顔を見ておこうと、広英は相国寺へ向かった。

ここのところ、朝鮮に渡っていたこともあって、宗舜には会っていない。

相国寺の玉龍庵を訪ねると、宗舜はなにやら忙しそうにしている。

「お邪魔みたいだな」

広英が遠慮がちにいうと、宗舜は玄関に立っている広英の手を引っ張って上にあげる。

「なにをいうとるか。久しぶりではないか。積もる話もあるであろうに」

「たしかに、久しぶりだな」

「ゆるりと語りあおうぞ、といいたいところだが、明日、江戸へ発《た》たねばならぬので、その仕度をしているところだ」

江戸と聞いて広英は驚く。広英自身、江戸へいったことはない。小田原攻めで小田原まではいったことがあるが、その先へはいっていない。

「江戸とは、なにゆえに」

「江戸の内府殿のお招きだ」

内府殿とは徳川家康である。

「ついでに、江戸見物をしてこようと思っている」

「内府殿が宗舜殿を招くとは。儒学の講義でもしてくれというてきたか」

「そんなところだ。今年の夏、名護屋にいっておったのだ。そのとき徳川殿に会うことがあってな」

そこで江戸へ招かれたという。

「名護屋へいったとな。寺の勤めでか？」

「寺とは関係ない。羽柴秀俊《ひでとし》殿の守り役として従ったのだ。名護屋城がどんなものか、この目で見たかったからだわ。それに彌三郎殿にも会えるかと思うたしな」

宗舜は学者でありながら行動力がある。思ったらすぐ実行する。

「名護屋にいったら、彌三郎殿は渡海しておったわ」

残念そうにいう。

宗舜が守り役として従った羽柴秀俊は秀吉の妻、おねの甥《おい》で、後の名は小早川秀秋《ひであき》。関ヶ原で西軍の敗因を作った男として知られている。このとき十二歳だった。宗舜は秀俊の家庭教師役として名護屋へ随行していった。

「秀俊殿は、なかなか良き若者だったぞ」

宗舜のいうことはよく聞いたし、敬意を持って接してくれたという。宗舜は秀俊に書を教えていたという。

「ちと困るのは、気持ちが高ぶると自分でも抑えが利かなくなるらしゅうてな」

秀俊は秀吉の縁者として、若いけれど優遇されていた。広英は、顔は知っているが話をしたことはない。

「実のところはな」

宗舜が声を潜めて秘密めかしていう。

「関白秀次殿がいろいろいってくるのでな。やれ詩を作れとか、相国寺でまた詩の会を持ちたいとかな。それがうっとうしくて名護屋へ逃げた、というのが本当のところよ」

宗舜が秀次を好きではないらしいことは、前に宗舜から聞いている。

「秀次殿は文武両道、学問も武術もお励みになっておいでになると聞いている。書物を蒐《しゅうしゅう》集していることでも知られている人物だが」

「私もそう聞いておったが、期待はずれじゃった。関白になられて人が変わられたようだな。ことに秀吉公にお世継ぎが生まれてからは、持病の喘息《ぜんそく》が悪化してな、政務を忘れたかのように数ヶ月も湯治にでかけとるらしい」

秀次の持病である喘息の発作が、最近は一日に何回も起こるようだということは広英も聞いている。

秀次とは個人的に親しくはないが、彼の立場を思うと、喘息がでるのも無理はないとも思う。広英は宗舜にいう。

「しかし、秀次様のお気持ちもわからぬでもないな。秀吉公のことだ。養子の自分より、わが子に跡を継がせたいと思うておるであろう、いまに自分は排除される、という不安が常に頭から離れないのではないかな」

「それなら相国寺で僧を集めて詩を作らせたりしないで、さっさと自分が出家でもしてしまうべきだろう。が、まあ、あの男には無理だろうな」

宗舜の秀次評は辛口である。

「関白になってから、取り巻きもできたであろうし、すり寄ってくる者もいるであろう。まわりからあがめ奉られることに慣れてしまうと、一介の修行僧にはなれぬわ。侍《はべ》らせておる女人も、四十人とも五十人ともいわれておるしな」

「そ、それほど多数の女人を？」

「そうよ。なんといっても天下の関白様だからな。親が喜んで娘を貢ぎ物として差しだしてくるらしいわ」

都にいる宗舜は、広英の知らないこともいろいろ知っている。

「ところで、彌三郎殿。朝鮮はいかがであったか。寒さがわが国の比ではないというではないか。彌三郎殿も苦労なされたに違いない」

「いろいろあったわ」

虎に襲われそうになったこと、降ってきた石が広英に命中して怪我《けが》をしたこと、寒さと飢餓で、自分も兵も命がけの毎日だったことなどを話した。

宗舜も、朝鮮から戻った他の者たちから、悲惨な戦場の様子はすでに聞いていた。

「秀吉公こそ渡海すべきだろう。太閤殿下はなぜ渡海しないんじゃ。大将たる者、戦場がどうなっているか、みずからの目で確かめてこそ指揮できるというものではないか」

そのとおりだと広英も思う。実際に秀吉が戦場の現実を知ったら、朝鮮出兵など意味がないことを知ってその場で戦の終結を宣言するだろう。

「われわれは帰国しましたが、今も朝鮮に残って守っている隊もおる」

「それが、伏見では茶会だの能楽だの、命がけで戦っている者のことなどうち忘れているのだからな。彌三郎殿は朝鮮出兵に賛成か？」

宗舜が真顔でたずねる。なにを今更な質問である。

「私が？　賛成しているように見えるか？」

「賛成しているから渡海したのだろう、と思うのが普通ではないか」

「それほど簡単な話ではないわ。賛成しているのは、渡海した武将の中でも一握りの者だけだ。朝鮮に今の数倍の領地を賜ることができるかもしれぬと思っている者がな。将来の広大な領地を夢見て渡っていく。しかし多くの武将たちは、朝鮮に領地をもらっても少しもうれしくない、辞退するつもりだといっている」

「まことに？」

「まことだ」

「ならば、無益な戦は即刻やめるべきではないか」

「ところが、殿下はやる気満々。そういう殿下をお諫《いさ》めできる者がひとりもいないのだ。小一郎様も利休様も、みまかれてしまったからな。帝《みかど》も反対だと聞く。帝のいうことにも聞く耳持たずだ。今、異議を唱える者はだれもいない。反対したら、だれであろうと即座に首が離れる」

「徳川殿は？　渡海には反対だったのではないのか？」

徳川の名前がでて、さっき三成から聞いた「密約」を思ったが、口にはださなかった。

「徳川殿は殿下の渡海には反対されたが、みずからも渡海しない」

「そうだろうな。みなが渡海しても、自分は渡海しないで残る、というのが徳川殿が今、一番望んでいることだからな。渡海した者たちが戦で疲れ切ったころ、自分は無傷で立ち上がるためにな」

宗舜も三成と同じことをいう。

「徳川殿はなかなかの人物だとは思った。しかし、わしは好きになれぬな」

宗舜は名護屋で家康に召されて対面したときのことを思いだしているらしい。

「徳川殿のなにが気に入らないのだ」

「鋼のようなしたたかさと、黒光りするほどの腹黒さ」

「しかし、天下は『いい人』では治められぬ。政をするには、腹黒さも必要であろう」

「だから、天下人は好きになれぬ」

広英はうなずいた。

こう言い切れる宗舜が羨ましい。思っても、広英は口にだすことができない。弱小なりとも大名であるからには、家臣のこと、お家のことを第一に考えなければならないのだ。天下人は好きか嫌いかではなく、黙って従うしかないのだ。

「秀吉公が亡くなったら、次はわしが天下をもらう、と顔に書いてあるのが見えるじゃろが。巧妙に隠してはいるが、徳川殿は虎視眈々《こしたんたん》と天下を狙っておる。それくらい、みなにもわかっているであろう」

徳川が豊臣政権のあとを狙っているのは、みなが感づいている。声にださないだけである。このたびの朝鮮出兵にかりだされた武将の中には、明に野望を持つような首領はいらぬ、早く「だれか」と交替してほしい、とひそかに願っている者もいる。その「だれか」がだれになるのか。このままでいけば今の関白・豊臣秀次、ということになろうが、秀次は秀吉がいるからこそ成り立つ関白である。秀吉がいなくなったらどうなるかわからない。そのことは秀吉も秀次も承知しているはずだ。

「秀吉公もお年だ。なにが起こるかわからぬ。秀吉公が亡くなったら、天下はふたつに割れるであろうな」

「ふたつとは、豊臣方と徳川方と？」

広英の問いに宗舜はうなずく。

「もし、ふたつに割れることがあったら、彌三郎殿はどちらにつくおつもりじゃ」
宗舜は難しい問いを投げかけてくる。どちらにつくか、広英の気持ちで決まるという
より、すでに決まっているように思う。
「赤松家が大名に戻れたのも、秀吉公のおかげだと思っている。徳川にはなんの縁《ゆかり》も恩
もない。ゆえに豊臣方になるだろう。妻の兄が豊臣の重臣でもあるし」
広英の妻の兄は宇喜多秀家である。今回の朝鮮出兵では日本軍の総大将をつとめてい
る。豊臣政権の中でも若くして重用されている。このとき二十二歳。
「わしは武士ではないゆえに合戦には参加せぬが……天下を二分するような戦になれば、
彌三郎殿のような大名は、どちらにつくかで後のお家《いえ》の存続も決まる。しかと考えね
ば」
いつになく宗舜が深刻そうな顔をしていう。
「宗舜殿は、秀吉公が亡くなられた暁には天下が割れるような戦が、『必ず』や起こる、
とお考えか」
広英は「必ず」というところを強調していう。
「うむ。徳川殿にお目にかかって確信したわ。必ず起こるとな。もし起こる気配がなか
ったら、徳川殿みずからが興すじゃろう。それに徳川殿は、天下をとったあとのことも
すでに考えておる」

なんと、天下をとったあとのことまですでに考えているとは。

「わしが今回、江戸へ呼ばれたのは、徳川殿に『貞観政要』を講義するためなのだ」

『貞観政要』は、広英も宗舜から読むように勧められて、少しずつではあるが読んでいる書物だ。民を治める者としての心得、考え方などが示されている。中国唐の時代に著されたものだ。

「ほかの大名たちが束になってかかっても、徳川殿にはかなうまい」

「ということは、私は豊臣につくより徳川についたほうがいい、と宗舜殿はお考えか」

現在、豊臣方に立っている広英としては、この点を一番知りたい。宗舜がどう思っているか。

「うーむ」

広英の問いに、宗舜は額を押さえてうなった。

「それが難しいところだ。わしが徳川につけ、といって彌三郎殿は豊臣を捨てられるか？　彌三郎殿は忠義に篤《あつ》い人柄ゆえ、豊臣のご恩を裏切ることはできぬであろう」

「それより、儒学を説いておいでの宗舜殿が、豊臣を捨てよというとは思えませぬが」

宗舜はなにもいわずにうなずいた。

しばらくして言葉を続ける。

「儒学を信条としている者でも、実際にはどうなるかわからぬ。豊臣に恩義を感じている者はたくさんいるが、ご恩は過去のこと、今はどうすべきか、と割り切って決める者もいるだろう。本能寺のときの明智殿を思い出されよ。娘を細川家の嫡男に嫁にだしている。しかし細川家は、明智殿には味方しなかった」

本能寺の変が起こり、大名たちは明智光秀につくか、羽柴秀吉につくか、どちらが得策かを考えて動いた。光秀は、同僚で親戚でもある細川家は自分の味方になると思っていたのに、細川幽斎《ゆうさい》と忠興親子は光秀に味方しなかった。

「幽斎は息子の妻の実家は切り捨てて、みずからの家を守り抜いたのだ。幽斎は処世術に長《た》けていたということでござろうが……」

宗舜はすべてをいわずに言葉を切った。

「私の妻の実家は宇喜多氏です。宇喜多氏が徳川氏と死闘を繰りひろげているときに、徳川氏に与《くみ》することができるかどうか……難しい話です。すぐには答えはでませぬ」

「難しい話だが、決めねばならぬときが参りますぞ」

「わかっておりまする」

広英は考えながらうなずいた。

「名護屋へいってよいこともありましたぞ」

宗舜が明るい声でいう。

「大明国からの使者と話ができました」

明の使節と宗舜との会話は、すべて筆談で意思の疎通ができたという。

「わかったことがありまする。儒学はわが国では寺院の学僧が研究している。学んでいるのは漢《かん》の時代に研究された古い儒学書ばかり。それが、時代を経て、今や明国では新しい解釈がなされているらしい。明国で学ばれている今の儒学がいかなるものか、もっと詳しく知りたいと思いました」

宗舜は目を輝かせて話す。

「最澄《さいちょう》殿も空海《くうかい》殿も、遣唐使として唐に留学しました。明国へいけば学ぶべきことがたくさんあるにちがいないのです。機会があれば、ぜひとも明国へいってみたいと思いまする」

宗舜は思い立ったら実行してしまう。この男は、近いいつか、明国へいくのではないかと広英は思った。


宗舜と別れて、広英は竹田城へ戻った。

館へ帰ると、竹田城改修を急ぐように、と秀吉から命じられたことを家老たちに話した。

「なんと、資金は心配ないということでございまするか」

丸山が信じられない話だ、と目を丸くする。

「早く再開するようにと、太閤殿下は命じられた。さっそく城造りを再開せねばならぬ。普請奉行を新たに決めたほうがよかろう」

「すぐに人選をして、手配いたしまする。石垣は穴太衆を呼んで、止まっている作業の続きをやらせまする」

「殿下にお見せできるように仕上げねばならぬ。雪が降る前に段取りを考えて、雪が解けたらすぐに取りかかれるようにするのがいいだろう」

思えば、自分は竹田城主とはいいながら、合戦で外へ出ていることが多かったために竹田城にいることは少なかった。太閤殿下が大坂城を造ってからは大坂城下に赤松屋敷を持ったし、今度は伏見城下へも屋敷を持つことになる。竹田にいる日がますます少なくなりそうだが、それでも自分の本拠地は竹田城である。ここにいなくとも、常に心は竹田城にある、と思っている。竹田の城も、川も、山も、田畑も、民も、すべてが広英にはいとおしい。

戦いのための城ではなく、民をしあわせにする国造りのよりどころとして造れ、と太閤殿下はいわれた。そういう城を造ろう。

竹田城の縄張り図を見直し、新たに付け加える曲輪《くるわ》などの構想を練って、正確な縄張り図を作り上げた。この絵図に従って作業を進めていけばよい。

搦め手の南門および南千畳と、本丸の西にある花屋敷が、まだ以前のままで手がつけられていない。これを形にせねば。南千畳のとなりにある武術の鍛錬場はできあがっている。

作業にあたって、広英や重臣たちは、朝鮮出兵で日本軍が作った倭城《わじょう》を手本にしながら考えた。

竹田城へ赴任当初、広英が調べさせておいた石取り場が山頂近くに六カ所ほど見つかっていた。石垣造りに必要な石を遠方から運んでこなくてすむ。これは大変助かる。

城にとって最も重要なものは水。籠城のときは水の手が断たれると籠城側は乾《ひ》あがってしまう。竹田城には北千畳に井戸がある。

ほかには、西の大路山《おおじやま》にある水源から、銅管を使って水を城まで引いている。水源から竹田城まで二キロほど、銅管は地下に埋設して見えなくしてある。水源には千眼寺《せんがんじ》という寺を建てて、ここが竹田城の水源だと簡単にはわからないように工夫してあった。

これらは、竹田城築城当初の太田垣氏の時代に造られたものと思われる。広英はこの水源と水路を利用するつもりでいるが、新たにもう一カ所、水源を確保する必要があるかもしれない。

穴太流の石垣造りは、素人集団である農民の日役ではできない。石積みの専門家集団が必要だった。

全国から石積みの専門家である石工《いしく》の棟梁《とうりよう》が百人ほど集められた。棟梁たちは自分の工人たちを連れて竹田城へ集まった。

いよいよ石垣造りが始まった。広英も様子をみるために日に何度か登城する。ときには作業を手伝うこともある。

城山の山頂には大小の作業道具が置かれ、数百人の石工、日役の領民、炊きだしの係などで賑わっている。

城山の頂上を平らに削ったところに、山の起伏に従って階段状に曲輪が配されている。そこへ石垣を積むのである。石を削る音、鑿《のみ》や木槌《きづち》の音、みなのかけ声、頭を呼ぶ声などがあちこちで聞こえる。空は青い。活気があって、こんなに気持ちがいいことはない。朝鮮の戦場と比べると天と地の差がある。

多数の木材を使い足場を組んで、それまでの土の基礎の上に石垣を組んでいく。石組みをやるのは石工たちである。石工たちは棟梁ごとに組に分かれて分担して石を積んだ。石切場から石を運んでくるのは日役の農民たちの仕事である。農閑期の農民たちに対して、広英は一日六文の日当をだした。毎日、仕事が終わると払った。

農民たちが話している。

「お城がきれいになって、おらたちも日当をもらって、こんなにうれしいことはないねぇ」

「今までの殿さまは、日当なんてくれなかったしねぇ。今度の殿さまは、みなのことを考えてくれてる」

「そうや。前の殿さまは、自分のことしか頭にないみたいやったねぇ」

「殿さまっちゅうのは腹黒いもんやと思ってたら、赤松さんみたいな殿さまもいるんやねぇ。驚いたねぇ」

農民たちの会話が広英の耳に入ることもあったが、広英はあたりまえのことをしている、としか思っていない。

広英は石工が石を組んでいくところを見て、感心することしきりだった。

自然石で積まれた無理のない石積みは美しい。近くへ寄ると、石の形は様々で石と石の間にすき間がたくさんあるのに、離れて見ると、こんなに美しい石垣は見たことがない、というくらい優雅で美しい曲線を描いているのだ。決して出しゃばらず、寡黙な武将のように城を支えている。

円山川をはさんだ対岸の山から見たとき、天空に浮かぶ孤高の城に厳しさより優しさを強く感じるのも、この石垣のわずかな反りや緩やかな石組みによるのかもしれない。

広英は、天守の石垣も、ほかの曲輪も、すべてこの穏やかな反りを見せる石垣にしたいと思った。この石垣を見たとき、なぜか、父の「天下泰平」という語が浮かんだのだ。今まで見たことのないこの石垣の優しい反り具合が、天下泰平に通じる気がしたからにほかならない。

石垣のはるか奥深くまで届くような、驚くほど細長い石が配されているところもある。

石垣の表面には大きな石を使うが、その奥には細かい石がぎっしりと詰まっていることも知った。

「見えないところに、いろいろな工夫があるのだな」

広英が感嘆していうと、石工はうなずく。

「そうでさ」

「細かい石を詰めるのは、なんのためだ？」

「水はけをよくするためと、石垣にゆとりを持たせるためですな」

「石垣にゆとり？」

「へえ。きっちり詰まってるのはようないんですわ。遊びがあったほうが、地震にも耐えられますし」

「なるほど」

細かい石は排水と弾力性を高めるために入れるらしい。

「美しい反りだな」

広英は石垣に手を置いて、その感触を確かめるようにいう。

「そりゃもう」

石工もこの反りが気に入っているらしい。自慢げにいう。

「この反りは他の城では見たことがないが」

「そりゃ、殿さま。ここの石だからできるんですわ」

「どういうことだ」

「この石が」

石工はころがっている握りこぶし大の石を拾うと言葉を続ける。

「こいつが、自分で反りを決めるんでさ。ほかの城で同じ反りを出せ、いわれてもできねぇ。だから反りは城ごとに違うんですわ」

広英は感心しながら石工の話を聞いている。

「不思議に思うのだが、石を積むとき、そちたちは適当にやっているのか？」

「いえいえ、適当ではありませぬ」

「では、どこにはめるか、頭を使って考えるのか？」

「いえいえ、頭を使ったらあきまへん。聞かなあかんのですわ」

「聞く？　なにを聞くのだ」

「どの石も、どこへいきたいか、自分でいうのですわ。あそこへいきたい、次はわしじゃ、みたいにね。わしらは、そこへはめてやればいいんですわ」

初めて聞く話に、広英の目が丸くなる。

石がいっていることが聞こえるというが、修練を積んだ者でなければ聞こえないのだろう。

広英は作業現場を見渡した。石工たちは、みな真剣な顔で黙々と石積みの作業をしている。今、みな石の声を聞きながらやっているのだ、と思うと、声をだすこともはばかられる。

広英は毎日、山の上に登った。日々、作業が進んでいくのを見るのが日課になった。自分もなにか手伝いたいと思うのに、手伝えるようなことは少なかった。

朝鮮に渡った日本軍は大部分が帰国した。まだ朝鮮に残っている隊もある。戦は行われていなかったが、朝鮮に日本式の倭城を築き、駐留していた。

そんなとき、竹田城にいる広英に招集がかかる。

城のふもとにある居館の執務室で広英が書状を読んでいると、家老の丸山が心配そうにいう。

「再び出兵でありますか」

「いや、違う。太閤殿下は花見の宴《うたげ》を吉野《よしの》にて開かれるという。大名、公家《くげ》にも花見に参列するようにとのお達しだ」

「花見？　でございますか？　朝鮮に出兵したままの兵もいるというのに？」

「うむ」

朝鮮出兵が終わったわけではないのに、祭り好きな秀吉は、春になってじっとしていられないのだ。

「また仮装をせよ、というのでは」

「そのようだ」

「殿下は仮装で遊ばれるのがお好きなようですな」

秀吉は仮装をしてはしゃぐのが好きだ。名護屋城でも、渡海して戦っている武将たちがいるというのに、城下に残っている武将たちを相手に仮装の会を開いた。みずからも瓜《うり》売りに扮《ふん》して楽しんだ。

「呼ばれたら行かねばなるまい」

「さようでござりますな」

「どんな仮装をするのがいいか、考えておいてくれ。そちに任せる」

丸山は困ったような顔をする。広英はじめ家臣一同もみな生真面目で、仮装など頭をひねっても思いつかない、という者ばかりである。それでも、なにか考えださねばならない。


文禄三年二月二十七日、秀吉は吉野へ花見にでかけた。

派手好きな秀吉らしく、大名や公家、総勢五千人の供を連れていった。広英もそのひとりになっている。徳川家康や伊達政宗《だてまさむね》、宇喜多秀家などの大名衆だけでなく、茶人や連歌師も連れている。茶会や連歌の会を開くつもりなのである。

吉野の吉水院が本陣になり、一行は寺や僧坊に宿泊した。

花見だというのにあいにくの雨で、室内で茶会や能の会を開いているが、雨が三日間降り続いている。いつまで雨が降り続くのだろうか、とだれもが思った。吉野に滞在するのは五日間の予定である。

広英は花見の本陣が置かれている吉水院の玄関脇の部屋に詰めている。警護の役を仰せつかっていたのだ。雨なので外出する者も少ない。先ほど、石田三成が供を連れてでていったくらいである。

半刻《はんとき》（約一時間）ほどして、三成が戻ってきた。着物がだいぶ濡《ぬ》れている。広英は手ぬぐいを差しだした。

「かたじけない。雨は止《や》む気配をみせぬな」

三成は玄関先から灰色の空を仰いでいう。

「これでは殿下の堪忍袋の緒が切れまするな」

広英の言葉に三成がうなずく。

「すでに切れておるわ。涼しい顔で茶会をやっていても、腹の中は腸《はらわた》が煮えくりかえるようになっておいでじゃ」

そういう秀吉の側に仕える三成は立派だな、と改めて広英は思う。

「吉野の全寺社に『晴れ乞い』をするように頼んでくるようおっしゃってな。雨が止まなかったら全山焼き討ちにするとまで仰せだ」

「なんと。それでこの雨の中を」

「『晴れ乞い祈願』をすぐにやってくれるそうだが、どうしてもっと早く気を利かせてくれなかったのか」

雨にならないように祈願して当然ではないか、と三成はいいたいのだろう。

濡れた着物をぬぐい終わった三成が手ぬぐいを返してよこす。

「殿下は、この花見のために一年前から準備しておられたからな」

「一年前からですか?」

どういうことだろうと思ったら、三成が言葉を続ける。

「昨年、殿下は下見をしておいでだ。吉野はほとんどが山桜であることを知ると、大坂から数千本の枝垂《しだ》れ桜を持ってきて植樹された」

「なんと。それは大変な熱の入れようでございますね」

「殿下はなにをやるにもとことんおやりになる。ご自分が納得するまでやられるから、最後の仕上げである花見の宴が雨になっては幕が下ろせないのだ。この悪天候に腹を立てていらっしゃる」

なるほど、と広英はうなずく。秀吉が派手な興行好きなことは知られている。仮装大会も好きだし。今日の花見のために、事前にそこまで下準備をしていたとは。

「この雨が止むかどうか、吉野の全寺社の威信がかかっている。明日は止んでくれないと困る」

もう一度空を見あげる三成の顔には、「殿下のお守りも大変だ」と書いてある。

翌日は、晴天祈願が効いたのか、雨が上がった。これで花見の宴が開催できる。

秀吉が喜んだのはもちろんだが、三成はホッと胸をなでおろしているだろう、と広英は三成のことを思わずにはいられなかった。

吉野の花見は大盛況で終わった。


広英が秀吉に会った伏見の隠居屋敷は、城郭へと変えられつつあった。

広英たち大名は伏見城普請の分担をさせられ、広英は二百人を送っている。同時に、大名たちは城下に大名屋敷を建てることを命じられ、聚楽第から引っ越してきた。

広英は竹田城の普請を行うと同時に、伏見城の普請も分担し、さらに十二月に入ると赤松伏見屋敷の普請も並行して行うことになった。そのために、ここのところずっと、竹田と伏見を往復する生活だった。

七月のある日、宗舜が竹田城へやってきた。有馬温泉にいった帰りに立ち寄ったのだ。

宗舜は中風の持病があって、湯治に有馬へ行くことがある。以前も、湯治の帰りに竹田城へ立ち寄ったことがあった。

城に上がって作業が行われているのを宗舜も見て、「こうやって城はできるのか」としきりに感心している。今日は農民たちの日役はなく石工たちが石垣を積んでいるだけである。石垣はだいぶできている。いくつかの曲輪も建物ができている。天守は羽柴秀長が造らせたものを改修し、未完のままだった天守台の石垣も完成していた。

「だいぶ城らしくなってまいりましたな」

山頂を歩き回った宗舜が満足そうにいう。

「まさしく彌三郎殿に似つかわしい城ですな」

宗舜はうれしそうにいった。広英も、もちろん、うれしい。

天守にのぼって、竹田の町並みをふたりで見ている。

昼下がりの城下町は夏の日差しを浴びて、まぶしく輝いている。朝鮮の凍てつく戦場を思いだすと、まるで別世界である。

「宗舜殿の手の具合はどうなんだ」

「これから先、よくなるということは望めない、と医者からいわれている」

「文字は書くことができるのか？」

「今のところは、なんとか」

宗舜のように学問をする人間が筆を持てなくなるのは、なによりつらいことだろう。それを口にだしたら宗舜が余計みじめに思うに違いないと、広英は口にはださない。

「薩摩へいこうと思っておるんじゃが」

宗舜の口からいきなり薩摩という語がでて、広英は驚いた。

「どうしてまた薩摩へ」

「薩摩からでている明との交易船へ乗りこんで明へ渡るつもりでいる」

宗舜は以前から渡明したいといっていたから、広英も驚かない。

「学問をするために？」

宗舜がうなずく。

「五山で研究しているのは漢の時代に学ばれていた昔の儒学だ。今、明ではどう解釈されているのか、今の儒学を学びたいと思っている」

宗舜のいうことはわかる。しかし、明へ渡るのは簡単ではない。朝鮮に渡るのとはわけが違う。秀吉が明を征服するために直接、明へ渡海せずに、朝鮮を経由して陸路で明へ入ろうとしているのも、明への渡海が簡単ではないからである。

「明までの渡海は、なかなか難しいと聞いている。船は大丈夫なのか？」

「薩摩は普通にやっている。大丈夫だ」

宗舜が心に決めていることは広英がなにかいっても変わらない、ということを、広英は経験的に知っている。一旦決めたことはやり通す。それが宗舜という男だ。

「相国寺は渡明を認めているのか？」

「いや。寺には内緒だ」

事後承諾ということか。宗舜の無謀とも思える計画にはあきれるが、止めても無駄なことも承知している。

「内緒で大丈夫なのか？」

「さて、どうであろうな」

宗舜は言葉を濁したが、これを聞いて広英は、宗舜は相国寺と袂《たもと》を分かつつもりでいるのだなと感じた。

「実は、一昨日、叔父と口論しましてな、仲違《なかたが》いに至りましたのじゃ」

「寿泉殿と仲違い？　いったいなにをいい争ったのですか」

「叔父は私が相国寺の僧としてふさわしくないと思っておられるのだ」

「なにがふさわしくないと」

京都五山では、宗舜は博覧強記の学僧として名が知られている。天才とも称されるほどである。

「相国寺の僧としてまず学ぶべきは禅である、と。それなのに、わしが禅より儒学に夢中になっておるのがけしからん、というのじゃ。叔父はわしが儒学をやることが気に入らないらしくてな」

なるほど、そういうことかと広英も納得する。

京都五山の学僧たちは、仏教と儒学とを研究しているが、あくまでも仏教研究のための儒学である。それを、宗舜は仏教より儒学を学ぼうとしてる。それが叔父にはおもしろくないのだ。叔父の寿泉は、相国寺普廣院第八世住職である。

「それで玉龍庵をでて、別な塔頭《たっちゅう》へ移りました」

妙寿院という塔頭だそうだ。

宗舜は玉龍庵をだされても、特に困ったとは思っていない様子だった。宗舜ほどの学僧なら、どこにいようとも評価され尊敬されるからであろう。


年が明けて文禄四年になった。

二月に広英の伏見屋敷ができあがった。

赤松屋敷のために秀吉から与えられた場所は、御舟入の近くだ。「御舟入」は、宇治川を上がって伏見城下へやってくる船の船着き場である。屋敷からは宇治川と舟を間近に見ることができた。

隣家は藤堂高虎の屋敷である。大名というより小名の広英は、大坂城下でも聚楽第でも、妻子が住んでいたのは借家だった。伏見でも、藤堂邸に比べたら赤松屋敷は数分の一という狭さだが、広英も家臣たちも、伏見に借家ではなく自邸を持つことができたことがうれしくもあり誇らしくもあった。

秀吉の隠居屋敷を改修してできた指月伏見城は、広英の屋敷からは三里（約十二キロメートル）ほど西にあり、城の天守を遠望することができた。

広英の母と妻、娘たちも大坂から伏見屋敷へ移ってきた。母は京の都に住めば嫁いだ娘のさこに会えるかもしれないと、伏見行きを喜んだ。

伏見屋敷が完成したとき、広英は客を招き、雅楽の演奏や歌の会を開き新築を祝った。娘たちは七歳と五歳。上の娘は箏《こと》の演奏をして客人を歓待した。

広英は宗舜も招いたが、宗舜は宴席からは外れたところで、なにか考えこんでいるのが気になった。

宴席も終わりになって、客が帰り始めた。宗舜も帰り仕度をしている。

広英は宗舜を玄関に送っていきながら、気になったことを聞いてみた。

「今日はなにかあったのか？　それとも、気分がすぐれなかったか？」

宗舜がおやおや、という顔で立ち止まる。

「彌三郎殿には私の心の中まで見えてしまうのですな。参りましたなぁ」

宗舜は苦笑している。

「なにがあったのだ。いつもの宗舜殿とはまるで違う」

「実は妙寿院で首座になりましたのじゃ」

首座といえば、その寺の首席の僧である。

「それは、おめでとうございまする」

広英は祝辞を口にするのに、宗舜は浮かない顔をしている。首座になったのがうれしくないように見える。

「どうされましたか」

「首座になったら大変じゃろうな、と思ってな。勝手なことができなくなるじゃろう」

広英は宗舜がいっていた渡明の志を思いだした。寺をうち捨てて、勝手に明へいくことができないかもしれないと思っているのであろうか。

「なにか心配事でも？」

「いやな。わしが妙寿院にいられるのも、いつまでかな、と思うてな」

「宗舜殿が妙寿院にいられなくなるとは、どうして」

「玉龍庵のときと同じよ。『禅儒』の『儒』にわしが夢中になるかもしれぬ。なったらまわりのことは忘れて没頭してしまうしな。『禅』を軽んじて、仏僧らしからぬ、といわれるじゃろ」

たしかに相国寺は禅寺。妙寿院の首座が禅より儒を重んじたらおかしなことになる。

そうなったらまたもや追いだされるだろう、と心配しているのか。

「なんと。もし、妙寿院にいられなくなったら、どうなさるのですか」

「弟子の家を渡り歩くか」

「行く当てはあるのですか」

「あるような、ないような……」

「ならば、この屋敷はいかがか。この赤松屋敷へおいでくだされ」

「ここへ来ていいとな？」

宗舜の顔が明るくなる。

「それはありがたい。寄宿させていただけるものなら、ぜひともお願いしたいものだ」

「いつでもここにおいでくだされ。で、宗舜殿は、これからは儒学と禅の両方の研究に励まれるのか？」

宗舜は首を振る。

「両方ではない。今は『儒』を学びたいと思うておる」

「『禅』ではなく『儒』ですか。宗舜殿が儒学にそこまで惹かれるのは、なぜでしょう。まるで、今まで学んできた仏教を捨ててもいい、といっているようにも聞こえますが」

「いかにも、そう思うておる」

宗舜が信じられないことをいっている。五山の僧の間でも、宗舜の学識の深さは一目置かれ、宗舜の名を知らぬ者はいない。学僧としての名声と地位を、宗舜は捨てるというのか。

「相国寺では、なにか不満があるのか」

「あるとも。彌三郎殿、この乱世を終わらせて、『天下泰平』を実現せねば、というたのを覚えておるか？」

「もちろん」

忘れるはずがない。実現は難しそうだが。

「この乱世を見よ。わしが学んだ仏教ではこの世は救えぬ。仏教は来世に極楽浄土を求める。しかしみなが望んでいるのはそんな遠くにある平安ではない。現世でこそ救われたいと、みな思っているのではないか。来世より現世だ」

そのとおりである。今のこの世が住みやすい国になってほしいと、だれもが望んでいる。

「そのためには儒学の教えが必要だと思うようになった。大名たちが儒学の教えにのっとって国を治めれば、今よりはるかに住みやすい国になるのではないかと思うておる」

宗舜のいうことは、広英にも理解できる。

「彌三郎殿のような大名が増えれば、乱世は消えていくのではないか」

「では、儒学で現世を救えると？」

「そう思うておる。天下は武力でなく徳によって治めるべきだと儒学は説く。為政者がこの教えを学んで実践すれば、住みよき国になる」

「ならば、私も儒学を学ばねばならぬな」

「そうじゃ。彌三郎殿も学ばれよ」

儒学は広英も幼い頃から学んでいるが、儒学が今の世の中を変える、とまでは思ったことはなかった。宗舜がいうように、儒学で乱世を終わらせることができるなら、本気で学ばねばならぬ、と改めて思った。宗舜にいったら、なにを今ごろいっておるのか、と叱られそうな気もするが。

広英は宗舜のために赤松屋敷の一室を提供した。

「この部屋は宗舜殿の居室として、お好きに使ってくだされ」

宗舜が感激したのはいうまでもない。

宗舜は妙寿院の首座でありながら、寺の用事がないときは赤松屋敷にいた。

宗舜がわずかばかりの身の回りの品を赤松屋敷の自室に運び入れると、広英は、宗舜のために身の回りの世話をする童《わらべ》と下男をつけた。

「なにかありましたら、この者どもにお言いつけくだされ。もし妙寿院にいられなくなるようなことになったら、ここで暮らして学問に没頭してくだされ」

宗舜が相国寺から追いだされるようなことになったら、広英が衣食住を支援するつもりだとわかると、宗舜は恐縮していう。

「そこまで心配していただくのは心苦しゅうござる」

「なにをおっしゃる。宗舜殿は私の師匠。弟子が師匠のことを心配するのはあたりまえのこと。宗舜殿には研究や講義など、好きなだけ自由にやっていただきたいと思いまする。これからかなえる天下泰平のために、儒学に明るい大名をふやしていかねばなりませぬ。つまりは、私の援助も天下泰平のためなのです」

そういわれると宗舜も返す言葉がないらしい。広英の好意を受けることにした。

伏見屋敷には宗舜がいて、家族もいる。農閑期には竹田で城造りに精を出しているが、今は竹田よりも伏見屋敷にいることのほうが多いくらいだ。伏見では家族が一緒に暮らせる喜びはあるが、女たちはあくまでも人質である。広英が間違いを犯せば、妻子も同罪で断ぜられる。妻子の命は広英にかかっているのだ。

宗舜が伏見赤松屋敷にいる、ということが世間に知れると、宗舜めあてに、文化人が集まり始めた。医師や学者たちが日参してくる。朝鮮出兵は終わったわけではなかったが、戦は中休み状態で、伏見は平和だった。

朝鮮から多くの武将たちが帰国してきたが、帰ってくるとき、百人、二百人という多数の朝鮮人捕虜を連れて帰国する武将たちがいた。捕虜の数は全体では七万人を超えたであろうか。技能を持った者は優遇された。たとえば、有田《ありた》、唐津、薩摩、萩《はぎ》などの焼き物は、このとき朝鮮から連れてきた陶工たちが興したものだ。多数の陶工が日本に連行されたために、朝鮮には陶工がいなくなってしまったという。

武将たちは捕虜を連れ帰っただけでなく、財宝を略奪し、大量の書籍を朝鮮から持ち帰った。当時、文化の先進国であった朝鮮の書籍は、まだ日本には知られていない知識、技術の宝庫だったのだ。

朝鮮侵攻の総大将、宇喜多秀家は書籍数十函《はこ》を持ち帰り、秀吉に献じた。秀家は広英の義兄である。このころ秀家の妻・豪姫《ごうひめ》が産後の肥立ちが悪く、なかなか治らないでいた。豪姫は前田利家の三女で、秀吉の養女である。豪姫の病気は秀吉の侍医・曲直瀬正《まなせまさ》琳《よし》が治した。秀吉は喜んで、病気を治した褒美として、秀家が持ち帰った戦利品の書籍を正琳に与えた。医学書や儒学書が多数あったからである。

本をもらった正琳は仲間の医師らと読もうとしたが、膨大な量の漢籍を読むのは簡単ではない。そこで彼らは、解読の助言を宗舜に求めた。

そういうわけで、医師や学者が赤松屋敷に集まってくる。

広英は書物も学問も大好きである。集まってくる文化人たちに自邸を開放し、妻や娘たちも、客人たちに茶をだしたり接待した。

伏見の赤松屋敷では学者たちの議論する声が聞こえ、活気があって、ちょっとした文化サロンの様相を呈していた。

このころ宗舜は「藤原惺窩《ふじわらせいか》」と称し、禅僧というより儒者として知られるようになっていた。広英も名前を改め、「赤松彌三郎広道」と称した。サロンに集まる学者たちからは「広道」と呼ばれた。道を究めたいと願ったのであろうか。

六月に入って、天下を揺るがすようなことが起こった。

秀吉の甥で関白の豊臣秀次に謀反の疑いが持ち上がったのだ。突然である。伏見城下は騒然とした。

秀吉に男子が生まれてから、秀次が精神的に落ちつきを失っていたことは家臣たちははじめ周囲は気づいていた。持病の喘息がひどくなり、長期にわたって湯治にでかけることもあった。広英も、秀吉と秀次の間になにか起こるのではないか、とひそかに不安に思っていたが。まさか謀反の疑いをかけられるとは。

秀次が罪に問われたら、家老や側近たちも同罪になる。

広英の脳裏に浮かんだのは秀次の後見役を命じられている前野長康である。長康の息子、前野景定《かげさだ》と豊岡城の明石則実は、秀吉から秀次付きの家老に抜擢《ばってき》されている。秀次の失脚は、前野親子や明石則実の危機でもあるのだ。

長康は広英の上司であり、合戦では同じ但馬衆として、長康の指揮下で行動をともにしてきた。以前は蜂須賀小六正勝とふたりで、秀吉という大きな車両の両輪のように動いていたが、正勝が病で亡くなってからは、秀吉の藤吉郎時代からの側近古老として、長康はひとりで秀吉を補佐してきた。長康は秀吉の元で数々の武功をあげ、人格的にも穏やかで家臣たちからも人望があり、広英も父親のように接してもらってきた。

それになにより、広英が竹田城主になれたのは、長康が自分に与えられた領地を広英ら三人の付将に分け与えたからにほかならない。

秀次の謀反の疑いが晴れればよいが……前野家のことながら、自分のことのように不安で、広英にも眠れぬ夜が続いた。

七月八日には、秀次は疑いが晴れるどころか、なんの申し開きも許されず、高野山《こうやさん》へ追われ、妻子らも捕らえられた。

高野山で秀次が関白職を返上して出家したと聞いて、広英は目立たぬように供をひとりつけただけで、夜、暗くなってから伏見城下にある前野長康の屋敷へ向かった。

前野屋敷で、広英は長康と一対一で対面することができた。

長康はどういうわけで広英が深夜に訪問してきたか、わかっている様子だった。

長康もまた眠れぬ夜を過ごしていたに違いないのに、疲れた様子も見せず、穏やかな表情をしている。

奥の書院に通された。

すぐに話を切りだす。

「こたびの秀次様の一件は、まことのことでございますか」

長康は口をへの字に結ぶと、「うむ」と押し殺したような声で答えた。

「青天《せいてん》の霹靂《へきれき》で驚いている」

「ご謀反、というのは偽りでございますか」

「むろん、秀次様がご謀反を考えているなど、ありえぬことだ。秀次様は、殿下の御跡を継ぎ、ただただ豊臣家のために、これまでも、これからも、お勤めする覚悟でやってこられた。それがいきなり……」

「無実なら、疑いを晴らすべきでは」

「それは、無理じゃよ」

長康が力なくいう。

「無理？」

「わしも、秀次様はいつわりなきお心で太閤殿下に尽くしてこられたことを殿下に直《じか》に申し上げたが、殿下はまったく聞く耳持たずだった。それでわかったのよ。秀次様の謀反が真実か否かは関係なく、殿下は秀次様を成敗する、とすでに決めておられるのだ、とな」

「秀次様を成敗？」

「高野山で御自害が命じられるであろう」

「なんと……無実の罪で死罪とは」

「秀次様御成敗の筋書きを作った者がおるのであろう。その筋書きが真実であろうとなかろうと、殿下はどちらでもよいのじゃ。殿下はその筋書きが気に入った。ゆえに、それに乗った、ということじゃ」

秀次が成敗されたら、前野親子も明石則実も死を賜るだろう。

目の前にいる男は、無実の罪で死を命じられても、粛々とそれを受け入れ、みずから命を絶とうとしている。受け入れることは簡単ではないであろうに、迷いや苦しみ、怒りは微塵《みじん》も感じられない。瞳は穏やかで澄んでいる。覚悟はできているのだ。

「秀次様が御自害なされば、秀次様の奥方やお子たちは」

「成敗されるだろう」

秀次は側室が多いことで知られている。

「お側室のすべてが、でございますか？　五十人ほどいらっしゃるのでは」

長康がうなずく。

「そうじゃ。女遊びが少々過ぎることもござったゆえ、大勢の側室を抱えておられる。有力な家の子女は、裏で実家が動いてすでに離縁させ、実家に連れ戻したと聞く」

「なんと……で、但馬殿の処遇はどうなるのでございますか」

「但馬殿」は前野但馬守長康のことだ。

「わしも、せがれも、自害するよう命じられるであろう」

長康はみずからの自害を、顔色一つ変えず事務的な口調で語る。

「殿下への長年のご奉公の最後に、御自害を命じられるとは納得できませぬ！」

広英は毅然《きぜん》としていった。

「彌三郎殿、納得できることは、この世の中には少ない。納得できぬことばかりじゃよ」

長康は穏やかな口調でいう。激しているのは広英だけである。

「殿下が天下統一をされたのも、長康様をはじめ、家臣たちの力があったからこそではありませぬか。長康様は家臣といっても、最古参の側近中の側近。これまでの長康様の御働きを、殿下はお忘れになったのでしょうか」

長康は軽くうなずく。

「お忘れじゃ。すっかりお忘れじゃ。次になにをいいだされるのか、われら側近も予想すらできぬ」

「殿下は正気でいらっしゃるのでしょうか。秀次様を御自害に追いこむこと自体、正気の沙汰ではございませぬ。秀次様は殿下の後を継ぐことができる唯一の成人男子。その秀次様を自らの手で成敗しようとは、殿下の頭は正常な判断がおできにならないとしか思えませぬ」

広英は勢いこんでいうのに、長康は相変わらず穏やかに言葉を発する。

「そのとおりじゃ。今の殿下に、正しい判断を期待するのは無理じゃよ。以前のような判断はおできにならないだろう。もうわしがお仕えした木下藤吉郎ではないからな。まるで別人じゃよ」

「それはお年をめされたからでしょうか」

「それもあるし、思いがけずお世継ぎが生まれて、おかしくなってしまわれた」

「わが国の頂点に立つ者が正しい判断ができなくなってしまわれたとしたら、この国に住む者たちすべて、どうなってしまうでしょうか」

「どうなるか、だれにもわからぬ。嵐の大海で帆柱が折れた船じゃ。大波に揉《も》まれ、どこに行き着くかもわからぬ。行き着く前に海の底へ沈んでしまうかもしれぬ」

「それは困ります。だれかが、わが国の進む道を糺《ただ》さなければなりませぬ」

「みな、そう思うておる。しかしだれもやらぬ。こたびの朝鮮出兵もそうじゃ。なんの益もなく、大義もなく、いたずらに大名の力を失わせているだけじゃ。昔の殿下なら、こんな無益な戦に民の命と金銀を使うことはなさらぬ。それが、まるでおわかりにならなくなっている。殿下が誤った道を歩み始めておられることは、みなにもわかっている。それなのに、殿下に向かって反対を唱える者はひとりもいない。みな、粛々と命令に従っている。実に情けないことだ」

「このままでは、この国はどうなるか……」

「どうなるかな……わしは近いうちに消えるが、彌三郎殿は行く末をしかとご覧になるがよい。豊臣家の行く末と、この国の行く末とを」

これは長康の遺言かもしれぬ、と広英は思う。

「殿下もお年じゃ。そう先は長くはない。お世継ぎの秀頼様はご幼少。秀次様もいなくなったら、天下はどうなるか。われこそ天下を、と名乗りを上げる者は多数いるであろうが、抜きんでた力を誇るのはひとり、あの男じゃ」

ここで長康は言葉を一旦切る。

あの男とは。広英は名前を知りたい。が、聞かなくとも、すでにわかっている。

「石田治部や増田長盛らが束になってかかっても、あの男のずるがしこさにはかなうまい。朝鮮出兵でも、大名たちが戦地で負傷し、武器や食糧を使い果たしているというのに、あやつはのうのうと名護屋で殿下と仮装に興じておるのじゃからな。奴《やつ》は、無傷で、兵も金も使わず、次の戦のために準備しておるのじゃよ」

三成も宗舜も同じことをいっていた。

長康が小さいが鋭い声でいった。

「彌三郎殿もあの男には気をつけられよ」

広英はうなずく。これが、広英が聞いた長康の最後の言葉となった。

十三日から十五日にかけて、秀次の家老たちが自害し、家老の中には息子も自害、娘は磔《はりつけ》と、家族も一緒に成敗された者もいる。

十五日、秀次は高野山で切腹。秀次付きの小姓たちも切腹、小姓たちの介錯《かいしやく》は秀次みずから行った。

それだけでは終わらなかった。八月二日には、秀次の妻子ら三十九人が三条河原で斬首された。実家の力をもってしても助けられなかった女たちである。

広英の屋敷の小者《こもの》のひとりが見物にでかけて、詳細を話してくれた。

「女人たちは、それはお美しい方々ばかりでした。お公家さまや大名衆の姫君でございます。みなさま白い死に装束に身を包み、秀次公の首が西向きに置かれている前にお集まりになっておられました。首の前に一体の地蔵菩薩《じぞうぼさつ》が立っているのが、せめてもの救いであったような気がしまする。坊さまが置いたのでありましょう。等身大のお地蔵さまは、平安の終わりから鎌倉時代にかけて造られたらしい様子が見てとれました」

男がしみじみと言葉をつなげる。

「お地蔵さまは、処刑される姫君たちを見守ってくださっていたのです。幼児を連れた姫もおりました。十代のお若い姫君も多数おいでになりました。中には秀次さまに呼ばれて上洛《じようらく》してまもなくこの事件に遭遇した、という姫君もおいでになって、生前の秀次さまのお顔を見ることもなく散っていったそうです。みなの涙を誘っておりました」

思い出すと寒気がするといって、男はときおり身体《からだ》を震わせる。

「みなさま高貴なお家柄の姫さまたちで、ご遺体をご実家が引き取って葬りたいと願ったのに、それも許されず、河原に掘った穴に無造作に放り投げられましてござります。鴨川の水は赤く染まり、わしら見物人は処刑が行われるあいだじゅう、みな声を合わせて念仏を唱えておりました。河原一帯に念仏の声がとどろき渡り、まるで雷鳴のようでございました」

昼から始まった処刑は、全員の成敗が終わるまでに五時間かかり、終わったときは日が暮れていた。見物人はみな無残な仕打ちに気持ちが悪くなり嘔吐《おうと》する者も多くいたという。

「見物にくるではなかった、という声をあちらこちらで聞きました。わしも、いかねばよかったと思いました……地獄とはこのようなものか、と思いましてござりまする」

「そうであったか……」

広英にも言葉はでない。秀次は、自分が亡き後、妻子がこういうめにあうと予想していたのであろうか。秀吉の甥に生まれたがために、こういう終わりを迎えることになったともいえよう。

その後、秀吉は、秀次に与えた関白の政庁兼住まいであった聚楽第を徹底的に破却した。建物の一部は伏見城や寺院に再利用され、二度にわたる行幸の舞台となった黄金の城郭は跡形もなく消え失《う》せた。そして聚楽第の周囲に造られた多くの大名屋敷は、伏見城下へ移された。

八月十九日、前野長康が、伏見の自邸で自害した。享年六十八歳。秀次を弁護したことから連座させられ死を賜った。

同日、長康の嫡男、前野景定も自害。秀次付きの家老で聚楽第に出仕していたが、連座を疑われたのだった。これで前野家は断絶した。

前野長康は但馬衆として各地を転戦した仲間であり上司であった。但馬三人衆のひとり、豊岡城の明石則実も、秀次の家老だったことで自害を命じられた。

秀次事件後、明石則実の領地の一部を、広英が管理することになった。死んでいった同僚武将の領地を預かる。複雑な気持ちにならないわけがない。

戦乱の世をともに戦ってきた近しい仲間がふたり、秀次事件で自害を命じられた。広英は秀次とは関係がなかったために難を逃れたが、ふたりのことを思うと、やりきれない気持ちになる。藤吉郎時代から秀吉のために命をかけてきた重臣・前野長康を自害に追いこむとは……人ではない。武将とは、大名とは、主君とは、いったいなんぞや、と思わずにはいられない。先頭を走る秀吉に正常な判断ができなくなったら、それに従う者はどうしたらいいのだ。

第十章　竹田城改修

文禄四年（一五九五年）も秋になった。

伏見の屋敷には妻や娘たち、母がいる。宗舜は相国寺の塔頭《たっちゅう》のひとつ、妙寿院の首座になってから自由に外出できるのか、伏見の赤松屋敷へよくきていた。

広英は竹田城の普請をしているために、最近は竹田にいることが多い。

城普請は農繁期に入って休みになっているが、立派な城になってきている。

円山川の対岸の山から眺めると、高石垣の上に天守がそびえ、穴太流の石垣は空と城にきれいに溶けこんで、思っていた以上の景観を作りだしている。戦のための城ではない。この城が崩れるような戦が、この先ずっと起こらないようにすることが広英のやらねばならないことである。領民のため、城のため、竹田のため、戦はおこさない、と広英は心に決めている。

新しくできあがりつつある城を、清右衛門の説明を聞きながら見てまわったことがある。

「大手門を入りまするると、まず、枡形虎口がありまする。竹田城には、数多くの枡形虎口が造られております」

虎口とは城の出入り口のことで、枡形虎口は、防御性を高めるために、まっすぐには入れないように折れ曲がって道筋を造ったものだ。信長・秀吉の時代に造られた城に多く見られる。

虎口を通り抜けると、北千畳に入る。文字通り広い曲輪《くるわ》である。ここには井戸がある。

北千畳からは天守を望むことができた。

大手見付櫓《やぐら》から北にゆくと観音寺山の出丸があるが、清右衛門は北千畳から本丸をめざした。三の丸への入り口も枡形虎口になっており、さらにその先の二の丸へは「武の門」と虎口をとおる。二の丸の次は本丸御殿が続く。

武器庫として使われている花屋敷の石垣には、鉄砲用の「狭間《さま》」が多数作ってあった。鉄砲で狙いをつけるための穴である。

次は城の要である天守が現れる。天守の外壁は黒い板塀で覆われ、一部は漆喰《しっくい》の白壁で、高石垣の上に建っている。石垣は微妙な反りを見せて、青空を背景に穏やかな線を描いている。広英がこれまで見てきたどの城とも異なる反りだった。思ったとおりの優しい反りだ。これこそ天空の城にふさわしい。我が城ながら感動すら覚える。

夕餉《ゆうげ》を食べたあと、じいの恵藤が広英の肩を揉《も》みながらいう。

「奥方さまも姫君さまも母上さまもみな伏見ですな。殿、お寂しくはありませぬか」

「まあな。しかし、竹田にはじいがおる」

「わしも年ですからな。殿のお世話も満足にはできませぬ」

「雑用なら小姓に任せたらよいではないか」

そういいながらも、じいが最近、年をとったことは見ていてわかる。一緒に走ることは、もう無理のようだ。

「小姓より、いっそのこと、竹田城に御側室をおかれてはいかがでございましょう。奥方さまは伏見屋敷においでになりますから、こちらで殿のお世話をする女衆が必要でございまする」

側室の話は、たびたびでている。特に、世継ぎがいないことから、男子誕生を家臣たちが待ちわびていることは広英も承知している。それでも、妻の気持ちを思うと、側室を持つことに踏み切れないでいる。

広英が返事をしないでいると、じいが重ねていう。

「伏見屋敷の奥方さまには、ご了承をいただいておりまする。竹田で殿のお世話をする女人は必要だというてくださっておりまするぞ」

妻が側室を置くことを了承していると聞いて、広英は驚いた。

「まことか？」

「まことでござりまする」

いつのまにやら、恵藤は妻の千鶴と話をつけていたらしい。

「ならば、じいの好きにせよ」

「では、明日、さっそく手はずを整えましてございまする」

じいはうれしそうな様子で部屋からでていった。

翌日、広英は小姓をふたり連れて、飛び地になっている領地、養父郡を見にいった。大雨が降ると、決まって八木川と円山川が氾濫して、水田が水に浸《つ》かるという被害に苦しんできた土地だ。ここのところ、土手の改修をやってからは、大きな被害はでていない。

八木川と円山川の合流点に立つと、養父郡大森の平地が広がっている。

今は秋の実りを迎えて、水田は黄金色に波打っている。

周囲に連なる山々も紅葉の季節を迎えて、紅や黄色に色づき始めている。

なんと美しいのか。こういう景色は、見ているだけで心洗われる思いがする。凍《い》てつく朝鮮の戦場を知っている広英には、紅葉の綾錦《あやにしき》は極楽のようにも見える。

八木川の土手を単騎でだれかこちらに向かってやってくる。

栗毛の馬に乗っているのは若者で、白地に豪華な刺繍《ししゅう》が施された小袖を着ている。

どこかの小姓か？　と広英が思ったときだ。

「彌三郎さま！」

その若者が自分の名前を呼ぶではないか。

声を聞いて、広英は身体《からだ》が雷に打たれたように動けなくなった。八木城の姫、なつの声だったからだ。

「おひさしゅうござります」

姫の馬が広英の目の前にとまった。

あふれんばかりの笑顔がまぶしい。以前と少しも変わっていないが、袴《はかま》をはいて男の格好をしている。腰には刀もさしている。

「供も連れず、今日はどちらへ」

「彌三郎さまがこちらにみえると聞きまして、城を抜けだして参りました」

相変わらず、なつ姫は元気がいい。ところで、姫は嫁にいったはずだが、どうしてここにいるのであろう。

「里帰りで八木城にお帰りになっておられたのですか」

「いいえ。里帰りではありませぬ。離縁されました」

「え？」

なつ姫は、離縁という語を笑顔でいう。広英は目が丸くなっている。前から、なつ姫には驚かされることが多かったが、今も相変わらずなんだな、と思うと広英の口から笑みがこぼれる。

ふたりは馬からおりて、八木川の河原にでると、ころがっている石に腰かけた。目の前には八木川が流れている。平素は穏やかな流れだが、大雨が降ると暴れ龍《りゅう》のようになる。それでも、恵みをもたらしてくれるありがたい川だ。川の向こうには、但馬の山々が連なっている。この国に海はないが、美しい山々がある。

「お別れしてから八年になりますね」

なつ姫がしみじみという。この間、父親の別所重棟は天正十九年（一五九一年）に亡くなり、家督は嫡男の吉治《よしはる》に譲られていた。広英が重棟と一緒に転戦したのは小田原攻めまでで、朝鮮出兵は吉治と一緒だった。

「彌三郎さまは女のお子がおふたりおいでになると聞いております」

広英はうなずく。

「なつ殿は？」

「子はおりませぬ」

なつ姫が離縁されたのは、嫁ぎ先の殿が、より格の高い家柄の姫を正室にもらうことになったためだという。

「なんと、そういう理由とは……おつらくありませんでしたか」

「武家ではよくあること。嫁ぎ先にも夫にも格別な執着もありませんでしたから、家に戻りましたの」

なつ姫は以前からさっぱりした性格である。

「離縁されて八木城に戻りましたが、父も母ももうおりませんし、弟夫婦がいて、少々、居づらい気もしております。どこか、ゆくところはないかと」

「新しい嫁入り先を探しておいでになるのですか」

「嫁でなくとも、侍女でも妾《そばめ》でも」

なんと。姫がどこかゆくところを探しているというではないか。

内心はドキドキしているのに平静を装って、広英は少しためらいながらいう。

「それならば、竹田城へおいでになりませぬか。妻は伏見屋敷におり、向こうを取り仕切っております。竹田城を仕切ってくれる女人を捜していたのです」

「まことに？　このようなお転婆でもかまいませぬか？」

「もちろん。なつ殿は、私が初めて心惹《ひ》かれたお方。今でも、その気持ちは変わりませぬ」

いきなり、なつ姫の両腕が広英の首にまわる。

「なつもでございます。ずっとずっと、お慕い申し上げておりました。なつは、彌三郎さまのお世継ぎを産みとうございまする」

　なんとはっきりいってくれるか。小姓たちが近くにいないからいいようなものの、なつ姫の言動には肝が冷える。冷えるが、姫の気持ちはうれしい。

　広英も両腕でなつ姫を抱いた。

「すぐにでも竹田城へ引っ越しておいでなされ」

　なつ姫が両腕をパッと離した。広英の顔をのぞきこむようにしてニコッと笑う。

「今ごろ、空の女輿《おんなごし》が彌三郎さまのお屋敷前に着いているころかと思いまする。輿と一緒に、わたくしの衣類や調度品類も、花嫁の行列のように竹田城下に入っているはずでございます」

　なつ姫のいっていることが広英には理解できない。

「すでに？　なにゆえ」

「昨日、彌三郎さまの御家老の使いという者が八木城へこられまして」

　家老というのは恵藤のことらしい。恵藤が使者を八木城の姫のところに送ったようだ。

「御家老は、わたくしと彌三郎さまの事情をご存じのようでした。竹田城へきて、赤松彌三郎広英殿の側室になる気はないかとのこと。こんなにうれしいお話はありませぬ。即、お受けしましたわ」

　なんとじいの早業。広英の知らないところで話を進めていたのだ。それも、昨日一日で話をつけるとは、動きの遅くなったじいにしては見事である。

「側室では失礼ではないかと……心苦しゅうございまするが」

「御正室は御正室で大切にしてあげてくださいませ。そして、わたくしも、かわいがってくださいませね」

「もちろん」

なつ姫の白い手が、広英の両頰をはさむ。こういうことをするのはなつ姫だけである。妻の千鶴はやらない。

なつ姫が広英の顔を改めて見つめる。

戦に城普請に、と外に出ていることが多いために、最近は顔も日焼けしている。真っ黒に違いない。

「すっかりたくましくおなりになりましたね。前より何倍も男らしゅうて、なつは、たまりませぬ」

姫が顔を寄せる。広英の口に姫の唇が触れた。

「なつ殿！」

広英はなつ姫の肩を押し戻す。

なつ姫は押しのけられたことが不満そうである。

「こうして再び会えて、彌三郎さまはうれしゅうはないのですか」

「もちろん、うれしゅうございますが、ここは外ですぞ。小姓たちが見ているやも知れず」

「見ていてもかまいませぬ。互いに思う気持ちに偽りはないのですから」

「それはそうですが……」

このあとは、なつ姫に押し切られた形になった。


ふたりで竹田城へ戻ると、なつ姫がいったとおり、姫の調度品類が届いていた。八木城からの侍女たちも到着していた。広英はなつ姫と侍女たちの居室を増築することにした。それができるまでは、客間を使ってもらう。

八木城で初めて姫を見てから、何年の月日が流れただろうか。正式な夫と妻という形ではなかったが、なつ姫も今日という日を喜んでいる、と思いたい。

その夜、広英は姫の寝所を訪ねた。


翌朝からは、習慣になっている朝駆けになつ姫が同行するようになった。

姫も袴をはいて、八木城から乗ってきた栗毛《くりげ》の馬に乗って、広英と一緒に駆ける。

八木城から竹田城に側室がやってきたことは城下の民にもすぐに知られ、朝、野良仕事をしている農民たちからは、よく声をかけられる。

「殿さま、なつ姫さま、おはようごぜえます」

「おはよう、正作どの」

なつ姫もすぐに、みなの顔と名前を覚えて、挨拶を返した。

なにか行事があると大忙しになる城の台所方の仕事も、姫はてきぱきと指揮してこなしていた。竹田城内でのなつ姫の評判はよい。

夜になれば、広英の笛となつ姫の奏でる箏《こと》の音が館に流れた。

「殿を気遣ってくださる女人がお側《そば》にいるというのは、よきことでございますなぁ」

じいの恵藤が呟《つぶや》く。ときには涙するときもある。

「じいのおかげだ。なつ殿がこうして同じ屋根の下にいるというのも、夢のようだ。じいには礼をいう」

「いえいえ。守り役として、殿のお気持ちを大事にしたまでのこと」

たいしたことはしていない、と恵藤はいう。

「あとは、お世継ぎですな。じいの目が黒いうちに、ぜひとも若君誕生をお祝いしたいものです」

世継ぎは、もちろん広英もほしい。妻は伏見屋敷にいるのだから、と自分に言い聞かせるようにして、広英はなつ姫の寝所をしばしば訪れた。

竹田城にきて、なつ姫が気に入ったものがふたつある。

ひとつは、竹田城から見る城下町と但馬の山々。

もうひとつは竹田城。雲海のでているときなら、なおさら。

作業する人夫がやってくる前の早朝、あるいは夕方の人夫が帰ったあと、なつ姫は広英と竹田城によく上がった。

天守に上がって、ふたりで城下を見下ろしているとき、広英がなつ姫にいう。

「なつ殿はこの城がお好きですね」

「大好きです。でも、殿にはかないませぬ」

「かなわぬとは？」

「殿こそこの城が大好きですね」

なつ姫の言葉に広英はうなずく。

好き、というより大切に思っている、といったほうがいいかもしれない。

「殿が城に上がるときのお顔は、まるで恋しい人に逢《あ》いにいくかのようです。山頂をまっすぐ見つめ、頬を紅潮させて登っていらっしゃる」

頬が赤くなっているとしたら、登城道が険しくて息が切れているからではないのか。

「なつと城と、どちらが余計大切なのか、ヤキモチをやきたくなりまする」

なつ姫が口をとがらせる。

広英にとってはどちらも大切である。城と姫を比べることなどできない、といおうとすると、なつ姫が空を仰いで明るい声でいう。

「父の城も好きでしたが、父の城よりもっと好きです」

父の城とは、八木城のことだ。

「好き、なんてものではありませぬ。夢中、といったほうがいいかもしれませぬ」

「この城のなにがなつ殿をそれほど夢中にさせるのでしょう」

「石垣の勾配です」

「勾配のどこが」

「このような勾配の石垣は、ほかでは見たことがありませぬ。父も八木城を石垣の城に造り替えましたが一部分だけ。八木城の石垣に夢中になることはありませんでした」

天守から外に広英を連れだすと、なつ姫は天守台の石垣の表面に手を置く。

「この勾配、緩やかで、決して出しゃばらず、見ているとずっと側にいたいと思いまする。そうですわ。彌三郎さまによく似ておいでになります」

竹田城の石垣と自分が似ているといわれたのは初めてである。

「美しい石垣は、殿のお人柄そのものではありませぬか。城を見ていると殿のお姿が重なって、思わず頬ずりしたくなってしまいまする」

聞いている広英が恥ずかしくなるようなことを、なつ姫は普通の顔でいう。

「城には城主の人柄が表れるものかもしれませぬ。八木城もそうでしたもの。きっちりと積まれた石垣は、真面目な父を見ているようでしたわ」

これは大発見だ、とでもいうように、なつ姫は顔を輝かせてうなずいている。

城と城主が似る、というのはあるかもしれないな、と広英も思った。

なつ姫が好んだのは城に上がることだけではない。城の遠景を見るのも好きで、朝駆けのついでに、向かいの山、但馬吉野までふたりで何度上ったことだろう。今朝も一緒に上っている。雲海の上に頭をだして、朝日を受けて曙《あけぼのいろ》色に輝く竹田城を見て、なつ姫は心の底から感動している様子だった。

「彌三郎さまの城は、まさに天空の城でございますね」

「ならば、そこに住むなつ殿は、まさしく天女」

「わたくしが天女とは、恥ずかしいことをおっしゃいますな」

「いや、私にとって、なつ殿は天空の城の天女。ここには戦はありませぬ。民はみな働き者で、秋の実りも近年は増えて、みな喜んでおりまする。天下はまだまだ泰平とはいえませぬが、ここでは小さいながらも幸いを見つけることができます」

なつ姫がうなずく。

「わたくしも気がついたことがあります。ここでは武家だけでなく、農民も町人も、みな笑顔で暮らしております。そんなみなの顔を見ると、わたくしも笑顔になります」

そういって、なつ姫はくるりと首を回して広英を見る。

「民の笑顔を生みだすのは領主の力。今日の竹田城下があるのも、ひとえに彌三郎さまのお力ゆえ」

そこまでいわれると、広英も照れくさくなるが、なつ姫の言葉はうれしい。

「そうありたいと、日々精進してまいったつもりです」

はるか先に見える竹田城をまっすぐに見ていたなつ姫が弾んだ声でいう。

「彌三郎さま、ここに桜の木を植えましょう。さすれば、城から花見ができまする」

弟の祐高も同じことをいっていたな、と広英は祐高と但馬吉野に上ったときのことを思いだした。竹田城に赴任してきたばかりのころだ。あのときから但馬吉野に桜を植えていたが、合戦やら都への出仕やらで、桜の植樹はここのところ止まっている。

「色々な種類の桜を植えましょう。あちこちから苗木を取り寄せて」

広英が同意すると、なつ姫はさっそく八木城下から桜の苗木を取り寄せる手はずを整えた。八木だけではない。吉野山や嵐山《あらしやま》などの桜の名所からも取り寄せた。

「彌三郎さまもお手植えなされませ」

植えるときは広英も手伝う。

桜の話を聞きつけた村人も、植樹するときには但馬吉野に手伝いにきてくれるようになった。但馬吉野は、すでに桜の名所として知られていたが、城から見える対岸の山の中腹により多くの桜が咲く日を心待ちにしながら、みな桜の苗木を手植えした。以前、広英が植えた桜は無事に育っている。

文禄五年、広英は京にいた。

六月二十五日、伏見屋敷にいた広英のところへ宗舜がやってきた。

顔が上気している。なにやらうれしいことを考えているにちがいない。

宗舜がやや興奮気味にいう。

「明へ渡ることにした」

とうとう決行するのか、と広英は驚かない。

「いつ出発するのだ」

「明後日」

薩摩へいって、山川津《やまがわつ》から入明船で渡るつもりだという。

「島津氏には許可をもらっている」

それなら心配することもないか、と少しは安心するが、それでも明まで海を渡るのは命がけである。

「都へは戻ってくるんだろ？　行ったまま帰ってこないなんてのはイヤだぞ」

「もちろん、帰ってくる」

「気をつけて行くんだぞ」

てくれ、と広英は心の中で強く願った。

「うむ」

宗舜は神妙な顔でうなずく。広英は宗舜を送りだした。

自分の思ったことを行動に移すことができる宗舜が羨ましい。必ずや無事に戻ってき

てくれ、と広英は心の中で強く願った。

このころ秀吉は隠居屋敷から城郭として改修した指月伏見城に入っていた。

のべ二十五万人を動員し、五ヶ月で完成させた城だった。秀次の居城だった聚楽第からも、秀次自害後に建物を持ってきて伏見城へ移築している。

城下には聚楽第の周辺から移ってきた大名屋敷が配され、賑《にぎ》わいを見せていた。

文禄五年閏《うるう》七月九日、伊予《いよ》に大地震が起こった。寺社が倒壊し、さらに、その三日後の十二日、豊後《ぶんご》に大きい地震が起こる。

その翌日。閏七月十三日。

子《ね》の刻（午前零時ころ）、広英は伏見屋敷で就寝していた。

突然、突き上げられるような揺れで目を覚ました。屋敷がぎしぎしと音をたてて揺れている。

「これはなんだ」

「地震でございましょうか」

となりに寝ている妻も目を覚ましたようだ。

逃げなければ、と思うのに、揺れがきつくて身動きできない。布団の上に身体を起こすのが精一杯である。

妻のとなりに寝ている娘たちも目を覚ます。

「母上、怖いー」

小さい娘が母親にしがみつく。

揺れは収まるどころか、徐々にひどくなっていく。

広英は三人を両腕で抱きかかえた。

「かなり大きいな」

伊予や豊後で大地震があったことは広英も聞いているが、まさか京にも起こるとは。

寝室には倒れてくるような物はないが、となりの部屋でなにかが落ちる音がする。

「今外へでたら危ない。揺れが収まってからのほうがいい」

天井が落ちてくる気配はないが、怪我《けが》をしないためにも妻と娘ふたりを布団で包んだ。

「しばしこうしておれ。じきに揺れは収まる」

それでも揺れは収まらない。まるで自分がザルの中にいて、だれかにザルを揺すられているような心地だ。

悲鳴や叫び声があちこちから聞こえる。馬のいななきも混じっている。人も動物も、突然の大地震に気が動転しているのだ。

ドカーンと、なにかが崩れ落ちる音が聞こえた。

「殿！　大丈夫でございますか」

廊下の外から家老の平位が声をかける。

「私は大丈夫だ。妻も娘たちも無事だ」

障子があいて、平位が這《は》いずるようにして入ってきた。膝がガクガクして立てないという。

「大きな地震ですな」

「みなはどうだ」

「まだわかりませぬ」

どれくらいたったか、揺れが収まった。広英は寝間着のまま、妻子を連れて部屋から庭にでた。

「殿、ご無事で」

家臣たちが集まってくる。

「玄関と、玄関脇の中間《ちゅうげん》の部屋と、厩舎《きゅうしゃ》が崩れましてございます」

「怪我人は？　中間たちは無事か？」

「中間はみな助け出されましたが、怪我をしている者もおりまする」

怪我は軽く、命には別状ないという。

「馬はどうした」

馬は大切な財産である。

「厩舎は壊れましたが馬は無事でござりまする」

「まず怪我人の手当をせよ」

倒壊した建物の片付けと、無事だった建物の点検は、明るくなったらすぐに始めるように、と広英は指示した。

縁側にでて空を見あげる。満月に近い月が天頂付近に上がっていて、伏見城のあたりを見るが、あるはずの天守が見えない。まさか……。

広英はすぐに着替えを始める。

「殿、どちらへ」

小姓のイの丸がたずねる。

「城へいって、様子を見てくる」

「お供いたしまする」

仕度を終えた広英が外に出てみると、大名屋敷の中には全壊している建物も多数ある。伏見城の天守は上層部が崩れて形がなくなっている。

「思った以上にひどいな」

「まことに。赤松屋敷はここまでひどくありませんでした」

伏見城内へ入ろうとしても道は封鎖されていて通れない。

石田三成や増田長盛ら奉行の名前で高札がでている。

それによると、「太閤殿下《たいこう》は無事である。大名は自分の屋敷の被害を調べてできるだけ早く修理するように」と書かれていた。

「太閤殿下は難を逃れたようでございますね」

「しかし……殿下のお力を示す天守が、造ってすぐに崩れ落ちてしまった」

「なにか不吉なことが起こる前兆でなければよいのですが」

イの丸のいうとおりだ。不吉な思いに襲われない者はいないだろう。

秀吉は城から逃げだし、近くの木幡山《こはた》に避難した。

伊予、豊後、伏見と続いた三連続の大地震は、現代の尺度でいうとすべてマグニチュード七以上だった。徐々に、被害がわかってくる。できたばかりの伏見城天守や石垣が崩壊し、城内にいた仲居や女房衆など六百人が死亡した。東寺や天竜寺《てんりゅうじ》、大覚寺《だいかくじ》なども倒壊し、大坂、堺、兵庫では家々が倒壊し、伏見地震の死者は全体で千人以上にのぼるという大惨事になった。

秀吉が造営していた京都大仏も倒壊した。高さ十九メートルの大仏はほぼできあがっていて、一ヶ月後に開眼供養が行われようとしていたところだった。大仏が入っていた大仏殿は無事だったが、仏像が崩れたのだ。もともとこの大仏は、地震から民を守りたいと秀吉が願って建立したものだ。

「太閤殿下は、大仏が地震で崩れたことにそれはそれはお怒りで、『おのれの身も守れないとは』と、大仏の眉間に矢を射られたそうでございます」

どこで聞いてきたのか、イの丸が小さな声でいう。

「それはまことか？」

「はい」

なんと。地震に耐えられずに崩れたとしても、それで大仏に矢を向けるとは。神仏を恐れぬ暴挙である。広英は絶句して言葉がでなかった。

地震から十日後、秀吉は新しい伏見城を避難先の木幡山に作ることに決めた。

伏見地震が起こる数日前、明から朝鮮の役の講和使節が訪れていて、秀吉との対面を待っているところだった。朝鮮は講和に反対していたが、明は朝鮮の意向を無視した。秀吉は八月下旬に伏見城で使節に会うつもりでいたが、地震で城が壊れたために大坂城に変更した。

八月末に明の使節は大坂に入り、九月一日、大坂城にて秀吉は明の使節と会った。

大広間に多数の諸大名が居並ぶ中、明からきた講和使節と秀吉との会見は、おおむね友好的に進んだ。広英も列席していた。

秀吉は、明も朝鮮も日本に従うことを求めた。

明が使節を派遣してきたということは、秀吉にしてみたら明が秀吉に降伏したということになるのだ。ところが明はそんなつもりはない。この講和使節は正式なものではなく、日本側の講和担当の武将が苦肉の策で考えだした偽物だった。

そんなことは知らない秀吉は上機嫌で使節を歓待した。

このとき、朝鮮に渡った日本の武将たちは、ときの明の皇帝、万暦帝《ばんれきてい》から明国の官職を賜った。

広英は円形の硯《すずり》を賜った。硯の蓋には「『都督同知』という官職を広英に与える」と彫られていた。この官職は「総督知事」のことだ。万暦帝は十歳で即位し、二十五年間朝廷にでていかなかったという皇帝である。

秀吉の大坂城での明の使節との接見は和やかに終了した。

ところが、後日、秀吉は明が降伏したわけではないことを知って激怒。講和は決裂した。偽りの講和でもいいから、なんとか戦争終結に持ちこみたかった小西行長や石田三成の策は失敗し、秀吉は再度、朝鮮へ兵を送ることを決定した。

十月、地震の後に木幡山に作り始めた新しい伏見城の本丸が完成する。

十月二十七日、三連続地震を期に、年号が「文禄」から「慶長《けいちょう》」に改元された。

慶長二年（一五九七年）二月二十一日に秀吉は大名たちに朝鮮出兵を再開する朱印状を発した。

広英も再度、朝鮮の役に参戦、渡海することになった。

五月、新しい木幡伏見城の天守、舎殿が完成し、秀吉と秀頼が入城した。

再度の朝鮮渡海では、戦果として朝鮮兵の耳や鼻を削《そ》いで塩漬けして秀吉に送ることが求められた。その結果として、前回より日本軍の凄惨さが増した。日本の兵士たちは戦功を焦るがゆえに、朝鮮の兵士だけでなく一般民衆や子供たちの鼻や耳も削いだという。


朝鮮にいる広英の赤松高麗本陣に、宗舜から手紙が届いた。


朝鮮でのご苦労お察し申し上げます。

薩摩から明国に渡海する船に乗り川内浦を出帆しましたが、運悪く悪天候に阻まれて、やむなく帰国いたしました。今は赤松伏見屋敷にお世話になっております。

この夏の暑さにやられたのか、母上様が御病気で臥《ふ》せってしまわれました。姫様ふたりと一緒に拙僧も看病いたしましたところ、母上様は快復に向かわれお元気になられました。母上様は彌三郎殿がご無事で帰還されることをひたすら祈念しておいでになります。

木幡に築城していた伏見城が完成しました。今度の城は赤松屋敷からも近く、天守は間近に迫って見えまする。

無事のご帰国を、お待ちしております。

彌三郎殿　　　　　　　　惺窩

宗舜から手紙がくるとは思ってもみなかった。

母が病気になったのだ。快復したようだが、宗舜が看病してくれたとは。帰国したら礼をいわねば。

宗舜の夢であった渡明は失敗に終わったらしい。しかし、無事に戻ってきてくれただけでもいい。

伏見屋敷が懐かしく思い出される。あそこには母と、妻と娘たちがいて、宗舜の弟子たちも集まってきていた。宗舜とは書物の話をし、ときには激しい議論を戦わせることもあった。宗舜も広英も自分の信条は曲げない性格であるために、ひとつの問題で二日も三日も意見を戦わすこともあった。朝鮮の戦場となんと違うことだろう。伏見屋敷には平和で実り多い時間が流れていた。朝鮮出兵が早く終わるといい。

そう願っていたのは広英だけではない。日本軍も朝鮮・明の連合軍も、戦を望んではいなかった。戦いは国を疲弊させ、人心は荒《すさ》むばかりで、なにひとついいことはない。それくらいみんなわかっているのに、ただひとり、この国の頂に立つ司令官は、本気で明国の皇帝になるつもりでいるのだ。

秀吉の側近である石田三成や小西行長はやめさせたいのに、それができない。秀吉の暴走をとめることができる者はいないのか。

年を越して慶長三年、朝鮮に二度目の渡海をしていた日本軍は、九州衆を朝鮮に残して帰国した。翌、慶長四年に、大がかりな出兵を秀吉は考えていたためである。

五月、広英も、宇喜多秀家、藤堂高虎らとともに帰国した。

広英は伏見屋敷へ戻り、妻子や母、宗舜、京に在番の家臣たちと再会した。

母のところへ挨拶にいくと、母は広英の両手を握り、大粒の涙をこぼした。

「よくぞご無事で」

「母上もご病気で大変だったと聞きます。お身体の具合はいかがですか」

「みなが心配してくれたおかげで、すっかり元気になりました」

病み上がりだからか、母は以前より痩せていて肌の色が白かった。髪に白いものが目立つ。

「彌三郎殿に、ひとつ、お知らせせねばならぬことがございます」

母が改まった様子でいう。

「なんでしょうか」

「太閤殿下が、三月十五日に醍醐寺《だいごじ》で花見の宴《うたげ》を開かれました。ご存じでしょうか」

「はい、聞いております」

朝鮮でも話題にのぼったから、「醍醐の花見」を知らない者はいないだろう。

「吉野の花見」のときと同様に、秀吉は花見を成功させるために事前に何度も下見をし、醍醐寺の庭園や殿舎を改修し、醍醐の山に近畿各地の桜の名所から取り寄せた七百本の桜を植樹したと聞いている。

「なんでも女人のみが招かれた花見だそうですね」

「そうです。花見に招かれたのは太閤殿下の御正室や側室、女房衆、公家《くげ》や武家の夫人、女中など千三百人ほど、女人のみです。殿方は殿下と秀頼さま、前田利家さまだけだったそうです。豪華な女人行列が伏見城から醍醐まで続き、桜にも負けず華やかでお美しかったとか」

「姉上も花見に招かれたのではありませぬか？」

元関白夫人として招かれたのではないかと思ったのだ。

「招かれました」

母はうなずく。

「花見に参列する女人は、太閤殿下から着物を三枚賜り、三度着替えたということです」

母が広英の前に、豪華な女物の着物を三着並べた。一枚は淡い朱鷺色《ときいろ》に花鳥の刺繡《ししゅう》が施されたもの、もう一枚は茜《あかね》、藍、早蕨《さわらび》の三色で大胆に染め分けられたもの、三枚目は萌葱地《もえぎじ》に満開の桜が霞《かすみ》のように見える刺繡の着物だった。

「豪華な着物ですね。これは」

「太閤殿下から賜って、さこが醍醐の花見で身につけた着物です」

母が着物を広英の膝の前に押しだす。

手で触れてみると、高級な絹を使った着物であることがわかる。

姉の着物がどうして母の手元にあるのか。姉が持っているはずではないのか。

母を見ると、寂しそうな目で着物を見ている。肩を落として、膝の上に置いた手をギューと握りしめている。

もしや姉は……。

「母上、姉上は、どうかされましたか」

広英の問いに母は返事をしない。

しばらく間があって、母がかすかにうなずいた。

「花見でこれらの着物を着たあと、ほんの数日で亡くなりました」

「亡くなられた？　どうしてまた」

「花見の前から体調を崩していたらしいのです。それを押して花見に参列したために、花見から戻ると寝込んでしまい……」

数日で亡くなったというのだ。

「二条さまもそれはそれはお悲しみで、わらわも泣き暮らしておりまする」

母は目頭を押さえた。なんの準備もなく聞かされた訃報に、広英は言葉がでない。

母は朱鷺色の着物を膝の上にのせて、ぼんやりした声でいう。

「さこは赤松の家に生まれて、しあわせだったのでしょうか」

今にも消え入りそうな声だ。

「龍野から京都に送られ、義昭さまとのお子は信長さまに取り上げられ、義昭さまとは別れさせられ……そして、すぐに再婚させられ、はたしてしあわせだったのかどうか……そんなことを思うと、いろいろ考えてしまい眠れなくなりまする」

広英は姉が龍野から京都へ送られる朝のことを思いだした。あのとき、姉ははっきりいった。

「上洛《じょうらく》する前、姉上はおっしゃいました。赤松政秀の娘に生まれてしあわせだったと」

母は目に涙をためて広英を見あげる。

「そのようなことを？」

「はい。父のために、私のために、赤松の家のために自分は生きるのだといっておられました」

「自分のために生きるのではないのですね」

「いいえ。それが自分の願うこと、自分のために生きることになるのだとおっしゃいました」

「そうでしたか……」

母は視線を豪華な着物の上に戻す。

「姉上は、義昭さまからも二条さまからも大事にしていただいている、とおっしゃっていました」

「それでは、赤松政秀の娘に生まれてよかったのですね」

「もちろんです。父上と母上の子に生まれて、姉上も私もしあわせだったと思うております」

さこは播磨の田舎に生まれて、信長の持ち駒のひとつとして、室町将軍・足利義昭の側室になり、その後は、二条関白家の嫡男、昭実の正室になった。武家と公家の両方の頂点にいるふたりの男の妻になったのだ。さこの心の中まではわからないが、不幸な生涯だったとは姉は思っていなかったのではないだろうか。

「母上、姉上の墓参りにいきとうございます」

姉の墓は二条家の墓所がある嵯峨二尊院《さがにそんいん》にあるという。

翌日、広英は嵯峨二尊院へでかけた。

姉の墓参りをしてから、竹田城へ戻った。

竹田では城普請は着実に進んでおり、石垣の上に新しい建物が建ち並び始めている。城らしい構えになっていた。


七月に入った。

隣家へ朝鮮の捕虜が移送されてきた。となりは藤堂高虎の屋敷である。

捕虜は三十九人で、一族で藤堂高虎の水軍につかまったという。捕虜たちの中心は姜《カン》沆《ハン》という儒学者だった。

「儒学者」という語に宗舜が興味を示した。

広英は隣家の捕虜について調べさせた。

捕虜は姜沆という男の一族で、姜沆自身は三十二歳と若いが、朝鮮では知られた儒学者だということがわかった。藤堂邸の蔵の中に軟禁状態になっているらしい。

それを知って喜んだのは宗舜である。宗舜は儒学の勉強のために明に行こうとして失敗している。儒学者が隣家にきた、というのは宗舜にとっては願ってもないことである。

宗舜は隣家へでかけていって捕虜の姜沆と会った。言葉は通じないが、両者が知っている漢語の筆談で意志は通じる。宗舜はうれしくて、しょっちゅう隣家へでかけていく。戻ってきたときの宗舜は興奮気味で、そんな宗舜を見る広英もうれしかった。

八月十八日、秀吉が伏見城で亡くなった。その死は秘密にされ、大坂城の普請は今までどおり続けられた。城の堀、二の丸、三の丸などの土木工事が行われ、湾岸地区の船場が開発された。

秀吉の死は朝鮮に残っている武将たちにも知らせなかった。伏見にいた広英も知らなかった。

十月十五日、秀吉の死は伏せられたまま、五大老の名で、朝鮮在陣の大名衆に帰国命令が発令された。

秀吉の死は伏せられてはいたが、秀吉が死んだらしい、との噂《うわさ》は広まっていた。隠しても、どこかから漏れるものである。広英の耳にも入っていた。

これから伏見はどうなるのか、と民衆の不安な気持ちが町をおおい、伏見城下の商店は半分以上が店を閉めてしまった。世の中がこれからどうなるのか、だれにも予想できなかった。

宗舜の姜沆詣では毎日続いている。

そのうちに藤堂邸の規則も変わって、捕虜が外出できるようになった。

宗舜が「拙宅へぜひお越しくだされ」と姜沆を誘う。「拙宅」とは赤松屋敷のことである。

姜沆が赤松屋敷にやってきて、儒学の講義をするようになった。儒学の新しい解釈が聞けるというので、われもわれもと聴講生が増え、十畳の部屋は一杯になった。そこで赤松邸では襖《ふすま》を取り払って二間続きの部屋にして対応した。広英自身も、広英の家臣たちも聴講に加わった。朝鮮語を日本語になおす通訳が中に入っての講義である。

当時、五山をはじめ日本で学ばれていた儒学は、漢の時代の解釈による「漢儒」だった。今、中国や朝鮮で主流になっているのは、宋《そう》の時代におこった新しい解釈による「宋儒」である。この最新の学説が聞ける、というのだから、学者、文化人たちは嬉々《きき》として伏見赤松屋敷へ通ってきた。

姜沆は日本語を解さなかったために、宗舜とは筆談で話した。広英とは通訳を通さないと話はできないために、一対一で話すことは少なかった。

そんなある日、赤松屋敷での講義が終わったあとで、広英は姜沆と話すことがあった。通訳が間に入っている。

「ご不自由がありましたら、遠慮なくおっしゃってください」

広英がいう。

「いえいえ、こちらのお屋敷でも、となりの藤堂さまのお屋敷でも、不自由していることはありませぬ。ただただ国へ帰りたいという思いが日ごとつのるばかりです」

姜沆は色白でほっそりとした好男子だった。口ひげを伸ばしている。

「前から疑問に思っていたことがあるのですが、聞いてもよろしいでしょうか」

姜沆が聞きたいことがあるという。

「なんでしょう。私に答えられることなら」

「こちらの国の武将たちは大変戦上手ですね。わが国へ上陸するなり破竹の勢いで北へ進撃し、わが国土を焦土と化してゆきました。みなさまがたは、根っから戦がお好きなのでしょうか」

姜沆は澄んだ瞳をまっすぐ広英に向けてたずねる。

広英は仲間の武将たちを思った。好戦的な武将と、そうでないものと、両方いる。

「みんながみんな戦が好き、ということはないと思います。大多数の武将は戦は好まないと思いますが」

「では、やりたくないのにやるのですか？」

「そうです」

「やりたくないのなら、やらなければいいのに。そうはいかないのですか」

「武将ならば、それはできませぬ。やりたくなくともやらねばなりませぬ。もし、戦をしたくないのなら、武将であることをやめて農民になるしかありませぬ」

「彌三郎殿は、戦はお好きですか？」

「いいえ。好きではありませぬ」

「お好きではないのに朝鮮へ出陣なさったのは、どうして」

「私には、守らねばならない赤松の家と家臣たち、それに領地と領民があります。戦はやりたくはありませんが、私が仕えている太閤殿下がやれ、と命ずるなら拒否することはできないのです」

「そして他国を侵略し、他国の人民を殺すのですか」

そういうことになる。不本意ながらうなずかざるをえない。

「もし、彌三郎殿が太閤殿下の命令を拒否したらどうなりますか」

「私はもちろんですが、一族郎党、子女も含めて命を断たれるでしょう」

同じ赤松一族で、一族郎党数百名が、秀吉によって命を奪われたことがあったことを話した。

「ということは、太閤殿下に対する心からの忠誠心から命令に従うのではないのですね。一族が殺されるのが怖くて指示に従う、とおっしゃるのですね」

「そうです。お恥ずかしいことですが、それが今のこの国の現状なのです」

うーん、と唸《うな》って、姜沆は考えこんでしまった。

今、姜沆の投げかける疑問に答えてみて、広英は武将として自分がやってきたことは正しいのかどうか、改めて疑問に思わざるをえなかった。太閤殿下の命令であれば、それがどんなに残虐なことでも従ってきた。果たしてそれでいいのか。

特に今回の朝鮮出兵は疑問が残る戦いだった。朝鮮に攻められたわけでもないのに、こちらから乗りこんで狼藉《ろうぜき》を働いた。朝鮮からみたらこの上ない迷惑な話である。

他の武将たちも、疑問を感じながら出兵していたことを広英は知っている。天皇や秀吉の生母、大政所《おおまんどころ》や夫人のおねも反対したのに、武将たちは反対することなく命令に従った。

こんなとき、自分ひとりが反対の意見を唱えても、切腹を命じられて、それで終わりである。自分がいなくなっても、太閤殿下の命令は他の武将たちによって実行される。

秀吉に会って、この男についていこう、と広英が心に決めたのは龍野城を追われて乙城に蟄居《ちっきょ》していたときだ。だが晩年の殿下は、あのころの殿下とは別人だった。あのころの殿下は、広英が願う「天下泰平」をめざして戦をしていた。「天下泰平」を願うなら、朝鮮に出て行く必要などないはずなのに、わざわざ異国へいって田畑を荒らし、その地の人々を殺し、町を焼き、王城から財宝を略奪し、盗賊と同じことをしている。

しかし、まだ公にされてはいないが、殿下が亡くなった今、この国の舵取《かじと》りをだれが行うのか、まだ決まっていない。秀吉が後継者にと望んだ息子の秀頼は幼すぎる。

われこそは、と思っている武将たちはいる。新しい指揮官が生まれるにしろ、交代劇がすんなりと行われるとも思えない。国を二分するような大きな戦が始まるのではないかと、武将だけでなく民衆も思っているに違いない。

黙ってしまった姜沆の前に、広英は小さな包みを置いた。中には銀銭がはいっている。

「これをお納めください。これまでの講義への謝礼です。国へ帰るまで、これからも講義を引き続きお願いしたいと思っております」

これからの講義も、すべて謝礼を払うつもりだと広英は告げた。

姜沆は包みを取り上げて、開いて中を見た。目を丸くしている。

「なんと。賃金をくださるのですか」

「多くはありませぬが、帰国の許可がでたとき、必要なものを手に入れる仕度金としてお役に立つでしょう」

広英は声をひそめてつけ足す。

「ひとつ、お願いがあります。私から謝礼をもらっているということは、藤堂殿には内緒にしていただけませぬか。わかれば赤松が余計なことをする、といわれるかもしれませんし、それに、実は、藤堂殿とは、その、いろいろありまして、馬が合わないというか……うまくいっていないのです」

藤堂高虎は隣家の主《あるじ》だが、広英とは性格や考え方がだいぶ異なる。仲は良くない。姜沆は黙ってうなずいた。広英の気持ちを察してくれたらしい。

「わかりました。だれにも気づかれないように心します」

姜沆は銀銭が入った袋を恭しく額の上まで捧《ささ》げ持った。

「お心づかい、ありがたく頂戴いたしまする。帰国するとき食糧を買う金が必要になります。この銀銭は、それまで蓄えておくことにいたします」

姜沆は銀が入った袋を大切そうに衣の胸にしまった。

「姜沆先生の講義だけでなく、もっと大勢の人たちが仕事をやるようにしたらどうでしょうか。仕事に対して賃金をお支払いします」

広英の申しでに姜沆は驚いたらしい。目を見開いている。

広英は言葉を続ける。

「お恥ずかしい話ですが、宗舜殿のような学者や僧は自由に漢籍を読めるかもしれませぬが、私のような者が漢籍を読もうとしても、簡単ではありません。漢字を見れば意味はなんとなく予想できますが、正しい解釈とはほど遠いものです。そこで、儒書に、姜沆先生の新しい解釈による訓点を施す作業をお願いできませぬでしょうか。大勢の手を借りることになる仕事かと思います。みなさまに謝礼をお支払いします。そうすれば、もっとたくさんの銀を蓄えることもできますし、早い時期の帰国も可能になるかと思います。いかがでしょうか」

姜沆はなるほど、とうなずく。

「訓点が施されていれば、漢語ができなくても読めますね。それはよき考えです」

「訓点本があれば、わが国に儒学を広めることも容易になるかと思います。戦乱の世を平らかに治めるためにも、この国の大名衆に、ぜひとも儒学の教えを学んでほしいのです。ここで作った本が、世の中に広まって国中で読まれれば、戦乱の世を終わらせることができるのではないかと思っているのです」

「おっしゃるとおりです。ここで、戦乱を終わりにさせる本を作りましょう」

姜沆も広英の考えに賛同する。

「すぐに始めましょう」

姜沆がまず最初、儒学の根本教義が書かれた『四書五経』を書き写し、それに宗舜が訓点を施す作業をすることになった。四書とは『論語』『大学《だいがく》』『中庸《ちゅうよう》』『孟子《もうし》』、五経は『易経《えききょう》』『書経《しょきょう》』『詩経《しきょう》』『礼記《らいき》』『春秋《しゅんじゅう》』である。

膨大な量の書物を書き写すことになる。作業をする人員が必要だった。

姜沆の家族、兄弟はもちろんのこと、他の屋敷へ連行されてきた朝鮮からの捕虜たちにも声をかけて、手伝ってもらうことになった。

以後、伏見赤松屋敷は、儒書の写本づくりの作業場と化した。

指揮官は朝鮮側は姜沆、日本側は宗舜。

姜沆たちの帰国許可がいつでるかわからぬため、その前に作業をやってしまわねばならぬ、という期間限定のプロジェクトだった。みな、交替で机に向かった。昼夜徹して、解釈についての議論の声が飛び交い、写本作業場は研究室のような熱気を帯びた。朝鮮人、日本人の区別なく、みな訓点本を世の中にだす、という使命を感じ集中し没頭した。

肉体的にもきつい作業だったのにもかかわらず、ひとりとして逃げだす者もなく作業が続けられた。広英の家族たちは、作業している者たちへの食事や寝床の世話をすることに忙しかった。

妻の千鶴が心配して広英にいう。

「殿、夜具を敷いてお休みくだされ。お気持ちはわかりますが、それでは、殿のお身体がもちませぬ」

「急がねばならぬのだ。姜沆先生が帰国する前にやってしまわねば。なにかあれば、医者もおる」

たしかに、伏見赤松屋敷に集まってくる宗舜の弟子の中には医者もいる。

千鶴が笑いながらいう。

「殿は今、おしあわせそうに見えまする。毎日が楽しゅうて楽しゅうて仕方がない、というお顔をしておいでですよ」

そうかもしれない。学問仲間に囲まれて、こんなに楽しいことはない。

「私ひとりがしあわせですまないな」

「いえ。そんな殿を見ているわたくしもしあわせでございます」

「そうか」

「はい」

それならよかった。

伏見屋敷では、写本作業だけでなく、ときには姜沆の講義も入った。

できあがった訓点本のうちの『詩経』を広英は読み始めた。

訓点があると、漢籍がわが国の言葉で書かれたものと同じように読める。読む速度もあがる。読書量が雲泥の差である。

広英は大喜びで昼も夜も持ち歩き、着物の胸に入れて、馬上でも読んだ。本が手放せなくなってしまった広英を見て、姜沆があきれていった。

「そこまでして読んでいただけるとは、われらもうれしゅうございます」

「片時も手放すことができぬようになってしまいました」

「それなら殿のために、持ち歩きに便利な小さな本を作りましょう」

「まことでございますか？　小型本なら持ち運びに難儀することなく、どこへでも持っていけます」

広英は大喜びで携帯可能な小型本を作ってもらうことにした。

姜沆が広英のために作ったのは、「袖珍本《しゅうちんぼん》」と呼ばれる手のひら大の小型の本だった。

姜沆たちと訓点本作りに没頭している間にも、広英は竹田へも足を運んだ。城の建設を監督し指示するためである。城造りはだいぶ形ができあがってきたが、まだ手つかずの場所もいくつかある。完成した姿を太閤殿下に見せることはできなかったが、資金がある限りは続けるつもりだった。

竹田城のふもとにある居館に着くと、なつ姫が出迎えてくれる。前より頰が丸みを帯びてふくよかになった気がする。

「おかえりなさいませ。さっそく殿にお知らせしたきことがございます」

なつ姫がうれしそうにいう。

「なにかよきことでもあったか?」

「これ以上うれしいことはない、というほどにうれしきことでございます」

なつ姫が頰を染めて笑顔でいう。

「なんであろう」

自分の留守中に、そんなにうれしいことがあったとは。なにがあったのか広英にはわからない。

「殿のお子を授かりましてございます」

「なんと」

たしかに、これ以上うれしいことはない、というくらいうれしいことだ。

「お世継ぎであるとうれしいのですが」

「世継ぎであろうとなかろうと、元気で生まれてくれたらそれでよい。なつ、無理をせぬようにな。滋養のあるものを摂《と》って、風邪などひかぬように」

「気をつけまする。元気なお子を産むためにも」

「駆けたり馬に乗ったりせぬようにな。おなかの子供が驚くようなことはしないほうがいい」

「おおせのとおりでございます。母となるならお転婆は慎みまする」

竹田城内では、側室のなつ姫がご懐妊と家臣たちにも知らされ、みな祝福し、お世継ぎ誕生を願った。

広英は竹田城内の南千畳に孔子廟《こうしびょう》を建てた。儒学の祖・孔子を祀《まつ》る建物で、「拝所」の屋根は特別に焼かせた高麗瓦《こうらいがわら》を使った。その建物で、姜沆の指導のもとに、家臣を従えて孔子を祀る祭儀を習った。祭服、祭冠も整えて孔子祭を執り行った。広英は、この乱世を直すには孔子の教えが必要だと思ったのだ。

姜沆から聞いて郷校《きょうこう》も作った。これは主に家臣の子弟に、儒学を中心にした教学を行う教育機関である。のちの藩校の前身のようなものといえる。

伏見赤松屋敷には宗舜がいる。隣家から姜沆が通ってくる。宗舜を慕って弟子たちが集まり、集まってくる者たちは老いも若きも、新しい国を造らねばと熱い気持ちを持っている。赤松屋敷はいつも賑やかだ。

「それはまだ乾いておりませぬ。踏まないようにしてください」

畳の上に書き写したばかりの紙を広げて墨が乾くのを待っている者がいるかと思えば、縁側に小机を並べて書き写す作業をやっている者も数人いる。

「姜沆先生、この文字は、先ほどの文字と同じでよろしいのでしょうか」

「それでよい」

姜沆も、簡単な言葉なら話せるようになっている。

姜沆の横では、宗舜が姜沆が書写した新しい墨の匂いのする紙に訓点を施す作業をしている。宗舜はときおり唸っては口をゆがめる。宗舜も解釈に詰まるときもあるとみえる。

広英は乾いた紙を集めたり、頁《ページ》をそろえたりすることくらいしかできないのが情けないが、なにもやらないというのは性分に合わないから、なにかやっている。

娘の千久は火鉢の火が消えないか見回りをしている。消えそうになっていると母を呼びに行って、呼ばれた千鶴は炭を持ってきて継ぎたしている。

「殿、そろそろみなさまにお夜食をだしましょうか」

千鶴が広英に耳打ちする。

「そうだな。夜遅くまで、いつもすまぬな」

「いえ。これくらいしかお手伝いできませぬゆえ」

夜食はいつも握り飯だ。作業を中断するのが惜しいので、交替で食べる。

「惺窩先生、こちらの枚数が合いませぬが。どこかに紛れこんでしまったということはありませぬか」

「おお、これじゃわ。重なっておったから気づかなかったわ」

散らかった紙を整理して、宗舜は弟子に渡している。

宗舜も楽しそうにやっている。宗舜は相国寺の僧でもあるために、寺の行事があるときは赤松屋敷から姿が見えなくなる。

突然だれかが言いだした。

「戦乱に明け暮れている世の中を、いかにすれば平安なものにできるだろうか」

こんなふうにして議論が始まることもしょっちゅうだった。

「一朝一夕では無理だな」

「しかし、なにもやらないで手をこまねいているだけでは、世の中はなにも変わらずこのままです」

「では、なにをやればよい」

「それは、これから勉強します」

「これから？　遅いなー」

するとべつなだれかが口を挟む。

「儒学というものを学ぶと、その中に、進むべき人の倫《みち》が見える気がします」

「人の倫とはいかなるものか」

こんなふうにみなが意見を交わし合うのを、広英は耳を傾けて聞いている。

広英自身、龍野城を追われて以来、同じ志をもつ者がこんなに多くまわりにいたことはなかった。

姜沆たち一行が帰国する前に、できるだけ多くの知識を吸収しておきたい、とみな願っている。毎日が充実していた。赤松屋敷では、写本をつくる作業は昼夜交替制で行われ、議論に熱が入ると夜が明けてしまう、ということも珍しいことではなかった。

広英たちは赤松屋敷の外の動きに決して無頓着だったわけではないが、写本造りに熱中し没頭していたため、目が行き届いていなかったかもしれない。屋敷の外では、秀吉が死んだあとの伏見からじわじわと歴史のうねりが始まり、いまや国じゅうを呑《の》みこもうとしていた。

秀吉は死ぬとき、跡継ぎである秀頼の後事を、秀吉麾下《きか》の二大実力者、前田利家と徳川家康に託した。ところが秀吉が亡くなると、待ってましたとばかり家康が動きだした。秀吉が願っていたのとはまったく別な方向へ、である。家康は、秀吉が亡くなる前に五奉行と交わした誓書に書かれたことをことごとく破っていったのだ。石田三成がそれを責めても、家康は痛くもかゆくもない。豊臣政権を乗っ取るために着々と手を打ってゆく。

慶長四年一月、三成は家康の専横を許すまいと家康暗殺を企てるが、事前に察知されて失敗する。

家康の横暴に対して憤っていた秀吉恩顧の大名たちが、やがて三成より家康に味方するようになってくる。家康は、朝鮮出兵の間に秀吉の家臣の間に広がった対立を巧みに利用し、両者の対立がより拡大するように持っていったのだ。その結果、加藤清正、福島正則、黒田長政ら秀吉恩顧の大名を自分の味方へと取りこむことに成功する。

二月になって加藤清正らが三成を殺害する計画を立てると、三成は、なんと家康の懐に飛びこんだ。家康は一応、三成を助ける。

三月、前田利家が病気で亡くなる。

閏三月十日、三成は五奉行を退いて自城である近江佐和山《さわやま》城へ帰城。三成は失脚し、豊臣中央政権から追いだされたのだった。

六月のある日、家老の丸山がいう。

「伏見にいた諸大名が国元へ帰り始めておりますな。太閤殿下が亡くなって、伏見にいる必要もなくなった、ということでしょうか」

大名たちは、これまで秀吉に命じられて伏見城下に屋敷を構えていた。ところが慶長四年六月に入ると、引き上げる大名が現れ始めたのだ。

「伏見の治安も、怪しくなってきておりますし。殿も竹田に戻ることを考えたほうがよろしいかと思いまするが」

「そうだな。姜沆先生たちが帰国されたら私も竹田へ戻るつもりだが、女衆は先に返そう」

妻、娘たち、母親はすぐに竹田城へ返した。

広英自身は姜沆たちとの共同作業が続いている間は伏見にいるつもりである。

翌慶長五年、三月も終わろうとしている。

宗舜が息を切らせて広英のところにやってきた。

「姜沆殿の帰国の許可がおりましたぞ！」

姜沆もやってきた。

「彌三郎殿、一族こぞって帰国できることになりました」

「おめでとうございます。すぐに船の準備をせねばなりませぬな」

「彌三郎殿からいただいた銀銭を使わせていただきます」

「船と食糧と衣類を手配いたしましょう」

姜沆は宗舜と広英の助力を仰ぎ、広英から賃金として与えられた銀銭で、三十九人が乗れる船と食糧を買いこんだ。

宗舜は無事に海を渡れるようにと、水先案内人の水夫をひとり同行するように手配した。広英は唐津の寺沢志摩守正成《てらざわしまのかみまさなり》に、一行の対馬通行の許可証を書いてもらい、姜沆に持たせた。「これらは帰国を許された者たちであり、渡海を許可するように」と書かれている書状である。対馬で疑われることなく速やかに朝鮮へ渡れるように、という配慮からだった。


四月二日。姜沆たち一行は、伏見を去り朝鮮に向かった。

姜沆たちが書き写した書物は『四書五経』など二十三冊に及び、赤松屋敷で十数名が作業した成果だった。この日をめざして日夜精魂こめて書写に励んできた者たちである。帰国できることになって喜ぶべきことであることは承知していたが、広英たちにとって、彼らは捕虜というより師であり友人だった。いなくなってしまうと、がらんとした屋敷が寒々として見えた。

広英だけでなく、宗舜も同じ気持ちらしく、姜沆一行が出発してからは一日じゅう言葉少なで、廊下からぼんやりと外を見たりしている。

広英は箏を弾き始めた。寂しい気持ちを和らげることができるかもしれないと思ったからだ。

宗舜は廊下からやってくると、箏の前に座る。広英が弾く箏の音に耳を傾ける。

広英が一曲弾き終わると、宗舜は呟くようにいう。

「箏の音はよきものですな。いつ聴いても心洗われる心地がする」

弾いていても心洗われる気がするから、広英は弾くのも好きなのだ。

姜沆たちが残してくれた貴重な写本が文机《ふづくえ》の上に積み上げられている。

あの本をどうするか。袖珍本は自分の手元に置いて、毎日、愛読するつもりでいるが、
ほかの書物は自分ひとりのものにするつもりはない。

宗舜が積み上げた本のひとつを手に取るのを見て広英がいう。

「これらの書物は、できるだけ多くの大名や学者たちに広く読まれるべきものだと思うのです」

「たしかに、これは国の宝だ。世の中に出さねばならぬ。どうしたらよいか……」

「義兄がいっておりました。同じ本を大量に作る道具を、占領品として朝鮮から持ち帰ったと」

広英の義兄は朝鮮出兵の総大将、宇喜多秀家である。大量の書物と同時に鉛の活字による印刷機を持ち帰った。

「その道具を使って本を作れば、たくさんできまする。どうしたらみなが平安に暮らせる世の中になるか、国じゅうで考えることができましょう」

「たくさんの本を一度に作ることができると？　なるほど、それはよい考えだ」

　宗舜が何度かうなずく。

「ならば、南蛮渡来の印刷機械もあるかもしれぬ。素庵《そあん》に聞けば知っているかもしれぬな」

　吉田《よしだ》素庵は宗舜の弟子のひとりである。高瀬川《たかせがわ》をひらいた豪商・角倉了以《すみのくらりょうい》の息子で、父の後を継いで水利事業に励むと同時に安南《あんなん》貿易に従事し、豊かな財を蓄えていた。宗舜は広英だけでなく素庵からも経済的な支援を受けている。安南とはベトナムのことである。

　このとき、宗舜と広英は、儒書の訓点本を出版することを考えていた。

　本来、わが国の学問は、広く知らしめ、みなで切磋琢磨《せっさたくま》する、などということは考えていなかった。

　平安時代中期から、ひとつの学問はひとつの家系が門外不出で独占的に行い伝えるようになっていた。菅原道真《すがわらのみちざね》の菅原氏、清少納言《せいしょうなごん》の清原《きよはら》氏、後の林羅山《はやしらざん》の林家などがそういう学問博士を代々輩出する学者の家として存在してきた。ちなみに羅山は宗舜の弟子で、家康に仕えることを嫌った宗舜の代わりに宗舜が家康に推薦した弟子である。羅山の子孫たちは、代々徳川家に仕えた。

「ところで、彌三郎殿は、これからどうなさる」

　宗舜が広英にたずねる。

「明日、竹田城へ帰ります。城を留守にすることが多かったため、向こうでやらねばならぬことが山ほどたまっております。城の石垣造りもまだ途中ですし」

「わしは、石田治部殿の招きに応じようかと思うておるんじゃが」

「石田殿の？」

　広英も宗舜も、石田三成とは懇意にしていた。頭が混乱していた最晩年の秀吉の側近として、三成が苦労していたのを広英も宗舜も知っている。三成の母親が亡くなったときには、宗舜は弔意をあらわした漢詩を送っている。広英も三成とは文を交わしたり、贈り物を贈ったりしている。

「石田殿から側に仕えぬか、と誘われておったのだ。よりよき国を作るために、なにか手伝えるかもしれぬ」

　この当時、大名たちは政治顧問として名僧や学者を抱えることがあった。毛利の安国《あんこく》寺《じ》恵瓊《えけい》、秀吉に仕えた相国寺の西笑承兌《せいしょうじょうたい》、家康の金地院崇伝《こんちいんすうでん》や天海《てんかい》などがそうである。

「石田殿の使者、戸田内記《とだないき》殿がみえてな、お受けしたんじゃ」

　家康に仕官することをあれほど嫌っていた宗舜が、三成の要請は受けたと聞いて驚いたが、なるほど、とも思う。

「姜沆殿を本国に送り返したら、すぐに佐和山にはせ参じる、というてあったんじゃ。しかし……あれよあれよという間に石田殿の身辺が怪しくなってきてしもうたわ。果たして、今からわしの出番があるかどうかわからぬが、佐和山へいってみるつもりだ」

「しかし、それをやったら、宗舜殿は徳川殿を敵に回すことになりませぬか。徳川殿は、宗舜殿を学問の師として側近くに置きたがっておりまする」

宗舜が肩をすくめる。

「わしが佐和山へいったら、徳川殿とは……」

最後は言葉を濁したが、宗舜は家康と敵対することも覚悟の上だと広英は感じた。

宗舜は家康の学問の師でもある。家康は宗舜に自分に仕えるようにと再三いって迫っていた。都でも名だたる知識人である宗舜のために京に屋敷を建てた。そして二千石で召し抱えようとした。ところが宗舜は、その両方を蹴って、伏見赤松屋敷に寄宿していた。家康は宗舜の学識を認めているのに、宗舜が家康になじまないのだ。家康からしてみたら、召し抱えたいのに赤松屋敷へ逃げこまれてしまった、と苦々しく思っているだろう。

「今や、徳川殿の専横が目に余るほどだと聞いております」

「そうじゃ。情けないことに、それを止められる者がいない。石田殿が憤ってみても、あの狸《たぬき》じじいは鼻先に蚊が止まったくらいにしか思わない。太閤殿下亡き後の伏見城に入りこんだと思ったら、次は大坂城じゃ。西の丸にいたおね殿を追いだして、新たに天守閣を建てたんじゃぞ。いまや大坂城には天守閣がふたつ。なんじゃこれは。やり方が汚い」

宗舜が家康のやることを快く思っていないことは明らかである。むろん、広英も同じ思いだ。

「しかし、ここは徳川殿にたてつかないほうがいいのでは。宗舜殿の立場が危うくなる」

「あいにくと、主人の顔色をうかがい、おもねるようなことしかいわない宮仕えは、わしの性分に合わぬわ」

そのとおりだ。広英も宗舜の性分はわかっている。

「いまに天下を二分する戦が始まる」

これは宗舜が以前からいっている。

「徳川殿と石田殿の間で？」

「いいや。徳川殿は頭がいい。自分が豊臣に刃向かうなど滅相もない、という姿勢を見せるのじゃ。ところが裏で巧みに工作して、豊臣家の家臣たちの仲を裂こうとしているのじゃ。豊臣家臣団を甲と乙に分けて戦うようにさせる」

「仲間割れ、ということですか？」

「そうじゃ。それが内府殿には一番おいしい筋書きじゃろうが。自分が手を下すことなく、豊臣の大名たちが勝手に争って消えてゆくのじゃから」

「そこをなんとかできないのですか。仲間割れしないように」

「無理じゃな。すでに甲と乙に分かれてしまっておるではないか」

宗舜のいうとおり、朝鮮へ渡海した武将たちは、今や好戦派と厭戦《えんせん》派に分かれて、互いに相手を牽制《けんせい》している。

「では、徳川殿がそうなるように仕掛けたと……」

「いかにも」

宗舜が急に声を潜める。

「彌三郎殿、気をつけてくだされ。徳川殿は彌三郎殿のことを生意気な男だと思っている」

「私が生意気？　どうして」

広英は家康と直接会ったことは数えるほどしかない。小田原城攻めの際、駿府で宗舜のことが話題になったことを覚えている。あのとき、家康に対して生意気なことをいった覚えはないが。

「いったい私のなにを生意気だと」

「徳川殿は国を治めるには儒学をもってするのがよい、と考えておる。徳川殿自身、儒学を学んで、これから実践していこうとしている。これはよきことじゃ。ところが、竹田城では自分よりはるかに若い城主がすでに儒学を学び始めており、城内に孔子廟を建て、孔子祭を執り行い、科挙の試験をやり、家臣を採用している。これは、徳川殿がやりたいと思っていることだ。それを、但馬の若造が先取りしてやっていると知って、面白くないらしいのじゃ」

広英は家康の肉付きのいい顔を思いだした。宗舜のいうこともありうることだと思う。なんでも思いのままにしている男が、側に置きたくてたまらない宗舜を召し抱えることができないでいるのだから。

「わしが徳川殿への出仕を断って赤松屋敷に入り浸っていることも面白くないらしいのじゃ」

「すると、私が宗舜殿と徳川殿の間に入って邪魔をしている、と思っているのだろうか」

宗舜は返事をしない。なにか考えているらしい顔で黙ってしまった。

第十一章　関ヶ原　田辺城攻め

広英は伏見屋敷から竹田城へ戻った。

家臣たちも、妻も娘たちも、母もなつ姫も竹田にいる。家族と家臣が全員、竹田に戻ってきたのだ。喜ばしいことのように思えるが、世の中の動きが怪しくなってきている。喜んでいるわけにはいかない。

慶長五年（一六〇〇年）六月十六日、徳川家康は会津の上杉景勝《うえすぎかげかつ》を討伐するために大坂城から出陣した。率いる兵は五万五千。秀吉から豊臣家の後事を任されている家康に対して、上杉は反旗を翻すつもりらしいというのが出陣の名目だった。豊臣恩顧の大名の中で、徳川方であることをはっきりさせた大名たち、細川忠興、黒田長政らも家康についていて従軍している。

七月一日、家康は江戸城へ到着、二十一日に会津攻めをすることに決め、奥羽に照準を定めた。

そのころ、家康がいなくなった京・大坂で、石田三成が動いた。

七月十七日、丹波・但馬の諸将のところへ、前田玄以《まえだげんい》、増田長盛、長束正家《なつかまさいえ》の連署で書状が届いた。広英のところにも届く。

そこには、徳川家康の最近の専横には目に余るものがあると家康の罪状が十三箇条にわたって書き連ねてあった。家康は罪もない上杉景勝を討伐しようとしているし、太閤《たいこう》殿下の遺言をことごとく無視し、禁じられていたにもかかわらず大名家同士の婚姻を勝手に決めるし、権限もないのに各大名へ知行を勝手に与えている。あたかも国主のごとき振るまいは看過できない、と家康を激しく非難している。

広英は書状を見て、いよいよ始まったな、と思った。三成の名前はないが、書状の背後に三成がいることは明らか。文面から判断して三成が焦っているように思えるが、相手は老獪《ろうかい》な徳川家康である。焦ったら家康の思うつぼだ。

三成は一見クールそうに見えるが、実は激すると頭に血がのぼり、みずからの激情を制することができなくなることを広英は知っている。

書状には、今回の家康の東征に従った武将たち、福島正則、加藤嘉明《よしあき》、加藤清正、黒田長政、細川忠興などの妻子を人質として大坂城へ入れるように、と書かれている。

このとき、黒田長政、加藤清正らは三成の言葉を無視して妻子を巧みに逃がすことに成功した。藤堂高虎、加藤嘉明らは妻子を人質に取られた。細川忠興の妻、ガラシャは、人質になることを拒否し、屋敷に火を放ってみずから死ぬことを選んだ。

これらの大名たちは家康につくだろう。広英はどうするべきか。天下を二分するような戦が始まるなら、広英も自分の立ち位置をはっきりさせなければならない。国じゅうの大名たちが、どちらに付くのが賢明か、思案に暮れているに違いない。

三成と家康。大将としては家康のほうが数段上である。三成は四十一歳。家康は五十九歳。武将としては百戦錬磨、戦術にも長《た》けているのは明らか。実際、丸めこまれて家康側についている豊臣恩顧の武将たちが多数いる。天下を治めるには、清濁あわせ呑《の》む大きな器が必要だが、三成はそんな大きな器は持っていない。あくまでも豊臣秀頼さまを助けていく有能な家臣である。それに対して、家康はみずからが大きな器である。

家臣たちのこと、赤松の家のことを考えたら、戦いがあるなら勝ち残る側に付くのが必定。

竹田城本丸の広間。広英は家老や重臣を前にしていつになく緊張した面持ちで口を開いた。

「天下を二分するような戦が始まる。われらはどうすべきか。みなの意見を聞きたい」

「徳川につくか、大坂方につくか、でござるが、ここは迷うこともないのでは」

首席家老の丸山が、答えはでている、というようにいう。

「いかにも」

家老の平位が言葉を続ける。

「思えば、殿が大名に返り咲くことができたのも、太閤殿下の馬廻《うままわ》り衆に引き立てられたことが最初のきっかけでござりました。以来、従軍する戦という戦は連戦連勝。その褒美として竹田城を与えられましてござります。それに加えて、奥方さまは太閤殿下の寵臣《ちようしん》、宇喜多秀家殿の妹君であらせられる」

いわれるまでもなく、妻の実家は秀吉に愛され、重用されてきた家である。

それだけではない。広英の親友、宗舜は秀吉の寵臣、石田三成の参謀になろうとしている。広英が三成側に立つか、家康側に立つか、迷うことはないではないか。答えは明らかである。

丸山がいう。

「太閤殿下の恩を忘れて、家康殿に荷担することがどうしてできましょうぞ」

「しかし、家康殿は今や豊臣家の大名の中では最も力を持っていることはだれもが認めている。次の天下は家康殿の手に渡りつつあるようにも見えるが……」

「だからといって、奥方さまのご実家である宇喜多殿と袂《たもと》を分かって家康殿に参じることができますするか」

広英の性分では、普通はできない。しかし広英にはいまだに迷いがある。家康の力は、大名の中で抜きんでているからだ。それに、本能寺の変のときの細川家の動きが頭をよぎる。嫁の父親である光秀が再三頼んだのに細川家は光秀に荷担しなかった。冷静に先を読んでの行動だったのだろう。その結果、細川家は罪に問われることもなく続いている。文化人として名高い幽斎だが、机にかじりついているだけの文化人ではない。混乱の中から進むべき道を的確に見いだす目を持つ男である。細川家が生き残るためには、過去のしがらみを鮮やかに断ち切ることもでき、その処世術たるや見事である。

そういえば、今、細川家は徳川方についている。ということは次の世は徳川だ、と幽斎はよんでいるということか。

今、広英も、幽斎のように、血縁より現状を的確に把握する冷静な判断をするべきなのだろう。そう、龍野赤松家が生き残るためには、頭は幽斎のように使うべきなのだ。

妻の兄、宇喜多秀家には目をつぶり、恩を受けた太閤殿下の家族、淀殿と秀頼さまは、赤松家とは関係ないと断ち切ればいいのだ。

ただ問題は、それが、自分にできるかどうか、である。細川と自分は違う。細川にできても自分にできるか。できたらとっくにやっている。できないから、答えがだせず、こうして困っているのだ。

「お奉行衆から書状が届きました」

家老たちと相談しているところへ、家臣が新たな書状を持ってくる。増田長盛、長束正家、前田玄以の三奉行の名前でだされた触状《ふれじょう》だった。

「特別な咎《とが》もないのに内府は上杉討伐をしようとしている。丹後の細川忠興は内府に従い東征した。丹後出陣を命じる」と書かれている。家康率いる大名軍が上杉討伐に東征している間に挙兵せよ、というのである。まず伏見城と田辺《たなべ》城を攻撃するが、広英たち但馬衆は田辺城攻撃に加わるように指示されている。

家康が出征した後の伏見城は家康の家臣、鳥居元忠《とりいもとただ》と兵千八百余人が守っており、田辺城は、家督を息子の忠興に譲ったあとの細川幽斎が隠居して住んでいる。細川軍の本隊は、忠興が引き連れて家康に従って上杉討伐にでかけていた。田辺城に残っていたのは忠興の父親、細川幽斎と幽斎の三男の幸隆《ゆきたか》のみである。

広英たちはその田辺城を攻めるように命じられた。いよいよ戦が始まる。

幽斎は室町時代の三管領のひとつ細川氏の出身で、最初は足利将軍家の幕臣であったが、次に織田信長、次に羽柴秀吉、次に徳川家康と機を見て巧みに主君を乗り換えてきた。嫡男が明智光秀の娘婿であったが、本能寺の変に際しては、最初から最後まで光秀の味方をしなかった。現実的、合理的な判断をする武将だったのだ。

幽斎と広英は、当時の武将としては少数派であった文化人同士。幽斎に対して広英は敬意を持って接していたが、幽斎のような冷徹かつ合理的な判断力は広英は持ち合わせていない。

よりにもよって細川幽斎の城を攻めることになるとは。攻め手の中には、学芸に秀でた幽斎を師と仰ぐ武将もいる。内心、幽斎を攻めるのは気がすすまぬ、と思っている大名も大勢いるはずである。広英もそうである。気が進まぬが、命じられたらやらざるをえない。

「われらは田辺城を攻めることになった。すぐに仕度を」

広英は重い口調で家臣たちに命じる。

今度の戦は朝鮮ではない。国内の、それも身近な丹後の城を攻める戦である。

七月十八日、広英は兵を率いて竹田城から出陣した。

途中で八木城の別所吉治、出石城の小出吉政《こいでよしまさ》と合流する。出石城はかつての広英の上司、前野長康がいた城である。長康が秀次事件で連座し切腹してからは、小出吉政が入っていた。

一方、田辺城では、大坂方が攻撃してくるとわかると、幽斎は支城をすべて焼き払い、兵やその家族を田辺城に集めた。食糧や兵器も田辺城に運びこんだ。幽斎率いる兵は五百のみ。敵を田辺城で迎え討つ覚悟で、籠城戦に持ちこみ息子の忠興が帰ってくるまで持ちこたえることを狙っていた。

二十日、広英ら大坂方は丹波と丹後の国境《くにざかい》に到達していた。丹後は細川幽斎の領地である。大坂方は、但馬、丹波の領主たちが中心の一万五千。最大でも七万石ほどの中小規模の大名の集まりである。大将は福知山《ふくちやま》城主の小野木重勝《おのぎしげかつ》。

翌二十一日、大坂方は田辺へ到着。

田辺城は北は舞鶴《まいづる》湾に面し、西側を高野川、東側を伊佐津川という二本の川に挟まれた平野にある平城である。

大坂方は、田辺城を囲む東西と南の山に陣地を築く。陣の数は全部で十九。北側は海であるため、海には船を配置し、広英も敵番船《てきばんせん》を一艘《そう》だして海の見張りを行わせた。「敵番船」とは港や河口で敵を見張る船である。広英は陣地を城の南、大手門側の川の脇に作った。赤松の幟《のぼり》をたて、鹿垣《ししがき》で自陣を囲んだ。となりは杉原氏、その向こう側は小出氏の陣。川をはさんで反対側には別所氏、山崎氏の陣がある。

広英ら大坂方は城に向かって鉄砲を打ちこみ、城からも鉄砲で応戦する。城の櫓狭間《やぐらはざま》から中筒、小筒で応戦してくる。あたりには激しい銃撃音が響き渡り、煙と火薬の臭いがたちこめた。

鉄砲が日本に伝えられて五十年そこそこであるが、このころの戦は、鉄砲による銃撃戦が主流になっていた。

この日、広英の赤松軍は、小出、山崎軍と一緒に戦っていた。

赤松軍の中から多数の母衣《ほろ》武者が勢いよく城に向かい、士卒たちも鬨《とき》の声をあげ、ほら貝を吹いて襲撃に向かう。広英は陣にいる兵に命じて竹束を作らせた。竹を束にして、鉄砲の弾を防ぐために楯《たて》のようにして使うのである。

城下は細川軍の手で火が放たれ焼けていたが、大坂方はさらに火を放つ。

焦土となったところへ、大坂方は陣地を山から下ろし、城を取り巻く包囲網を狭めた。川を挟んで籠城方と大坂方が向き合った。橋は籠城方によって落とされていて、籠城方は鉄砲で激しく攻撃。大坂方はそれを竹束で防戦し、焼け残った町家に入り、町家の格子戸や戸口、土蔵の窓から鉄砲で応戦する。すると、籠城方も必死で防ぎ応戦するから、大坂方は幟旗を持ってまた山に逃げる。その繰り返しである。

未《ひつじ》の刻（午後二時ころ）、赤松軍の先駆けが、赤松の旗を掲げて田辺城の大手に向かった。広英は、九文明の丘の上にある陣から兵の動きを見ている。鬨の声が広英のところまで聞こえてくる。小出・山崎軍も一緒に攻めている。先頭を切るのは赤松軍だ。

赤松軍の先駆け、幟差し武者九人が大手杉ノ馬場に近づいたときだ。大手と同じ並びの櫓狭間から鉄砲が撃たれた。九人すべてが落馬。

それを見て、後続の者たちの足が止まった。みな、塀や堀、木立の陰に身を隠す。へたに進めば撃たれる。戦場は動きが止まった。

広英は伝令をだして撤退を指示したが、伝令が現場に入れない。

だれも動かず申《さる》の下刻（午後四時四十分ころ）になった。ここまできたら夜を待って闇夜に紛れて撤退させるしかないか、と広英が思ったときだ。広英の前に井門亀右衛門が進みでた。高麗の陣で、広英を虎から救ってくれた鉄砲組の組頭である。

「拙者が撤退させてまいりましょう」

「しかし今でていけば狙い撃ちされるのは必定。暗くなるまで待て」

「大丈夫でございます。お任せくだされ。馬の操り方しだいで、鉄砲から逃れることもできまする」

井門は供も連れずにでていった。

大丈夫だというが、相手は鉄砲である。行かせるべきではなかったかもしれない。

まもなく、赤松本陣がある丘の下に井門の姿が見えた。焼けた町を単騎で大手に近づいていく。直進するのではなく、あっちへ行ったりこっちへ来たり、ときには戻ったり、読めないような動きをしながら、みなが隠れているあたりに近づいていく。この間、大手付近の櫓狭間からは井門めがけて鉄砲が撃たれ続ける。その弾を巧みにかわしながら、井門は進んでいく。

井門が隠れている味方に声をかけると、みなはすがるように井門のまわりに集まった。逃げ遅れて動けなくなっていた者たちを引き連れて、井門は赤松本陣へ撤収してくる。

籠城方の猛烈な射撃が続く中を、弾丸に当たることもなく、威風堂々と。

みなを連れて戻ってきた井門を広英は労《ねぎら》った。

「そちのような勇敢な男を部下に持って……」

広英が珍しく言葉に詰まる。

「余は果報者じゃ。こたびの働き、そちだからできた。あっぱれであるぞ」

「ははー、そのお言葉、ありがたきしあわせに存じまする」

井門と兵たちは無傷で本陣へ撤収できた。みな喜んだが、今回の成功は、広英には「井門の強運」だけでは説明がつかない気がするのだ。もっと、なにか理由がある。そんな気がしてならないのだが……。

月は移って七月から八月になった。

籠城方が、竹束を射貫《いぬ》く強力な鉄砲玉を新たに作りだしたので、大坂方の竹束の威力がなくなった。大坂方には鉄砲で射貫かれる兵が続出し、今までのやり方が通用しない。ここから戦線は停滞し、にらみあいが続くようになる。

あるとき、赤松本陣から田辺城を見下ろしている家老の丸山がいう。

「不思議な戦でございますな」

黒金の鉄兜《てつかぶと》をかぶった丸山の戦仕度姿は、広英は何度も見てきたものだが、丸い身体《からだ》がいつのまにやら猫背になっているではないか。寄る年波には勝てぬということか。広英自身も初陣から数えれば二十年以上、毎回、みずからの命をかけて戦場にでている。武士というのは、実に因果な生業《なりわい》と思わざるをえない。

「攻め手のなかには、空砲を撃っている者もおりますな」

広英も空砲には気がついていた。

いかにも城を攻撃しているかのように見せかけて、空砲を撃つなどして実はなにも攻撃していない陣がいくつかあったのである。

「その気持ちもわからないでもないが……」

今回の戦では、広英自身、士気が上がらず苦労している。

「われら大坂方の中にも、籠城している幽斎殿を師と仰ぐ武将も多数おりまする。なにがなんでも幽斎殿の首を取る、と思っている武将は大坂方にはひとりもおらぬのではありますまいか。一応、城を取り巻いてはおりますが、みなの本音は、早く終わりにしたい、でございましょう」

丸山のいうとおりだと思う。やりたくないのにやらねばならぬ。これほどやりにくい戦も少ない。

八月も終わろうとするころ、敵番をしていた井門が敵をひとり捕らえた。

「このようなものを持っておりました」

井門が広英の前に書状をさしだす。

読んでみると、籠城している者たちのことを気遣い励ます手紙である。差出人は細川忠興。宛名は書かれていなかったが、忠興が父親の幽斎に宛てたものに違いない。

後ろ手に縛られている男は黙ったまま口を開かないが、遠方からやってきたらしいことは見れば明らかである。

「これは幽斎殿に宛てた籠城見舞であろう。これを持って城に入るつもりか？」

男は黙って唇を嚙《か》む。広英を見ようともしない。

「城に入るなら、しばし待て。今いっても、すぐに敵番につかまる。暗くなってからにせよ。夜陰に乗ずれば、秘密裏に城内に入る口がないこともない」

男が目を丸くして広英を見返す。

「殿、なにをおっしゃいますか」

井門も驚いている。

「われらは籠城方に借りがある。それを、今日、返す」

「借りとは、なんのことでございましょうか」

井門は合点が行かないらしい。

広英は井門に説明する。

「この間のそちの英雄的な撤退だ。そちの馬の乗り廻し方が巧みだったことはもちろん、強力な武運をそちが持っていたことも首尾よくいった理由であろう。が、それだけではないであろう。あれだけ鉄砲で狙われたのに、ひとりも倒れなかったのは、籠城方がわれらを逃がしてくれたからではないのか。そう思えるのだ」

「たしかに……激しい銃撃でしたが……うますぎるほど運がよかった」

井門もなにか気づいたようで、二、三度うなずいた。

「今、田辺城はぐるりと大坂方に取り囲まれているが、北側は海だ。海には番船がいるが、岸には警護の兵はいたとしても少ない。海辺北口の安久《あぐ》からなら城に入ることができるのではないか」

「たしかに、あそこからなら入れまするな」

「亀右衛門、暗くなったら安久へ案内《あない》してさしあげよ」

「ははー」

敵方の使者が驚いている。

「なんと、城へ入れるように案内してくれるというのか」

広英はうなずく。

「数日前、細川方に借りを作った。それをお返しする」

どんな借りかまでは説明しなかったが、敵の使者は納得したらしくうなずいた。

「かたじけない。よろしく頼み申す」

夜を待って、井門は使者を連れて闇の中に消えていった。井門の手引きで、使者は首尾よく入城できた。

やがて籠城方も大坂方も戦いらしい戦いはしなくなり、膠着《こうちゃく》状態になった。

大坂方は兵粮攻めをやろうとし、城をぐるりと竹垣で囲んだ。城へ人や物が入りこめないようにするためである。しかし、竹垣があるために、城の近くまで行って攻めることもできなくなり、ますます戦闘は休止状態になってしまった。

止まってしまった戦闘を終わらせるにはどうしたらいいのか。

和議に持っていこうとしても幽斎は応じない。徹底抗戦するつもりでいる。

ところで、田辺城籠城戦は、「古今伝授」を抜きにしては語れない。

「古今伝授」は和歌の世界における学問の独占ともいえるもので、許された者にだけ、勅撰《ちょくせん》和歌集である『古今和歌集』の解釈が秘伝として伝えられた。『古今集』の和歌の解釈は、注釈なしでは正しく理解できないといわれるほど困難だといわれており、「古今伝授」を受けることは大変名誉で権威あることとされていた。

「古今伝授」は公家《くげ》の二条家が相伝してきたが、途中で二条家が断絶すると、以後は弟子が受け継ぎ、公家に伝わる「御所伝授」と、堺や京の町人に伝わるものとに分かれた。

幽斎は武将であると同時に、歌人、茶人として知られた文化人でもあった。茶の湯はもちろんのこと、料理、有職故実《ゆうそくこじつ》、音曲、刀剣鑑定などにも才能を示した。和歌も巧みで、すぐれた歌を多数作っただけでなく、『古今集』の正統な解釈ができる奥義である「古今伝授」の「御所伝授」を授けられた唯一の人間だった。このことが、田辺城籠城戦で重要な意味を持ってくる。幽斎が籠城戦で戦死するようなことがあれば、「古今伝授」は途絶えてしまう。後の人々は『古今集』を正しく理解できなくなる。

そこで慌てたのは宮廷だった。

しかも、幽斎はときの天皇、後陽成天皇の和歌の師匠でもある。

幽斎を死なせてはならぬ、という指令が御所から発せられる。

朝廷からの使者が「降伏するように」と幽斎に告げるが、幽斎は聞こうとしない。あくまでも籠城決戦すると言い張る。

それでも、「古今伝授」が途絶えるのを憂いて、幽斎は天皇の弟君、八条宮智仁親王《はちじょうのみやとしひと》に「古今伝授」を授けた。籠城戦のさなかに、田辺城において、である。

すると後陽成天皇みずからが、幽斎を救おうと、田辺城の包囲を解くように命じる勅使を派遣した。

戦闘中であっても、天皇が「戦をやめよ」というなら、敵も味方もやめるしかない。戦場では、勅使がやってくる、というだけで大騒ぎである。天皇の勅命には、幽斎も従うしかない。

九月十二日、幽斎は停戦に応じ、田辺城を開城した。関ヶ原の戦いが始まる三日前のことである。このとき田辺城を攻めていた大坂方一万数千の兵は関ヶ原には間に合わず、戦力になることはできなかった。大坂方を田辺城にくいとめていたということで、幽斎の功は大きいといわれている。

田辺城が開城すると、包囲していた大坂方の武将たちはすべて自城へ戻った。関ヶ原でなにが起ころうとしているかも知らずに。わかったら、その足で駆けつけた者もいたかもしれない。広英も周囲の状況を把握しきれないまま、九月十二日、陣地を引き払った。翌十三日、広英一行は竹田城へ帰陣した。

一方、会津征伐に東征していた家康は、七月二十四日、下野《しもつけ》小山《おやま》にて三成が挙兵したことを知った。会津征伐を中止して江戸へ戻る。

八月一日、家康の家臣が守っていた伏見城が大坂方によって落とされた。

八月五日、家康は江戸城へ入るが、以後二十六日間ここから動かなかった。天下の動向を様子見していたと思われる。

家康方の大名軍は大垣《おおがき》城、清洲《きよす》城に入り、八月二十三日、岐阜城を陥落させる。

九月一日、やっと家康が腰を上げる。西に向かって江戸城を出発したのだ。

九月十四日、家康は美濃赤坂に到着。夜は大雨が降った。

翌十五日、小雨がまだ残っている。あたりは霧がたちこめ、半町（約五十五メートル）先も見えないという状況だった。

集まった東軍は十万四千、西軍八万五千。このうち実際に戦ったのは東軍七万六千、西軍三万五千。

辰《たつ》の刻（午前八時ころ）に戦闘開始。昼になってもまだ勝敗決せず、この時点ではむしろ西軍が優勢だった。

未の刻（午後二時ころ）に、秀吉の甥《おい》である小早川秀秋が寝返り、これに呼応して朽《くつ》木元綱《きもとつな》、脇坂安治《やすはる》も寝返り、東軍有利になる。その結果、三成は敗走し、申の刻（午後四時ころ）、東軍が勝利した。寝返った武将が多かったのは、これまでの家康の調略工作の結実だった。

竹田城に戻っていた広英は、これから先、世の中がどう動くか、竹田城が、領民が、家臣が、家族が、そして自分がどうなるのか、日夜思い巡らせていた。

関ヶ原での戦いは一日で決着がついてしまった。天下を二分する戦が、こんなに早く決着がつくとはだれも予想していなかった。

関ヶ原で戦いが行われていたころ、信濃国上田《しなののくにうえだ》城では徳川秀忠と真田昌幸《さなだまさゆき》・信繁《のぶしげ》親子が戦っており、九州では黒田官兵衛が大坂方の城に攻め入っていった。国じゅうのあちこちで、大坂方と家康方とで大小の戦いが行われ、広英たちの田辺城攻めもそのひとつだった。

関ヶ原本戦には家康方が勝利した。つまり、これからの世の中は家康を中心にまわっていく、ということだ。広英のような豊臣方の武将たちの処遇は、家康の腹づもりひとつで決まる。

竹田城でも城主と家老が集まって、これからどうするべきかと話し合った。

幼いころから広英の守り役として側《そば》についていてくれた家老の恵藤は、広英が田辺城戦から戻ったときにはいなかった。病で亡くなったのだ。恵藤は広英にとって、肉親にも等しい存在だった。恵藤の年齢を考えても、別れはそう遠くないだろうと覚悟はしていたが、やはりつらい。が、感傷に浸っている暇はなかった。世の中が動いている。

関ヶ原では、大坂方についていたか徳川方についたかで、その後の武将たちの運命は決まった。負けた大坂方でも知人や家族が家康に少しでも縁があれば、その縁を頼って家康に命乞いをした。

広英には家康とつながるものはなにもない。秀吉につながるものばかりである。広英の嫁は秀吉の寵臣、宇喜多秀家の妹であるし、竹田城の改修は、秀吉の出資で行われていた。

家康に縁者がいない者は、自城で静かに家康からの沙汰を待つしかない。たいてい切腹の命が下る。広英もそうなるであろうと覚悟はしていた。

「殿は、これから、どうされるのが最もよいか」

家老の平位が神妙な声でいう。

「私のことなら心配には及ばぬ。武将である限り、どんな最期が待っていようと覚悟はできている」

平位も広英も、家康から広英に切腹が命じられる可能性が高いことをふまえていっている。

「殿にもしものことがあれば、われら家臣は……」

「案ずるな。非があるのは領主の私ひとり。私が切腹を命じられても、そちたちの命は助かるようにする。決して追い腹を切るようなことはするな。なんとしても、そちたちは生きるのじゃ」

「奥方様や姫君たちは……」

謀反を起こし切腹させられた武将の妻や子供たちは、過去の歴史を見れば連座させられ命を奪われるのが一般的だ。このことも家臣たちは承知しているから、緊張した面持ちで広英に進言する。

「奥方様となつ姫様、そして姫君様たちを、徳川の追っ手がくる前にどこかへ逃がすのがよろしいかと」

首席家老の丸山の言葉に全員が賛同した。

まず女衆を隠すことに話が決まった。女房衆には暇をだした。

広英は女たちを集めて話した。

「みなも承知していると思うが、太閤殿下がお亡くなりになってから、次の天下をだれが治めるか、わが国は大きく揺れた。諸大名は関ヶ原で激突し、その結果、徳川殿が勝利した。私は太閤殿下にご恩があるゆえ豊臣方についたが、敗者となった。敗者の命運は勝者が握っている。徳川に縁者がいる者はわずかな縁を頼って助命運動をしているであろう。私は頼るところがない。まもなく徳川方から追っ手がやってくるであろう。その前に、そなたたちはここから離れて生きながらえてもらいたい。世の中が落ちついたら、必ず迎えに行く。それまで不便を強いることになるが、身を隠し子供たちを守ってほしい」

女たちは黙って聴いている。広英からいわれなくとも、すべて承知の上である。

「縁あって、ここ竹田でそなたたちと家族になった。ここで過ごした日々は、私には何ものにも代えがたい宝である。そなたたちには感謝の気持ちしかない。また会える日を願っている」

広英は頭を下げた。

だれもなにもいわない。みな頭《こうべ》を垂れている。なにかいったら泣き崩れてしまうのを、やっとのことで堪《こら》えているのではないか。そんな女たちに対して、なにもできない自分が情けない。

明日、女たちは竹田城からでていくことになった。

翌日の朝、竹田城麓の居館の広間に、女衆と家臣一同全員が集まった。これから女たちが旅立つのだ。

妻となつ姫はふたりとも身重で、逃げていく間に出産するかもしれない。従って、遠くへは逃げられそうにない。そう遠くない山奥の隠れ里に、縁者を頼って預かってもらうことになっていた。

別れはつらいが、女衆も、今、世の中がどうなっていて、広英がどういう立場にいて、やがてどういうことになりそうか、心得ていた。涙ぐむ者はいたが、泣き声を発する者はいない。姫たちふたりは、唇が白くなるまで歯を食いしばって泣かないようにしていた。姫たちは十二歳と十歳。姉は父に似て、妹は母に似ている。これから生まれてくる子ふたりが、男か女かわからないし、はたして誕生したふたりを広英は見ることができるのかどうか、それもわからない。

「世の中が落ちついたら必ず迎えにいく。それまでしばしの辛抱をしてもらうことになるが」

広英の言葉に、妻の千鶴が女衆を代表していう。

「大丈夫でございます。殿は御自分の道をお進みくだされ。なにが起ころうとも、わが身はわが手で守ります。殿のご武運と領地領民の安泰を願っておりまする」

広英が女衆五人の手をひとりずつ取った。

「父上、必ずまたお目にかかれますね」

上の娘が広英にすがるような目でいう。

広英は小さな手をぎゅっと握ってうなずいた。

「もちろんだとも。必ずまた会える」

お転婆なはずのなつ姫がいつになくおとなしい。おなかが大きくなっているのがわかる。

「子を無事に産んでくだされ」

広英の言葉に泣きそうな顔でうなずくなつ姫。広英がなつ姫の手を取ると、姫は声を振り絞るようにしていう。

「戦のなき国でお目にかかりとうございました」

泣くまいとこらえているが声が震えている。

「そのためにも、天下泰平を実現せねばならぬ」

なつ姫がうなずく。

「天下泰平の世になれば、またお会いできますね。なつは、その日を待っております」

なつ姫は自分にいいきかせるようにいった。

広英は母の前に座る。母は息子の目をじっと見ていった。広英がいつも聞いている穏やかな声だった。

「これからも無事でいてくだされ。わらわより先に死ぬことは許しませぬぞ」

「そのお言葉、しかと心に刻みましてござりまする。父上と母上のもとに生まれて、私はしあわせでした」

母は穏やかで優雅な笑顔を見せる。

「さこもそういっていたような」

「そうです。姉上もいっておいででした」

広英は小さくうなずいた。

女たちは席を立った。これから出発する。

みなが部屋からでてゆき、広英もでようとしたときだ。千鶴が戻ってきた。

「どうした。忘れ物か?」

「はい。忘れ物でございます。言い忘れたことがございました」

千鶴は広英の前に立つとまっすぐ見あげる。嫁にきたときは背も低かったのに、あのときに比べたら一尺(約三十センチ)ばかり背が伸びている。十四歳の少女だった姫が二十七歳になった。

「ここに嫁いで参りましたとき、わたくしはなにもわからず、いわれるままに備前からやってまいりました。赤松彌三郎広英という殿さまの正室になるのだと聞いたときは、恐ろしゅうて泣きました」

「泣いた? 恐ろしくて?」

広英には初めて聞く話だ。

「赤松と聞いて、赤鬼のような殿方を思い描いてしまったのでございます。赤鬼の嫁になるのか、赤鬼に喰《く》われてしまうのではないかと。まことに申し訳ございませぬ」

「私は赤鬼のような男であったか」

「いいえ」

千鶴は激しく頭を振る。

「赤鬼どころか、領民からも家臣からも慕われていることがすぐにわかり、そんな方の妻になることができて、千鶴はなんとしあわせ者かと思いました。殿の跡継ぎを産むことがかなわなかったことが心残りです」

「今、おなかにいる子が男かもしれぬ」

千鶴が自分のおなかを見る。かなり膨らんでいる。

「私は合戦に次ぐ合戦で留守にすることが多かった。そんな中で、娘たちを立派に育ててくれて、そなたには礼をいわねばならぬ」

「殿のお留守を預かるのが、わたくしの役目にございます」

広英は手を伸ばして、妻を抱きよせた。千鶴は力をこめて広英に抱きつく。

「そなたたちが大坂屋敷や伏見屋敷にいるときは、私は竹田城、というように別れて過ごさざるをえなかった。役目とはいえ、そなたもつらかったであろう」

「でも、伏見屋敷での日々は、まことに楽しゅうございました。毎日、殿のお顔を拝見できましたし、娘たちと、宗舜殿と、宗舜殿のお弟子さまたちとみな一緒で、賑《にぎ》やかで、まことにしあわせな日々でございました」

「そうであったな。伏見屋敷は楽しかった」

伏見での日々はつい先日のことだ。最後に輝いた花火のようなものだったのかもしれない。

「そなたにとってよき夫であったかどうか……」

「よき旦那さまでございました。父より、兄より、どの殿方より、殿を敬い、お慕い申し上げております」

妻に対して、なつ姫に対する気持ちとはまた種類の違う愛《いと》しさがわき上がってくる。

広英は妻を抱きしめた。もう会うことはないであろうと思いながら。


広英は玄関の外にでて女たちを見送った。

護衛の家臣たちに守られて、妻と娘たち、なつ姫、母親はそれぞれ三方向に別れて出立していった。

こんなとき、妻は実家へ戻るのだろうが、それもできそうにない。妻の実家、備前宇喜多家の当主、宇喜多秀家は関ヶ原の戦いの西軍の副将。関ヶ原の合戦の後、家康から追われる身になっていた。秀家は、今、どこにいるのかわからない。そういう状況では、千鶴は実家に戻ることはできない。とりあえず、広英の家臣の縁者を頼ることにした。なつ姫は実家の八木城近くの山里へ、母は日頃から好きで通っていた与布土《よふど》の里へいくことになっている。

おそらく、みなが一堂に会することはもうないだろう。

広英は去っていく女たちの背中を目に焼きつけた。

泣いている者はひとりもいなかったが、母も妻もなつ姫も、これが今生の別れになると、心の底ではわかっていた。物言わぬみなの目を見ればわかった。それでもみな泣かなかった。

そう遠くないうちに、家康から切腹の沙汰が下るであろう。

広英は死を覚悟して、身辺整理を始めた。

居館と城内を歩いて、形見分けするものを小姓に命じて紙に書きださせる。竹田城に残っている赤松家伝来の家宝の刀剣はどうするか。金銀や銀銭、米蔵に残っている米は、すべて家臣と領民たちに配分するように家老に指示する。

祖父や父の代から伝えられた自分の蔵書や、姜沆に作ってもらった貴重な写本、袖珍本《ちんぽん》のたぐいは、すべて宗舜に託すことにした。宗舜の好きにしてもらえばいい。

私信や歌のたぐいは、束にして焼き捨てた。もう用はない。自分の一生はまもなく終わる。読み返している暇はない。

広英は少年時代から、形のいい石を見つけると拾ってきては硯《すずり》を自分で作るのが趣味だった。石を彫りだし磨いたもの、岩を砕いて作ったものなどがいくつもあった。それらは、すべて家臣にわけ与えた。宗舜が彫った小さな硯もある。裏面に、宗舜の手で広英の顔が線彫りで彫られている。宗舜がいたずら心で彫ったものだが、案外似ているので気に入っている。この先まだ一度や二度は硯が必要になるときもあるかと、これだけは自分の手元に残した。

遺書も書いた。家族、家臣、友人たちに宛てて何通も書いた。

遺書を書いてしまうと、広英は馬に乗って竹田や養父の領内を見てまわった。

領地は実りの秋を迎えていて、稲穂は黄金色の頭を垂れている。今年は大きな水害もなかった。

「殿さま、もうじき稲刈りでさ」

「今年も良い米が穫《と》れそうだな」

「おかげさんでねぇ」

語尾が上がるこの竹田の言葉を聞くと、いつでも広英の心がなごむ。

以前、河川敷に桑を植えたところでは、桑が大きく立派に育っていた。

「桑が大きゅうなったなぁ」

桑畑にいる農夫に声をかけると、うれしそうな返事が返ってくる。

「そうでさぁ。村では養蚕を始めてますよぅ」

農夫は明るくいう。

「女衆が機織りも始めてますんでねぇ。殿さまのおかげで、まえよりだいぶ暮らし向きがようなったと、みんな喜んでるでねぇ」

円山川の河川敷や土手、畑に桑を植えることを奨励したのは広英だった。

農夫の笑顔を見て、広英はなつ姫がいった言葉を思いだした。

〈民の笑顔を生みだすのは、領主の力〉

領主になって広英がめざしたのは、民が笑顔で暮らせる毎日だった。

今、目の前の農夫は明るく笑っている。

思えば、領主としての年月のあまりにも多くが、戦に駆りだされる日々だった。父が願って、自分も願った「天下泰平」は、いつになったらこの国に訪れるのだろうか。

〈戦のなき国でお目にかかりとうございました〉

なつ姫の別れの言葉だ。

戦のことなど考えなくていい、のどかに笑っていられる日々が、果たしてこの国にやってくるのだろうか。

広英は最後になるかも知れない領内視察から戻ると、自室へ入った。

竹田にいるときは、いつもこの部屋にいた。十五年近く使っていたことになるだろうか。南は庭に面し、いざというときは、廊下にでれば城へ上がる道へつながっていたが、広英が着任してからは竹田城が敵に攻めこまれたことは一度もなかった。

「殿、徳川殿から書状が届きましてございます」

中島が文を持ってくる。

いよいよ広英への沙汰がおりたか、と思わず緊張する。

家康からの文を開く。

宇喜多秀家殿の所在を探しておる。どこにいるか知っているなら、速やかに知らせよ。竹田城下に匿《かくま》われているという噂《うわさ》があるが、もし真《まこと》なら、貴家のためにならず。速やかに差しだすべし。

家康

広英の処遇についての書状ではなかった。

家老の平位がいう。

「宇喜多殿を探しておるのですな。宇喜多殿は関ヶ原では大坂方最大の兵力で出陣しておりました。大坂方の総大将、毛利輝元殿の次席でござる。徳川殿にしたら副将を引っ捕らえて成敗しなければ気が済まぬ、ということでございましょう」

そのとおりだと思う。

「内府殿は、私が宇喜多殿を匿っていると思っておられるようだな」

「そのようでございますな」

関ヶ原の本戦にでていなかった広英は、義兄の動きはまったく知らない。

「『わからぬ』と返書をだすしかないだろう」

「それで、徳川殿が納得するとも思えませぬが」

「しかし、わからぬものはわからぬではないか」

「殿が宇喜多殿を匿っていると疑われているとしたら、やっかいなことになりますな」

広英はうなずく。

敗戦の将でありながら、なおも抵抗するか、と家康は思うだろう。

「私が宇喜多殿を匿っていると疑われているということは、千鶴には話さぬように。知ったら心配する」

「は、承知つかまつりました」

平位は家康からの書状を改めて読み直してからいう。

「この調子では、徳川殿はすでに伏見の赤松屋敷を家探ししているでしょう。あそこにはたいした物は置いてないはずですが、書籍類が残っております。徳川殿の配下の者によって、持ちだされているかもしれませぬ」

平位のいうとおりかもしれない。あそこには、おびただしい蔵書の半分ほどが運びきれずに残っている。学問好きな家康が見たらほしくなるに違いない。儒学関係のものは宗舜に託すつもりだったが、宗舜の手に渡る前に家康のところへいってしまうかもしれない。

それでもいい。家康は書籍の価値は心得ている。珍本、希書は大切に扱うだろう。

こんなふうに広英が身辺整理で忙しくしているときに、弟の祐高が数名の供を連れただけで竹田城に現れた。関ヶ原の合戦では、祐高は大坂方として本戦で戦ったということはわかっていたが、戦死したのか生きているのか、わからなかった。

「無事であったか」

弟の顔を見て、初めて広英は安堵《あんど》した。

「兄上もご無事で」

祐高は家臣たちとその家族にはすべて暇をだし、播磨の家鼻城をでてきたという。

「暇をだしたといっても、先の関ヶ原の合戦でほとんどの家臣が亡くなりました。生き残った者はわずかです」

祐高は以前よりだいぶ痩せていた。城主になって苦労も多かったのだろうか。顔は精《せい》悍《かん》さが増して頼もしくなっている。

「また大坂方と徳川方との間で戦があると聞いております。たいした兵力にはなりませぬが、兄上とともに戦うつもりで参りました」

思えば、広英は祐高と同じ秀吉麾下《きか》の武将だったが、祐高が大名になってからは、広英は但馬衆、祐高は播磨衆に属していた。一緒に戦ったことはない。関ヶ原でも戦場は異なっていた。次の戦は「兄上とともに戦う」という祐高。広英に切腹の沙汰がおりるかもしれないというとき、次の戦いがあるかどうかもわからない状況である。そんな中でも、広英は祐高と会えたことを喜んだ。

第十二章　鳥取城攻め

慶長五年（一六〇〇年）の九月も晦日《みそか》になった。竹田城の周辺では、秋というより冬の気配が濃くなってきている。広英のもとに、亀井新十郎茲矩からの使者が書状を持ってやってきた。

「亀井殿からの使者と？」

亀井茲矩は因幡《いなば》鹿野城の城主。広英より五歳年長で、太閤《たいこう》殿下のもとでともに転戦した武将である。関ヶ原では、因幡の城主たちがみな大坂方についたのに対して、亀井だけは家康方についた。

広英とは因縁のある武将である。広英十六歳の秋、織田信長の中国攻めを任された秀吉は、播磨の赤松一族の城を次々と落としていった。いよいよ次は龍野城を攻める、というとき、秀吉が龍野城へ送ってきた使者がこの亀井新十郎だった。

広英はじめ家臣一同は亀井の勧めに従い、戦わずして城を秀吉に明け渡すことにした。その結果、龍野城と城下町は戦火に焼かれることもなくそのまま残ったのだった。

九月三十日付けの亀井新十郎からの書状を開いて読み始める。

田辺城攻めでお疲れのところを、彌三郎殿と見込んでお頼み申す。関ヶ原の合戦では、わしは内府殿に従っておった。ご存じのとおり、関ヶ原では内府殿が勝利し、内府殿からの信頼あつきわしは因幡国を平定するように命じられた。そこで、彌三郎殿にも手伝ってもらえないかと思うておるのじゃが、詳細は使者の口上を聞いてくれ。

使者が口頭で述べる。

「今、因幡鳥取城を攻めているが、少々手こずっておる。赤松殿に加勢してもらえないであろうか。もし手伝っていただけるなら、徳川殿に赤松殿のことをよきようにはからってもらえぬかと頼むつもりだ。赤松殿の今後のためにも、ここは加勢をだしておかれたほうがよいのではないか。ここまでが亀井殿からの口上であります る」

亀井側の事情はよくわかった。

「加勢の件、ようわかった。しばし待たれよ。返書をしたためる」

広英を鳥取に誘っている亀井茲矩は、関ヶ原本戦では東軍に所属していたが、たいした軍功を上げられなかった。そこで、頑張らねば他の武将たちに出遅れると思ったのだろう。家康に因幡平定を任されると発奮して、桐山《きりやま》城と若桜鬼ヶ城《わかさおにがじょう》を陥落させた。桐山城は鳥取の東に位置し日本海に面する岩美《いわみ》にある。若桜鬼ヶ城は鳥取の南部に位置し、竹田と鳥取のちょうど真ん中あたりにある。この二城には城主はおらず、労せず落とすことができた。

次の目標は鳥取城。

鳥取城は、因幡国の守護、山名氏が久松《きゆうしよう》山の山頂に出城を築いたのが始まりとされる。山頂からは城下町が一望でき、鳥取砂丘や日本海を見ることができる。

戦上手な秀吉でさえも天正九年（一五八一年）の鳥取城攻めでは落とすのに四ヶ月以上かかったという堅城である。しかも秀吉は二万の大軍で攻めた。今、茲矩が率いている兵は三百。鳥取城も城主は不在だったが、留守を預かる家臣たちが、亀井の説得にも耳を貸さず籠城を続けていた。

亀井が広英を加勢に引っ張りこむことを思いついたとき、広英の身を案じて誘ったのか、あるいは自分の都合しか考えていなかったのか、そのあたりのことは広英は深く考えなかった。祐高と違って、広英は生来、人を疑うことをあまりしないからだ。

返事の手紙を書くために、広英は重臣たちと亀井からの依頼について緊急に話し合った。

首席家老の丸山が眉間に縦皺《たてじわ》を寄せていう。

「使者のいうことはまことでございましょうか」

「まことではないかも知れませぬ」

そういったのは祐高だ。

「われらに手伝いだけさせて、戦が終われば見捨てるつもりかもしれませぬ」

あの龍野以来、弟の祐高は亀井を信用できない男だと嫌っていた。

広英は、亀井とは同僚武将の中では比較的親しくしていた。考え方も性格も違うが、有能な先輩武将のひとりとして敬意を払ってきた。

「どうして祐高はそう思うのか」

「亀井茲矩の顔を思いだしてください。あの男の目には、信用できない光があります。あたりを窺《うかが》うような目が、私は嫌いです」

広英は重臣たちの意見を求める。

「このままなにもしないで内府殿の沙汰を待っているか。それとも、内府殿が喜ぶようなことをやるか。そちたちは、どう思う」

「なにもやらないで、ただ沙汰を待っているより、やったほうがいいと思いまする。西軍に属し家康殿に敵対した武将でも、許されるかもしれませぬ」

これは丸山の意見だ。

茲矩だけでなく家康をも嫌っている祐高がいう。

「我々は太閤殿下の配下としてずっと戦ってきました。大坂には秀頼様がいらっしゃいます。徳川殿は大坂城を自分のものにするつもりですぞ。その徳川殿に味方するとは、秀頼様を切り捨てるおつもりですか」

好き嫌いで動くことができたら話は簡単だが、そうはいかないところが戦国の世だ。

「秀頼様を切り捨てるわけではない。われらは秀頼様の家臣であり、内府殿もまたしかり、秀頼様の家臣である」

「それはどうでしょうか。徳川殿はとっくに大坂を見捨てている。自分が秀頼様に取って代わろうとしているのは明らかです」

祐高は一貫して家康が嫌いらしい。広英は大坂城を思った。

太閤殿下が作り上げた豪華で最高の防御機能を持つ砦《とりで》としての大坂城。初めて入ったときのことを思いだした。天正十三年（一五八五年）の年賀の儀だった。広英がまだ大名になる前のことで、太閤殿下がお茶会を設けられた。しかし、その太閤殿下はもういない。当時は太閤殿下のために命をかけて幾多の戦いにでていくことに、なんの疑問も持たなかった。今や太閤殿下はいない。殿下に代わって、大坂城の主は秀頼様とその母君の淀殿。正直な気持ち、このふたりのために命をかけて戦う、という気持ちになれるかどうか、である。今、広英が戦いにでていくのは、大坂城のためではない。赤松の家のためであり、家臣、領民のためである。天下を豊臣が治めようと徳川が治めようと、戦のない世になるなら、どちらでもよいと思っている。早く戦を終わらせて、二度と戦をおこさないことが肝要なのではないか。

祐高は家康に味方することに反対したが、重臣たちは家康に加勢するほうがいいのではないか、という者が多数を占めた。

審議の末、赤松軍は因幡で鳥取城を攻めている亀井の加勢にいくことになった。

待たせてあった使者にその旨を伝えると、嬉々《きき》として戻っていった。交渉を成立させたことで、あの使者の手柄になるのだ。

竹田城には留守役として家老の丸山が残ることになった。


翌日、十月一日。同じ但馬衆で田辺城をともに攻めた八木城の別所吉治、豊岡城の小出吉政とともに、広英は兵を率いて鳥取城へ向かった。奇《く》しくも同日、都では、石田三成、小西行長、安国寺恵瓊の三人が、関ヶ原の敗軍の将として責任をとらされ六条河原で斬首された。関ヶ原の西軍の大将、毛利輝元は死を逃れ、輝元に次ぐ副将の地位にいた広英の義兄、宇喜多秀家は行方がわからないまま見つかっていない。

広英ら但馬衆は四日に鳥取に到着。竹田軍は海側の巨濃口《このくち》から入り、湯所《ゆところ》に陣を張った。ここで亀井茲矩の指揮下に入る。湯所は鳥取城の北西十町（約一キロ）ほどのところだ。亀井軍は十町ほど南の吉方《よしかた》村に陣を張り、庄屋の家を本陣にしていた。

広英が亀井の陣を訪ねたとき、亀井はどうやって攻めたらいいか考えあぐねていた。高く建てた櫓《やぐら》に上って城下を見下ろしている。

広英も櫓に上がるように招かれる。

亀井は満面の笑みで広英を迎えた。その顔を見れば歓迎されているのだとわかる。

「彌三郎殿、よくぞおいでくだされた。亀井茲矩、この恩は必ずお返しいたす。因幡を平定したら、徳川殿に彌三郎殿のこと、懇ろに頼むつもりでおりまする。しかれども、今は手が出せなくていたずらにときが流れていくのみでござる」

亀井は長引く戦況に憔悴《しょうすい》しきっている様子だった。

櫓からは鳥取城と城下町をひと目で見渡すことができた。

何年も前、広英は秀吉の指揮下でこの地で戦ったことがある。秀吉が鳥取城を「渇《かつ》え殺し」にしたときである。

「早く決着をつけねばならぬのに、鳥取城がいうことを聞かぬ。なにを考えておるのか」

亀井は腹を立てている。

広英も思ったことをいう。

「関ヶ原では徳川殿の東軍が勝利しております。今ここで鳥取城が頑張ったところで無益な戦いをするのみ。戦は避けて開城させることを考えることが肝要かと思われますが」

「そのとおりじゃが、まるでいうことをきかぬのじゃよ」

「亀井殿は、幾多の合戦で太閤殿下の使者として、戦わずして開城させることを得意としておいでになったではありませぬか」

広英は自分の龍野城を明け渡したときのことを思いながらいう。

「そのとおりよ。ところが、こたびはこれまでと様子が違って、まるで聞く耳持たずなんじゃ」

それでも関ヶ原で決着がついている今は、実戦を避けるべきである。亀井も戦は避けたいと思っているようなのに、明日、五日の早朝、鳥取城を攻めるという。広英は反対だったが、亀井が攻めるというなら従うしかない。

明朝の出陣の準備を整えてから、広英は姜沆が作ってくれた袖珍本《しゅうちんぼん》の『易経』を読んだ。『四書五経』は、遠出するときには必ず携えていく。小さいから持ち歩くのが苦にならない。袖珍本は、今では広英の心と身体《からだ》のよりどころになっている。これらの書物を読むと、この暗鬱とした戦場で心を落ちつけることができる。

手に持った小さな書物の和紙の感触が、なんとも心地よい。

伏見城下でこの本を作っているときは、外の喧噪《けんそう》も、諸将たちの思惑も忘れて、ひたすら儒学を広く世の中に出すことに思いをはせて没頭した。戦と戦の間の短い期間だったが、同じ思いをもつ者たちとともに、実にしあわせなときを過ごすことができた。あんなときは、もう二度とやってこないだろう。

小姓のイの丸がやってきていう。

「殿、陣中見舞いの者が二十人ほどきておりますが」

「陣中見舞いと？　して、だれが」

「竹田の民でございます」

竹田の民が陣中見舞いに現れたとは、どういうことか。

今まで竹田城から多くの合戦にでていったが、民が陣中見舞いに戦場までやってきたことはない。

広英が陣屋の外にでていくと、門の前に見知った顔が並んでいた。朝駆けで毎日顔を合わせている農民や町人などだ。みな不安げで暗い表情をしている。手には長刀《なぎなた》、槍《やり》などの武器を持っているではないか。

「物騒な物を持って、いったいどうしたのだ」

「殿さまが心配じゃでやってきただ」

リーダー格の男がいう。この男も顔見知りである。九平という名前だ。

「私のことを、みなが心配してくれているのか」

「そうでさぁ」

「陣中見舞いは、まだ後から大勢やってくるでねぇ」

別な男がいう。

「そんなにくるのか」

「そりゃもう、みんな心配しておりますでねぇ」

民が領主のことを心配するということがあるのだろうか、と広英はふと思った。領主が民のことを心配するのはあたりまえだが、民に心配をかけるような領主では情けないではないか。

「殿さまはワシらが守るで」

九平が厳しい顔をしていう。

「どうしたというのだ。竹田でなにかあったのか」

九平がうなずく。

「竹田城下は大変なことになってますんで。徳川さまの兵がきて、軒並み家探ししていくでねぇ。恐ろしゅうて恐ろしゅうて」

「家探しとは、いったいなにを探しているのだ」

「奥方さまの兄君、宇喜多秀家さまを竹田城下に匿《かくま》っているんやないかと。徳川さまの兵は家探しするだけやないんで。殿さまが書いた文や書状も残らず持ちだして、どこかへ持って行きますねん」

九平のとなりにいる男もいう。

「宇喜多の秀家さまが竹田城にいるなんてだれがいうたんか知らねえけど、竹田城下で宇喜多さまを見た者はひとりもおりませんやねぇ」

九平が急に不安そうな顔になっていう。

「赤松の殿さまは、もうワシらの殿さまやないんですかねぇ」

気持ちの上では自分は竹田の領主だと思っているが、秀吉が亡くなってだれが「日本国の国主」かわからない今、そのへんのことは広英自身、よくわからない。

話していると、新たに十五人ほどの一団が現れた。陣中見舞いの第二弾らしい。みな、顔見知りの農民たちだ。先の一団と同様に、手には刀や槍、鉈《なた》などを持って、紙で作ったらしい幟《のぼり》を手にしている。一見すると紙とは思えない本物の幟に見える。

「幟はそちたちが作ったのか。うまくできてるな」

「これ持ってたら竹田軍に見えますやろ？　世の中、物騒ですさかい、お守りのようなもんでさ」

竹田から鳥取へくる道中で、盗賊や追いはぎ、一揆《いっき》勢に出くわしたときに役に立つかもしれないと思って、紙で幟を作り、武器も携えてきたという。

「殿さま、お腹《はら》をめすおつもりかもしれませぬが、竹田の民は、赤松の殿さまでなくちゃイヤやと、みないうておりまする。竹田に戻ってきて、わしらの国を治めてもらいたいと思ってるでねぇ。必ず竹田に戻ってきてくださいねぇ」

「うむ。必ず戻る」

「約束だでねぇ」

「約束する」

殿さまが心配だ、といって竹田から鳥取までやってきた民は百人を超えた。

広英はみなには「必ず竹田に戻る」といったが、内心は、戻れないかもしれない、と思っていた。


翌、五日の早朝、法螺貝《ほらがい》が鳴り、鬨《とき》の声があがった。鳥取城攻めが始まったのだ。

城下では合戦が起こるとは思っていなかったらしく、人々が慌てふためいた様子で逃げまどっている。家族を連れて城中へ逃げていく者もあれば、城下から出て他所《よそ》へいくものもある。

城下の家はもぬけの殻が多かったが、中には「宝物」を置いていくことができず、家の中に残っている者もいた。

攻め手はそんな家々に乱入する。

広英が驚いたのは、亀井軍の兵はやたらと威張り散らして、家の中に隠れている者を見つけだすと、打ったり、蹴飛ばしたりするのだ。威張る必要などまったくないところで、である。広英は自軍の兵に対しては、武器も持たない無抵抗の町民に対しては暴力を振るうな、と厳命してあったので、赤松軍はだれも手をださなかった。

城内に籠城していた兵が城からでて、鉄砲を撃ってくる。弾丸が次々と降ってくる中を、赤松軍は弾よけの竹束で防御しながら前進を続ける。

「射貫《いぬ》かれることがないように気をつけよ！」

広英の声が鋭く飛ぶ。

目の前の敵は、少しずつ押されて城の中へ戻っていく。城の中に押し戻されると、今度は城の中から撃ってくる。

そんなときだ。城下のあちこちから煙が上がり始めた。戦のドタバタで火事が起こったのだ。それも、一カ所ではない。複数同時にである。

「火事だ。このままでは城下は火の海になる。火を消さねば」

そうはいっても消すことができるだろうか。

戦の最中である。持ち場を離れて遠くの火事を消しにいく、ということは実際不可能である。それに火の手が多すぎる。広英の手で止められる数ではない。

「なんとかせねば……」

広英は上がっている煙を見ながら呟《つぶや》く。

平位が首を振る。

「どうにもなりませぬな。火の手の数が、手に負える数ではありませぬ」

立ち上る煙は、すでに大きな炎を上げて燃え広がり始めている。もう手がつけられない。

火を消すことはあきらめて、残っている人々を無事に逃がすことくらいしかできない。

冬の風に煽《あお》られて、城下はあっという間に炎に包まれた。

実はこのとき、亀井茲矩は、広英の竹田城を請け取りにいくように家康から命じられていた。鳥取でぐずぐずしてはいられないのだ。自分がいかなくて誰か代わりの者がいったら手柄をとられてしまう。亀井は焦っていた。

火事が収まると、亀井は鳥取城にいる籠城組と話し合い、開城させた。籠城していた兵や家族の命は助けた。これで鳥取城攻めは終わった。

広英の赤松本陣も焼けてしまい、あたり一面焼け野原になった。焼け残っている建物は数えるほどしかない。

焼けずに残っていた真教寺《しんきようじ》という寺で、広英は兵を休ませた。真教寺は鳥取城のすぐとなりにある寺で、寺の境内で大鍋で薄粥《うすがゆ》を炊いて、兵と集まってきた人たちに配った。

粥をもらう人たちでごった返しているところへ、亀井茲矩がやってきた。あたりは焼け野原になって焼け焦げた臭いが満ちているというのに、この男は満面笑みで意気揚々としている。

「赤松殿、ご苦労でござった。おぬしの加勢のおかげで、因幡を平らげることができた」

実に楽しそうである。この惨状を目にして、これほど愉快そうにしていられるというのが信じられない。

「赤松殿の加勢があったからこそ、鳥取城は開城した。今から内府殿のところに報告にいってくる。赤松殿のこと、よきように取りはからうようお願い申し上げるつもりだ。拙者、命をかけてお力添えするつもりでおる」

「よろしくお願いいたしまする」

広英は頭を下げた。

亀井茲矩しか頼める者はいないのだ。広英にとって、この男はまさに蜘蛛《くも》の糸。亀井茲矩という糸が切れたら、広英の命は尽きる。

亀井は広英の小姓のひとり、イの丸を連れて、家康がいる大坂城へでかけていった。沙汰を待っている間、広英はなにをやっていいのかわからない。

亀井が「命をかけて」といってくれた言葉を信じて待つしかないのだが、祐高は亀井など信じられないという。

遺書類は竹田城で書いてきたし、形見分けも、すでに家臣たちに指示してある。やることがないので、焼け野原となった鳥取の城下町の片付けを手伝った。

待っているのに、イの丸がなかなか戻ってこない。自分の処遇がどうなっているのかわからない。

そこで、祐高が「ならば、私がいって、どうなっているか聞いて参りまする」といって大坂へでかけていった。

イの丸からも祐高からも、なんの連絡もないまま日にちは移り、十月の終わりになった。やっと亀井の使者が現れた。

使者の男は真教寺の玄関先で、片膝をついて広英に告げた。

「亀井茲矩殿からの伝言でござる。赤松殿には、まことに申し訳ないが、ご自害されるようにとの沙汰が内府殿からおりた。赤松殿が鳥取城下を焼き尽くしたことを、内府殿は大変お怒りである、とのことでございまする」

「私が城下を焼いたと？」

「はい。あの大火は赤松殿が城下に火を放ったからだと、亀井殿が内府殿に申し上げましたところ、内府殿は大変お怒りでした」

なんと。唖然《あぜん》として口もきけない。

あの火事は、戦の衝突で自然発生的に起こったものだ。だれが火をつけたのかなどわからない。複数の火の手が同時に上がっていた。消せる状況ではなかった。

それくらい亀井も承知しているはずだ。

広英は苦笑するしかない。

〈命をかけてお力添えする〉といっていた亀井が、家康に責められて「赤松が火をつけたのです」と口走ったのだろう。

そういう男だった、ということだ。

祐高が聞いたら、目をつり上げて怒るだろうな。

「だからいったではありませぬか。亀井は信用できない男だと。兄上が甘いのです。簡単に人を信用してはなりませせぬ」と。

そうだな、祐高。

領主としては祐高のほうがふさわしいのだろう。

「では、これにて」

使者は頭を下げて立ち去った。

家康の沙汰が下った。

亀井という男に一縷《いちる》の望みをかけてはいたが、亀井が讒言《ざんげん》をいおうというまいと、こうなることはわかっていた気がする。天下の道が、家康という男に向かったのだ。

亀井の讒言に対して、家老たちが怒った。

「亀井殿はみずからの保身のために殿を悪者にしたのです。なんと卑劣な男でしょう」

「亀井殿は東軍についた。私は西軍。こうなっても文句はいえぬ」

「しかし！」

家老たちは涙ぐんでいる。さすがに声をあげて泣きだす者はいないが、悔しいのだ。

「私が西軍についたのが悪かったのだろう。世の中の流れをしっかり見ていれば……」

家老の平位が広英の言葉をさえぎるようにしていう。

「なにをおっしゃいますか。殿が大坂方につくのは当然のこと。大坂方を裏切った大名たちは、およそ人の道を外れております。来世では外道に落ちるでしょう」

太閤殿下の側《そば》に仕えて恩恵を受けた大名たちも、関ヶ原では家康についた者が多い。彼らの働きがあったから家康は関ヶ原に勝利できた、といわれている。

太閤殿下亡き後のこの国を、だれが中心になって治めるか、合戦ではなく話し合いで決めるやりかたもあったはずだ。それを、東と西に分かれて殺し合って決めるとは……どうしても関ヶ原をやりたかった者たちがいたに違いない。

わが国は、隣国の朝鮮へ渡ってまでして戦を仕掛けるような国なのだ。関ヶ原は、朝鮮の役の続きだともいわれている。

晩年の太閤殿下は、よき政《まつりごと》をしたとはとてもいえない。情けないのは、それを諫《いさ》められる者が、この国にひとりもいなかったということだ。

亀井の使者が帰っていってから半刻《はんとき》（約一時間）もしないうちに、祐高とイの丸が戻ってきた。

「兄上、申し訳ありませぬ。なんのお役にも立てず」

ふたりとも泣いて言葉にならない。

「泣くな。こうなることは最初からわかっていたことだ」

「いいえ！　亀井新十郎の報告が讒言で、こういうことになったのです」

「内府殿は、亀井殿の報告が讒言であることを承知していたであろう」

広英の言葉に祐高が驚いた顔で聞き返す。

「なんと。承知していて切腹を命じたと！」

「おそらく内府殿は、もっと前から私を切腹させることに決めていた。それで、これはよい理由ができた、と亀井殿の讒言にのったのであろう」

「そんな……なにゆえ徳川殿が兄上を嫌うのですか。どこにも接点がないではありませんか。一緒に戦ったわけでもないし」

広英はうなずく。

「嫌っていた、というより憎んでいた、といったほうがいいかもしれない」

「どうして！」

「内府殿から見たら、私は生意気な若造に見えたのだ」

「兄上のなにが生意気なのですか。生意気な男なら、世の中にはたくさんおりまする」

激している祐高を納得させるのは難しい。広英は口をつぐんだ。

家康には、最初から自分を助ける気持ちはなかった。それがわかっていたのに、亀井の加勢をした自分が、祐高のいうとおり甘いのだ。

家康が広英を憎んでいる理由。だれにもいうつもりはない。もちろん、家康自身はわかっているだろう。

祐高がいうには、細川忠興が広英の助命嘆願をしてくれたのに聞き入れられなかったという。

「ほう、細川殿が」

「田辺城で、兄上が細川方の使者を入城させてくれたと」

あれか。覚えがあるが、忠興の嘆願も家康は無視して当然。家康はすでに決めていたのだから。

「祐高。ひとつ、そちに頼みたいことがある」

「なんでございましょう」

「私の介錯《かいしやく》をやってくれぬか」

祐高は目を丸くしたまま言葉がでない。

「頼む。そなたの腕ならできる」

介錯は剣の達人でないと難しい。一太刀で決めないと苦しめることになるからだ。祐高は広英より剣の腕ははるかにたつ。

祐高が首を振る。

「いやでございます」

祐高はきっぱりいった。

「私の手で兄上のお命を終わらせるなど……そのようなことをするために生まれてきたのではありませぬ。父上の願った天下泰平を兄上と一緒に！」

「私の最期の頼みだ」

「いやでございます。私も兄上の後を追います」

「ならぬ。追い腹は許さぬ。そちは生きよ。逃げて姿を隠せ」

「できませぬ！」

祐高が叫ぶようにいう。

「これは兄からの命令である」

祐高の顔が一瞬で青ざめた。

「そんな……」

言葉が続かない。

祐高はなにもいわずに、深く首をうなだれた。

竹田城は山名豊国《とよくに》と亀井新十郎が請け取りにいった。広英の手から離れて、次はだれの手に渡るのか。

請け取りの手続きは、城に残っている家老の丸山に指示してある。

鳥取へでてくるとき、竹田には戻れないことを覚悟してでてきた。事後のことはすでに指示済みである。

真教寺の書院で、宗舜が作った硯《すずり》で墨をすった。墨の香りが部屋に漂う。

辞世を書くために宗舜の硯を使うことになろうとは。宗舜が知ったら泣くだろう。宗舜は涙もろいところがあるから。

墨をする音とすったばかりの墨の香を楽しむように、広英はゆっくりすった。

筆を持つと、みなの顔が浮かぶ。父上、母上、千鶴、娘たち、なつ、祐高、家臣たち、そして宗舜。みな、息災でな。

みなへの遺言は、すでに竹田城で書いてきた。城に残った丸山に託してある。

あとは辞世の句を書くだけであるが、なにも浮かんでこない。

いつの世にたがぬぎ捨てし苔《こけ》ころもかさぬるままの齢《よはひ》のへなむ

これは高麗の陣で詠んだ歌だ。

書き終わると最期の沐浴《もくよく》をして、白装束に着替えた。

巳《み》の刻（午前十時ころ）、本堂へ入る。

閉じられた障子から明るい太陽の光が入ってきている。障子が閉めてあるのに本堂の中はまぶしいほどに明るい。

主君の最期を見届ける役の家臣たち数名と、介錯役の祐高がすでに着座している。祐高も広英同様、白装束で白いはちまきをしている。

本尊の阿弥陀如来《あみだにょらい》が、輝くように明るい光の中で静かに一同を見おろしていた。だれも、なにもいわない。

静謐《せいひつ》な空気が本堂に満ちている。重苦しくはない。清冽《せいれつ》で清々《すがすが》しい冬の朝の空気だ。

家臣たちが見守る中、広英は着座した。最期の杯を受ける。

広英の前の三宝には脇差しが置かれている。柄を外して紙を巻き、刃先が三寸（約九センチ）ほどのぞいている。

静かにひと呼吸して目を閉じると、まぶたの裏に竹田城の石垣が見えた。青い空を美しい曲線で切るあの石垣が、なにゆえか広英は好きだった。城造りはまだ未完のままだ。雲海に浮かぶ天空の城。

あの城は自分の夢であった。

天下泰平——だれかが実現しないと。

「兄上……」

祐高の声だ。

広英はかすかにうなずくと、改めて背筋を伸ばす。

前に置かれた脇差しに手をのばした。

慶長五年十月二十八日、朝。

赤松彌三郎広英、家康の命により自刃。

享年、三十九歳。

終章

徳川の世になった。

江戸幕府による一国一城令のもと、竹田城は廃城になった。

赤松彌三郎広英は竹田城最後の城主となる。

未完のままになった城郭は見捨てられ荒れていったが、広英が手がけた石垣群は、四百年たった今でもその美しい姿を城山山頂に残している。

竹田城を去ったとき身ごもっていた妻は女の子を、なつ姫は男の子を出産した。母は広英の死後、竹田城近くの与布土に隠棲《いんせい》した。

祐高は兄の自害後は放浪の身となり、大坂の陣で豊臣側として大坂城に籠城した。大坂城落城後は、播磨赤穂大覚寺に籠もるが、池田勢に囲まれ、兵を助ける条件でみずからは自害した。

家老丸山は池田家に仕官し、鉄砲組の組頭、井門亀右衛門は細川家に仕官するなど、他家で拾われた家臣たちが少なくない。

関ヶ原の後、広英が匿《かくま》っているのではないかと疑われた義兄の宇喜多秀家は、関ヶ原から逃走し、九州の島津家に匿われていた。

関ヶ原から三年後、秀家は島津から家康に身柄を引き渡されたが死罪は逃れた。駿河《するがの》国久能山《くにくのうざん》に幽閉され、のちに八丈島《はちじようじま》へ配流となった。その地で八十四歳の生涯を閉じる。

赤松家に伝わった名刀獅子王《ししおう》は、広英自刃後、徳川家康に没収され、その後、家康は源頼政の子孫とされる土岐家に与えた。徳川幕府滅亡後は明治天皇の所有になり、現在は東京国立博物館に所蔵されている。

姜沆が広英のために作り、広英が持ち歩いた愛読書『袖珍本四書五経《しゆうちんぼん》』も徳川家に没収され、明治維新後は内閣文庫に収められた。現在は国立公文書館が所蔵している。

姜沆は朝鮮に帰国したのち、日本での捕虜生活を本に著した。その中で、宗舜の言葉を借りて広英のことを以下のように記している。「日本の将官は、すべてこれ盗賊であるが、ただ広道（広英）だけは、人間らしい心を持っています」と。

親友であり師でもあった宗舜（藤原惺窩）は、広英の死を嘆き悲しみ、三十首の弔歌を残している。その前書きの冒頭に、宗舜は書かずにはいられなかった。

「一とせ世の乱れしとき、亀井のなにがし、しこちこと（讒言《ざんげん》）によりつみなくて切腹せしが」

この一文が家康の怒りに触れ、宗舜は四十日間の謹慎を命じられている。

宗舜は家康から仕官するように熱心に望まれたが断り続け、仕えることはなかった。

やがて、宗舜は「日本朱子学の祖」と呼ばれるようになる。

江戸時代に入ると、鳥取では赤松公の怨霊が現れて人々を悩ませるとの噂《うわさ》が立った。

そこで怨霊を鎮めるために赤松八幡宮を建てて赤松公を祀《まつ》った。すると怨霊は現れなくなったという。当時の社殿は残っていないが、平成に入って小さな祠《ほこら》が再建された。

四百年後の今日なお、赤松八幡宮祠の掃除と参拝に、竹田城下の有志が集まって鳥取まででかけていく。

困難な時期に仁政をしいた最後の城主・赤松広英を、竹田の人々は今も忘れることはない。

あとがき

自分は、城好き人間だと思っていました。ところが、恥ずかしながら、竹田城がブームになるまで、その存在も名前も知りませんでした。

五年ほど前、京都から天橋立《あまのはしだて》へ青春18きっぷで行きました。綾部駅で乗り継ぎのためにコンコースを歩いているとき、一枚のポスターが目にとまりました。「竹田城」と書いてあります。見たこともない山城の大きな写真に、私の目は釘付けになりました。

なんだこれは！　こんなに不思議な城が日本にあるなんて、不覚にも知らなかった、とそのときかなりのカルチャーショックを受けました。行ってみたいけれど、山が深そうだし、いけないいだろうな、この目で見ることはないだろうな、と思いました。もちろん、この竹田城を舞台にした小説を書こう、などとも思いませんでした。

ところが、次の正月、東京から京都に帰省してきた大学生の甥が、「今から竹田城へいく！」というのです。「な、なに!?　竹田城？　日帰りでいけるのか？」と、元旦早々、いきなり竹田城の名前があがって私は大興奮。ほかの家族は初詣にいきましたが、弁当を二人前作って、甥の運転する車の助手席に乗りこみました。

元日の竹田城跡は青空の下、雪が残って、足もとはかなり注意が必要でした。まだ規制される前のことです。甥は下調べをしてきたのか、立雲峡《りつうんきょう》へも車を回しました。見られるとは思っていなかった竹田城をこの目で見ることができ、感無量、冷たい空気の中に姿を見せる古城の跡に改めて魅せられました。

そして、この城を造った人に興味を持ちました。調べると魅力的な城主であったことがわかり、よし、書こう！ と思いたちました。戦国時代ものは書いたことがありませんでしたから、勉強しなければならないことが山ほどあって、形になるまでに数年かかりました。おまけに、朝鮮出兵あたりを書いているとき、私の心臓が十五分停《と》まるという不意のアクシデントに見舞われましたが、現代の医療技術に救っていただきました。執刀医がおっしゃるには、「やり残したことがあったから還《かえ》ってきたのでしょう」と。この本が、残りあと少し、というところまできていましたから、そうかもしれません。やはり仕上げたいです。再び続きを執筆できるようになったことを感謝しました。

書く前には思わなかったのですが、今は確信に近いものがあります。我々が魅せられる竹田城の今ある姿は、あの赤松広英が城主だったから、ああなったのだ、別な人が城主だったら、我々が目にする城跡はまた違った形をしていただろうと。

地元の人たちは、赤松広英のことを「赤松さん」とか「広秀さん」と親しげに呼びます（竹田では広秀と表記するのが一般的です）。何百年も前の領主を、そんなふうに親しげに呼べる竹田の人たちが羨ましくなります。

最後になりましたが、本書を執筆するにあたり、ご協力いただいたみなさまにお礼申し上げます。

竹田城跡保存会のみなさまには、会長さんを始め本当にお世話になりました。龍野城跡の本丸跡で私が崖から滑り落ちたとき、ガシッと私の手をつかまえて助けてくださった先輩女性の手は力強く、今でも忘れません。竹田の女性は強いんだ、と実感しました。朝来市埋蔵文化財センター、田辺城資料館、唐津市近代図書館、真教寺、斑鳩寺、普廣院のみなさまからは、お忙しい中、御協力を賜りました。感謝に堪えません。

また、千田嘉博先生、渡邊大門先生、吉田利栄様、藤井保雄様、中川京太郎様、横山尚佳様には的確な助言や写真をいただきました。この場を借りて篤くお礼申し上げます。

長くなってしまった物語を「削れ」とおっしゃることなく、なかなか仕上がらない原稿を気長に待ってくださった集英社編集部のみなさま、ありがとうございました。

あさひ受け錦に燃ゆる山肌を城すれすれに流れゆく雲

二〇一九年　初春　奈波はるか

主な参考文献

『信長公記』奥野高広・岩沢愿彦校注（角川日本古典文庫）

『日本史』フロイス　松田毅一・川崎桃太訳（中央公論社）

『龍野城物語』（たつの市立龍野歴史文化資料館）

『戦国・織豊期　赤松氏の権力構造』渡邊大門（岩田書院）

『中世播磨と赤松氏』高坂好（臨川書店）

『信長軍の合戦史』渡邊大門編（吉川弘文館）

『武功夜話1・2・3』吉田蒼生雄訳注（新人物往来社）

『太閤記　新日本古典文学大系60』檜谷昭彦・江本裕校注（岩波書店）

『繪本太閤記　上中下』塚本哲三編（有朋堂書店）

『赤松廣通（廣英　廣秀）』西村鉄治（馳路の会）

『但馬竹田城主赤松廣通と家臣中島新右衛門遺品資料の研究』中島克己

『和田山町の歴史5』田中一郎（和田山町史編纂室）

『但馬和田山　史跡竹田城跡』（朝来市教育委員会）

『国史跡竹田城跡』（和田山町観光協会）

『徳川家康』北島正元（中公新書）

『藤原惺窩』太田青丘（吉川弘文館）

『石田三成』谷徹也（戎光祥出版）

『戦争の日本史16　文禄・慶長の役』中野等（吉川弘文館）

『秀吉の御所参内・聚楽第行幸図屏風』（青幻舎）

『日本朱子学と朝鮮』阿部吉雄（東京大学出版会）

『看羊録』姜沆　朴鐘鳴訳注（平凡社・東洋文庫）

『田辺城の歴史』（舞鶴市田辺城資料館・舞鶴市教育委員会）

『稲場民談記　上下』小泉友賢（日本海新聞社）

『鳥府志』岡島正義　鳥取県史6近世資料（鳥取県）

本書は、集英社文庫のために書き下ろされた作品です。

本文・地図デザイン／織田弥生
本文写真／吉田利栄

S 集英社文庫

天空《てんくう》の城《しろ》 竹田城最後《たけだじょうさいご》の城主《じょうしゅ》 赤松広英《あかまつひろひで》

2019年2月25日 第1刷　　定価はカバーに表示してあります。

著　者　奈波《ななみ》はるか

発行者　徳永　真

発行所　株式会社 集英社
東京都千代田区一ツ橋2-5-10　〒101-8050
電話【編集部】03-3230-6095
【読者係】03-3230-6080
【販売部】03-3230-6393(書店専用)

印　刷　凸版印刷株式会社

製　本　凸版印刷株式会社

フォーマットデザイン　アリヤマデザインストア　　マークデザイン　居山浩二

ISBN978-4-08-745845-9 C0193